NANCY NAIGLE

Weihnachtszauber in Hopewell

Weiter Titel der Autorin:

Das Weihnachtswunder von Pleasant Sands

Über die Autorin:

Die USA-Today-Bestsellerautorin Nancy Naigle schreibt Kleinstadt-Liebesgeschichten mit ganz viel Herz. Sie lebt in North Carolina und verbringt ihre Freizeit mit dem Schreiben von romantischen Liebesromanen, dem Sammeln von Antiquitäten und macht hin und wieder gerne auch mal einen Wellnesstag.

Nancy Naigle

Weihnachtszauber in Hopewell

Roman

Aus dem amerikanischen Englisch von
Michael Krug

lübbe

MIX
Papier aus verantwortungsvollen Quellen
FSC® C014496

Dieser Titel ist auch als E-Book erschienen

Vollständige Taschenbuchausgabe
der bei Lübbe Digital erschienenen E-Book-Ausgabe

Dieses Werk wurde im Auftrag von St. Martin's Press durch die
Literarische Agentur Thomas Schlück GmbH, 30827 Garbsen, vermittelt.

Textredaktion: Dorothee Cabras, Grevenbroich
Umschlaggestaltung: Tanja Østlyngen unter Verwendung von Motiven von
© shutterstock: smcfeeters | pikselstock | Andrew Mayovskyy | Romanova Ekaterina
Satz: hanseatenSatz-bremen, Bremen
Gesetzt aus der Garamond Premier Pro
Druck und Verarbeitung: GGP Media GmbH, Pößneck
Printed in Germany
ISBN 978-3-404-17884-1

2 4 6 5 3

Sie finden uns im Internet unter www.luebbe.de
Bitte beachten Sie auch: www.lesejury.de

Pam Murray gewidmet,
für ihre Ermutigung und Unterstützung im Lauf der Jahre

Kapitel eins

Sydney Ragsdale lenkte den Wagen in die Haltebucht vor der Grundschule und drehte sich mit einem aufmunternden Lächeln zu ihrer Tochter um. »Hab einen tollen Tag, RayAnne.«

»Es ist ein Schultag, Ma.«

Das Augenverdrehen war neu. Angefangen hatte es vergangene Woche, als sie hergezogen waren. Sydney hoffte, es würde so schnell wieder verschwinden, wie es eingesetzt hatte. Auch wenn sie das als ärgerlich empfand, das schwere Seufzen ihrer Tochter versetzte ihr einen Stich ins Herz. Die Scheidung war für sie beide hart gewesen.

Sydneys Großeltern hatten ihr nach ihrem Tod das alte Farmhaus in Hopewell hinterlassen, einen Ort voll glücklicher Erinnerungen. Und beim Umzug hatte er sich wie ein Rettungsboot in einem aufgewühlten Meer angefühlt. Ein Neuanfang für RayAnne und sie.

Leider fand ihre Tochter die Idee, aus Atlanta ins winzige Nest Hopewell in North Carolina zu ziehen – noch dazu Ende November, nachdem das Schuljahr bereits begonnen hatte –, schlimmer als die Scheidung selbst.

Aber der Umzug war ein notwendiger Schritt für Sydneys Selbstschutz gewesen. Es war nicht einfach, ein Leben neu aufzubauen, wenn man den Großteil davon verheiratet gewesen war. Sie hatte gebetet, die Übersiedelung nach Hopewell würde zu einem großen Mutter-Tochter-Abenteuer für sie beide werden. Bisher jedoch traf das überhaupt nicht zu.

Der Umgang mit einer trotzigen Zehnjährigen erwies sich als schwierig. Da war es sogar einfacher gewesen, einen anständigen Job zu finden. Sydney hatte die Hoffnung darauf schon fast aufgegeben, als der Anruf von Peabody's ganze drei Monate nach ihrem Bewerbungsgespräch gekommen war. Die Chancen hatten von Anfang an schlecht gestanden, aber die Marketing-Agentur war vom alten Farmhaus aus schnell zu erreichen, deshalb hatte Sydney sich um die Stelle bemüht. Das Jobangebot an sich war ein Segen, nur hätte es zu keinem ungünstigeren Zeitpunkt kommen können. Die Schule hatte bereits begonnen, und die Feiertage standen beinahe vor der Tür.

Sydney beobachtete, wie sich ihre Tochter schwerfällig zur Grundschule von Hopewell schleppte. In Atlanta war RayAnne so glücklich gewesen, dass sie vom Auto ins Klassenzimmer praktisch getänzelt war.

Sydneys Magen krampfte sich zusammen. Sie wünschte, ihre Ehe mit Jon wäre nicht in die Brüche gegangen und sie könnten immer noch eine kleine, glückliche Familie sein. Allerdings war das eine große Lüge gewesen. Tränen benetzten die Fassung von Sydneys Sonnenbrille. Sie war sogar zu müde, um sie wegzuwischen. Stattdessen atmete sie nur tief und langsam durch, um nicht die Fassung zu verlieren.

War der Umzug nach Hopewell ein Fehler?

War es ein nötiger Schritt gewesen, um ihre Unabhängigkeit zurückzuerlangen? Oder war das bloß ein Vorwand dafür, geflüchtet zu sein?

Ein Auto hupte hinter ihr. Sie winkte entschuldigend und setzte sich in der langen Haltebucht in Bewegung.

Als sie vom Parkplatz rollte, klickten durch ihre Gedanken die

Bilder der glücklichen Mutter-Tochter-Momente, die sie sich in dieser beschaulichen kleinen Stadt ausgemalt hatte. Gelächter. Liebe. Bleibende Erinnerungen.

Als sie hinaus auf die Straße bog, blickte sie in den Innenspiegel und erkannte sich darin kaum wieder. Sie schüttelte die Stirnfransen auf und zog das Gummiband aus den Haaren, löste den unordentlichen Dutt. »Warum lasse ich zu, dass mir Jon so unter die Haut geht?«, sagte sie laut zu sich selbst. Sie starrte sich an. Die Antwort war einfach. Scheidungen taten weh. Sie war gebrochen. Verwundet. Seine Untreue hatte sie auf eine Weise zerrissen, die vielleicht niemals heilen würde. Und an manchen Tagen, Tagen wie diesem, kam sie eben nicht besser damit zurecht.

Sie fuhr zum nächsten Block, lenkte den Wagen auf den Parkplatz des Supermarktes und erklärte: »Ich habe mehr drauf.« Sydney schaltete den Motor ab und durchforstete die Mittelkonsole nach einem Zettel und einem Stift.

»Das muss aufhören.« Das mussten auch die Selbstgespräche, doch im Augenblick hatte Sydney nichts anderes. Morgen. Sie würde morgen mit den Selbstgesprächen aufhören.

Statt zum Haus zurückzukehren und sich in Selbstmitleid zu suhlen, würde sie einen Plan schmieden. Das hatte sie früher immer getan, um sicherzustellen, dass Jon und sie *seine* Ziele erreichten. Warum ging sie mit ihrem eigenen Leben anders um?

Sie tippte mit dem Stift gegen das Lenkrad, dann beugte sie sich vor und begann zu schreiben.

Schritt eins: Job besorgen. Abgehakt.
Schritt zwei: abhauen. Gut. Ich hab's raus aus Atlanta geschafft. Abgehakt!

Es schadete nie, einen Plan mit ein paar einfachen, erreichbaren oder sogar *bereits erledigten* Aufgaben zu beginnen, um die Dinge ins Rollen zu bringen. Deshalb setzte Sydney für gewöhnlich den Punkt »Bett machen« ganz oben auf die Liste der Hausarbeiten.

Schritt drei: unter die Leute mischen und neue Bekanntschaften schließen.
Schritt vier: Selbstvertrauen zurückerlangen.
Schritt fünf: allmählich in Feiertagsstimmung kommen.
Und zu guter Letzt: die Scheidung von Jon abschließen, nicht zurückschauen und nie wieder alles auf einen Mann setzen.

Nachdem Jon noch Monate nach ihrer Trennung die finanzielle Kontrolle über sie gehabt hatte, war es ihr erst durch das großzügige Jobangebot von Peabody's gelungen, nach Hopewell zu ziehen und auf eigenen Beinen zu stehen. Befreit von Jons Zugriff.

RayAnne von allem wegzureißen, was sie kannte, war eine unheimlich schwierige Entscheidung gewesen. Aber sie musste ein Vorbild für ihre Tochter sein und ihr zeigen, dass man auch dann mit Anmut, Stärke und Unabhängigkeit reagieren konnte, wenn einem das Leben abgrundtief schlechte Karten austeilte.

Fest entschlossen, diesen Tag zu einem Wendepunkt zu machen, fuhr sie das kurze Stück zur Hauptstraße und suchte sich einen Parkplatz.

Dann stieg sie aus dem Wagen und atmete tief die frische Luft ein. Als sie die Hauptstraße entlangging, herrschte Ruhe. Die Einkaufszeile erstreckte sich nur über zwei kurze Häuserblocks, es sei denn, man zählte die Villa mit, die sich dazwischen befand. Obwohl sie kein Wohnhaus mehr gewesen war, solange sich Sydney zurückerinnern konnte. Früher war darin ein Buchladen namens *Book-Bea* untergebracht gewesen. Ihr Lieblingsort in der Stadt, als sie ein kleines Mädchen gewesen war.

Bei der Erinnerung an das *Book-Bea* lächelte sie. Die längste

Zeit war sie als Kind aus dem Wort *Bea* auf dem Schild im Garten vor dem Geschäft nicht schlau geworden. Sie hatte es für eine Falschschreibung von *Bär* gehalten. Erst als sie sich schließlich bei ihrer Großmutter danach erkundigt hatte, war ihr erklärt worden, dass es sich um einen Namen handelte. Der Buchladen war nach der Besitzerin benannt worden, Bea Marion.

Sydney schaute nach links und rechts, bevor sie die Straße überquerte, obwohl es bei dem leichten Verkehr im Ort kaum nötig gewesen wäre.

Das dicke Holzschild war ähnlich sandgestrahlt worden wie die Schilder an den schicken Strandhäusern entlang der Outer Banks. Den Hintergrund bildete ein perfektes kobaltblaues Oval, genau wie sie es in Erinnerung hatte. Der Name des Ladens, *BOOK-BEA*, hob sich dreidimensional davon ab. Daneben prangte ein Stapel bunter Bücher, an dem ein kleiner, dicker Bär lehnte. Der Gesamteindruck wirkte heute noch so einladend wie vor zwanzig Jahren.

Sydney schoss mit dem Handy ein Foto davon. Ein Schild mit der Aufschrift *GEÖFFNET* hing hinter dem Fenster der Eingangstür.

Es gibt den Laden immer noch!, dachte Sydney aufgeregt.

Sie verstaute das Telefon wieder in der Handtasche, als sie zwischen den makellos gestutzten Buchsbaumhecken zu beiden Seiten des Weges zur Eingangstür des *Book-Bea* schlenderte. Die Hecken verliehen dem Laden etwas Würdevolles. Der Winter hielt allmählich Einzug, aber das Gras auf der anderen Seite wuchs immer noch üppig und grün. Am liebsten hätte Sydney die Schuhe abgestreift und wäre barfuß an diesem für die Jahreszeit ungewöhnlich warmen Tag darübergelaufen.

Sie geriet in Versuchung, sich ein Taschenbuch zu kaufen, sich auf die Wiese zu legen und den Tag mit Lesen zu verbringen. Allerdings musste sie sparsam haushalten, bis sie am ersten Arbeitstag des nächsten Jahres ihren Job antreten würde. Aber sich nur ein wenig umzusehen konnte ja nicht schaden.

Liebe Erinnerungen an Ausflüge mit ihren Großeltern zu dem Buchladen tauchten aus ihrem Gedächtnis auf. Sie hatte unzählige Stunden zwischen den Regalen verbracht und sich in all die Geschichten vertieft. Die Entscheidungen, welches Buch sie kaufen sollten, waren immer zugleich qualvoll und aufregend gewesen.

Sydney erklomm die Stufen des riesigen alten Gebäudes aus der Zeit der vorigen Jahrhundertwende. Die breite, basilikumgrün lackierte Veranda mit dem glänzend weißen Holzgeländer verlieh dem Ort ein südliches Flair. Schaukelstühle in verschiedenen Farben wippten in einer sanften Brise. Bei dem Anblick fiel es schwer zu glauben, dass es nicht mehr allzu lange bis Weihnachten war.

Sydney hatte so sehr gehofft, dieses Jahr zusammen mit Ray-Anne weiße Weihnachten feiern zu können. Für ihre Tochter wäre es das erste Mal gewesen, aber es sah leider nicht danach aus. Sydney ließ ihre Träume von Schnee hinter sich, als sie die Insektenschutztür aufschob. Beim Eintreten schlug ihr ein Schwall kühler klimatisierter Luft entgegen.

Ihre Schritte hallten über den uralten Holzboden, als sie auf die Bücherregale zusteuerte. Als kleines Mädchen hatte sie hier Trost gefunden. Bücher waren immer ihr Rettungsanker gewesen. Sie hatte nie das Vertrauen verloren, dass ihr ein gutes Buch Freude bescheren, ihre Ängste vertreiben und ihr Kraft verleihen konnte. In Sydney regte sich dieselbe Faszination wie vor so langer Zeit. An dem Ort roch es immer noch nach warmen Keksen. Als hätte sich nie etwas verändert.

»Guten Morgen«, drang eine etwas zittrige Stimme durch den Raum.

Sydney schwenkte nach rechts. Vor dem Panoramafenster stand immer noch die hohe Ladentheke aus Holz. Eine knochige Hand winkte in der Luft, sah beinahe körperlos aus wie ein Halloween-Requisit.

Kann Miss Bea wirklich immer noch hier arbeiten?, fragte sich Sydney staunend. *Sie hat stets hinter der Ladentheke gesessen, wo man sie kaum sehen konnte, wenn man nicht ganz genau hingeschaut hat.*

»Hi.« Sydney ging auf die Theke zu, um ihre Neugier zu befriedigen. »Wie geht es Ihnen?«

»Fabelhaft, Liebes. Immer fabelhaft. Was anderes kommt nicht infrage.«

Sydneys Wangen spannten sich, als sie lächelte. *Das hat Miss Bea immer gesagt.*

Die Frau stand auf und kam um die Theke herum.

Die hochgewachsene Erscheinung war unverwechselbar. Ja, sie war älter – und wesentlich dünner, als Sydney sie in Erinnerung hatte. Aber das charakteristische rote Haar und die künstlerische Aufmachung entsprachen zu hundert Prozent Miss Bea. Um ihren Hals hing eine lindgrüne Lesebrille an einer bunten Perlenkette. Ihre lange schwarze Jacke, ein bisschen wie der Staubmantel eines Cowboys aus früheren Zeiten, reichte ihr anmutig bis zu den Knien.

»Herzlich willkommen, Liebes. Suchen Sie nach etwas Speziellem?«

Erinnerungen? Einen sicheren Ort, um wieder auf die Beine zu kommen?, ging es Sydney durch den Kopf.

Aber das schienen kaum geeignete Antworten auf Beas Frage zu sein. »Ich brauche ein gutes Buch, das mich eine Weile in eine andere Welt entführt.«

»Ah, dann sind Sie am richtigen Ort. Das bietet *Book-Bea* seit vielen Jahren. Ich habe alle Bestseller und auch einige der bestgehüteten Geheimtipps.« Bea hob die Brille an, setzte sie auf und musterte Sydney. »Ich wollte gerade fragen, ob Sie auf der Durchreise sind, aber Sie kommen mir so bekannt vor.«

Sydney lachte. »Mir wird immer wieder gesagt, dass ich nach meiner Großmutter komme. Ich bin die Enkelin von Carmen und Bret Rockford.«

»Ja. Genau.« Bea schnippte mit den Fingern, dann stemmte sie die Hände in die Hüften. »Ich erinnere mich an dich. Zöpfe und immerzu aufgeschlagene Knie.«

»Damals war ich so tollpatschig. Da bin ich rausgewachsen.«

»Gott sei Dank. Ich dachte mir früher immer, wir sollten dich vielleicht in Luftpolsterfolie packen.«

Sydney konnte sich daran erinnern, dass Miss Bea den Vorschlag in dem Sommer gemacht hatte, als Sydney vom Rad gefallen war und sich beide Knie blutig geschürft hatte.

»Ach ja, die selige Carmen«, meinte Bea, während sie Sydneys Züge betrachtete. »Du kommst wirklich nach ihr. Sie war eine so bezaubernde Frau. Deine Großeltern werden hier in der Gegend schmerzlich vermisst.«

»Ich heiße mittlerweile Sydney Ragsdale.« Sie streckte Bea die Hand entgegen. »Ich bin in ihr altes Haus drüben in der Green Needles Lane gezogen.«

»Ich hatte schon gehört, dass dort jemand einzieht. Freut mich sehr, dass du es bist. Das Haus hat viel zu lange leer gestanden.«

»Ich weiß. Nach ihrem Tod wollte ich es immer als Feriendomizil nutzen, aber mein Ehemann schien nie zu wissen, wie man mal Pause macht.«

»Also, das ist für niemanden gut. Was hat seine Einstellung geändert?«

»Es hat keine Änderung seiner Einstellung gegeben.«

»Dann vermute ich mal, er ist weg vom Fenster.« Bea machte *»Ts, ts, ts«* und spähte dabei über den Rand ihrer Brille, bevor sie die Sehhilfe auf ihren üppigen Busen fallen ließ.

»Ja, Ma'am. Aber so was von weg vom Fenster.«

»Tja, dann verstauen wir die Geschichte mal in einem der Bücherregale ganz hinten«, schlug Bea scherzhaft vor.

»So jung, wie seine neue Angebetete ist, müssten wir ein Plätzchen in der Abteilung mit Kinderbüchern suchen.«

»Autsch. Keine Ahnung, was manchmal in Männer fährt. Ich schwöre, irgendwann werden manche einfach verrückt.« Bea fuhr mit der Hand durch die Luft. »Einfach abschreiben. Um so einen ist es nicht schade.«

Sydney wünschte, es wäre so leicht.

»Sieh dich in aller Ruhe um. Gib Bescheid, wenn ich dir helfen soll, etwas Gutes zu finden.« Damit ging Bea zurück hinter die Ladentheke und ließ sich auf einem gepolsterten grünen Lehnsessel nieder. »Und bleib aus der Kinderabteilung weg, dort gibt's nichts Gutes mehr für dich. Wenn du verstehst, was ich meine.«

Sie meint Jon, begriff Sydney. *Lustig.*

Der Rest des Ortes schien kleiner zu sein, als Sydney ihn in Erinnerung hatte, aber Beas Laden fühlte sich immer noch genauso groß und magisch wie früher an. Die große antike Registrierkasse, die schon alt gewirkt hatte, als Sydney zehn gewesen war, beherrschte auch heute noch die Theke, genauso Ehrfurcht gebietend wie damals. Das aufwendige Messinggehäuse musste vom Beginn des zwanzigsten Jahrhunderts stammen, schimmerte aber nach wie vor auf Hochglanz poliert. Die glänzenden runden Tasten thronten wie bei einer altmodischen Schreibmaschine auf einem Metallgestänge und erforderten vermutlich einiges an Kraft, um sie zu drücken. Insgesamt wirkte die alte Maschine so robust, solide. Sicher. Und darin lag Schönheit.

Der Geruch von Büchern, Wissen und alter Tinte existierte vielleicht nur in Sydneys Vorstellungskraft, dennoch wirkte er auf sie wie eine Art Glückshormon. Dass sie durch ein jüngeres Modell ersetzt worden war, fühlte sich plötzlich nicht mehr wie eine Beleidigung, sondern wie pure Idiotie seitens Jon an. Wenn sie das nächste Mal darüber in Selbstmitleid zerfloss, würde sie sich vor Augen halten, wie erstaunlich in die Jahre gekommene Dinge immer noch sein konnten. Und auch sie konnte altern und doch besonders, einzigartig bleiben. Abgesehen davon war sie mit etwas über dreißig noch nicht so alt, auch wenn Jon ihr das Gefühl vermittelt hatte.

Sydney schlenderte auf die Bücherregale zu. Dicke Teppiche kleideten die stärker besuchten Bereiche aus. An manchen Stellen fühlten sie sich weich unter ihren Füßen an, während die Kunden etlicher Jahre sie an anderen Stellen bis zum Hartholzboden abgewetzt hatten.

»Ich sehe mich nur ein wenig um, wenn das in Ordnung ist«, kündigte Sydney an.

»Nur zu. Bei *Book-Bea* gibt es keine Hektik.«

Nach einer Runde durch die Gänge konnte Sydney der Versuchung nicht widerstehen, einige Bücher mitzunehmen. Schließlich steuerte sie zur Registrierkasse und legte ihre Beute als ordentlichen Stapel daneben ab. »Ich erinnere mich noch gut an die Ausflüge in den Ort mit Oma. Hat jedes Mal Stunden gedauert, alle Besorgungen zu erledigen, trotzdem hat sie immer Zeit dafür gefunden, mich ein Buch aussuchen zu lassen. Für mich war das der Höhepunkt des Tages.«

»Was für eine schöne Erinnerung!«

»Ja, ist es wirklich.« Sydney wurde ein wenig schwindlig von dem nostalgischen Anflug, und sie stützte sich an der Theke ab. »Wenn wir die Straße entlanggegangen sind, hat sie meine Hand gehalten. Damals kam mir Hopewell wie ein großer, umtriebiger Ort vor. Oma hat immer an derselben Stelle vor *Lucky's Diner* geparkt. Mir ist aufgefallen, dass es das Lokal nicht mehr gibt.«

»Das alte Diner ist schon seit Jahren weg. Lucky ist gestorben. Anscheinend hat er das Glück mit ins Grab genommen, denn nichts, was seither in dem Haus untergebracht war, hat Gewinn abgeworfen.«

»Jammerschade. Ich erinnere mich noch an Luckys Sandwiches mit gerösteten grünen Tomaten.«

»Die waren wirklich köstlich. Aber man kann hier in der Gegend immer noch gut essen. Daran hat sich nichts geändert.«

Im Augenblick hätte Sydney eines dieser leckeren Sandwiches gut vertragen können. »Ich weiß noch, dass mir Hopewell damals so viel größer erschien. Jetzt habe ich den Eindruck, ich könnte zweimal zu Fuß durch die gesamte Ortschaft gehen und wäre noch vor Mittag fertig.«

»Hopewell hat sich kaum verändert, abgesehen von der neuen Tankstelle und dem Fastfood-Restaurant an der Autobahnausfahrt. Andererseits: Wie alt warst du damals? Zehn oder zwölf?«

»Ja. Ich schätze, mit zehn kommt einem alles irgendwie größer vor.«

»Wahrscheinlich. Aber es ist wirklich so, dass Hopewell im Sommer größer wirkt, wenn sich die Leute wieder rauswagen und auf den Straßen mehr los ist.« Lächelnd und mit schief gelegtem Kopf fügte sie hinzu: »Doch bewahre dir diese Kindheitserinnerungen.«

»Mach ich. Sie sind toll.« Die Hardcover-Ausgaben von Nancy Drew mit dem goldenen Buchrücken reihten sich immer noch auf der langen Ablage in ihrem alten Zimmer. Sydney verspürte beinahe dieselbe Erregung wie damals, als Opa und Oma mit ihr regelmäßig hierhergekommen waren und ihr ein neues Buch gekauft hatten – manchmal sogar zwei. Danach hatte sie sich die kostbaren Geschenke während der Fahrt nach Hause immer an die Brust gedrückt und kaum dem Drang widerstehen können, bereits im Auto zu lesen, obwohl ihr davon jedes Mal schlecht wurde.

»Und was führt dich, abgesehen von einem lausigen Ehemann, zurück hierher nach Hopewell?«

»Ich muss mir ein eigenes Leben aufbauen, und da ich das Haus hier hatte, erschien es mir sinnvoll. Bis vor Kurzem hat mich

Jon immer noch kontrolliert, während er selbst sich bereits eine völlig neue Existenz geschaffen hat. Das muss endlich aufhören.« Es laut auszusprechen fühlte sich ein wenig ermutigend an, motivierend. »Ich hoffe nur, meine zehnjährige Tochter findet sich hier zurecht.«

»Das wird sie. Du hast Hopewell in dem Alter geliebt. Sie wird auch erkennen, was den Ort zu etwas so Besonderem macht. Und sie wird Freundschaften schließen.«

»Hoffentlich. Im Augenblick ist sie nicht allzu gut auf mich zu sprechen.«

»Du musst sie mal mitbringen. Am Samstagvormittag veranstalten wir einen Kinderbuchklub. Wenn sie nur eine halb so große Leseratte ist, wie du es damals warst, wird ihr das gefallen.«

»RayAnne liest leidenschaftlich gern. Danke, Miss Bea. Das mache ich«, versprach Sydney und schob ihre Bücher über die Theke.

»Nenn mich doch einfach Bea, Liebes. Und auf das *Sie* können wir auch verzichten.« Sie gab den Kauf in die Registrierkasse ein. »Falls ich irgendwas tun kann, um dir beim Eingewöhnen in der Gemeinde zu helfen, sag einfach Bescheid. Ich kenne jeden im Ort.«

Sydney stützte die Ellbogen auf die hohe Theke. »Ich bräuchte etwas zu tun, bis ich am ersten Werktag im nächsten Jahr meinen neuen Job antrete.«

»Wirklich? Was genau machst du denn?«

Jon hatte nie gewollt, dass sie arbeitete, deshalb fiel die Liste ihrer Beschäftigungen in ihrem Lebenslauf spartanisch aus.

»Na ja …« Sydney fehlten ein wenig die Worte. »Ich bin zwar immer nur Ehefrau und Mutter gewesen, aber ich habe einen Abschluss in Betriebswirtschaft. Für meinen Ex-Mann hab ich Grafiken gemacht, allerdings alles als Freiberuflerin. Durch meine Arbeit hat er einige seiner größten Aufträge bekommen, also bin ich darin wohl recht gut.«

»Die Pflichten einer Ehefrau und Mutter werden hoffnungslos unterbewertet. Budgets, Zeitpläne, Kreativität, Projektplanung und Geduld. Ich würde sagen, jeder gute Geschäftsführer braucht von alldem reichlich.« Beas Miene wirkte aufrichtig.

Sydney sorgte sich trotz der zehnjährigen Erfahrung in dieser Rolle, dass sie der Aufgabe nicht gewachsen sein könnte, Ray-Anne durch all die Veränderungen großzuziehen *und* in Vollzeit zu arbeiten. Aber sie durfte nicht wieder in diese düstere, besorgniserregende Denkweise zurückverfallen.

»Man muss alle möglichen Fähigkeiten besitzen, um die Anforderungen zu bewältigen, die an eine Mutter gestellt werden. Dann musst du wohl die neue Mitarbeiterin drüben bei Peabody's sein.«

»Ganz recht. Woher weißt du das?«

Beas verhaltenes Lächeln weitete sich zu einem breiten Grinsen aus. »Das Schöne daran, diesen Buchladen zu besitzen, ist, dass man immer auf dem neuesten Stand ist, was sich im Ort so tut. Die Leute, denen Peabody's gehört, kaufen hier ein. Ist eine nette Familie. Ich habe gehört, sie machen das Marketing für ein neues Filmstudio und für ein Schuhunternehmen. Läuft wirklich gut für sie. In einer Ortschaft wie dieser sind das große Neuigkeiten. Es sind anständige Leute. Wird dir gefallen, für sie zu arbeiten.«

»Danke. Jetzt brauche ich nur noch eine Beschäftigung, um die Vorweihnachtszeit und die Feiertage zu überstehen, ohne durchzudrehen, dann ist alles gut. Meine Tochter reist nämlich ab, sobald die Schulferien beginnen, und verbringt Weihnachten bei ihrem Vater. Ohne sie wird es echt still sein.«

»Weißt du …« Bea tippte sich mit einem Finger an die Lippen. »Ich könnte hier ein bisschen Hilfe gebrauchen.«

Sydney wusste, dass ihr Gesicht wahrscheinlich strahlte wie ein hell erleuchteter Halloween-Kürbis. Hoffentlich nicht wie ein total alberner, sondern wie ein angenehm lächelnder.

»Freu dich lieber nicht zu sehr. Die Bezahlung ist mies, zu tun ist ein bisschen von allem, und es ist nur für die Zeit bis Weihnachten. Aber ich kann als Bonus kostenlose Bücher dazupacken. Wenn du interessiert bist.«

»Wirklich?« Sydney konnte ein wenig zusätzliches Geld gut gebrauchen. Zwar musste sie nicht jeden Cent dreimal umdrehen, dennoch war sie entschlossen, vorsichtig mit ihrem Budget umzugehen. Auf keinen Fall würde sie Jon um Geld bitten, selbst dann nicht, wenn sie morgens, mittags und abends Cornflakes essen müssten, um über die Runden zu kommen.

»Ja. Das wäre mir eine große Hilfe.«

»Ich mach's«, willigte Sydney spontan ein. »Natürlich mach ich's.«

Am liebsten hätte sie ein Freudentänzchen hingelegt. Ihr erschien sogar angebracht, mit Bea eine Polka aufs Parkett zu zaubern, doch sie hielt die Füße still. »Vielen, vielen Dank! Ich werde dich nicht enttäuschen.«

Die unzähligen Reihen der Bücherregale vermittelten ein Gefühl von Ordnung, das Sydney angesichts des jüngsten Chaos in ihrem Leben als willkommen empfand. Und wie in diesen Bücherregalen trotz der verschiedenen Größen, Stärken und Farben der Buchrücken überhaupt Ordnung herrschen konnte, fand Sydney interessant. Ja, hier würde sie vielleicht Anregungen finden, wie sie ein wenig Ordnung in ihr eigenes Haus bringen könnte.

»Wann kannst du anfangen?«, erkundigte sich Bea.

»Wie wär's mit sofort? Ich muss RayAnne erst um drei von der Schule abholen.«

»Hervorragend.« Bea zeigte links neben den Kassenbereich. Dort stapelten sich Kartons mit der Aufschrift *WEIHNACHTEN* neben einem künstlichen Baum, an dessen Ästen sich Staub angesammelt hatte. »Ich muss anfangen, den Laden zu schmücken, aber in letzter Zeit macht mir die Arthritis schwer zu schaffen. Vielleicht können wir damit beginnen.«

»Das kann ich auf jeden Fall«, beteuerte Sydney. Dann jedoch verspürte sie einen Anflug von Mutlosigkeit, als ihr klar wurde, dass sie in ihrem Leben noch keine einzige Lichterkette aufgehängt hatte. Nicht weil sie es nicht konnte, sondern weil in ihrer Kindheit ihrem Vater diese Ehre zugefallen war, und nach der Heirat hatte sich Jon stets darum gekümmert. Tja, dann wurde es höchste Zeit.

Bea beugte sich vor und flüsterte: »Wenigstens war ich so schlau, nach dem Ende der Feiertage letztes Jahr draußen die gesamte Beleuchtung aufgehängt zu lassen. Also brauchen wir nur den Schalter zu drücken, und schon werden die Passanten denken, wir hätten bärenstark gearbeitet.« Bea zwinkerte Sydney schelmisch zu. »Bärenstark. Bär. Bea. Kapiert?«

»Ja, ich verstehe schon.« Sydney lachte. Ein bisschen zu ausgelassen, denn ihr rutschte dabei ein äußerst undamenhaftes Prusten heraus. Aber es fühlte sich befreiend an, über etwas Albernes zu lachen.

Ja, hier zu arbeiten, und sei es nur für wenige Wochen, würde ihr guttun. Außerdem hatte sie ohnehin nicht vorgehabt, zu Hause Weihnachtsschmuck aufzuhängen. RayAnne würde ja bald fort sein und die gesamten Weihnachtsferien bei ihrem Vater verbringen.

»Ich freue mich so, in der Vorweihnachtszeit bei dir auszuhelfen«, sagte Sydney.

Beas Lächeln wurde breiter. Schmale Lippenstiftlinien tänzelten in den Fältchen um ihre Lippen. Sie klatschte in die Hände, die sie sich anschließend aufs Herz drückte. »Danke, Liebes. Die Anordnung im Laden kennst du ja schon; die hat sich nie geändert, seit ich ihn eröffnet habe. Gleich unter der Treppe befinden sich ein Waschraum und ein Lagerbereich. Und da hinten ist ein kleines Büro.« Sie griff in die Registrierkasse und holte einen Schlüssel mit einem Anhänger in Form eines kleinen Bären aus Emaille heraus. »Hier ist ein Schlüssel, falls du ihn mal brauchst. Das wird ein wirklich guter Ausklang des Jahres.«

Sydney stellte ihre Handtasche auf die Theke. Schritt fünf auf ihrer Liste sah vor, in Feiertagsstimmung zu kommen, und damit schien der perfekte Grundstein dafür gelegt zu sein. »Ich sollte noch einiges schaffen können, bevor ich RayAnne abholen muss. Wollen wir anfangen?«

Bea kam um die Theke herum und zog Sydney in eine Umarmung. »Ich hatte schon so ein Gefühl, dass heute noch etwas Besonderes passieren würde. Es ist wirklich so schön, dich wiederzusehen, Sydney.«

Sydneys Stimmung besserte sich. Was sie an diesem Tag erreicht hatte, verdrängte die Anspannung und die Sorgen mit friedvoller Erleichterung. Und Beas Umarmung half dabei mehr, als sie je geahnt hätte. Die alte Frau roch nach Pfefferminzbonbons und süßen Plätzchen, und ihre Umarmung vermittelte eine Herzlichkeit, die Sydney nicht mehr zuteilgeworden war, seit sie ihre Großmutter zuletzt gesehen hatte. »Ich bin richtig froh, dass wir uns heute über den Weg gelaufen sind. Das habe ich gebraucht«, gestand sie Bea.

Die alte Frau trat einen Schritt zurück und ergriff Sydneys Hand. »Vielleicht haben wir uns heute gegenseitig gebraucht.« Sie führte Sydney in den vorderen Bereich des Ladens. »Normalerweise schmücke ich dieses Schaufenster für die Weihnachtszeit, aber ich bin nicht mehr so beweglich wie früher. Könntest du dir wohl etwas dafür einfallen lassen? Die Leute im Ort verlassen sich auf unseren festlichen Schmuck, weil wir ja eine Station beim großen Weihnachtssingen sind.«

»Weihnachtssingen?«

»Oh ja! Jeder Händler sponsert ein Lied. Das Weihnachtssingen in Hopewell ist ziemlich beliebt. Sogar Leute aus Nachbarbezirken machen mit. Die Sänger beginnen vor einem beliebigen Laden. Jedes Geschäft verteilt eine Seite mit einem anderen Lied, und wir spielen die Musik dazu in Dauerschleife. Am Ende der Nacht hat jeder Teilnehmer das ganze Weihnachtsliederbuch als Souvenir.«

»Das klingt lustig.«

»Ja, ist es auch.«

»Wie werden die Lieder ausgesucht?«

»Wir wählen sie nicht selbst aus. Der Bürgermeister teilt sie willkürlich am Tag nach Thanksgiving zu. Die Liedblätter bekommen wir von der Gemeinde. Sie werden uns zugestellt, wenn das Ereignis näher rückt. Mein Lied ist dieses Jahr *O Tannenbaum.*«

Sydney bemühte sich, weiter fröhlich zu lächeln, aber der staubige alte Weihnachtsbaum, den sie neben der Theke gesehen hatte, eignete sich dafür gar nicht. Zumindest nicht als Hauptattraktion für das Schaufenster, um das Lied zu repräsentieren. Sie würde sich schnell etwas einfallen lassen müssen. Hoffentlich wirkte das Lächeln zuversichtlich, mit dem sie ihre Bedenken überspielte. »Ich werde mir für das Schaufenster einen innovativen Blickfang überlegen, der zu dem Lied passt.«

Bea lächelte milde. »Wir werden mit dem auskommen müssen, was wir hier haben. Ich fürchte, ich habe dieses Jahr kein Budget für zusätzlichen Weihnachtsschmuck.«

»Mach dir darüber keine Gedanken. Ich weiß genau das Richtige.« Sydney ließ den Blick durch den Raum wandern und hatte nicht die geringste Ahnung, wie sie das Weihnachtslied thematisch umsetzen könnte, doch sie hatte nicht vor, sich schon in der ersten Stunde in Beas Laden eine Niederlage einzugestehen. »Und ich glaube, wir haben alles hier, was wir dafür brauchen. Mit einer Ausnahme.«

»Und das wäre?«

»Ich bringe RayAnne nach der Schule her, damit sie mir helfen kann.«

»Sie soll sich dafür ein paar Bücher aussuchen.«

»Darüber wird sie sich wahnsinnig freuen. Danke.«

Von einem Windspiel tönten fröhliche, wenn auch gedämpfte Laute durch den Laden. Sydney folgte dem Geräusch zu einer

Reihe von Messingröhrchen, die von einer Libelle aus Holz über der Registrierkasse hingen. Eine dünne Angelschnur verlief von dem Windspiel knapp unterhalb der Kassettendecke bis hinüber zur Eingangstür. Schlau. Und wesentlich angenehmer als der elektrische Türalarm in so vielen anderen Läden.

Der Paketbote einer Zustellfirma rollte einen Handwagen mit zwei Kartons herein. »Guten Morgen, Miss Bea. Hab zwei Päckchen für Sie. Ist 'ne Weile her. Ich dachte schon, Sie wären mir mit einem anderen Auslieferer untreu geworden.«

Bea kicherte wie ein koketter Teenager. »Sie wissen doch, das würde ich nie tun. Ich habe bloß in letzter Zeit nicht viel bestellt, aber vor den Feiertagen geht es nicht ohne eine letzte Lieferung Weihnachtsbücher.«

»Wissen Sie, ich werde noch vorbeikommen, um ein paar dieser Weihnachtsromane für meine Holde zu besorgen. Sie zählt darauf, dass sie welche unter dem Baum finden wird.«

»Und ich hab das Geschenkpapier und die Schleife schon für Sie vorbereitet.« Verschmitzt zwinkerte Bea ihm zu.

Er stellte die Kartons neben der Theke ab. »Einen schönen Tag wünsche ich noch.«

Sydney griff nach einer Schere auf der Ladentheke. »Ist es in Ordnung, wenn ich jetzt erst mal die Kartons auspacke und die Bücher für die Kundschaft in die Regale sortiere? An der Dekoration arbeite ich nach Ladenschluss. Das gibt weniger Durcheinander für die Kunden.«

»Macht dir das nichts aus?«

»Überhaupt nicht. Außerdem wird die Dekoration ja ein lustiges Mutter-Tochter-Projekt.« Sydney packte die Kartons aus und stapelte die Bücher entlang der Theke. Dabei fiel ihr ein kleiner Tisch mit Tintenrollern und anderen Spontankaufartikeln ins Auge. Diese Waren passten direkt neben der Registrierkasse auf die Ladentheke.

Es dauerte nicht lange, sie in einer ansprechenden Anordnung an der Kasse zu platzieren. Danach wandte Sydney sich der Präsentation der Weihnachtsbücher zu. Die Hochglanz-Cover sahen eigentlich auch ohne zusätzlichen Schmuck hübsch genug aus, aber vielleicht würde ihr noch etwas Festliches einfallen, sobald RayAnne und sie sich überlegt hätten, wie sie das Schaufenster gestalten wollten.

Sydney sah auf die Uhr. Wie konnte die Zeit nur so verfliegen? »Bea, ich muss los und RayAnne abholen. Wir kommen später wieder und arbeiten an der Dekoration.«

»Danke, Sydney. Nimm den Schlüssel mit. Und keine Eile. Falls ich nicht mehr hier bin, fühl dich ganz wie zu Hause.«

Plötzlich hatte Sydney mit Tränen zu kämpfen. So viel hatte sich seit diesem Morgen getan. »Vielen Dank, Bea, dass du mir vertraust und mir die Chance gibst, festen Boden unter die Füße zu bekommen, bevor ich meinen neuen Job antrete. Genau das habe ich gebraucht. Wie kann ich dir je genug danken?«

»Jetzt sei nicht albern. Es war dir vorherbestimmt, heute hierherzukommen. Vertrau deinem Weg, Liebes. Er wird dich dorthin führen, wo du sein sollst.«

»Das hoffe ich. Denn ich kann dir sagen, während des vergangenen Jahres war der Weg kein angenehmer.«

Bea nickte. »Ich merk's dir an. Aus deinen Augen sprechen Sorgen. Eines Tages, wenn du bereit bist, setzen wir uns zusammen und reden darüber. Aber so viel will ich dir jetzt schon sagen: Deine Sorgen werden vergehen, und du wirst sehen, dass etwas Besseres vor dir liegt. *Jemand* Besseres, wenn ich aussprechen darf, was ich mir wirklich denke.«

Und hatte sie das nicht gerade getan? Ausgesprochen, was sie in Wirklichkeit sagen wollte? Wenigstens hatte sie nicht diese Floskel von wegen »eine Tür schließt sich, eine andere öffnet sich« benutzt. Sydney hatte nicht vor, so bald durch irgendjemandes Tür zu gehen, falls überhaupt je wieder. »Ich werde froh sein, wenn die Sorgen der Vergangenheit angehören, aber ich suche nicht nach einem neuen Partner. Ich hab für mich beschlossen, dass ich allein am besten bedient bin. Kein Kummer. Keine Lügen. Keine Probleme.«

Bea grinste nur. »Sicher, Liebes.«

Also war Bea eine hoffnungslose Romantikerin. Sie konnte glauben, was sie wollte. Sydney jedenfalls war davon überzeugt, dass es RayAnne kein bisschen schaden würde zu sehen, dass eine Frau keinen Mann brauchte und dass man für die Dinge, die man wollte, arbeiten musste.

»Morgen wirst du durch eine Weihnachtswunderwelt laufen.« Sydney nahm ihre Handtasche und fühlte sich ungefähr zehn Zentimeter größer, als sie durch die Tür hinaustrat. Unterwegs lächelte sie jeden Baum und jede weiße Wattewolke am Himmel an. Mit den Fingern um den Riemen ihrer Schultertasche wartete sie an der Ampel darauf, die Straße überqueren zu können.

Als sie zu ihrem Auto ging, warf sie einen genaueren Blick auf die anderen Schaufenster entlang der Hauptstraße. Ihr Konkurrenzdenken schaltete bereits einen Gang höher.

Sie holte tief Luft, dann blies sie all die negative Energie aus, ließ sie emporsteigen wie eine Seifenblase und im Wind davontreiben. Wie es in einem der Ratgeber stand, die sie heruntergeladen hatte, um sich zu informieren, wie man den Stress einer Scheidung bewältigen konnte.

Dieser tiefe Atemzug war der erste, der sich anfühlte, als könnte er vielleicht tatsächlich eine positive Wirkung haben. Gott sei Dank, denn so ziemlich alles andere hatte sie bereits versucht.

Sydney ging an dem Fahrradladen mit dem witzigen Namen *Wheelies* vorbei. Das glänzende Modell im Schaufenster erregte ihre Aufmerksamkeit. Es wäre schon ziemlich geprasst. Wahrscheinlich unklug in ihrer Lage. Aber mehr als ein aufwendiges Geschenk konnte sie sich nicht leisten, also sollte es ein gutes werden. Zehn Minuten später verließ sie das *Wheelies*, und der Besitzer hängte ein Schild mit der Aufschrift *VERKAUFT* an den Lenker von RayAnnes Weihnachtsgeschenk. Sydney hatte ihrer Tochter gesagt, sie würden Weihnachten feiern, wenn sie von ihrem Vater zurückkäme. Was noch in weiter Ferne zu liegen schien.

Sydney fragte sich, ob das aufwendige Geschenk im Vergleich zu Jons schickem Ausflug nicht jämmerlich wirken würde. Kostspielige Geschenke waren Jons Sprache der Liebe. So war es immer gewesen, und zweifellos würde er sich nach allem, was sich ereignet hatte, dieses Jahr noch mehr aus dem Fenster lehnen als sonst.

Nebenan ließ ihr die *Keksdose*, eine Bäckerei mit einem Schaufenster voll von allen möglichen süßen Leckereien, das Wasser im Mund zusammenlaufen. Als sie das Geschäft betrat, umfingen sie die Aromen von Zucker, Glasur und etwas leicht Erdnussigem. Kaum hatte sich ihr Blick darauf geheftet, wusste sie haargenau, was sie bestellen wollte.

»Drei Erdnussbutterkekse, bitte.«

»Hab sie eben erst aus dem Ofen geholt. Sind wahrscheinlich noch warm«, verriet der Mann hinter der Theke.

»Viel besser geht es ja kaum.« Während Sydney darauf wartete, dass die Kekse für sie eingepackt wurden, drehte sie sich um und betrachtete das Schaufenster der Bäckerei. Den meisten Platz nahm ein dreistöckiges Lebkuchenhaus ein. Zudem hingen an breiten weißen Satinbändern wie Schneeflocken geformte Kekse von oben herab, jedes mit glänzender weißer Glasur und diesen kleinen silbrigen Zuckerkügelchen verziert. Die Auslage wirkte schlicht und elegant.

Weniger ist mehr, dachte Sydney.

Der Mann hinter der Theke hielt ihr eine Tüte aus weißem Wachspapier entgegen. Sydney bezahlte für die Kekse, verließ die

Bäckerei und hielt kurz an, um ein schnelles Foto des Schaufensters als Inspiration zu schießen, bevor sie zum Auto ging.

Auf dem Weg zur Schule hoffte Sydney, die Kekse würden vielleicht dazu beitragen, dass ihre Tochter zu ihrem normalerweise sonnigen Gemüt zurückfand. Ihr kleines Papa-Mädchen gab nämlich ihr die Schuld daran, dass Jon sie verlassen hatte. Ray-Anne war wütend. Und verletzt. Und an manchen Tagen fragte sich Sydney unwillkürlich, wie viel davon wirklich ihre Schuld war. Wenn sie nur …

Rasch bremste sie sich. Das würde sie sich nicht mehr antun. Sie war eine gute Ehefrau gewesen, verdammt noch mal. Die Scheidung war *nicht* ihre Schuld – ein Grund mehr, ihr Leben zu ordnen und nach vorn zu schauen.

In dem Versuch, die schwere Last ihrer Sorgen ein wenig abzuschwächen, schob sie die Hand in die Tüte mit den Keksen.

An der Ampel genehmigte sie sich einen Bissen.

Es gab wirklich nicht viel, wogegen hausgemachte Erdnussbutterkekse nicht halfen. Zumindest vorübergehend.

Kapitel zwei

Mac drehte der Tafel den Rücken zu und sah seine Schüler an. So kurz vor den Weihnachtsferien gestaltete es sich nahezu unmöglich, ihre Aufmerksamkeit aufrechtzuerhalten. Er konnte ihnen keinen Vorwurf daraus machen. Mac freute sich ja selbst schon auf die Ferien, also war er vom vorgesehenen Lehrplan abgewichen. »Unser Thema diese Woche ist die Geschichte des *National Christmas Tree* in Washington.«

Die Jugendlichen im Klassenraum johlten und jubelten. Nicht weil sie so begeistert von dem Thema waren, sondern weil sie es für einfach hielten, das wusste Mac. Es störte ihn nicht. Er würde ihnen helfen, in Weihnachtsstimmung zu kommen.

»Macht bitte mal jemand das Licht aus, ich habe heute für euch eine Dokumentation.«

»Sie sind der Beste, Mr MacAlee!«, rief Bubba Monroe aus der hintersten Reihe, sprang auf und lief los, um den Lichtschalter zu bedienen.

»Es wird trotzdem abgefragt. Also passt gut auf und macht euch Notizen. Weiß jemand, wann das Weiße Haus den ersten Weihnachtsbaum hatte?«

Durch seine Größe hatte Mac keine Mühe, den Raum zu beherrschen, und dass er zugleich der Baseball-Coach war, schadete da auch nicht. Er verlangte viel, aber diese Kinder hatten hart gearbeitet und sich eine Pause verdient.

»1492«, rief jemand aus einer der hinteren Reihen.

»Äh, nein. In dem Jahr ist Kolumbus über das blaue Meer gesegelt. Begonnen hat es 1923 mit Präsident Calvin Coolidge und einer fünfzehn Meter hohen Tanne. In dem Film erfahrt ihr alles über die Traditionen und darüber, wie sie sich im Lauf der Jahre verändert haben.«

Mac drückte am Videobedienfeld die Wiedergabetaste. »Bubba, Licht aus, bitte.«

Im Raum wurde es dunkel, dann ertönten die Geräusche bimmelnder Schlittenglocken und eine tiefe, volltönende Sprecherstimme. Mac setzte sich hinter den Lehrertisch, um seinen Kalender und seine Erledigungsliste durchzusehen.

Das Video lief bis wenige Minuten vor Unterrichtsende. Mac ließ die Lichter einschalten und stellte sich vor die Klasse. Er rieb sich die Hände und fragte: »Hat jemand etwas Neues erfahren?«

Alle Schüler nickten.

»Gut. Dann zu euren Hausaufgaben.«

Ein kollektives Stöhnen ging durchs Klassenzimmer.

Mac verkniff sich ein Schmunzeln. »Jeder von euch macht sich auf die Suche nach etwas Wissenswertem über Weihnachten aus der Zeit vor 1920.«

Die Glocke läutete, und Schulbücher wurden mit einem Lärm wie Donnerhall zugeklappt.

»Morgen berichtet ihr über das, was ihr herausgefunden habt. Enttäuscht mich nicht.«

Als die Kinder zur Tür stürmten, rückte Mac die Tische zurecht, zog die Jalousien auf, spulte die gewöhnliche Routine zum Ende seines Arbeitstags ab.

Sein Sohn Seth besuchte die Mittelschule, die sechzig Minuten nach dem Unterricht seiner Highschool-Klasse endete. Somit blieb Mac eine Stunde für Erledigungen.

Mit zwölf Jahren war Seth nicht begeistert davon, mit seinem Vater zur Schule und wieder nach Hause zu fahren. Aber seit Genna sie verlassen hatte, verspürte Mac das Bedürfnis, so präsent wie möglich zu sein, und diese kurzen Fahrten garantierten gemeinsame Zeit, bevor sich Seth seinen Aktivitäten nach der Schule widmete.

Mac schloss die Tür des Klassenzimmers hinter sich ab und betrat den verwaisten Flur.

»Einen wundervollen Nachmittag noch, Mac.«

Er erkannte die Stimme seiner Kollegin auf Anhieb. Mac hätte nicht einmal hinsehen müssen. Dennoch tat er es aus Höflichkeit, dann hob er die Hand. »Schönen Feierabend, Miranda.« Sie besaß die Gabe, immer dann aufzutauchen, wenn er allein war. Er hatte gehofft, sie mit dem Winken und der Tatsache abzuschrecken, dass er nicht langsamer wurde, aber sie verfiel doch tatsächlich in Laufschritt, um ihn einzuholen.

»Einige von uns treffen sich heute Abend auf ein paar Drinks im *Billy Goat Grill.* Kommst du auch?«

»Nein.« Er steckte die Hände in die Jackentaschen. »Kann nicht. Hab schon Pläne.«

Miranda ließ die Schultern hängen. »Ach, komm schon. Du unternimmst nie was nur zum Spaß. Engagiere einen Babysitter.«

Sie war ja süß, wäre aber selbst dann nicht sein Typ gewesen, wenn er nach jemandem gesucht hätte. Was nicht der Fall war. »Danke. Vielleicht nächstes Mal.«

»Das sagst du immer.« Sie zog einen Schmollmund, und selbst damit war sie hübsch. Doch das Letzte, was Mac brauchen konnte, war eine Frau, die ihn ablenkte. Er musste einen Sohn großziehen, und er hatte bereits bewiesen, dass eine Ehe mit ihm nicht funktionierte. Mac hatte nicht die Absicht, sich noch einmal in diese Lage zu bringen, ganz gleich, wie schwer es für einen Alleinerziehenden sein mochte.

»Danke für die Einladung. Ich muss jetzt los und Seth abholen.« Damit wandte er sich ab und steuerte schnurstracks auf die Tür zu.

»Falls du's dir anders überlegst, weißt du ja, wo wir sind«, rief sie ihm nach. »Und falls du eine Babysitterin brauchst, kann ich dir die Nummer meiner Nachbarin geben.«

Mac nickte ihr noch kurz zu, bevor sich die Tür hinter ihm schloss.

Er hoffte, Miranda würde ihm nicht auf den Parkplatz folgen. Letztes Mal hatte sie ihn im Lehrerzimmer dermaßen in die Enge getrieben, dass er schon gedacht hatte, er müsste sie von sich stoßen, um zu entkommen.

Kurz darauf stieg er in seinen Dodge Pick-up. Ein schneller Blick in den Innenspiegel bestätigte, dass die Luft rein war.

Mac startete den Motor, fuhr das kurze Stück zur Mittelschule und parkte wie jeden Nachmittag auf dem hintersten Platz der Parkfläche. Ein Kompromiss, den er mit Seth geschlossen hatte, um dessen Image nicht zu schaden. Image? Mit zwölf? Mac konnte sich nicht erinnern, dass er sich in dem Alter den Kopf über solche Dinge zerbrochen hätte. Er hatte das Gefühl, je älter Seth wurde, desto uncooler fand ihn der Junge.

Als die Reihe der gelben Schulbusse vom Parkplatz rollte, kam Seth um die Ecke des Gebäudes, die Daumen unter die Riemen seines Rucksacks gehakt. Er war dieses Jahr so schnell gewachsen, dass er kein Fleisch auf die Rippen bekommen konnte. Seth war groß und schlaksig, wie Mac es in dem Alter gewesen war. Mittlerweile verstand Mac, warum seine Mutter ständig Essen in ihn hatte reinstopfen wollen, als er ein Teenager gewesen war. Manchmal fürchtete Mac, die Leute könnten denken, dass Seth zu Hause nicht genug auf den Teller bekam. Mit dem schlanken Körperbau endete Seths Ähnlichkeit mit Mac allerdings auch schon. Der Junge besaß das sandblonde Haar und die grünen Augen seiner Mutter, außerdem war er mit einem

Teint geschlagen, den die Sonne schon mit dem geringsten Kuss verbrannte.

Seth und Mac nickten einander wie Männer zu und brummten einen Gruß, als Seth einstieg, sich auf den Sitz plumpsen ließ und einen seiner blauen Puma-Turnschuhe auf das Armaturenbrett hievte.

Mac bedachte ihn mit *dem Blick*, und Seth stellte den Fuß zurück auf den Boden.

Manchmal war es angenehm, etwas mit einer simplen Geste oder einem Brummen vermitteln zu können.

»Hungrig?«, fragte Mac.

»Am Verhungern.«

Mac zog eine Augenbraue hoch.

Seth verdrehte die Augen. »Schon gut. Ich bin nicht am Verhungern. Aber ja. Hungrig bin ich schon. Burger zum Mitnehmen?«

Mac nickte und fuhr los. Während der Baseball-Saison arbeitete er abends oft. In der Vorweihnachtszeit hatte er einen besonderen Job. Ein Geheimnis, von dem Seth nichts wusste. Dasselbe Geheimnis wie in dem Jahr, in dem Genna mit Seth schwanger gewesen war. An den Abenden, an denen er arbeitete, besorgten sie sich auf dem Weg nach Hause etwas zu essen, es sei denn, Seth hatte keinen Hunger. In dem Fall ließ er den Jungen einfach mit der Babysitterin die Schränke plündern, während er selbst außer Haus war.

»Das Übliche?«, erkundigte sich Mac, als er den Drive-in-Schalter ansteuerte.

Sein Sohn nickte.

Zwanzig Minuten später befanden sie sich vor ihrem Haus. Seth hatte bereits den Großteil seiner Pommes frites verschlungen, doch Mac konnte es ihm nicht übel nehmen. Im Wagen roch es nach salzigen Fritten und frisch gegrillten Burgern. Sie gingen hinein und aßen an der Kücheninsel.

»Hausaufgaben?«, fragte Mac.

»Nö.« Seth schob sich die langen Stirnfransen, die er wie ein Skater trug, aus dem Gesicht. »Wir haben ja schon fast Weihnachtsferien. Die Lehrer sind gerade cool drauf.«

Mac hoffte, seine Schüler würden ihren Eltern abends das Gleiche von ihm erzählen.

RayAnne winkte einer Gruppe von Mädchen vor der Schule zum Abschied zu.

Also hat sie bereits Freundinnen gefunden. Vielleicht hat sie sich umsonst Sorgen gemacht, dachte Sydney.

RayAnne öffnete die Autotür und warf ihren Rucksack auf den Boden, bevor sie sich wortlos auf den Beifahrersitz plumpsen ließ. Nicht unbedingt die Begrüßung, die sich Sydney von ihrer kleinen Tochter erhofft hatte, die gerade noch fröhlich den Schulkameradinnen zugewinkt hatte.

»Wie war die Schule?«

»Okay.« RayAnne starrte durchs Fenster hinaus.

»Nur okay?«

»Schule eben. Ohne Freundinnen. Was dachtest du denn, wie es sein würde?«

»Oh Mann, was bist du heute für ein Wonneproppen.« Sofort wünschte Sydney, sie hätte den Gedanken für sich behalten, und bemühte sich, an ihrem Lächeln festzuhalten. Was mit zusammengebissenen Zähnen gar nicht so einfach war. *Ich bin hier die Erwachsene.* »Ich hab gesehen, dass du neue Freundinnen gefunden hast. Das finde ich aufregend.«

»Ich kenne sie doch nicht mal richtig.«

»Aber es ist ein Anfang. Die Leute hier sind nett, oder?«

»Keine Ahnung.«

Wenn alles andere fehlschlägt, lösen Erdnussbutterkekse jedes Problem. »Ich hab dir was mitgebracht.«

RayAnne schaute nicht mal hin. Und hatte sie gerade die Augen verdreht? Sydney hatte gedacht, das würde frühestens kommen, wenn sie ein pubertierender Teenager wurde.

Sie lehnte sich zurück, schnappte sich die Tüte von der Bäckerei hinter dem Sitz und legte sie RayAnne auf den Schoß.

Ihre Tochter blickte auf die weiße Papiertüte hinab, bevor sie zu Sydney schaute.

»Sind deine Lieblingskekse«, verriet Sydney mit einem strahlenden Lächeln.

RayAnne hob die Tüte an. Als das Mädchen sie öffnete, erfüllte das Aroma von Erdnussbutter den Wagen. RayAnne konnte sich ein Lächeln nicht verkneifen, obwohl sie es sichtlich versuchte, und Sydney schrieb insgeheim einen Punkt für das Mama-Team gut.

Ihre Tochter holte einen Keks aus der Tüte und biss hinein. »Oh … mein … Gott. Die sind ja irre gut.«

»Gern geschehen.«

»Danke, Ma.«

Und da war wieder das süße Mädchen, das sie großgezogen hatte. »Ich hab noch eine Überraschung für dich.«

Kurz hörte RayAnne zu kauen auf und wirkte, als suchte sie die Windschutzscheibe nach einem Hinweis ab.

Sydney tätschelte ihr Bein.

»Papa?«, fragte RayAnne hoffnungsvoll. »Er mag Erdnussbutterkekse genauso gern wie ich, und da ist noch einer in der Tüte.«

»Nein, Schatz.« Sydney drückte ihre Hand. Für Jon Kekse zu kaufen wäre so ziemlich das Letzte, was sie tun würde. »Es hat nichts mit deinem Vater zu tun. Es ist eine Überraschung für *uns*. Eine lustige.«

»Dann hoffe ich, sie ist besser als der Umzug ins dämliche Hopewell.« RayAnnes abfälliges Schnauben traf Sydney wie ein Schlag.

Eins ... zwei ... drei ..., zählte Sydney in Gedanken. *Sie ist bloß aufgebracht. Das meint sie nicht persönlich.* »Weißt du, für mich ist das auch nicht leicht.«

»Ja, Mama.«

Aber RayAnnes Antwort hatte sich deprimiert angehört, und das war beinahe schlimmer als ein trotziger Tobsuchtsanfall. Wie konnte es sein, dass Jon die Ehe für beendet erklärt hatte und trotzdem Sydney den Schwarzen Peter zugeschoben bekam? »Wir fahren an einen Ort, den ich in deinem Alter uneingeschränkt geliebt habe.«

»Und den gibt's nach so langer Zeit immer noch?«

»He, *so* lange ist das auch wieder nicht her.«

»Nur ungefähr eine Million Jahre.« Aber ihre Tochter lächelte.

»Höchstens eine *halbe* Million.«

RayAnne holte den anderen Keks aus der Tüte und aß ihn genüsslich, während sie die Hauptstraße entlangfuhren.

Sydney parkte am letzten Häuserblock parallel zur Straße und stieg aus. »Komm. Ist nur noch ein kleines Stück zu Fuß, und glaub mir, das wird dir gefallen.«

»Irgendwie zweifle ich ja dran.« Widerwillig stieg RayAnne aus. Sie hätte sich selbst dann nicht langsamer bewegen können, wenn sie einen Rollator benutzt hätte ... rückwärts.

Überall an den Straßenschildern der Kreuzungen blühten in Pflanzkästen aus Holz Winterblumen in einer Fülle von Farben. Stiefmütterchen quollen über den Rand, und orange Blumen mit dunkelvioletten Kronblättern schmiegten sich an genauso orange, rosa und gelbe. Und wenngleich das Arrangement so gar nichts Weihnachtliches an sich hatte, passte es unter der großen grünen, am Laternenmast montierten Weihnachtsbaumillustration genau ins Bild.

Sydney war fest entschlossen, RayAnne kein Urteil fällen zu lassen, bis sie im *Book-Bea* waren und angefangen hatten.

Sie überquerten die Elm Street, und Sydney blieb vor dem Gehweg stehen, der zu Beas Buchgeschäft führte. »Da sind wir.«

RayAnne hielt auch im Gehen inne. »Ein Buchladen? Echt jetzt, Ma?«

»Komm. Wir schmücken das Schaufenster für Miss Bea. Das wird uns in Weihnachtsstimmung bringen.«

»Können wir nicht einfach unser eigenes Haus schmücken?«

»Darüber haben wir doch schon gesprochen«, gab Sydney zurück. »Da du die Feiertage bei deinem Vater verbringst, macht es keinen Sinn, nur für mich einen Baum zu kaufen und sich all die Mühe zu geben.«

»Aber wirst du ohne Baum nicht traurig sein? Du liebst Weihnachten doch.«

»Ich komme schon klar. Mach dir um mich keine Sorgen. Was ich wirklich liebe, mein Schatz, bist du.« Sie tippte ihrer Tochter auf die Nase. »Bitte lass uns das machen. Es wäre etwas Schönes für Miss Bea, ich helfe in der Vorweihnachtszeit bei ihr aus. Und außerdem haben wir immer Spaß dabei, wenn wir zusammen dekorieren. Das ist eine Tradition.«

»Aber es ist nicht *unsere* Tradition. Papa sollte herkommen, oder wir könnten beide zu ihm fahren. *Dann* hätten wir unsere Tradition.«

»Das wäre eher unangenehm, wenn die neue Freundin deines Vaters dabei wäre, findest du nicht?«

»Du könntest ja in einem Hotel wohnen. Sie würde verschwinden, wenn sie sieht, was für eine tolle Familie wir zusammen sind.«

»Das wird nicht passieren. Den Gedanken musst du dir aus dem Kopf schlagen.«

»Du hättest Spaß beim Skifahren mit uns. Weißt du noch, wie wir ...«

»RayAnne ...« Sydney spürte, wie Ärger in ihr aufstieg. Sie hatte es satt, sich an all die Dinge zu erinnern, die nie wieder sein würden. Schließlich holte sie tief Luft und bemühte sich, ihrer Stimme einen festen Klang zu verleihen. »Ich weiß, du wünschst dir, die Dinge würden sich ändern, aber dein Vater hat seine Entscheidung getroffen. Er schaut in die Zukunft. Mein Leben ändert er dadurch mit, doch nicht deines.«

»Das ist nicht fair. Du solltest nicht aufgeben. Du bist hübscher als sie. Du musst es versuchen.«

»Ach, Liebes, es geht nicht darum, wer hübscher ist.« Brachte eine Scheidung eigentlich je irgendetwas Gutes mit sich? Denn man schien sich andauernd neu aufstellen und anpassen zu müssen, damit nicht alles in sich zusammenstürzte. »Es ist kompliziert. Ich erwarte nicht, dass du das verstehst. Verdammt, ich versteh's ja selbst nicht wirklich.«

»Das ist dumm.«

»Tja, weißt du was? Du hast recht, aber wir müssen uns damit abfinden, Kleines.« Sydney schlang den Arm um die Schultern ihrer Tochter. Das süße kleine Mädchen, das Jon und sie sich so sehr gewünscht hatten. Nur hätte sie nie gedacht, dass sie das Kind mal allein großziehen müsste. »Jetzt komm. Tu mir den Gefallen. Wir werden uns dadurch beide besser fühlen.«

»Das glaub ich nicht.«

»Na schön, dann gönn wenigstens deiner eine halbe Million Jahre alten Mutter, dass sie sich besser fühlt, okay?«

»Okay.«

»Prima.« Sie ergriff RayAnnes Hand. »Miss Bea besitzt diesen Buchladen schon, seit ich ein kleines Mädchen war. Ich hab es früher geliebt hierherzukommen. Es ist ein wundervolles altes Haus, und sie ist eine entzückende alte Dame. Sie braucht unsere Hilfe. Wir werden für sie den Laden herausputzen, wie er noch nie zuvor herausgeputzt worden ist!«

»Na schön«, gab sich RayAnne geschlagen.

»Ich wusste, dass dir die Idee gefallen würde.« Hand in Hand

schlenderten Sydney und RayAnne zum Eingang des *Book-Bea*.
»Wir sind wieder da!«, rief Sydney, als sie die Tür aufschob.

»Hier drüben, Mädels.« Bea stellte eine Teetasse mit goldenem Rand auf die Theke. »Du musst RayAnne sein.«

»Ja, Ma'am.«

»Wie schön, dich kennenzulernen!« Sie ergriff RayAnnes Hände. »Was bist du doch für eine wunderschöne junge Dame!« Die alte Frau schaute zu Sydney, dann zurück zu RayAnne. »Ich sehe die Ähnlichkeit. Ihr zwei könntet fast Schwestern sein.«

RayAnne lachte nervös. »Danke.«

»Ich weiß eure Hilfe so sehr zu schätzen. Tatsächlich ist die Dekoration schon überfällig. So ungern ich es zugebe, ich bin nicht mehr die Jüngste.«

»Mama und ich sind ein gutes Team. Wir verwandeln das Schaufenster in eine Weihnachtswunderwelt.«

»Ihr zwei kommt mir wie Engel vor, die geschickt worden sind, um mir zu helfen.«

»Ich bin gern ein hilfreicher Engel«, sagte RayAnne.

»Sydney, hättest du was dagegen, wenn ich nach Hause gehe, während ihr zwei am Schaufenster arbeitet? Ich glaube, ich schließe heute ein bisschen früher.«

»Macht uns überhaupt nichts aus. Aber ich kann mich auch um Kunden kümmern, die reinkommen, während wir hier sind.«

»Ehrlich?«

»Natürlich. Wäre uns ein Vergnügen.«

»Aber ihr tut doch schon so viel.«

»Jetzt sei nicht albern. Wir leben uns gerade erst hier ein. Wird schön für uns, ein Mutter-Tochter-Projekt zu haben und gleichzeitig ein paar neue Nachbarn kennenzulernen.«

»Tja, wenn das so ist, dann lasse ich euch einfach mal machen. Hast du deinen Schlüssel dabei?«

»Ja, hab ich. Wir schließen alles ab, wenn wir gehen.«

Bea trat langsam den Weg zur Tür an, dann blieb sie noch einmal stehen. »RayAnne, hat dir deine Mama vom Weihnachtssingen erzählt?«

»Nein, Ma'am.«

»Frag sie danach. Ich finde, ihr solltet kommen. Macht wirklich eine Menge Spaß. Ach ja, und bei jeder Station gibt es eine kleine Nascherei. Zum Beispiel heiße Schokolade, Plätzchen oder Bonbons. Und Gesang. Es werden jede Menge Weihnachtslieder gesungen.« Bea zeigte mit einem Finger in Sydneys Richtung. »Erzähl ihr alles darüber.«

»Ich singe gern. Mama, können wir hingehen?«

»Natürlich, wenn du dann nicht schon weg bist, um die Ferien bei deinem Papa zu verbringen. Wir sehen im Kalender nach.«

RayAnne hüpfte begeistert auf der Stelle. »Und Miss Bea, falls ich da bin, können wir Ihnen auch an dem Abend helfen.«

»Das wäre ganz wundervoll. Wir werden alle eine tolle Zeit haben. Das Weihnachtssingen in Hopewell ist wirklich magisch.« Beas Augen strahlten. »Mein verstorbener Ehemann hat die Tradition begonnen. Er hatte eine so wunderbare Stimme. Tief und volltönend wie eine Kirchenorgel. Wenn er *Stille Nacht* gesungen hat, sind alle verstummt und haben andächtig gelauscht. Fährt mir immer noch mitten ins Herz, wenn ich daran zurückdenke.« Sie schloss die Augen und hob die Hand ans Herz, als könnte sie ihn in diesem Augenblick singen hören.

Sydney schaute zu RayAnne, die nickte und nach der Hand ihrer Mutter griff.

»Er fehlt mir immer noch. Vor allem zu Weihnachten.«

»Wann ist er gestorben?«, fragte Sydney.

»Vor einundzwanzig Jahren.«

»Das ist aber schon echt lange her«, meinte RayAnne.

»Ja, Liebes, ist es, doch das Herz vergisst nicht so schnell.« Tränen traten in Beas Augen. »Weißt du, Sydney, du solltest wegen eines Menschen, der Vertrauen oder Ehrlichkeit ausnutzt, nicht deine Fähigkeit infrage stellen, zu lieben oder geliebt zu werden. Das eine hat mit dem anderen nichts zu tun. Arbeitet nicht zu lange, Mädels.«

Sydney ließ sich Beas Rat durch den Kopf gehen. Aber die alte Dame wusste nicht, wie es sich anfühlte, wenn einem das Herz zerrissen wurde. Das genügte ein einziges Mal.

Sydney beobachtete, wie Bea zu ihrem Auto ging, dann wandte sie sich im verwaisten Laden RayAnne zu und legte einen Cheerleader-Sprung hin. »Also gut, bist du bereit?«

»Ma. Du bist *keine* Cheerleaderin mehr.«

Und verflixt, ihre Tochter hatte sich doch tatsächlich umgesehen, als wäre es ihr entsetzlich peinlich gewesen, wenn jemand sie beobachtet hätte. »Jetzt sei kein Spielverderber. Wir haben bald Weihnachten! Wir können so viel Spaß haben, wie wir wollen.« Sie fasste RayAnne an den Handgelenken, lehnte sich zurück und begann mit Seitwärtsschritten, bis sie sich so schnell im Kreis drehten, dass die Bücherregale wie ein buntes Kaleidoskop an ihnen vorbeiwirbelten. »Weißt du noch, wie wir das früher immer gemacht haben?«

Lachend wie zwei Schulmädchen bremsten sie schließlich japsend und kichernd ab und ließen sich zu Boden plumpsen. »Du bist verrückt, Ma!«

»Wir brauchen mehr solchen Spaß, Kleines. Findest du nicht auch?«

Halb außer Atem rappelte sich Sydney vom Boden auf und ging hinüber zu dem Stapel staubiger Kartons.

»Sind das die Schachteln mit dem Schmuck?«, sagte RayAnne. »Sieht nicht nach besonders viel aus.«

Sydney schnitt eine kleine Grimasse. »Ja, und ein Teil davon ist ziemlich alt. Wir werden wohl kreativ werden müssen.«

»Na ja, Miss Bea ist ja auch schon ziemlich alt. Ich bin froh, dass wir ihr helfen können.« RayAnne ging hinüber zu den Kartons und fuhr mit den Fingern über den Weihnachtsbaum. »Ma, der ist irgendwie klebrig.«

»Ich weiß. Vielleicht können wir ihn putzen.« Sydney zupfte einige Tücher aus einem Karton auf der Theke. »Probier mal, was du ausrichten kannst.«

RayAnne arbeitete gute dreißig Minuten an dem Baum, während Sydney den Schmuck auspackte und die schönsten Sachen für das Schaufenster beiseitelegte.

Schließlich ging Sydney zur Eingangstür, drehte das Schild daran auf *GESCHLOSSEN* um und sperrte ab. »Wie geht's voran, Kleines?«

RayAnne rieb mit dem Tuch über die staubigen Nadeln und bemühte sich, den Schmutz davon abzuwischen. »Nicht so gut. Schau.«

Sydney sah genauer hin, dann stöhnte sie. »Meinst du, die Leute würden glauben, das ist Schnee?«

»Nö«, antwortete RayAnne. »Nicht mal mit einem Schild, das behauptet, es wäre Schnee.« Ein zweiter Anlauf mit etwas Glasreiniger erzielte auch kein besseres Ergebnis. »Das ist eine Katastrophe, Ma.«

»Ich hab eine Idee«, sagte Sydney. »Ich bin heute an einem Hinweisschild vorbeigekommen, auf dem stand, dass an einem Ort namens ›Weihnachtsdorf‹ Weihnachtsbäume verkauft werden. Lass uns mal hinfahren und nachsehen, was ein echter Baum kostet.«

Kapitel drei

Mac knüllte die Papierverpackung ihres Essens zusammen und stopfte sie in die Papiertüte, die er anschließend vom Esszimmer aus in den Mülleimer in der Küche warf.

Er traf immer.

Was ihn jedes Mal aufbaute.

Mac sah auf die Armbanduhr. »Du, Seth, ich hab noch eine Stunde, bevor ich heute Abend zur Arbeit muss. Lust auf ein bisschen Querfeldeinfahren?«

Mit großen Augen kam Seth zurück ins Zimmer gerannt. »Oh Mann, ja!«

»Dann geh und zieh dich um. Wir treffen uns draußen.«

Noch bevor Mac aufstehen konnte, eilte Seth die Stufen hinauf und ließ den Geruch von Ketchup und Pommes frites zurück. Mac wünschte, Seth würde auch so reagieren, wenn sie über Weihnachten redeten, doch dabei wurde der Junge jedes Mal verschlossen. Seths Mutter Genna hatte sie an Heiligabend verlassen. Vor langer Zeit zwar, aber die Narbe war bis heute geblieben.

Mac ging zur Garage und schob die beiden Allradfahrzeuge in die Auffahrt. Sein eigenes Grundstück umfasste »nur« rund achttausend Quadratmeter, aber es grenzte an ein zehn Hektar großes Areal, das früher einmal zu einem Golfplatz gehört hatte.

Der Sohn des Besitzers war einer von Macs besten First Basemen an der Hopewell High gewesen und hatte ein Stipendium an der Duke erhalten. Die Eltern waren so glücklich über das Stipendium gewesen, dass sie Mac die Erlaubnis erteilt hatten, das Grundstück zu benutzen, wann immer er wollte. Im ersten Jahr waren Seth und er jeden Quadratzentimeter abgewandert und hatten sogar dort gezeltet. Das war ein wenig, als hätte man ein eigenes Pfadfinderlager im Hinterhof.

Damals war Seth noch leicht zu beeindrucken gewesen. Bei einem Zwölfjährigen gestaltete sich das schon etwas schwieriger. Aber die Quads waren für Mac genauso aufregend wie für Seth.

Der Junge kam von der obersten Stufe direkt auf den Boden der Garage gehopst.

»Du brichst dir noch mal den übermütigen Hals, wenn du so weitermachst.« Doch Mac scherzte nur, denn er war in dem Alter genauso gewesen: unheimlich abenteuerlustig.

»Nö.« Seth zog seine Schutzausrüstung an und setzte den Helm auf, dann sprang er mit Anlauf auf den Sitz seines blauen Quads und ließ den Motor an.

Mac startete das eigene Fahrzeug und schnallte den Helm fest. Er sah Seth in die Augen, dann klopfte er zweimal mit der Handfläche auf seinen Helm.

Seth reagierte mit der gleichen Geste, gefolgt von einem Daumen hoch.

Ihr Zeichen dafür, dass sie gerüstet und bereit zum Losbrettern waren.

Mac drehte den Gasgriff und brauste voraus zur Einfahrt des ehemaligen Golfplatzes. Sie hatten längst eine Schneise im Gelände hinterlassen, und da um diese Jahreszeit alles abgestorben war, erwartete sie eine sanftere Fahrt als üblich.

Das Tor war nicht verriegelt, doch die zwischen den beiden Pfosten gespannte Eisenkette hielt die meisten Menschen fern. Mac stieg vom Quad, entfernte die Kette und schob den linken

Torflügel auf, bis er gegen ein hartes Knäuel verdorrten Unkrauts stieß.

Mac winkte Seth durch, bevor er wieder auf das eigene Fahrzeug sprang und seinem Sohn hinterherfuhr.

Wie üblich bog Seth an der Gabelung nach links. Seine Lieblingsstelle war der alte Bunker, früher, als Mac mit seinem Vater hier Golf gespielt hatte, Loch sieben. Mac tuckerte im Kreis, während Seth alles aus seinem Quad herausholte, Achten in den Sand fuhr und Fontänen in die Luft spritzen ließ.

Das Coole am Querfeldeinfahren mit den Quads war, dass sie dabei *immer* Spaß hatten, ganz gleich, ob es heiß, kalt, nass, trocken oder verschneit war. Und jede Ausfahrt fiel anders aus.

Der auf Macs Telefon eingestellte Alarm vibrierte in seiner Tasche.

Mac schwenkte die Arme über dem Kopf, ihr Zeichen dafür, heimzufahren. Seth vollendete eine letzte Kurve, bevor er zurück zum Tor lenkte.

Der Junge bretterte hindurch, dann wartete er, bis Mac zu ihm aufschloss und das Tor zuzog.

Mac bedeutete seinem Sohn mit einem Nicken, den restlichen Weg vorauszufahren.

Sie rollten gerade vors Haus, als Haley mit einem geschlossenen Behälter herübergeschlendert kam.

Die Frischvermählte lebte mittlerweile eigentlich in Norfolk in Virginia, verbrachte Vorweihnachtszeit und Feiertage aber bei ihren Eltern, weil ihr Mann zu einem Einsatz abgereist war. Haley hatte Mac einmal anvertraut, dass sie nicht sicher sei, was sie als härter empfand – als Frau eines Soldaten getrennt von ihrem Mann zu sein oder bei ihren Eltern zu wohnen.

Und so hatte es sich ergeben, dass Haley angeboten hatte, an den drei Tagen der Woche, an denen Mac seinem vorübergehenden Teilzeitjob nachging, auf Seth aufzupassen. Sie fühlte sich nicht so elend, wenn sie Zeit mit dem Jungen verbrachte, und für Seth fühlte es sich nicht so an, als würde er von einer Babysitterin beaufsichtigt. Eine Win-win-Situation für alle Beteiligten an zwei Abenden unter der Woche und an Samstagen.

»Sieht so aus, als hättet ihr gerade mächtig Spaß gehabt«, sagte sie.

Seth zog sich den Helm vom Kopf und hängte ihn über den Lenker. »Es war super.«

Mac schob sein Quad zurück in die Garage, danach half er seinem Sohn, das seine einzuparken.

»Ich hab Plätzchen gebacken.« Zu Seth meinte sie: »Ich habe mir gedacht, wir könnten sie heute Abend vielleicht zusammen verzieren.«

Seth klopfte sich mit den Händen die Jeans ab und wirbelte dabei kleine Staubwölkchen auf. »Können wir dabei auch ein paar essen?«

»Aber klar doch«, bestätigte sie. »Wo bliebe denn der Spaß dabei, Weihnachtsplätzchen zu verzieren, wenn wir sie nicht essen dürften?«

»Wo bleibt bei Weihnachten überhaupt der Spaß?«, konterte Seth.

»Das kann nicht dein Ernst sein.« Haley stellte die Plätzchen auf der Werkbank ab und stemmte die Hände in die Hüften. »Wer bitte schön liebt Weihnachten denn nicht? Außer dem Grinch. Oder Scrooge.«

Seth zuckte mit den Schultern. »Wie wär's, wenn wir sie einfach so verzieren, dass sie gut schmecken?«

Haley bedachte den Jungen mit einem skeptischen Blick. »Ich sag dir was: Du kannst deine verzieren, wie du willst. Ich verziere meine mit einem Weihnachtsmotiv, Mr Miesepeter.«

Seth hob die Hand und klatschte sie ab. »Ist mir recht.«

»Hebt mir einen Weihnachtskeks auf. Besonders gern hab ich Rot und Grün.« Mac wünschte, er könnte eine gute Ausrede für Seths Verhalten vorbringen, aber Haley kannte die Geschichte.

Mac liebte Weihnachten und konnte nur hoffen, dass er irgendwann eine Möglichkeit finden würde, diese Gesinnung auch in Seth wiederzuerwecken.

»Das wird schon noch«, meinte Haley mit einem Zwinkern.

»Ich gehe mich besser umziehen, sonst komme ich zu spät. Danke, dass du heute Abend wieder rüberkommst und bei Seth bleibst.«

»Geh nur. Ich mach das schon.« Haley nahm die Plätzchen und ging dicht gefolgt von Seth ins Haus.

Als Mac wieder nach unten kam, unterhielten sich Haley und Seth zwanglos in der Küche. »Ich muss los. Schickt mir eine SMS, falls ich auf dem Rückweg irgendwas mitbringen soll.«

»Wir kommen zurecht«, versicherte ihm Haley.

Jeder, der mit seinem zwölfjährigen Sohn zurechtkam, der sich oft so unverstanden fühlte, sammelte bei Mac dicke Pluspunkte. Und ihm gefiel, dass Haley unter Seths Launen nicht einknickte. War es verrückt, dass er hoffte, Seth würde Weihnachtsplätzchen mit roten und grünen Streuseln verziert haben, wenn Mac wieder nach Hause kam?

Mac fuhr hinüber ins Weihnachtsdorf. Elf Monate im Jahr diente der Ort als Jugendlager, aber seit dreizehn Jahren verwandelte er sich jeden Dezember in eine verschneite Miniaturstadt weihnachtlichen Frohsinns. Mac fiel es nicht schwer, sich daran zu erinnern, wann es begonnen hatte, denn in dem Jahr war Genna schwanger mit Seth gewesen.

Damals hatte Mac den Job als Teilzeit-Weihnachtsmann angenommen, um etwas dazuzuverdienen und etwas Besonderes für seine neue Familie kaufen zu können. Er war so aufgeregt darüber gewesen, Vater zu werden.

Das Weihnachtsdorf hatte sich als voller Erfolg erwiesen und der Gemeinde bereits eine Menge Geld eingespielt, das für ihre in Not geratenen Bewohner genutzt wurde. Sogar einen Fonds für Stipendien hatte man damit einrichten können. Jedes Jahr wurde etwas mehr in die Veranstaltung investiert, und mittlerweile erstrahlte das Weihnachtsdorf in solchem Glanz, dass selbst die echte Heimat des Weihnachtsmanns Mühe gehabt hätte mitzuhalten.

Mac fühlte sich geehrt, ein Teil des Teams zu sein. Er spielte seine Rolle als Weihnachtsmann jeden Dienstag, Donnerstag und Samstag im Dezember, seit sie die Tradition ursprünglich begonnen hatten.

Der örtliche Ruritan Club und jeder zusätzliche Helfer, der sich auftreiben ließ, brauchten über zwei Wochen, um das Gelände herzurichten und die alte Scheune und Reitanlage in einen magischen Ort zu verwandeln. Im Verlauf der Jahre hatten sie das Aufhängen der Lichter und das Aufstellen der Hollywood-artigen Kulissen perfektioniert, die für die Verwandlung der Anlage sorgten. Dieses Jahr hatten sie eine Schneemaschine hinzugefügt.

Gut, es war kein echter Schnee, was durch die Heuklappe oben in der Scheune herausgepustet wurde, sondern Blasen. Aber sie sahen wie Schnee aus, wenn sie herabrieselten und auf den Schneehaufenattrappen zu beiden Seiten des Spielwarenladens neben der Scheune landeten.

Hier zu arbeiten vermittelte Mac das Gefühl, wieder Kind zu sein.

Als vor einigen Jahren ein großes Kaufhaus die Pforten geschlossen hatte, erstand die Gemeinde bei der Auktion eine Reihe elektronischer Elfen. Die spitzohrigen, animierten Elfen hämmerten und sägten stundenlang vor sich hin. Kinder scharten sich vor dem langen Schaufenster des Spielwarenladens und beobachteten sie fasziniert.

Mac parkte den Wagen hinter dem Baumverkaufsbereich, um

auf dem Weg zum Umkleideraum nicht aufzufallen. Er verkörperte das bestgehütete Geheimnis im Weihnachtsdorf. Sicher, ein paar Erwachsene wussten schon, dass er unter dem roten Anzug und dem qualitativ hochwertigen Bart steckte, doch kein einziger seiner Schüler, ja nicht einmal Seth ahnte es.

Der Geruch von Tannen und Fichten wehte ihm entgegen, sobald er ausstieg. Es gab keine Duftkerze und kein Spray, die das Aroma eines echten Weihnachtsbaums ersetzen konnten. Mac bahnte sich den Weg zwischen den Bäumen hindurch, betrachtete das Angebot und nahm vor allem die größten Exemplare in Augenschein. Bunte Anhänger zeigten den Preis des jeweiligen Baumes. Aber der spielte keine Rolle. Mac wollte den größten, der in sein Haus passen würde, ganz gleich, was er kostete.

»Hallo, Mac. Brauchst du Hilfe? Suchst du dir heute Abend deinen Baum aus?« Ein Mann in einem roten Flanellhemd winkte in seine Richtung.

Mac ging zu ihm hinüber und schüttelte ihm die Hand. »Nein. Ist noch zu früh für uns. Das machen wir nächstes Wochenende. Immer zwei Sonntage vor Weihnachten. Ist Tradition. Aber du weißt, ich will den größten, den du hast.«

»Da hab ich genau das Richtige für dich. Also sehen wir uns nächstes Wochenende.« Dann sicherte sich ein Paar mit vier Kindern im Schlepptau die Aufmerksamkeit des Mannes, um einen kleinen Anderthalb-Meter-Baum zu kaufen.

Mac huschte durchs hintere Tor hinein und wandte sich nach links, wo eine Reihe von Gebäuden – große Holzschuppen auf Kufen – eine Anordnung wie die Hauptstraße am Nordpol bildete.

Schilder an gestreiften Zuckerstangen wiesen die Richtung zu den wichtigsten Plätzen. Teilweise handelte es sich um Stände von unabhängigen Händlern, aber am beliebtesten, abgesehen vom Weihnachtsmann selbst, war die *Mokkazone*, die von den örtlichen Pfadfindern betrieben wurde. Dort wurden frische

Kekse verkauft und mit kostenloser heißer Schokolade samt Marshmallows serviert. Damit kam jedes Jahr das meiste Geld herein. Seit die heiße Schokolade gratis verteilt wurde, landete in der Trinkgeldbox stets mehr, als sie zuvor jemals gegen Bezahlung eingenommen hatten.

Eine weitere Hütte hatte sich darauf spezialisiert, die Geschenke einzupacken, die in den anderen Geschäften gekauft worden waren. An den letzten Abenden vor Weihnachten würden Männer, die in letzter Minute noch etwas besorgten, davor die halbe Straße hinunter Schlange stehen.

Mac schaute hinüber zu seiner Station – dem Schneeschloss des Weihnachtsmanns.

Auch dort bildete sich bereits eine Schlange.

Mac bog in eine Gasse zwischen dem Spielzeugladen und dem Rentierstall. Sie hatten nur drei Rentiere, doch das schien niemanden zu stören, es wurde nicht einmal nach dem Rest gefragt. In einem leeren Abteil verkündete ein Schild auf einer Staffelei, dass Rudolph zur Insel der Nichtsnutz-Toys zurückgekehrt sei, um vor der großen Reise Freunde zu besuchen. Das amüsierte Mac nach wie vor.

Er sah sich rasch um, vergewisserte sich, dass ihn niemand beobachtete, dann huschte er nach links in den Umkleideraum, um in sein Weihnachtsmannkostüm zu schlüpfen.

Als er wieder hinaustrat, fühlte er sich voll in seiner Rolle. Ein Weihnachtsmann mit Leib und Seele.

An diesem Abend war die Luft warm, und durch all die Polsterung, die es brauchte, um ihn in einen dicken, fröhlichen Kerl zu verwandeln, würden es einige lange Stunden werden. Er hoffte, es würde noch abkühlen, wie es die Meteorologen ankündigten, denn bei niedrigen Temperaturen verbreitete sich die Festtagsstimmung leichter.

Mac steuerte auf seinen Posten zu. Rebecca, eine große, als Elfe verkleidete blonde Frau, stand neben den roten Samtkordeln, die den Gang zum Stuhl des Weihnachtsmanns säumten. Mit wie Zuckerstangen gestreiften Strümpfen und einem grün-weißen Kleid samt Glöckchen, die bimmelten, wenn sie sich bewegte, entsprach ihr Kostüm keinem typischen Helfer des Weihnachtsmanns. Aber wegen ihres freudestrahlenden Lächelns und ihres unbeschwerten Umgangs mit den Kindern war sie überaus beliebt. Deshalb arbeitete sie bereits das dritte Jahr hintereinander beim Schneeschloss des Weihnachtsmanns.

Rebecca hatte die Rolle als Oberelfe auf eine völlig neue Stufe erhoben.

Als Mac durch die Hintertür des Schneeschlosses eintrat, hatte ihm Rebecca bereits eine Liste der Namen der ersten fünf Kinder gesimst, einschließlich einiger kleiner Hintergrundinformationen, die sie von den Eltern erhalten hatte.

Eines der Kinder musste Mac wohl entdeckt haben, denn unter den Versammelten erhob sich Jubel. War nicht einfach, in einem roten Anzug und mit dichtem weißen Bart unbemerkt zu bleiben. Mac legte die Hände auf seinen gepolsterten Bauch, lehnte sich zurück und ließ sein bestes *Ho-ho-ho* erklingen.

Die Kinder jubelten noch ausgelassener, die Eltern grinsten, als durchlebten sie erneut die eigene Kindheit.

Mac vermutete, dass sich ein Rockstar vor ausverkauftem Haus so fühlen musste. Oder zumindest so ähnlich.

Er winkte, als er seinen Platz auf dem überdimensionierten, thronähnlichen Stuhl einnahm. Die Rückenlehne ragte einen guten halben Meter über seinem Kopf auf, und elegante Bogen zu beiden Seiten schufen einen drolligen Hintergrund für Fotos. Mac verstaute sein Handy in einer verborgenen Tasche, damit er im Verlauf des Abends Nachrichten von seiner Oberelfe empfangen konnte, ohne dass es jemand bemerkte.

Das erste Kind in der Schlange, ein flachsblonder Junge, der ungefähr fünf zu sein schien, hopste herum wie ein übereifriger Offensivspieler der Football-Profiliga. Hier würde es dafür keinen Strafpfiff eines Schiedsrichters geben. Mac beobachtete, wie die Mutter dem Kleinen etwas ins Ohr flüsterte, bevor sie seine Hand losließ. Mac schmunzelte. Der Ausdruck im Gesicht der Frau verriet ihm, dass sie ihren Sohn aufgefordert hatte, sich zu beruhigen und langsam zu gehen. Als der Junge dennoch wie eine Rakete auf Mac zuschoss, zuckte die Mutter mit den Schultern und schnaubte seufzend.

Aber Mac störte das kein bisschen. Er breitete nur die Arme aus und wappnete sich für den Zusammenstoß.

Uff! Der kleine Bursche traf ihn mit ganz schöner Wucht – in der Zukunft dieses Kindes zeichnete sich eindeutig Football ab. Mit geübtem Schwung hob sich Mac den Jungen auf den Schoß. »Wie geht's dir, Dylan?«

Der kleine Bursche schnappte verblüfft nach Luft. »Weihnachtsmann! Du erinnerst dich an mich. Ich hab's gewusst! Ich war dieses Jahr so brav. So viel braver als letztes Jahr. Immer brav. Brav. Brav. Brav.«

»Ich dachte mir schon, dass du auf der Liste der Artigen stehst. Was wünschst du dir denn dieses Jahr vom Weihnachtsmann?«

Der kleine Dylan beäugte ihn, dann zog er an seinem Bart.

Mac fing den Angriff ab und war dankbar, dass der Klebstoff des Bartes so gut hielt. Dann gab er ein herzhaftes »Aua!« von sich.

Dylan wirkte nervös. »Entschuldigung. Ich wollte dir nicht wehtun.«

»Entschuldigung angenommen.«

Dylan seufzte laut, bevor er loslegte. Der Junge ratterte eine Liste herunter, die jedem Vorstandsvorsitzenden eines Spielwarenherstellers bei dem Gedanken an den zu erwartenden Gewinn einen wohligen Schauer beschert hätte. Die Fantasie und Leidenschaft, die ein Kind für Weihnachtswünsche aufbringen konnte, faszinierten Mac. Selbst in einem Alter, in dem die Kleinen noch

Mühe hatten, das Alphabet aufzusagen, konnten sie bereits jedes Spielzeug nennen, das in den vergangenen dreißig Tagen im Fernsehen beworben worden war.

Er lauschte aufmerksam.

»Und das ferngesteuerte Auto, das du letztes Jahr gebracht hast, das ist kaputtgegangen, als Papa es ausprobiert hat, also glaub ich, deinen Elfen ist vielleicht ein Fehler damit passiert. Kann ich dieses Jahr ein besseres kriegen?«

»Danke, dass du mir Bescheid darüber gibst. Ich werde nachsehen, ob wir noch mehr von den vatersicheren ferngesteuerten Autos auf Lager haben. Klingt, als würdest du dieses Jahr eines davon brauchen. Was ist denn deine Lieblingsfarbe?«

»Rot. Echt schnelles Rot.«

»Okay. Ich glaube, davon haben wir gerade welche gemacht.« Auch Macs Vater war einer jener Väter gewesen. Einer der Sorte, die die Spielsachen bereits am ersten Weihnachtstag kaputtgemacht hatten, nicht selten, bevor Mac selbst Gelegenheit gehabt hatte, sie auszuprobieren. Was immer für mächtige Enttäuschung gesorgt hatte. Sein Dad war bis zum Tag seines Todes vor zehn Jahren ein großes Kind geblieben. Sogar ein paar von Seths Geschenken hatte er im Lauf der Jahre kleingekriegt. Die Begeisterung für Weihnachten hatte Mac von ihm geerbt.

Der kleine Dylan plapperte immer noch. »Mama und Papa backen richtig gute Kekse. Wir legen welche für dich hin, damit du nicht hungrig wirst, wenn du von Haus zu Haus gehst.«

»Danke. Aber meine Rentiere werden auch hungrig. Ob du wohl eine Karotte für sie bereitlegen könntest?«

»Weiß nicht genau.« Der Junge hob einen Finger an die geschürzten Lippen. »Wie wär's mit einem Apfel?«

»Ich denke, das wäre auch in Ordnung. Fröhliche Weihnachten, Dylan!«

Und kaum hatte Dylan die Stufen verlassen, hielten Zwillinge in identischen roten Kleidern mit Spitzenkragen und schwarzen

Lacklederschuhen auf ihn zu. So, wie die Kleine links sich bewegte, war sich Mac ziemlich sicher, dass sie von den neuen Schuhen bereits eine Blase hatte.

»Fröhliche Weihnachten! Seid ihr dieses Jahr brav gewesen?«

Beide Mädchen nickten. Mac spähte auf das über ihren Köpfen platzierte Telefon. Rebecca übermittelte die Informationen. »Lisa«, sagte er und nickte nach links. »Und Lori. Wünscht ihr euch zu Weihnachten beide das Gleiche?«

»Ja!«

»Tja, das gibt doppelt so viel Spaß. Und was möchtet ihr dieses Jahr?«

Die Reihe der Kinder setzte sich zwei Stunden lang fort, doch obwohl Mac müde und verschwitzt war und ihm sein Sohn fehlte, machte es ihm im Grunde nichts aus. Er empfand diese Zeit des Jahres als magisch, und diese Augenblicke füllten seinen Vorrat für das ganze restliche Jahr auf.

Kapitel vier

Sydney und RayAnne hielten an und aßen zu Abend, danach fuhren sie weiter zum Weihnachtsdorf. Gestreifte Zuckerstangen und kristallblaue Schneeflocken schimmerten an jeder Reihenmarkierung des Parkplatzes. Familien schlenderten Hand in Hand auf den stark frequentierten Eingang zu.

Wieder wurde Sydney vor Augen geführt, wie sehr sich Hopewell von Atlanta unterschied. Für einen guten Parkplatz schienen die Leute gern geduldig zu warten, während andere ihre Kinder in die Autos setzten und ihnen die Sitzgurte anlegten. Eine junge Mutter hetzte hinter ihrem Sohn her, der bereits zweimal ausgebüxt war. Schließlich hievte sie sich ihn auf die Hüfte, obwohl er dafür eigentlich schon viel zu groß war. Er wand sich in ihren Armen, als sie einen mit blinkenden Lichtern geschmückten Baum passierten und auf einen Minivan zusteuerten.

Sydney erinnerte sich noch gut an die Tage, als RayAnne in der Lage zu sein schien, sich schneller in Luft aufzulösen, als Sydney blinzeln konnte.

Ihre Tochter setzte sich aufrechter hin. »Ich hätte nicht gedacht, dass es in ganz Hopewell so viele Autos gibt!«

»Der Ort hier muss ziemlich beliebt sein.« Sydney fuhr im Schritttempo drei Reihen ab, bevor sie eine freie Lücke fand.

»Cool!« RayAnne drückte die Hände an die Fensterscheibe. »Wie am Nordpol. Schau nur, Mama! Das sieht wie ein Dorf aus.«

»Bea hat gesagt, die Fahrt würde sich lohnen. Scheint so, als wären wirklich alle hier.«

»Ich hoffe, ich sehe niemanden aus der Schule«, meinte RayAnne, als sie aus dem Auto stieg. »Die würden mich für total uncool halten. Das würde mir ewig nachhängen.«

RayAnne wechselte neuerdings mit Lichtgeschwindigkeit zwischen Kind und Diva hin und her. »Na ja, wenn du jemanden triffst, dann ist der doch auch hier. Richtig? Wie also könnte er sich deshalb über dich lustig machen?«

RayAnnes Züge hellten sich auf. »Ja. Du hast recht.«

»Siehst du – kein Grund, sich darüber den Kopf zu zerbrechen.« Allerdings wusste Sydney durchaus, wie grausam Kinder sein konnten, und RayAnne war die Neue an der Schule. Trotzdem wollte sie ihre Tochter auf keinen Fall um ihre letzten Jahre mit echtem Weihnachtsvergnügen bringen.

Sie marschierten an einer langen Schlange von Kindern mit ihren Eltern vorbei, die auf ihre Chance für eine Audienz beim Weihnachtsmann warteten. RayAnne deutete mit dem Kopf nach vorn und lief voraus, folgte der Beschilderung zum Bereich mit den Bäumen auf der gegenüberliegenden Seite der Anlage.

Sydney verlangsamte die Schritte und beobachtete, wie sich der Mann im roten Weihnachtsmannkostüm ein kleines Mädchen auf die Knie hob. Erinnerungen an RayAnne in dem Alter wärmten ihr das Herz. Damals hatte sie ihre Tochter noch ohne Kampf in ein Kleid stecken können. Schon komisch, wie sich in so wenigen Jahren so viel verändern konnte. Jon und sie hatten darüber diskutiert, RayAnne die Wahrheit über den Weihnachtsmann zu sagen. Sydney hatte nicht die sein wollen, die diesen Zauber zerstörte ... auch wenn RayAnne vielleicht bereits Bescheid wusste. Was im Alter von zehn wahrscheinlich der Fall war.

Aber Jon hatte immer gepredigt: »Nur wer an den Weihnachtsmann denkt, wird von ihm auch beschenkt.« Und so ging das Schweigen über die Wahrheit weiter.

Der Weihnachtsmann beugte sich nickend vor und sagte etwas zu dem Mädchen, dann lauschte er lächelnd, als die Kleine voll Begeisterung ihre Wunschliste herunterrasselte. Sie zählte sogar an den Fingerchen mit, bis ein herzliches *Ho-ho-ho* durch die Luft dröhnte.

Die Kleine sprang vom Schoß des Weihnachtsmanns und rannte mit einem Lächeln, so strahlend wie der Polarstern selbst, in die Arme ihrer Mutter. »Ich liebe den Weihnachtsmann!«, rief sie.

Sydney hob unwillkürlich die Hand ans Herz. Während sie den süßen Augenblick noch verinnerlichte, drehte sie sich um und erblickte RayAnne, die mit vor der Brust verschränkten Armen vor ihr stand. Da war sie wieder, diese Einstellung. Als wäre noch nicht schlimm genug, dass ihre Ehe in die Brüche gegangen war, führte sich ihre Tochter mit nur zehn Jahren bisweilen wie ein hormongesteuerter Teenager auf. Ein Umstand, der Sydney in den Wahnsinn zu treiben drohte. Alle Welt meinte dauernd zu ihr, sie solle sich keine Sorgen machen. Kinder seien belastbar, und es werde sich schon alles einrenken. Das sagte sich leicht, wenn man sich nicht tagtäglich damit herumschlagen musste. An den meisten Tagen war Sydney nicht sicher, ob sich für sie beide je wieder irgendetwas einrenken würde.

»Ich dachte, wir wollen nach einem Baum suchen.« RayAnnes schneidend ausgesprochene Worte zerbrachen den Augenblick.

»Wollen wir auch«, gab Sydney zurück. »Ich hab mich nur ein bisschen umgesehen. Willst du den Weihnachtsmann besuchen, wenn wir schon mal hier sind? Zeit hätten wir.«

»*Ne-in*. Du hast gesagt, du fährst mit mir am Samstag nach Hause zu unserem üblichen Weihnachtsmann.«

Das hatte Sydney tatsächlich, und Mann, wie sehr bereute sie es mittlerweile! Es würde eine lange Fahrt zurück nach Atlanta werden. Aber zu dem Zeitpunkt hatte sie sich wegen des Umzugs so schuldig gefühlt, dass sie RayAnne praktisch alles versprochen hätte. »Richtig.« Ihr inniger Wunsch, ihre Tochter würde das Versprechen vergessen, würde sich demnach wohl nicht erfüllen.

Der Weihnachtsmann warf sich in Pose, als seine Elfe ein Foto schoss. In der Nähe bedeuteten die Eltern ihrem Kind winkend, in die Kamera zu schauen.

Sydney erinnerte sich noch an das erste Mal, als RayAnne auf die Knie des Weihnachtsmanns geklettert war. Kein Weinen. Kein Zetern. Keine Angst. Und ihre Tochter war immer noch ziemlich furchtlos.

Mit einem grellen Blitzlicht wurde ein weiterer Moment festgehalten. Eines Tages würden vielleicht die Enkel jenes Kindes das Bild betrachten und sich danach erkundigen, wie Weihnachten früher gewesen war.

Irgendwo in Sydneys alten Fotoalben gab es ein Bild von Jon und ihr zusammen auf dem Schoß des Weihnachtsmanns aus der Zeit vor ihrer Heirat. Damals waren sie so unbeschwert gewesen. Im Verlauf einer Ehe änderten sich Dinge. Sie fragte sich, ob Jon mit seiner neuen Freundin gerade irgendwo auf den Knien eines Weihnachtsmanns Platz nahm, um mit ihr für ein aktuelles Foto in die Kamera zu grinsen. Allein der Gedanke daran krampfte ihr den Magen zusammen.

Sie wandte sich dem Bereich mit den Bäumen zu und setzte sich in die Richtung in Bewegung. RayAnne lief ein paar Schritte voraus. Manchmal wirkte die Kleine so erwachsen für ihr Alter. Was jedoch so unberechenbar wie das Wetter hier im Süden war und sich jeden Moment ändern konnte.

Sie betraten den Bereich und schlenderten zwischen den Bäumen umher.

»Papa würde der da gefallen«, meinte RayAnne und zupfte am Ast eines hohen, dünnen Baumes mit langen Nadeln.

»Ja. Sieht genau wie einer aus, den er aussuchen würde.« Sydney ging weiter. Es interessierte sie kein bisschen mehr, was Jon gefiel, und manchmal fiel es ihr nicht leicht, sich eine entsprechende Äußerung zu verkneifen.

Ein Schild enthielt eine Aufstellung der Etikettenfarben und der Preise. Sogar die günstigsten Bäume kosteten mehr, als Sydney für das Schaufenster bei einem Teilzeitjob ausgeben wollte, und Bea hatte unmissverständlich klargemacht, dass sie kein Budget für Neuanschaffungen hatte. Und in Sydneys eigenem Portemonnaie war jeder Dollar verplant, bis sie Anfang nächsten Jahres ihren neuen Job in der Marketing-Agentur antreten würde.

Sie seufzte schwer. Sie wollte so sehr, dass die Auslage des Ladens wunderschön wurde. Für Bea. Für RayAnne. Doch so wunderbar ein echter Baum wäre, es ergab keinen Sinn, ihre Ersparnisse anzuzapfen, um einen zu kaufen. Es musste eine andere Möglichkeit geben.

Wieder ließ sie den Blick durch das Weihnachtsdorf wandern. An diesem Ort gab es mehr Weihnachtsschmuck, als die meisten Geschäfte über eine Besitzer-Generation ansammeln würden.

Da das Leitmotiv des *Book-Bea* dieses Jahr *O Tannenbaum* lautete, schien es nur natürlich zu sein, dass ein Baum das Schaufenster zierte. Allerdings sah dieses schäbige künstliche Exemplar im Laden regelrecht deprimierend aus. Aller Schmuck der Welt würde daran nichts ändern können. Und der Baum, den Sydney zu Hause auf dem Dachboden hatte, wäre zu groß. Auch das würde also nicht funktionieren.

Wieder fiel ihr Blick auf das Dekor der Straßenlaternen.

Die gefranste Girlande brachte sie auf eine Idee. Letztes Jahr hatte sie etwas gesehen, was jemand auf Pinterest gepostet hatte. Es hatte schick ausgesehen und war etwas völlig anderes gewesen. Und es würde sich wunderbar für einen Buchladen eignen. Würde sie das hinbekommen? Es gab nur einen Weg, es herauszufinden.

»RayAnne. Wo bist du?« Sydney kehrte um, bis sie ihre Tochter neben dem Baum vorfand, der Jon gefallen würde. »Wir versuchen statt des Baumes etwas anderes.«

»Aber der hier gefällt mir.«

»Das weiß ich, doch das ist keine vernünftige Investition. Komm mit.« Erst nach mindestens zehn Schritten bemerkte Sydney, dass RayAnne ihr nicht folgte. »Was machst du da?«

»Ich weiß nicht, warum wir den Baum nicht kaufen können. Er ist perfekt.«

Sydney spürte, dass sie allmählich die Geduld verlor. »Er ist *nicht* perfekt, RayAnne. Viel zu groß für das Schaufenster bei *Book-Bea*. Und wir geben für die kurze Zeit bis Weihnachten nicht so viel Geld dafür aus.«

»So also läuft es von jetzt an? Papa kann mit all dem Geld machen, was immer er will, und du bist ständig pleite. Das ist kacke.«

Sydney wirbelte herum. »Sprich nicht in diesem Ton mit mir, RayAnne. Lass es einfach. Ich bin traurig. Du bist traurig. Aber das sind nun mal die Karten, die uns ausgeteilt worden sind. Und, ja, dein Papa wird immer mehr Geld haben als ich. Doch er wird dich nie mehr *lieben* als ich.« Sydney wünschte, sie hätte sich die Worte verkniffen. Ihre Kieferpartie war angespannt, ihre Unterlippe bebte.

RayAnne hatte recht. Es war wirklich kacke.

Diesmal wartete sie nicht auf ihre Tochter. Sie marschierte schnurstracks zum Auto, stieg ein, schlug die Tür zu, umklammerte das Lenkrad und hoffte inständig, sie würde nicht in Tränen ausbrechen.

Und vielleicht passierte genau das, wenn man alles zu lange in sich hineinfraß und niemanden zum Reden hatte. Irgendwann brach anscheinend alles als tränenreiches Chaos aus einem hervor. Ein Chaos, das sich nicht so ohne Weiteres beseitigen ließ.

RayAnne öffnete die Tür und nahm auf dem Beifahrersitz Platz. Sydney hatte keine Ahnung, wie viel Zeit verstrichen war.

»Es tut mir leid, Ma.«

»Du hast recht. Es *ist* kacke. Keine Ahnung, wem ich was vormachen will.«

»Wir kriegen das schon hin«, sagte RayAnne.

Ihre Tochter legte ihr die Hand auf die Schulter, wodurch sie nur weitere Tränen auslöste. Vielleicht hätte sie erlauben sollen, dass RayAnne bei Jon blieb. Das hatte die Kleine gewollt. Es war durch und durch egoistisch von Sydney gewesen, dass sie gedacht hatte, RayAnne würde bei ihr besser aufgehoben sein, nur weil sie die Mutter war. In Wirklichkeit wollte sie lediglich beweisen, dass RayAnne und sie zusammen glücklich sein konnten. Dass sie die finanziellen Mittel, die Jon so mühelos bereitstellen konnte, dafür nicht brauchten.

»Ma, erzähl mir, was für eine Idee du für das Schaufenster hast.«

»Wird wahrscheinlich ohnehin nicht funktionieren«, sagte Sydney. Abgesehen davon fühlte sie sich mittlerweile ausgelaugt. All der Schneid und die Energie, die sie noch vorhin verspürt hatte, waren aus ihr abgeflossen, als hätte jemand den Stopfen einer vollen Badewanne gezogen. Sie wusste, dass man nicht zu viel versprechen und dann zu wenig halten sollte. Doch genau das würde sie gleich tun. Und die Vorstellung widerstrebte ihr zutiefst. Zwar wollte sie unbedingt gute Arbeit leisten, aber sie hatte nichts, womit sie dekorieren konnte, und RayAnne war nicht wirklich mit dem Herzen dabei.

»Lass es uns versuchen. Ich helfe dir. Wir wollen Miss Bea doch nicht enttäuschen.«

»Wie bist du nur so klug geraten?«

»Glück, schätze ich.« RayAnne umarmte sie, bevor sie den Sitzgurt anlegte. »Ich hab dich lieb, Mama. Ich wollte dich nicht traurig machen.«

Sydney kramte in der Mittelkonsole nach einer Serviette und putzte sich die Nase. »Na schön, fangen wir eben von vorn an.«

Damit drehte sie den Schlüssel im Zündschloss, rollte los und fuhr zum *Book-Bea*.

Um diese Zeit erwies es sich als einfach, einen Parkplatz unmittelbar vor dem Buchgeschäft zu bekommen.

Sydney und RayAnne stiegen die Stufen hinauf, und Sydney sperrte die Tür mit ihrem Schlüssel auf. Drinnen tastete sie in der Dunkelheit die Wand entlang, suchte nach dem Lichtschalter.

Sich an diesem Ort aufzuhalten verlieh ihr neue Kraft und Zuversicht.

Als sie den Schalter endlich fand, gingen die Lichter flackernd an. »Okay. Du musst für mich Folgendes tun«, sagte sie zu RayAnne. »Nimm den Bücherwagen da drüben, fahr jeden Gang entlang und sammle Bücher ein, die rote, weiße oder grüne Rücken haben. Ich würde sagen, wir fangen mit sechzig Stück an und sehen mal, wie weit wir damit kommen. Zwanzig große. Dazu nach Möglichkeit zwanzig mittlere und zwanzig kleine.«

RayAnnes Züge hellten sich auf. »Cool. Okay. Das bekomme ich so was von hin.« Damit brach sie unternehmungslustig auf. Einen Gang hinunter und gleich zum nächsten. Die dumpfen Laute der auf dem Wagen landenden Bücher durchbrachen die Stille.

Sydney schnappte sich einen runden Beistelltisch neben einem überfüllten Stuhl in der Nähe des Kinderbereichs und trug ihn zum Schaufenster.

Die Tiefe der Auslage maß an der breitesten Stelle knapp anderthalb Meter, die Breite wahrscheinlich um die zweieinhalb Meter – besser konnte es Sydney ohne Maßband nicht abschätzen. Reichlich Platz. Sie räumte die Bücher weg, die im Schaufenster auf drei verschiedenen Podesten ausgestellt wurden, und sortierte die mit roten, weißen oder grünen Rücken aus, um sie der Sammlung hinzuzufügen, die RayAnne gerade holte.

Dann hob sie den Tisch ins Schaufenster und manövrierte ihn in die Mitte. Allmählich nahmen die Dinge vor ihrem geistigen Auge Gestalt an. Sie begann, *O Tannenbaum* zu summen, entfernte sich vom Schaufenster und ordnete den Schmuck in drei Stapel.

1. Was sie definitiv verwenden konnten.
2. Was sie im Notfall vielleicht verwenden konnten.
3. Was auf jeden Fall aussortiert werden musste.

Sydney ging zu den Kartons, die sich neben der Ladentheke wie eine riesige Hochzeitstorte stapelten.

In einem davon fand sie brandneue kleine LED-Weihnachtslichter. Volltreffer!

Vielleicht hatte sie ja irgendjemand mit ein wenig Weihnachtszauber belegt, als sie noch im Weihnachtsdorf gewesen waren. Von neuer Hoffnung erfüllt, setzte sie sich auf den Boden und öffnete ganze vier Kartons mit Weihnachtslichtern. Sie verknüpfte die Ketten miteinander, schloss ein Ende an den Anfang der nächsten an. Ein leichtes Unterfangen.

»Hab die Bücher«, verkündete RayAnne, die mit dem Wagen unmittelbar vor ihr zum Stehen kam. »Was machst du da?«

»Ich hab Lichterketten gefunden. Ich denke, die sollten reichen, um das Schaufenster damit zu umrahmen. Ich hoffe nur, sie funktionieren auch.«

»Ich drück die Daumen!«, rief RayAnne.

Sydney presste die Lider zu und schloss die Lichterketten an einer Steckdose an. Zum Glück strahlten die blauen Lämpchen so hell, dass sie nicht einmal die Augen öffnen musste, um zu wissen, dass sie funktionierten.

RayAnne quiekte aufgeregt. »Das sieht wunderschön aus. So viel schöner als die Lichter, die wir immer zu Hause an unserem Baum hatten.«

»Stimmt«, pflichtete Sydney ihr bei. Nur ging ihr in Wirklichkeit durch den Kopf: *Ich brauche dich nicht, Jon Ragsdale.* Gut, im Großen und Ganzen vielleicht nur ein winziger Sieg – doch an diesem Tag fühlte er sich riesig an. Sonst hatte sich immer Jon um die Weihnachtsbeleuchtung gekümmert. Eine Aufgabe, die er stets als überaus anspruchsvoll dargestellt hatte. Wie sich herausstellte, war sie ohne Weiteres zu bewältigen.

Außerdem hatte er immer auf großen bunten Lämpchen bestanden. Deshalb hatten sie genau das gehabt. Jedes Jahr. Dabei hatte Sydney stets die winzigen LED-Lichter als so hübsch empfunden, und sie hatte recht gehabt. Es verzauberte sie regelrecht, wie wunderhübsch sie leuchteten.

Allmählich wurde ihr klar, wie schrecklich viele Zugeständnisse sie in ihrer Ehe gemacht hatte. Sie könnte sich daran gewöhnen, völlig unabhängig zu sein.

Sydney wickelte sich einen langen Strang der Lichterkette um die ausgestreckten Arme und reichte den Rest RayAnne zum Halten. »Nimm den Hammer und die Nägel, während ich hinaufsteige.«

»Du willst hämmern?« RayAnne sah Sydney an, als hätte sie vor, zu einem Boxkampf in den Ring zu steigen.

»Klar.«

»Weißt du auch, wie das geht?«

»Sicher.« Im Verlauf der Jahre hatte Sydney schon das eine oder andere Bild aufgehängt. Sie stieg auf die kleine rote Metalltrittleiter, schlang sich die Lichterkette um den Hals und streckte den Arm zu RayAnne, um den Hammer entgegenzunehmen.

»Ich halte das für keine gute Idee. Was, wenn wir das Fenster zerbrechen?«

Für den Bruchteil einer Sekunde erstarrte Sydney. »Ach, es passiert schon nichts.«

Zögerlich reichte ihr RayAnne den Hammer und zwei Nägel. »Hier, bitte.« Das Mädchen trat einen Schritt zurück.

»Wo willst du denn hin? Vertraust du mir etwa nicht?«

RayAnne presste die Lippen zusammen und kicherte.

»Ich seh schon, was los ist. Aber wir sind ein gutes Team. Vertrau mir, es passiert nichts.« Sydney klemmte sich einen Nagel zwischen Zeigefinger und Daumen, setzte ihn am Fensterrahmen an, holte mit dem Hammer aus und schwang ihn. Der Nagel segelte quer durch den Raum.

RayAnne lachte laut auf und eilte los, um den glänzenden Metallstift zu holen.

»Hoppla.«

»Drei Versuche, danach bist du raus, Ma.«

»Sehr komisch.« Sydney setzte den anderen Nagel an derselben Stelle an und drückte ihn ins Holz, um ihn diesmal besser zu fixieren. Die ersten drei Schläge trafen ihr Ziel. Sydney wurde selbstsicherer und schlug beim letzten Mal ein wenig fester zu. Prompt landete der Hammer direkt auf der Glasscheibe.

Ihr Mut sank. Beinahe fürchtete sie sich davor hinzusehen.

RayAnne sog scharf die Luft ein und hechtete zum Fenster. »Ist es zerbrochen?«

Sydney zuckte zusammen, als sie einen genaueren Blick darauf warf. Aber nein, die Scheibe hatte standgehalten. »Da haben wir ja noch mal Glück gehabt.«

»Wir? *Du* hast Glück gehabt. Meine Idee war das nicht«, sagte RayAnne.

»Hast du eine bessere?«

Das Mädchen trat ans Fenster und legte einen Finger an die Innenseite des Rahmens. »Was ist damit?«

Sydney bückte sich, um zu erkennen, wovon RayAnne redete. Winzige angeklebte Haken säumten das Fenster in Abständen zu je ungefähr einem halben Meter. Wahrscheinlich schon seit Jahren. »Warum sind uns die nicht schon früher aufgefallen?«

»Weil sie transparent sind.«

»Stimmt«, sagte Sydney. »Ich glaube, wir können die Lichterkette in die Richtung verlegen.« Schien ein wesentlich besserer Plan zu sein, denn sosehr ihr das Eingeständnis widerstrebte: RayAnne hatte recht. Dieses Unterfangen hätte sich durchaus als peinlicher und kostspieliger Fehler erweisen können, den sie sich nicht leisten konnte. »Versuchen wir's mit den Haken.« Es dauerte nur wenige Minuten, die Lichterkette aufzuhängen.

Mittlerweile verdrängte abendlicher Regen die vom Tag verbliebene Wärme. Ihr taten all die Menschen leid, die sich beim Weihnachtsmann angestellt hatten, denn es schien, als würde alles gleich in einem heftigen Regenguss untergehen.

Die Tropfen prasselten auf das Verandadach und klopften einen melodischen Hintergrundtakt für ihr Projekt. Die Wetterfrösche sagten für die nächsten Tage niedrigere Temperaturen voraus. Was Schnee bedeuten konnte. Allerdings war Sydney nie zu Weihnachten in Hopewell gewesen, daher wusste sie nicht wirklich, was zu erwarten war.

Wären die Regentropfen Schneeflocken, würden sie bis zum nächsten Tag kniehoch in weißer Pracht versinken.

Als Sydney die Lichterkette aufhängte, dachte sie daran zurück, wie sie davon geträumt hatte, ihre kleine Familie würde hier in Hopewell weiße Weihnachten verbringen, nachdem ihre Großmutter gestorben war und ihr das Haus hinterlassen hatte. Jon hätte Holz für den Kamin hacken und RayAnne anschließend auf die Schultern nehmen können, damit sie die hohen Bereiche des Baumes schmücken konnte. Denn natürlich würden sie einen Baum besorgt haben, der ganz hinauf bis zur alten, dreieinhalb Meter hohen Decke gereicht hätte. Sie hätten alle drei in neuen Weihnachtspyjamas nach dem Schmücken des Baumes mit heißem Kakao am Kaminfeuer sitzen können. Natürlich war nichts davon je geschehen. Jon hatte nie eingewilligt, auch nur ein Dezember-Wochenende hier zu verbringen, geschweige denn die Feiertage.

Sydney stieg von der kleinen Trittleiter und brachte die letzten Zentimeter der Lichterkette entlang der Seite des Fensters an. In Gedanken konnte sie immer noch hören, wie Jon nüchtern erklärte, Weihnachten solle man zu Hause verbringen. Und jetzt würde ausgerechnet er ihre Tochter in irgendeine Hütte in West Virginia mitnehmen.

Rückblickend wäre es in Wirklichkeit schwieriger für ihn gewesen, heimliche Besuche bei seiner Geliebten unterzubringen, wenn sie über die Feiertage weggefahren wären. Und als Sydneys ehemals beste Freundin ihr erzählt hatte, dass Jon diese junge Frau schon die letzten zwei Jahre – als Sydney noch gedacht hatte, sie wären eine glückliche Familie – zur Weihnachtsgala der Kulturstiftung mitgenommen hatte, wäre sie daran beinahe zerbrochen. Jon hatte genau wie Sydneys Freundinnen gewusst, wie sehr sie sich für diese Kulturstiftung interessierte. Sydney hatte sogar dabei geholfen, das Co-Branding-Logo für das Firmensponsoring mit der Kulturstiftung zu entwerfen. Ohne sie hätte Jon den Kunden vielleicht nie an Land gezogen. Er hatte immer steif und fest behauptet, er wollte nicht hingehen – dabei wollte er nur *mit ihr* nicht hingehen. Alle hatten es gewusst, und sie hatte nie einen Verdacht geschöpft. Das tat immer noch weh.

Sydney schluckte den bitteren Geschmack herunter, den die Erinnerung in ihrem Mund hinterließ.

Die düsteren Gedanken drohten, ihre Stimmung zu dämpfen. Jon hatte über zwei Jahre lang hinter ihrem Rücken eine Affäre gehabt, bevor er sie letztlich verlassen hatte, und dass sie völlig ahnungslos gewesen war, ließ sie immer noch wütend werden.

Gute Gedanken. Neues Leben. Positive Einstellung. Bessere Zukunft, sagte sie sich in Gedanken vor.

Mithilfe dieses Mantras hatte sie sich ihre geistige Gesundheit bewahrt … bisher.

Sie zog das Kabel straff, damit sich die Lämpchen zu einer geraden Linie aufreihten.

»Das sieht perfekt aus!« RayAnne tänzelte unter ihr auf der

Stelle, als sie die Hände hochstreckte und ihr weitere Lichterketten reichte.

Die winzigen Lampen warfen einen traumhaften Schein an das nasse Glas – die Regentropfen, die vom Wind gegen das Fenster geworfen worden waren, reflektierten den Lichtschein auf eine Weise, die Sydney an die warmen Blautöne karibischer Gewässer erinnerte. Um diese Zeit am Abend herrschte in Atlanta noch reges Treiben, hier jedoch war alles ruhig. Oder vielleicht ging es in einer Kleinstadt wie dieser generell ruhiger zu.

Ohne Menschenauflauf ist das Dekorieren ohnehin einfacher, dachte sie.

In Teilzeit hier bei Bea zu arbeiten war ein gewaltiger Glücksfall gewesen. Sydney hatte sich schon lange nicht mehr so tüchtig gefühlt.

Im *Book-Bea* hatte sie einst ihre Liebe zum Lesen entdeckt, und wenn sie das bei jemand anderem ebenfalls erreichen konnte, hielt sie das für einen guten Grund, Zeit dafür zu opfern. Sie hatte das Gefühl, hierher ins *Book-Bea* zu gehören. Und im Augenblick brauchte sie das mehr als alles andere.

Zum ersten Mal in diesem Jahr, in dem sie nach irgendeinem Halt gesucht hatte, fühlte sie sich, als wäre sie zur richtigen Zeit am richtigen Ort und hätte in der Hand, wonach sie getastet hatte.

»Geh doch mal vorn raus und sag mir, ob es gut aussieht«, bat Sydney ihre Tochter.

RayAnne schloss die Tür auf und lief hinaus. Mit zusammengekniffenen Augen betrachtete sie Sydneys Werk und reckte dann beide Daumen in die Höhe, bevor sie zurück ins Geschäft kam. »Herrje, ist es jetzt kalt.«

»Im Radio hat es geheißen, dass es frostig wird.«

»Hätte nicht gedacht, dass es so schnell abkühlen würde. War doch noch warm, als wir bei dem Baumstand waren.«

»Schätze, das Wetter ist hier wohl ein wenig unberechenbar«, meinte Sydney.

»Wäre das nicht komisch, wenn mich Papa zum Skifahren irgendwohin mitnimmt, wo es Schnee gibt, und du hier ohnehin Schnee hättest?«

»Könnte passieren.« Sydney wollte nicht zulassen, dass die Erwähnung von Jon ihr erneut die Stimmung verdarb. Es schien besser zu sein, das Thema zu wechseln. »Also, wir machen Folgendes: Wir stapeln jetzt mal alle Bücher, die du geholt hast, nach Größe. Die großen zuerst.«

Zu zweit brauchten sie nicht lange, um den Bestand in drei Stapel jeweils ähnlich großer Bücher zu sortieren.

Sydney stieg zurück ins Schaufenster und streckte sich zurück zu RayAnne. »Reich mir die Bücher an. Die großen zuerst.«

»Ich weiß immer noch nicht, was wir da eigentlich machen.«

»Wenn es klappt, wirst du's in ein paar Minuten wissen.« Sydney legte eine Reihe von Büchern mit den Rücken nach außen flach zu einem Kreis. Dann folgte ein weiterer Kreis, der den ersten nach innen überlappte.

RayAnne sorgte für steten Nachschub an Büchern.

Nach ein paar übereinandergestapelten Reihen rief RayAnne: »Wie cool! Das wird ein Baum aus Büchern.«

»Ja.« Sydney stand auf und wich ans Fenster zurück, um den Gesamteindruck besser zu erkennen. Die roten, grünen und weißen Buchrücken vermittelten eine angenehme Weihnachtsstimmung, und allmählich nahm der Stapel die konische Form an, auf die sie gehofft hatte. »Bevor wir weitermachen: Geh bitte und hol mir die Lichterkette mit den großen bunten Lämpchen von der Ladentheke.«

Kurz darauf kam RayAnne damit zurück und trug sie wie eine Königsboa.

»Schließ sie mal an, um zu sehen, ob sie auch funktioniert.«

Das Mädchen stöpselte den Stecker in eine Wandsteckdose … doch nichts geschah. »Oh-oh«, machte RayAnne.

»Hmmm«, brummte Sydney. Das war das Problem mit diesen alten Lichterketten. Ein kaputtes Lämpchen – und nichts leuchtete. »Gib mir mal das andere Ende.«

Sie fing an, jedes der Lämpchen hin und her zu bewegen, um nach einem Wackelkontakt zu suchen. RayAnne folgte ihrem Beispiel und begann am anderen Ende. Plötzlich erwachte die Lichterkette zum Leben.

Sydney jubelte.

»Super!« RayAnne legte einen Freudensprung hin. »Was jetzt?«

Sydney fädelte das Kabel durch die schmale Lücke hinten im Bücherbaum, dann begann sie, die Lämpchen in den Abständen zwischen den Büchern zu platzieren.

Die bunten Lichter spielten hübsch auf den Hochglanzeinbänden.

»Mama, das wird *so* schön aussehen! Wie Magie. Ich wette, das wird die beste Auslage, die der Laden je gehabt hat.«

»Das hoffe ich.«

Sie stapelten die Bücher höher, dann fädelten sie weitere Lichter durch die Abstände in der Konstruktion, bis sie einen ungefähr einen Meter hohen Bücherbaum auf dem Tisch hatten.

Sydney hoffte, in Hopewell würde alles so gut laufen wie dieses Unterfangen.

Kapitel fünf

Die Schar der Besucher im Weihnachtsdorf lichtete sich allmählich. Mac hob das letzte Kind von seinem Knie und stellte es auf den Boden.

Er erhob sich und gab ein herzhaftes *Ho-ho-ho* für alle in Hörweite von sich, blieb aber in seiner Rolle, bis er es zurück in den Umkleideraum geschafft hatte.

Mac war stolz, den Weihnachtsmann zu verkörpern, und konnte es kaum erwarten, dass Seth alt genug wurde, um ihm von der Erfahrung zu erzählen. Mit zwölf war die Magie des Weihnachtsmanns für Seth zwar bereits ziemlich verflacht, doch Mac hatte es noch nicht übers Herz gebracht, Seths Zweifel am Weihnachtsmann endgültig zu bestätigen. Selbst ein Körnchen Hoffnung, dass es doch wahr sein könnte, genügte, um daran festzuhalten.

Mac zog den dick gepolsterten Mantel aus und hängte ihn auf den Kleiderbügel hinter der Tür. Sein T-Shirt war feucht, weil er unter dem sperrigen Kostüm geschwitzt hatte. Die Luft kühlte seine Haut. Er trat näher an den Spiegel und träufelte sich auf einen Finger vorsichtig Öl, das er sich unmittelbar über dem Bart in die Haut rieb, bevor er den Klebestreifen an der Rückseite von seinem Gesicht löste. In dreizehn Jahren hatte er diese Kunst ziemlich perfektioniert. Der Klebstoff haftete gerade genug, damit ihm die Kinder nicht den Bart vom Gesicht ziehen konnten, aber nicht so fest, dass er beim Entfernen ungewollt die Haut ablöste.

Er stapelte die gesamte Ausrüstung in der Reihenfolge, in der er sie am nächsten Arbeitstag anlegen würde, danach sperrte er seinen Spind ab.

Als Mac den Umkleideraum verließ, betrat Rebecca das Gebäude mit dem Handwagen, der die Druckausrüstung für die Fotos enthielt. »Das war der bestbesuchte erste Abend, an den ich mich erinnere. Anscheinend liegen die Eltern dieses Jahr vor dem Zeitplan.«

»Es war wirklich mehr los als sonst. Wenn es so weitergeht, haben wir dieses Jahr vielleicht vorzeitig nichts mehr zu tun.«

»Träum weiter. Ich glaube allmählich eher, dass mehr und mehr Leute von unserem ganz besonderen Weihnachtsmann hören und die Anfahrt in Kauf nehmen, um dich zu sehen. Wir hatten heute Abend etliche Besucher von außerhalb des Bezirks. Ich werde anfangen, danach zu fragen, damit wir es ein wenig mitverfolgen können.«

»Du hast da draußen erstklassige Arbeit geleistet. Danke.«

»Ich sag Danke, dass du mich wieder hergeholt hast. Weißt du, ich bin dir echt dankbar für die Unterstützung.«

»Hast du dir verdient.«

»Im ersten Jahr war ich ein Gör. Ich wollte den Job nicht mal.« Sie blickte auf die ausgeflippten Leggings und das übrige Outfit hinab. »Ich war die Letzte, die du hättest einstellen sollen. Bin froh, dass du's trotzdem getan hast.«

»Ich hab in dir eine junge Dame gesehen, die fest entschlossen war, sich auf ihre Ziele zu konzentrieren. Du hattest etwas Besonderes an dir. Hätte ich eine Tochter wie dich am College, würde ich hoffen, dass jemand das Gleiche für sie tun würde. Stell dein Licht nicht unter den Scheffel. Du bist toll im Umgang mit den Kindern, und noch besser kommst du mit den Eltern zurecht.«

»Die sind schwieriger zu handhaben als die Kinder!«

»Genau. Ich hatte schon ältere Leute in deiner Rolle, die reifer hätten sein sollen. Sie konnten nicht für Ordnung im Ablauf sorgen. Du besitzt diese Gabe.«

»Tja, für einen Weihnachtsmann wie dich zu arbeiten ist dabei hilfreich. Und ich kann mit Fug und Recht behaupten, dass es mir im Umgang mit Patienten helfen wird, wenn ich letztlich die Krankenpflegeschule abschließe.«

Im ersten Jahr, in dem sie zusammengearbeitet hatten, war Rebecca am Ende der ersten Woche zu ihm gekommen und hatte sich für ihren Mangel an Begeisterung entschuldigt. Sie hatte damals gemeint, nach einer Woche hätte sie das Gefühl bekommen, er sei der echte Weihnachtsmann, sobald er in das Kostüm schlüpfte.

»Brauchst du eine Mitfahrgelegenheit?«

»Nein. Hab dieses Jahr ein Auto.«

Mac war überrascht. In ihrer Familie herrschte immer Geldmangel. »Das sind ja prima Neuigkeiten.«

»Na ja, nicht wirklich. Pa ist betrunken am Steuer erwischt worden. Hat seinen Führerschein verloren. Deshalb hab ich seinen Wagen.«

»Das tut mir leid, Rebecca. Ich dachte, es ginge ihm schon viel besser.«

»Das dachten wir alle. Aber besser ist er nur darin geworden, die Trinkerei zu verheimlichen.« Sie zuckte mit den Schultern. »Ist schon gut. Ich lerne allmählich, die Dinge so zu nehmen, wie sie kommen. So aufgebracht ich darüber war, es hat sich am Ende auch was Vorteilhaftes für mich daraus ergeben.«

»Das ist eine gute Einstellung. Tut mir trotzdem leid, dass du das durchmachen musst. Du solltest zu uns kommen, die Feiertage mit Seth und mir verbringen. Natürlich ist meine Rolle als

Weihnachtsmann immer noch Verschlusssache. Du bist wahrscheinlich im Ort der einzige Mensch unter fünfundzwanzig, der die wahre Identität des Weihnachtsmanns kennt.« Nur der Bürgermeister, Bea und ein paar andere Langzeitbewohner der Gemeinde wussten Bescheid, und genau so gefiel es Mac. Auch das sprach für Rebecca. Indem er sie wieder einstellte, blieb der Kreis der Eingeweihten klein.

Sie zog einen imaginären Reißverschluss über ihren Lippen zu. »Von mir wird es niemand erfahren.«

»Ich weiß. Aber im Ernst. Du bist herzlich zu uns eingeladen. Meine Nachbarn haben vor, zu uns rüberzukommen, und ihre Tochter ist auch gerade zu Hause. Ihr Ehemann ist bei der Navy. Er ist im Ausland, deshalb bleibt sie über Weihnachten bei ihren Eltern. Sie hilft mir mit Seth. Je mehr Leute wir sind, desto lustiger wird's.«

»Danke, Mac. Vielleicht komme ich noch darauf zurück.« Sie schob den Wagen in den Lagerraum und drehte das Kombinationsschloss. »Wir sehen uns am Samstag.«

Es war hart, wenn sich junge Leute mit solchen Dingen herumschlagen mussten. Wenigstens schien es ihr zu gelingen, trotz der Hürden mit ihrer Ausbildung im Plan zu bleiben.

Mac fuhr schnurstracks nach Hause. Es war noch früh genug, um ein bisschen fernzusehen, bevor er ins Bett musste, damit er morgen frisch und ausgeruht für die Arbeit wäre. Wenn sich die beiden Jobs überlappten, ergab sich daraus ein strapaziöser Terminplan. Aber die Winterferien begannen nächste Woche, und bis dahin würde er die Doppelbelastung locker durchstehen.

Als Mac sein Haus betrat, empfing ihn eine Geräuschmischung – Musik aus Seths Zimmer im ersten Stock und der Fernseher im Wohnzimmer im Erdgeschoss.

»Hallo, Mac!«, rief Haley vom Sofa.

»Heute Abend alles gut gelaufen?«

»Ja. Wir haben alle Kekse verziert. Und ein paar für dich beiseitegelegt.«

»Hat Seth nachgegeben und sie ›Weihnachtsplätzchen‹ genannt?«

»Na, und ob! Auch davon habe ich dir einen aufgehoben, nur um's dir zu beweisen.«

Mac rieb sich den Bauch. Wenn er nicht aufpasste, würde er dank ihrer Kochkünste bis zum Ende der Feiertage keine Polsterung mehr brauchen. Vielleicht würde er die Kekse morgen als Imbiss mit zur Arbeit nehmen. »Ist er mit seinen Hausaufgaben fertig?«

»Ja. Und er hat ein paar Sachen für dich zum Unterschreiben. Lass ihn nicht vergessen, sie dir zu geben.«

»Seth. Ich bin zu Hause, Kumpel«, rief Mac die Treppe hinauf.

Dem Klang nach hätte auch eine Herde Mustangs die Stufen herunterdonnern können, nicht ein einziger Zwölfjähriger mit zottigen Haaren. »Hi, Pa.«

Mac fuhr Seth mit der Hand über den Kopf. Genna wäre wahrscheinlich entsetzt darüber, dass er Seth erlaubte, sich die Haare so lang wachsen zu lassen. In der Hinsicht war sie immer pingelig gewesen. Aber im Fußballteam schienen das alle Jungs zu tun, und Seth gefiel es. Mac fand nichts dabei. Er schadete damit ja niemandem. Und Genna war nicht mehr da.

»Danke für die Kekse, Haley. Hat Spaß gemacht.«

»Du sagst es, Kumpel. Wir sehen uns am Samstag.«

Seth klatschte sie ab, als sie an ihm vorbeiging, um den Heimweg anzutreten.

Mac begab sich in die Küche und schenkte sich ein großes Glas Eistee ein.

Seth trat rückwärts an die Kücheninsel und hievte sich auf die Arbeitsfläche. »Und, hast du einen schönen Abend gehabt?«

»Ja. Hatte ich. Wie war's bei dir?«

»Hatte nicht viele Hausaufgaben auf. Das mit den Keksen war cool. Haley ist nett. Wann stellen wir unseren Weihnachtsbaum auf?«

»Kannst du's kaum erwarten?«

»Vielleicht. Hab bloß gerade irgendwie dran gedacht.«

Manchmal betrachtete er Seth und sah nur Genna. Mac wusste, dass sie dem Jungen immer noch fehlte, doch sie sprachen selten über sie. Was gut so war, denn Mac würde ihr nie verzeihen können, was sie getan hatte.

»Normalerweise würden wir den Baum erst nächstes Wochenende aufstellen, doch ich schätze, wir können den Schmuck für einen Frühstart schon mal vom Dachboden holen.«

»Super. Meinst du, wir könnten Popcorn zubereiten und es aufknüpfen, wie wir's in dem einen Jahr gemacht haben?«

Damit spielte er auf das erste Weihnachten an, nachdem Genna gegangen war. Macs Eltern waren hergekommen und hatten die Feiertage bei ihnen verbracht, um ihm zu helfen. Es war hart damals gewesen, Weihnachten zu überstehen, doch sie hatten sich alle wie verrückt bemüht, damit es für Seth so schön wie möglich wurde. Irgendwie.

Und es *war* ihnen gelungen, Seth in dem Jahr zumindest eine besondere Erinnerung zu bescheren. Man konnte nie wissen, was einem ein Leben lang erhalten bleiben würde. Kaum zu glauben, dass ganze sechs Jahre ins Land gezogen waren, seit sie Popcorn am Weihnachtsbaum aufgehängt hatten.

»Ja. Können wir machen«, sagte Mac. »Sofern wir nicht alles aufessen. Ich weiß ja, wie du Popcorn in dich reinstopfst.«

»Ich muss es nur deshalb so schnell essen, weil du's sonst tust. Aber das passt schon. Ich denke, das kriegen wir hin.« Seth hopste von der Arbeitsfläche und ging auf die Treppe zu. Mit einer Hand am Geländer hielt er inne und drehte sich zurück. »Muss echt hart für Haley sein, dass sie zu Weihnachten getrennt von ihrem Mann ist.«

»Ja, Sohn. Ich bin sicher, das ist es. Auch Soldatenfrauen geben so einiges für unsere Freiheit.« Er war nicht sicher, ob er Stolz auf Seth empfinden sollte, weil er offensichtliches Mitgefühl für Haleys Lage erkennen ließ, oder ob er sich mies fühlen sollte, weil sein Sohn wusste, wie es war, von jemandem getrennt zu sein, der noch lebte. *Verdammt soll Genna dafür sein, dass sie uns auf diese Weise verlassen hat!*, ging ihm durch den Kopf. Mac hätte sie ja angerufen und gebeten, sie um Seths willen besuchen zu kommen. Nur wusste er einerseits nicht, wo sie steckte, und andererseits war er nicht sicher, ob es gut enden würde. Die Frau besaß keine Bremsen. Sie zog einfach immer weiter. Das hatte sie ihm auch stets gesagt. Nur hätte Mac nie gedacht, dass es trotz ihres Sohnes so bleiben würde.

»Ich bin froh, dass Haley bei ihren Eltern ist«, meinte Seth. »Und bei uns. Du weißt schon, statt ganz allein zu Hause in Virginia. Hast du gewusst, dass ihr Mann erst im Februar zurückkommt?«

»Ich wusste nur, dass er über Weihnachten weg sein würde. Hast du sie danach gefragt?«

»Ja. Sie hat gesagt, er ist auf einem Schiff, das größer ist als meine Schule. Anscheinend redet sie gern über ihn, obwohl sie echt traurig ist, dass er nicht zu Hause sein kann.«

Verbarg sich in dieser unschuldigen Äußerung eine Botschaft? Vermisste der Junge Genna immer noch? Hegte er insgeheim die Hoffnung, sie würde vielleicht zurückkommen? Die merkliche Lücke, die ihr Verschwinden gerissen hatte, ließ sich nicht füllen. Und ganz gleich, wie sehr sich Mac bemühte, einer Doppelrolle gerecht zu werden – tief in seinem Innersten wusste er, dass es nicht dasselbe war.

Sydney öffnete die Vordertür des Farmhauses. Durch den nächtlichen Regen war die Temperatur drastisch gesunken. Eine steife Brise ließ sie zurück in den Raum wanken.

»Heute Morgen werden wir unsere dicken Jacken brauchen.«

»Ich geh sie holen.« RayAnne nahm sie von den Haken in der Diele und rannte zurück zur Tür.

Mutter und Tochter zogen die Jacken an und marschierten hinaus zum Auto.

RayAnne plapperte während der ganzen Fahrt zur Schule über das *Book-Bea*, was Sydney den Morgen versüßte. Es erfüllte sie mit unheimlicher Freude, dass sich ihre Tochter wieder wie früher benahm. Schien ein wirklich guter Tag zu werden.

Nachdem sie RayAnne an der Schule abgesetzt hatte, fuhr sie direkt zum *Book-Bea*.

Zu ihrer Freude sah der Bücherbaum bei Tageslicht von der Straße genauso wunderschön aus wie in der vergangenen Nacht. Sie betrat mit ihrem Schlüssel das Geschäft und begann, die Lichter einzuschalten.

Allein, sich an dem Ort aufzuhalten, erfüllte sie mit frischer Energie. Mehr als es eine Tasse starker Kaffee könnte. Was gut war, denn die nächste *Starbucks*-Filiale lag über eine Autostunde entfernt.

Sydney schlenderte durch das Geschäft, ließ jede Einzelheit auf sich wirken. Am Vortag war sie so beschäftigt gewesen, dass sie dafür nicht wirklich Zeit gehabt hatte. In der Leseecke befand sich eine Kaffeestation. Dort gab es Pappbecher für Kunden, aber auch ein Regal mit käuflichen Kaffeebechern. Einige mit lustigen Motiven. Andere zielten eher auf die Liebe zu Büchern oder Freundschaft ab. Insbesondere ein Exemplar fiel Sydney ins Auge, ein dunkelblauer Keramikbecher mit einem Zitat aus *Stolz und Vorurteil* von Jane Austen:

MEIN MUT WÄCHST MIT JEDEM VERSUCH,
MICH EINZUSCHÜCHTERN.

Bea hatte ihr *Stolz und Vorurteil* in dem Sommer empfohlen, als sie dreizehn geworden war. Der Titel gehörte immer noch zu ihren Lieblingsbüchern. Sie erinnerte sich noch, wie sie das Buch an dem Tag aus dem Laden getragen hatte, als würde sie damit den Übergang zur Erwachsenenwelt antreten.

Beim ersten Lesen hatte es für sie nicht annähernd so viel Sinn ergeben wie bei späteren Durchgängen im Verlauf der Jahre. Aber jedes Mal, wenn Sydney den Roman las, verliebte sie sich aufs Neue in ihn. Das Buch hatte sie durch ihre Teenagerjahre, durch das College und durch ihre Ehe begleitet. Im Augenblick stand es in dem Regal im Wohnzimmer.

Und wie genau schien das Zitat doch auf das zuzutreffen, was sie derzeit im Leben durchmachte!

Sydney ging hinüber zur Registrierkasse und stellte sich eine Quittung aus. »Das gönne ich mir.« Dann gab sie den Betrag ein und legte das Geld in die Kasse.

Sie setzte eine Kanne Kaffee auf und füllte den Wasserkrug für Teetrinker, die später vielleicht vorbeischauen würden. Neben der Kaffeestation lag ein Gästebuch, und eine kleine Karte lud Leser ein, anderen mitzuteilen, worin sie schmökerten und was zu ihren Lieblingsdingen in der Gemeinde gehörte.

Sydney setzte sich auf einen Lehnsessel und las einige der Einträge, während der Kaffee durchlief.

Ich liebe das Book-Bea. Hier zu sitzen und zu lesen beschert mir eine Ausgeglichenheit, die eine Mutter von Zwillingen zu Hause nie erfährt. Ich lese gerade zum ersten Mal Jane Austen. Vielen Dank für die Empfehlung, Bea!

Wir sind auf der Durchreise durch Hopewell und unterwegs nach Asheville, um Biltmore zu besuchen. Ich habe das Gefühl, das hier könnte mein

Lieblingsaufenthalt der Reise werden. Es war eine solche Freude, Sie zu besuchen, während sich unsere Kinder Bücher für die restliche Fahrt ausgesucht haben. Dieser Ort besitzt eine heilende Wirkung. Es war schön, Sie kennengelernt zu haben, Miss Bea. Beste Wünsche von der Familie Pyatt.

Ich lese gerade »In For A Penny«. Ich liebe diese älteren Damen. Danke, dass Sie mir von dieser urkomischen Reihe erzählt haben. Der in die Geschichten eingebaute Schabernack ist einfach köstlich. Gloria aus der Penny Hill Lane

Als Sydney das letzte Gurgeln und Zischen der Kaffeemaschine hörte, stand sie auf und schenkte sich ihren neuen Becher voll.

»Auf den ersten echten Wendepunkt in meinem neuen Leben.« Sie prostete sich selbst zu und fühlte sich bereits beherzter.

Dann legte sie das Gästebuch zurück an seinen Platz und begab sich in den Lagerraum. Sie wollte nachsehen, ob sich vielleicht noch etwas als Ergänzung für das Schaufenster eignete. Irgendeine Kleinigkeit fehlte noch, wenngleich sie nicht genau zu sagen vermochte, was.

Der Lagerraum erwies sich als ordentlich. Sämtlicher Reinigungsbedarf an einem Fleck, Büromaterial in einem eigenen Regal. Sydney sog scharf die Luft ein, als sie den Stapel der Stoffe erblickte. Tischtücher, Leinwand und Decken. Sie hob sie vom Regal und legte sie auf einen Arbeitstisch, um sie genauer in Augenschein zu nehmen. Einige der Teile waren unübersehbar klassisch. Handarbeit, wie man sie nicht mehr oft sah, und edler, wenngleich vom Alter leicht vergilbter Stoff. Ihre Hand strich über ein glattes, zwischen zwei Decken verstecktes Textil.

Volltreffer.

Wahrscheinlich in Vergessenheit geraten. An dem Reststück

hing noch das Preisetikett. Neunundachtzig Cent der laufende Meter. Im Ausverkauf. Der dünne Stoff besaß einen silbrigen Glanz. Er würde sich perfekt als Hintergrund für das Schaufenster eignen. Vergangene Nacht hatte Sydney weiße Verpackungschips auf dem Boden der Auslage ausgestreut, die für einen putzigen, verschneiten Look sorgten, doch es war noch nicht perfekt. Dieser Stoff würde vielleicht genau den glitzernden Akzent setzen, den sie brauchte.

Sydney faltete das Material auseinander und zog es der Länge nach durch ihre Hände, breitete dabei die Arme aus, um ungefähr abzuschätzen, wie viele Meter sie zur Verfügung hatte. Sechs Armbreiten mussten mindestens acht laufenden Metern entsprechen. Das sollte genügen.

Ihr Herz galoppierte, als sie den Stoff zusammenlegte und nach ihrem Kaffeebecher griff. Rasch bewegte sie sich durch den Laden, denn sie hoffte, die Ergänzung noch fertig zu bekommen, bevor Bea eintreffen würde.

Sie stellte sich an den Rand des Schaufensters und warf den Stoff lose hinein. Die Luft fing sich darin wie in einem Fallschirm, und das Material setzte sich im Hintergrund der Auslage als feine Hülle sanfter Erhebungen und Vertiefungen auf die Schicht der Verpackungschips.

Sah genau wie frisch gefallener Schnee aus!

Sie lief zurück zum Lagerraum, wo RayAnne und sie vergangene Nacht die restlichen Weihnachtsvorräte verstaut hatten, und kramte in dem Karton mit Glasschmuck. Mit zwölf bunten Weihnachtskugeln, die sie vorsichtig in den Armen trug, kehrte Sydney in den Geschäftsraum zurück.

Es dauerte nur eine Minute, den bunten Schmuck über das Schaufenster verteilt anzuordnen. Sie entdeckte sechs kleine Kartons und verpackte sie mit glänzender Folie. Violett, blau, rot, grün, silbern und golden. Sydney versah jeden Karton mit einer perfekten kobaltblauen Schleife, die zum Logo des *Book-Bea* passte, und legte die Päckchen anschließend unter den Bücherbaum.

»Jetzt brauche ich nur noch eine Spitze für den Baum«, meinte sie zufrieden. Aber Bea sollte ruhig auch mithelfen, also entschied Sydney, damit zu warten und der alten Dame die Gelegenheit einzuräumen, sich etwas einfallen zu lassen, sobald sie hier wäre.

Begeistert vom Schaufenster schaltete sie den alten CD-Player ein, schnappte sich von der Theke ein Staubtuch und begann, sich durch die Regale zu arbeiten und unterwegs aufzuräumen und abzustauben. Eine einfache Aufgabe, die nicht nur den angesammelten Staub beseitigte, sondern auch die Spinnweben in ihrem Verstand.

Obwohl es noch früh war, schlenderten bereits die ersten Menschen die Hauptstraße entlang, deshalb drehte Sydney das Schild an der Eingangstür von *GESCHLOSSEN* zu *GEÖFFNET* um.

Sie legte das Staubtuch in den Schrank unter der Registrierkasse und suchte nach irgendwelchen Aufgabenlisten, die Bea vielleicht irgendwo liegen gelassen hatte.

Das Windspiel bimmelte und erfüllte das *Book-Bea* mit harmonischen Tönen, als die Tür aufschwang.

»Guten Morgen«, rief Bea. »Das Schaufenster ist atemberaubend.« In einer großen, dicken Daunenjacke und mit einem mindestens dreifach um Hals und Kopf gewickelten Schal sah die alte Dame aus wie das Michelin-Männchen.

»Danke! Ich bin ja so froh, dass es dir gefällt.« Sydney durchquerte den Raum und half Bea aus der Jacke.

»Du bist eine ziemliche Frühaufsteherin«, stellte Bea fest.

»Ich hoffe, es macht dir nichts aus.«

»Ganz und gar nicht.« Bea kämpfte mit dem Schal.

»Warte, ich helfe dir.« Sydney fand ein Ende und begann, den Schal abzuwickeln. »Ja, sag mal, wie lang ist dieses Ding denn noch?«

Bea lachte. »Weißt du, ich bin auch Frühaufsteherin. Deshalb ziehe ich mich morgens oft an, komme her und stricke, bis es an der Zeit ist, das Geschäft zu öffnen. Ich muss zugeben, der Schal ist eines der Projekte, bei denen ich zu stricken angefangen und dann einfach vergessen habe, damit aufzuhören.«

»Ich bin ja halb in Versuchung, die Leute vom *Guinness-Buch der Rekorde* anzurufen, damit sie herkommen und das Teil offiziell vermessen. Die Farben sind spitze. Ich hab mich immer gefragt, ob ich auch stricken lernen könnte.«

»Es ist so einfach. Ich kann es dir beibringen.«

»Wirklich? Das wäre ein großartiger Zeitvertreib für mich, während RayAnne bei ihrem Vater ist. Ich werde mir Wolle besorgen.«

»Spar dir die Mühe. Davon habe ich haufenweise. Damit kannst du anfangen.« Bea ging hinüber zum Schaufenster. »Es ist einfach wunderschön! Vielen, vielen Dank!«

»Wir hatten beim Dekorieren viel Spaß.«

»Natürlich hattet ihr den. Das macht Weihnachten so besonders. Dinge mit den Menschen zu tun, die wir lieben.«

Sydney presste die Lippen zusammen. So sehr es immer noch schmerzte, Jon war die letzten vierzehn Jahre lang der einzige Mann in ihrem Herzen gewesen, und in letzter Zeit fiel es ihr schwer, jenen Zauber, von dem Bea sprach, in irgendetwas zu finden. Sie liebte es, Zeit mit ihrer Tochter zu verbringen, dennoch war es nicht das Gleiche, wie Zeit mit einem Partner zu verbringen. Und sie glaubte nicht, dass dafür je wieder Platz in ihrem Leben sein würde.

Es war weniger Jon an sich, den sie vermisste, als vielmehr die Gesellschaft, die Nähe eines Menschen, mit dem sie besondere Augenblicke genießen konnte. Ein gemeinsames Lachen. Einen zarten Kuss. Die Berührung einer Hand. Einen flüchtigen Blick.

»Ich sehe diesen Ausdruck, Sydney.«

»Was?«

»Du hast Angst. Du kapselst dich wegen der Dummheit deines Ehemanns ab. Tu das nicht. Nein, meine Dame. Du wirst sehen, dass etwas Besseres vor dir liegt. *Jemand* Besseres.«

»Ich bin nicht auf der Suche nach irgendjemandem.«

»Tja, das ist gut. Denn du würdest ihn nicht finden, wenn du nach ihm suchst. Genieß einfach das Leben und lass dein Herz offen.«

»Bea, das ist ja alles sehr süß, aber ich könnte es nicht verkraften, wenn mir noch einmal das Herz gebrochen wird. Ich bin ja noch gar nicht über dieses Mal hinweg.«

»Das ist bloß albernes Gerede. Du bist noch eine sehr junge Frau. Du wirst die wahre Liebe finden. Nächstes Mal wird es anders sein.«

Nächstes Mal? »Ich habe eine Tochter großzuziehen. Sie steht für mich an erster Stelle.«

»Und das sollte sie auch. Doch lass dich von einem gebrochenen Herzen nicht davon abhalten, offen für etwas Besonderes zu sein, das vor dir liegt. Manchen wird das Herz öfter gebrochen als anderen. Hoffentlich war es bei dir das letzte Mal.«

»Wird es sein. Dafür sorge ich.«

»Glaub mir. Dich erwartet Glück. Mit jemandem an deiner Seite oder ohne. Aber ich habe so das Gefühl, dass du das perfekte Puzzleteil sein könntest, das im Leben eines anderen fehlt.«

»Das Glück nehme ich gern, doch die Sache mit dem Puzzleteil lasse ich aus.«

»Tu mir einen Gefallen«, bat Bea. »Denk einfach daran: Du bist ein Geschenk.«

Das Funkeln in Beas Augen brachte Sydney zum Schmunzeln. Im *Book-Bea* gab es eine riesige Auswahl an Liebesromanen, und Sydney hätte zu wetten gewagt, dass Bea jedes einzelne der Bücher mehrfach gelesen hatte. »Es ist so lange her, dass ich Glück wahrscheinlich nicht mal erkennen würde, wenn es mir eins überbrät. Und eine neue Beziehung … Dafür bin ich nicht bereit.

Wahrscheinlich würde ich auch eine solche Gelegenheit nicht erkennen.«

»Ach, Schätzchen, ich garantiere dir, das wirst du. Wenn es so weit ist, wirst du es nicht hinterfragen. Es wird wie ein unausgesprochenes Verständnis sein. Du wirst schon sehen: Am Ende wird alles wieder einfach. Bleib nur offen für alles. Und, Liebes, das perfekte Glück dreht sich nicht immer um eine andere Person. Davon bin ich fest überzeugt.«

Sydney atmete tief ein. Das Wiedersehen mit Bea war mehr, als sie sich je hätte erhoffen können. Und verflixt, am liebsten hätte sie ihren Gefühlen freien Lauf gelassen und wäre in Tränen ausgebrochen.

»Ich bin dankbar für dich, Bea. Was den romantischen Unsinn angeht, bin ich zwar nicht überzeugt, aber deine Freundschaft hat die Dinge für mich bereits zum Besseren gewendet.« Die vergangenen zehn Monate hatte Sydney versucht, über das Scheitern ihrer Ehe hinwegzukommen. Am Valentinstag mit einem Schokoladenherz auf dem Kissen neben ihr aufzuwachen war noch nicht ungewöhnlich gewesen. Doch die Nachricht daneben hatte sie völlig überrumpelt. Ein Abschiedsbrief. Jon hatte jemand anderes gefunden, und es tat ihm leid. Letzteres konnte Sydney voll und ganz unterschreiben. Auch in RayAnnes Zimmer hatte Jon ein Herz aus Schokolade hinterlassen, allerdings ohne Nachricht. Er überließ es Sydney, seiner Tochter sein Verschwinden zu erklären.

Jener Tag war ohne Vorwarnung gekommen. Eine völlige Überraschung. Für sie zumindest, nicht jedoch für ihre Freunde. Laut ihren Äußerungen schienen sie alle gewusst zu haben, dass Jon schon lange nicht mehr glücklich gewesen war.

Beas Stimme holte Sydney in die Gegenwart zurück. Was gut war, denn allmählich hatte sie es wirklich satt, diese Momente immer wieder zu durchleben.

»Ich habe so das Gefühl, der Rest deines Lebens beginnt

gerade, sich auf ganz besondere Weise zu entfalten. Du, meine Liebe, kannst alles bewältigen.« Bea wackelte mit den Augenbrauen, dann wandte sie sich ab und marschierte los, um sich eine Tasse Tee einzuschenken.

Sydney stand da und fragte sich, wie es einer alten Frau gelingen konnte, ihr das Gefühl zu verleihen, so viel stärker zu sein. Dann klopfte ein großer rothaariger Mann an die Schaufensterscheibe und erschreckte sie. Es war Wes, der Besitzer des Fahrradladens.

»Das Schaufenster sieht super aus«, meinte er mit einem breiten Grinsen und hochgestrecktem Daumen. »Arbeiten Sie hier bei Bea?«, erkundigte er sich, als er eintrat.

Sydney lächelte. »Ja. Nur in der Vorweihnachtszeit. Ich hab gestern angefangen.«

»Gut. Ich kann immer noch nicht glauben, dass sie nach Weihnachten schließen will. Wird ohne diesen Laden nicht mehr dasselbe sein.«

»Schließen?«

Wes klappte den Mund zu. »Sie hat es Ihnen nicht gesagt?« Er schüttelte den Kopf. »Es wird noch Stillschweigen darüber bewahrt. Nur sehr wenige Leute wissen es. Verflixt. Bitte erzählen Sie ihr nicht, dass ich was verraten habe.« Er schaute an Sydney vorbei, dann flüsterte er: »Da kommt sie. Ist es unser Geheimnis?«

»Natürlich.« Nur konnte Sydney diese neue Information gar nicht verarbeiten. Dieses Geschäft stellte Beas gesamtes Leben dar. Sie liebte es mehr als alles andere. Warum sollte sie es schließen? Und auch, wenn es selbstsüchtig sein mochte, Sydney *brauchte* diesen Laden.

»Guten Morgen, Wes.« Beas Stimme klang lebhaft und optimistisch. »Wie laufen die Geschäfte im Fahrradladen?«

»Weihnachten steht vor der Tür. Die beste Zeit des Jahres.« Er rieb sich die Hände und blies hinein. »Nur kann ich nicht fassen, wie wir in gerade mal zwei Tagen vom Sommer in den Winter gerutscht sind. Für heute war ich jedenfalls nicht darauf vorbereitet.«

»Ihr zwei habt euch schon kennengelernt?« Bea schaute zwischen Sydney und Wes hin und her.

»Ich hab RayAnne für Weihnachten ein Fahrrad gekauft. Wes hat mir bei der Entscheidung geholfen. Ich hatte ja keine Ahnung, wie viele Faktoren man berücksichtigen muss, um das richtige Rad auszuwählen.«

»Ein Fahrrad, so rot wie ein glasierter Apfel. Ihre Tochter wird es lieben«, merkte Wes an.

»Ich hätte mir ja als Mädchen ein rosa Fahrrad ausgesucht«, verriet Sydney. »Aber mein Ex-Mann hat meine süße kleine Prinzessin in eine Sportfanatikerin verwandelt. Angefangen beim Baseball-Body der St. Louis Cardinals, den er gekauft hat und mit dem wir sie aus dem Krankenhaus mit nach Hause genommen haben.« Es fühlte sich eigenartig an, über Jon als ihren »Ex-Mann« zu reden. Offiziell war er das noch nicht. Allerdings kam er einem Ex-Mann entschieden näher als einem Ehemann, also konnte sie sich ruhig daran gewöhnen.

Bea ergriff das Wort. »Daran ist nicht das Geringste verkehrt. Als Kind war ich immer Tarzan und hab die Jungs dazu gebracht, Jane oder Cheeta zu spielen. Ich war ein ziemlicher Wildfang.«

Wes lachte. »Bist du immer noch.«

»Ich fasse das mal als Kompliment auf«, sagte Bea.

»So war es auch gemeint. Ich wollte nur vorbeischauen, um zu sehen, ob du Hilfe brauchst. Aber wie's aussieht, habt ihr alles im Griff.«

Bea und Sydney wechselten lächelnd einen Blick. »Auf jeden Fall«, bestätigten sie beide.

»Dann geht mal wieder an die Arbeit. Lasst es mich wissen, falls ihr was braucht. Ich helfe gern oder schicke euch einen der Jungs rüber.« Wes steuerte auf die Tür zu, dann klemmte er das

Kinn unter den Kragen, als er die Stufen, immer zwei auf einmal nehmend, hinunter zum Gehweg stieg.

»Wes und seine Frau sind so hilfsbereit. So ein nettes Paar.« Bea beobachtete, wie er auf die Hauptstraße bog. »Das Glück ist immer noch da draußen, Sydney. Verlier es nicht aus den Augen.«

Jetzt ist es aber wirklich gut damit. Sydney hätte sich zu gern wegen des Geschäfts erkundigt, doch sie würde wohl warten müssen, bis Bea bereit wäre, es ihr zu sagen. »Also wegen des Schaufensters: Wir brauchen noch eine letzte Kleinigkeit.«

Bea schaute verwirrt drein. »Ich finde, es ist perfekt, so wie es ist.«

»Nicht ganz. Wir brauchen noch eine Spitze für den Baum. Dadurch gewinnen wir etwas mehr Höhe. Also halte die Augen nach irgendetwas offen, das wir verwenden können. Es muss eine flache Unterseite haben, damit ich es auf das oberste Buch stellen kann. Erklärst du mir inzwischen im Schnellverfahren, für welche Artikel wir deiner Meinung nach die nächsten Wochen bis Weihnachten besonders werben sollten?«

»Aber gern.« Bea bedeutete Sydney, ihr durch den Laden zu folgen, und wies sie auf perfekte Geschenkartikel hin. »Also, das hier sind meine Allzeitfavoriten. Die zwei neuen Romane werden sich von selbst verkaufen. Aber dieses Weihnachtsaufklappbuch ist etwas ganz Besonderes. Sieh dir das an.«

Sydney trat näher, als Bea das Buch vorsichtig aufschlug, bis die Aufklappbilder voll aufgerichtet waren. Es war nicht nur dreidimensional, die feinen Stanzungen verliehen zudem jeder Seite lebhafte Details und Texturen. »Das ist bezaubernd. Und so aufwendig.«

»Eine Autorin aus North Carolina. Und die Geschichte ist auch toll.«

Sydney schnippte mit den Fingern. »Das ist es, Bea!«

»Was?«

»Die Spitze für den Baum. Wir können eines dieser Bücher

aufgeschlagen oben auf den Baum stellen. Und ich kann ein kleines Licht genau darauf ausrichten. Das wird umwerfend aussehen.« Sie blätterte durch die Seiten. »Das hier. Das Dorf mit der Kirche in der Mitte. Was meinst du?«

»Ich finde die Idee großartig.«

»Ich auch. Schwierig wird nur, sich endgültig für eine Szene zu entscheiden. Mir gefällt auch die mit dem Krippenspiel sehr.« Sydney nahm ein weiteres Exemplar vom Stapel. »Komm, probieren wir es aus.«

Im Schaufenster schlug Sydney das Buch auf und legte es flach oben auf den Baum. Als sie die Seiten umblätterte, erwachte eine Aufklappszene nach der anderen zum Leben. Sie blätterte weiter, bis sie auf jene stieß, die sie für perfekt hielt. Das Krippenspiel. Die Heiligen Drei Könige, die Tiere, das volle Programm.

Bea sog hörbar die Luft ein. »Das ist perfekt!«

»Das Gleiche dachte ich mir auch gerade.« Sydney rückte das Buch so zurecht, dass man die Szene sowohl von draußen vor dem Schaufenster als auch vom Geschäft aus sehen konnte. »Ich denke, ich kann diese kleine batteriebetriebene Lampe benutzen, um die Krippe und den Stern zu beleuchten. Bestimmt werden wir auch noch das letzte Exemplar direkt aus dem Schaufenster verkaufen, aber das ist schon in Ordnung. Es ist wirklich ein wunderschönes Buch.«

»Ein Erinnerungsstück«, pflichtete Bea ihr bei.

Sydney stieg aus dem Schaufenster und wischte sich die Hände an der Jeans ab.

»Das ist die beste Schaufensterauslage, die dieses Geschäft je hatte. Atemberaubend.«

»Danke.« Ein Anflug von Befriedigung überkam Sydney. »Ja, ist recht gut geworden.« Sie hob einen Finger. »Ach ja, und ich habe diese Ablage für die Liedblätter aus Sachen im Hinterzimmer gebastelt. Ich hoffe, du hast nichts dagegen.«

Sie zog einen Pflanzenständer, der schon bessere Tage erlebt hatte, hinter der Ladentheke hervor. Daran hatte sie eine Schachtel befestigt. »Ich war gerade so schön kreativ. Außerdem kannst du die Ablage während des restlichen Jahres auch für andere Dinge verwenden.«

»Ich glaube, du hast dich neu in meinen Laden verliebt.«

Sydney ließ den Blick durch den Verkaufsraum wandern. Das hatte sie tatsächlich. Oder vielleicht war das Gefühl in Wirklichkeit nie gestorben. Dieser Ort beherbergte so herrliche Erinnerungen. Die Geschichten, die sie hier kennengelernt hatte, hatten die Konturen ihres Herzens mitgeprägt. »Ich bin so aufgeregt, dass ich die Erfahrung jetzt auch mit RayAnne teilen kann. Oh, dabei fällt mir ein: Ich habe ihr versprochen, dieses Wochenende mit ihr zurück nach Atlanta zu fahren, sofern das kein Problem ist. Aber ich verspreche, danach bin ich die restliche Vorweihnachtszeit ganz für dich da, wenn's dich nicht stört, dass RayAnne auch hier ist. Ihr Vater holt sie am Mittwochnachmittag ab, sobald die Schule aus ist und die Weihnachtsferien beginnen.«

Bea schwenkte eine Hand. »Kein Problem. Ich bin flexibel.«

»Ich hab ihr schon vor einiger Zeit versprochen, dass wir zurück nach Atlanta fahren, damit sie ihren Lieblingsweihnachtsmann besuchen kann. Inzwischen wäre mir lieber, ich hätte es nicht versprochen. Sie hängt noch so an den Traditionen, die wir als Familie hatten. Ich glaube, es wird dadurch nur noch schwerer für sie. Aber ein Versprechen ist nun mal ein Versprechen.«

»Wir haben hier in unserem Weihnachtsdorf einen wundervollen Weihnachtsmann, falls du es dir anders überlegst.«

»Ich hab ihn gestern gesehen. Er scheint seine Rolle wirklich sehr gut zu spielen. Uns haben auch all die Geschäfte und anderen Attraktionen dort gefallen. Der Ort besitzt eine ganz eigene Magie.«

»Wir sind ziemlich stolz auf das Weihnachtsdorf. Freut mich, dass ihr Gelegenheit hattet, dort vorbeizuschauen.«

»Ja, es war spitze«, sagte Sydney, als der erste Kunde des Tages eintrat.

Die Stunden vergingen, und Sydney war überrascht, welch regen Zulauf der Laden im Verlauf des Tages hatte. Sie war gerade dabei, einer Kundin beim Aussuchen von Weihnachtsgeschenken für ihre Schwester zu helfen, als Bea herüberkam. »Na, wie läuft es hier?«

»Ganz hervorragend, Miss Bea.« Die Kundin hob den kleinen Einkaufskorb mit den Artikeln an, die Sydney ihr empfohlen hatte. »Ich bin ja so aufgeregt! Meine Schwester wird die Sachen lieben.«

Bea spähte in den Korb. »Wie ich sehe, sind auch ein paar Dinge für dich dabei, Diane.«

»Sie kennen mich so gut. Dieses Jahr erledige ich die Weihnachtseinkäufe nach dem Prinzip eins für sie, eins für mich. Diese Armbänder sind aber auch bezaubernd. Ich habe eine Liste, nach der ich vorgehe.«

»Ich hatte dich heute auch auf meiner Liste. Meiner Anrufliste, um dir Bescheid zu geben, dass der neue Titel von Mary Kay da ist. Bin froh, dass du vorbeigekommen bist.«

»Sie wissen ja, dass ich mir keine Neuerscheinung von Mary Kay Andrews entgehen lasse.«

»Ich kann dir das Buch als Geschenk einpacken«, schlug Bea vor. »Ich bekomme immer noch die schönsten Verpackungen in ganz Hopewell hin.«

Diane grinste. »Und ob Sie das tun. Darauf habe ich mich verlassen.«

»Und du hast Sydney kennengelernt. Sie ist neu im Ort.«

»Na ja, nicht ganz neu«, schränkte Sydney ein. »Früher habe ich die Sommer hier bei meinen Großeltern verbracht, doch insofern neu, als ich gerade dauerhaft hergezogen bin.«

»Sydney?«

»Benannt nach dem Vater …«

»… deines Vaters«, beendete Diane den Satz. »Ich weiß. Das habe ich dich schon mal sagen gehört.«

Sydney schwieg.

»Du bist Sydney Rockford, nicht wahr?«

»Ja.«

»Oh mein Gott. Ich bin Diane Hartman. Kein Wunder, dass du mir wie eine alte Freundin vorgekommen bist. Das bist du nämlich!«

»Ich kann nicht fassen, dass du es bist.« Aber nun, da Sydney die Frau genauer betrachtete, konnte sie beinahe das kleine Mädchen sehen, mit dem sie hier in diesem Laden gesessen hatte. Damals hatten sie sich flüsternd darüber unterhalten, in welche Bücher sie sich verliebt hatten. Die dicken Zöpfe, um die Sydney ihre Freundin immer beneidet hatte, waren von einem schicken fransigen Kurzhaarschnitt abgelöst worden, der eher nach New York City als nach Hopewell gepasst hätte.

Diane stemmte eine Hand in die Hüfte. »Was führt dich hierher zurück?«

»Lange Geschichte.«

»Ich hab im Verlauf der Jahre so oft an dich gedacht. Wir müssen uns unbedingt mal zusammensetzen. Ich will alles erfahren.«

Bea berührte Sydney am Ellbogen. »Liebes, ich glaube, es ist Zeit, deine Tochter abzuholen.«

»Eine Tochter?« Diane hob eine Hand ans Herz. »Ich hab eine zehnjährige Tochter und einen sechsjährigen Sohn. Wir müssen bald bei einem Glas Wein plaudern.«

»Das machen wir. Ist wirklich toll, dich wiederzusehen.« Sydney sah auf die Armbanduhr. »Ach herrje! Ich komme noch zu spät. Danke, Bea. Wohin ist der Tag bloß verschwunden? Entschuldige, ich muss mich sputen, aber wir plaudern unbedingt demnächst.«

»Miss Bea hat meine Nummer.«

Sydney schnappte sich Handtasche und Jacke und eilte zur

Tür. »Wenn wir uns vorher nicht mehr über den Weg laufen: Fröhliche Weihnachten, Diane! War super, dich nach all den Jahren wiederzusehen.« Sie schlüpfte in die Jacke. »Wiedersehen, Bea. Bis Sonntag! Und, Diane, ich kann's kaum erwarten, dass wir uns zusammensetzen.«

»Danke, Liebes. Fahr morgen vorsichtig«, sagte Bea. »Es ist schlechtes Wetter angesagt, und es kommt aus der Richtung, in die du fährst.«

An diesem Nachmittag machte Sydney der Frost in der Luft nichts aus. Hopewell schien an diesem Tag warme Umarmungen in Form von alten Freunden für sie bereitzuhalten.

Kapitel sechs

Am Samstagmorgen klingelte Sydneys Wecker um sechs Uhr, damit sie es bis zum Mittag ins Einkaufszentrum in Atlanta schafften. Ein Besuch beim Weihnachtsmann, ein paar kleine Einkäufe, danach Abendessen auf dem Weg nach Hause. Es würde ein langer Tag werden, doch Sydney hatte nicht vor, sich darüber zu beschweren. Ihr blieben nur noch wenige Tage mit RayAnne, bevor Jon sie für die Weihnachtsferien abholen würde.

Die Gütertrennung war kein großes Problem gewesen. Dabei war es bloß um Dinge gegangen, die sich während der glücklicheren Zeiten ihrer Ehe angesammelt hatten. Es fiel Sydney leicht, sich davon zu trennen.

Dass sie sich die Zeit mit ihrer Tochter teilen mussten, war hingegen ein völlig anderes Paar Schuhe. Jedes Mal, wenn Jon ihr gemeinsames Kind abholte und nach Strich und Faden verwöhnte, musste sich Sydney danach von RayAnne anhören, dass sie bei ihm leben wollte.

Was ihr das Herz brach. Nicht, dass RayAnne ihren Vater mehr liebte als ihre Mutter. Sydney wusste tief in ihrem Herzen, dass es nicht so war. Das Problem bestand darin, dass all das Geld und der Spaß auf seiner Seite des Zauns geblieben zu sein schienen, all die Emotionen und notwendigen Anpassungen auf ihrer. Es war kein fairer Kampf.

RayAnne fehlte ihr jetzt schon wie verrückt, und dabei war sie noch nicht einmal abgereist.

Sydney zog den Morgenmantel eng um sich, als sie in ihre Lieblingspantoffeln schlüpfte und hinaus in den Flur ging.

In dem alten Farmhaus war es zugig. Letztlich würde sie die Fenster austauschen müssen, doch vorläufig war es günstiger, im Wohnzimmer vor dem Kamin zu campieren. Wenn jetzt schon solche Kälte herrschte, wie würde es erst sein, wenn das richtige Winterwetter Einzug hielt?

Das Aroma von Kaffee wehte ihr entgegen, noch bevor sie die Küche erreichte. Dem Himmel sei Dank für Kaffeemaschinen mit Zeitschaltuhr. Sie schenkte sich eine Tasse ein und wünschte unverhofft, sie hätte den hübschen neuen Becher mit nach Hause genommen. Sie drückte die warme Tasse an sich, als sie den Fernseher einschaltete, der in der Nähe des Küchentischs hing.

Der Wettermoderator des Lokalsenders verkündete enthusiastisch seine Prognose für die nächsten zwei Tage. Temperaturen unter null und gefrierender Regen würden für gefährliche Straßenverhältnisse sorgen.

Sydney ging zum Fenster hinüber und schaute hinaus. Sah nicht gut aus.

RayAnne kam in die Küche und zog einen Stuhl unter dem Tisch hervor. Die Beine schabten quietschend über den Hartholzboden.

»Guten Morgen, Sonnenschein.« Sydney schenkte ein Glas Orangensaft ein und nahm auf einem Stuhl gegenüber ihrer Tochter Platz. »Gut geschlafen?«

»Mmm-hmm.« RayAnne nippte am Orangensaft. »Es ist kalt. Haben wir Milch zu Hause?«

»In der Speisekammer.«

RayAnne erhob sich vom Stuhl und stellte einen Becher mit Milch in den Mikrowellenherd.

»Das Wetter sieht nicht besonders vielversprechend aus.«

RayAnnes Kopf wirbelte herum. *»Ma-ma.«*

»Eisige Straßenverhältnisse. Ich will nicht bei schlechtem Wetter durchs Gebirge nach Atlanta fahren. Das ist das Risiko nicht wert. Es tut mir leid.«

»Du hast's versprochen.«

»Wir fahren zum Weihnachtsdorf hier im Ort. Bea sagt, dort haben sie den besten Weihnachtsmann aller Zeiten. Und sie muss es wissen.«

»Ich mag aber *unseren* Weihnachtsmann.«

Sydney wollte an diesem Morgen wirklich nicht mit Ray-Anne streiten. Schließlich war es auch in Atlanta nicht jedes Jahr derselbe Weihnachtsmann, den sie besuchten. Das ließ sich mühelos auf den Fotos erkennen. Aber natürlich konnte sie das RayAnne nicht sagen. »Auf das Wetter habe ich keinen Einfluss.«

»Vielleicht klart es ja noch auf.«

»Selbst wenn es hier aufklart – es ist bis nach Atlanta schlechtes Wetter vorhergesagt. Ich weiß, du bist enttäuscht, doch können wir nicht versuchen, das Beste daraus zu machen?«

RayAnne löffelte Instant-Kakaopulver in die heiße Milch und rührte um.

Straft sie mich jetzt mit Schweigen?, fragte sich Sydney. »Ich sehe nach, wann der Weihnachtsmann heute da ist. Ich meine, als wir neulich dort waren, hat auf dem Schild von zehn bis vier gestanden.« Sie suchte auf dem Smartphone nach der Website. »Das wird lustig. Komm schon, sag etwas.«

»Also kann ich zurück ins Bett?«

»Ja. Mach es dir gemütlich. Ich zünde ein Feuer im Kamin an, um die Kälte zu vertreiben. Du kannst auch hier unten schlafen, wenn du willst. Hol dein Kissen und deine Decke. Wir kuscheln uns zusammen, genehmigen uns ein spätes Frühstück und fahren dann zum Weihnachtsmann. Abgemacht?«

»Na gut.« RayAnne schlürfte ihren Kakao, bevor sie den Flur hinuntertappte und nach oben verschwand.

Sydney holte Feuerholz von der Veranda und benutzte ein paar Kaminanzünder, um das Feuer zu entfachen. Das mochte gemogelt sein, doch sie brauchte schon beinahe ein ganzes Heftchen Streichhölzer, um die Anzünder zum Brennen zu bringen. Zu lernen, wie man ein Feuer ohne diese Hilfsmittel entfachte, war ihr im Augenblick schlicht zu viel.

Bunte Flammen züngelten durch die Luft. Sydney bildete mit zwei kleinen Scheiten ein Zelt über den Anzündern und schürte sie mit genug Luft, um sie zum Brennen zu bringen. Genau so hatte es ihr der Mann erklärt, der das Holz geliefert hatte. Schließlich trat sie zurück und wärmte sich die Hände vor den grellorangen Flammen.

RayAnne kam mit ihrem Kissen und ihrer Decke wieder herunter und breitete beides auf der Couch aus. »Das ist kuschelig. Hast du gut gemacht, Mama.«

»Danke, Kleines. Ich werde allmählich besser darin. So viel steht fest.«

RayAnne lachte. »Wenigstens müssen wir diesmal nicht die Türen und Fenster aufreißen, um den Rauch rauszulassen.«

Sydney lachte. »Das war ein Anfängerfehler.« Danach jedoch war es lustig gewesen. Sydney setzte sich ans andere Ende der Couch, betrachtete die hübschen tänzelnden Flammen und dachte darüber nach, wie still es im Haus sein würde, sobald RayAnne fort wäre. Schließlich hob sie die Beine seitlich an und schob sie unter RayAnnes Decke. Ihre Tochter schlief bereits.

Gegen neun konnte Sydney nicht länger still liegen. Also stand sie auf und briet Speck in der Pfanne. Genug fürs Frühstück und für Cheeseburger mit Speck zum Abendessen. RayAnne liebte das.

Als sie hörte, wie ihre Tochter im Nebenzimmer den Fernseher einschaltete, schlug Sydney Eier auf und bereitete das Frühstück vor. Sie ordnete das Essen auf den Tellern so an, dass es wie ein lächelndes Gesicht aussah – Eier als Augen, Speck als Mund und ein frisches Orangenstück als Nase.

Anschließend trug sie die Teller ins Wohnzimmer. »Hungrig?«

»Du hast mich mit dem Speck aufgeweckt. Hier drin riecht es so was von lecker.«

Sydney grinste. »Das funktioniert immer.«

RayAnne nahm einen der Teller entgegen und stellte ihn sich auf den Schoß. Sie hob sich ein Stück Speck an die Lippen. »Meinst du, wir können heute auch beim *Book-Bea* vorbeischauen?«

»Gern. Willst du ein paar Bücher für die Reise?«

RayAnne zuckte mit den Schultern. »Denke schon. Und ich dachte, wir könnten auch Miss Bea Hallo sagen. Ich mag sie.«

»Bea ist eine sehr nette alte Dame.«

»Ich kann's kaum glauben, dass es keine Woche mehr bis zu den Ferien ist.«

Und bis du gehst, dachte Sydney. »Ich weiß. Der Tag wird im Nu gekommen sein. Wir sollten wohl schon mal anfangen, uns zu überlegen, was du einpacken solltest. Ich habe dir neue Socken gekauft. Die wirst du fürs Skifahren brauchen. Dein Papa hat gemeint, du solltest auch was Schickes mitnehmen, weil ihr auswärts zu Abend esst.«

RayAnne verdrehte die Augen. »Mir war's lieber, als Pa und ich bloß Junkfood gegessen haben. Diese ganzen Etepetete-Lokale sucht sich Ashley aus. Letztes Mal mussten wir rohen Fisch essen. Das war einfach nur eklig. Und sie ist auch noch wütend geworden, als es mir nicht geschmeckt hat.«

»Na ja, versuch einfach, das Beste daraus zu machen. Nicht aus dem rohen Fisch, aber aus den Lokalen. Irgendwann wirst du selbst Spaß daran haben, schick auszugehen.« Es wäre schön gewesen, wenn sich Jon in den letzten Jahren hin und wieder die Mühe gemacht hätte, auch sie fein auszuführen.

»Das bezweifle ich eher. Ich hasse Kleider.«

»Wir können dir ein neues kaufen.«

»Nee, danke. Da suche ich mir lieber etwas Cooles aus als ein neues Kleid. Ich zieh das dämliche blaue an.«

»Wie du willst.« Diese Schlacht konnte ruhig Jon schlagen. Völlig unnötig, sich deswegen Stress aufzuhalsen. Sydney beugte sich vor und nahm RayAnne in den Arm. »Ich hab dich so lieb, wie du bist, Kleines.«

»Danke, Ma.«

Sydney beendete das Frühstück und trug die Teller in die Küche, bevor sie nach oben ging und sich umzog. Der gemächliche Morgen hatte sich als unverhoffter Luxus erwiesen. Sie ließ sich Zeit unter der Dusche und trug sogar ein wenig Make-up auf. Was sie schon viel zu lange nicht mehr gemacht hatte. Fühlte sich gut an, sich einfach nur für sich selbst ein bisschen Mühe zu geben. Sie beugte sich näher zum Spiegel, legte Lippenstift auf, trat zurück und presste die Lippen aufeinander, bevor sie ihr Haar aufschüttelte.

»Bist du so weit, RayAnne?«

»Schon unten.«

Ein gutes Zeichen. Vielleicht würde es trotz allem noch ein schöner Tag werden.

Der Nieselregen hatte zwar aufgehört, doch es erwies sich draußen als bitterkalt. Eingemummt in ihre dicken Winterjacken traten Sydney und RayAnne den Weg zum Weihnachtsdorf an. Man hatte Heizstrahler aufgestellt, vor die man sich zum Aufwärmen stellen konnte. Aber da so viele Menschen so dicht beisammenstanden, fühlte sich die Kälte eigentlich gar nicht so schlimm an.

»Willst du dich zuerst umsehen?«, fragte Sydney.

»Nein. Gehen wir zuerst zum Weihnachtsmann und sehen uns dann um.«

»Klingt nach einem guten Plan.« Sydney ließ ihre Tochter vorausgehen.

Sie stellten sich in die Warteschlange, rückten immer nur wenige Schritte auf einmal vor.

Während sie warteten, beobachtete Sydney den Weihnachtsmann. Es schien sich um denselben wie am Donnerstagabend zu handeln. Andererseits sahen sich Männer in roten Kostümen mit weißen Bärten zwangsläufig ziemlich ähnlich.

Plötzlich verstummte die aus Lautsprechern dringende Musik mitten in einem Lied. Die Besucher des Dorfes sangen unverhofft noch einige Takte a cappella weiter, bis die Stimme eines Mannes verkündete: »Und jetzt die Grundschule von Hopewell.« Ein Chor von Kinderstimmen stieg von der Erde zu den dichten Wolken am Himmel auf und sang *What Child Is This*.

»Das ist deine Schule, RayAnne. Hast du gewusst, dass es dort einen Chor gibt?«

Sie schüttelte den Kopf.

»Die sind wirklich gut.«

RayAnne nickte und sang leise mit.

Langsam rückte die Schlange dem Weihnachtsmann näher, der es überhaupt nicht eilig zu haben schien. Stattdessen widmete er einem Kind nach dem anderen seine ungeteilte Aufmerksamkeit.

Schließlich endete das Lied, und alle Anwesenden klatschten begeistert.

Als *The First Noel* folgte, erkannte RayAnne das Lied bereits nach fünf Takten. »Das ist mein Lieblingslied!«

Eine Frau beugte sich zu ihnen. »Meines auch.«

Sie sangen mit, während sie weiter zentimeterweise vorrückten.

Wenige Minuten später schlenderte ein verkleideter Schneemann die Warteschlange entlang. Er verteilte kostenlose Stifte, verziert mit Weihnachtssternen vom örtlichen Blumenladen, und einen Gutschein für einen Rabatt auf einen Keks.

RayAnne schwang ihren Stift erst durch die Luft, dann klopfte sie sich damit ans Bein, während sie den Refrain von *Rudolph the Red-Nosed Reindeer* mitsang, als das Lied aus den Lautsprechern tönte.

»RayAnne!«, drang es schrill aus ein paar Metern Entfernung zu ihnen. Zwei Mädchen kamen über den Platz gelaufen und ließen ihre Mütter mit verwirrtem Gesichtsausdruck mitten im Weihnachtsdorf stehen.

Die Mädchen schilderten, wie *total super* ihr Besuch beim Weihnachtsmann war, beteuerten enthusiastisch, wie *cool* er war und dass sie jedes Jahr bekamen, worum sie ihn baten.

RayAnnes Züge hellten sich auf. »Dann weiß ich schon, was ich mir von ihm wünschen werde.«

»Was denn?«

Zunächst sah RayAnne aus, als wollte sie es nicht verraten. Wahrscheinlich fürchtete sie, es könnte nicht wahr werden, wenn sie es ausplauderte. Andererseits galt das für Sternschnuppenwünsche, nicht für Wünsche an den Weihnachtsmann. Sydney hoffte, RayAnne würde sagen, dass sie sich ein Fahrrad wünschte, denn das hatte sie ja für sie besorgt.

»Ein Quad.«

»Echt?«, fragte das Mädchen mit den kastanienbraunen Haaren und klang beeindruckt.

RayAnne reckte stolz die Brust vor. »Quads sind cool. Mein Papa hat eines für uns gekauft, doch dann mussten wir umziehen. Also bringt mir vielleicht der Weihnachtsmann eines.«

Sydneys Stimmung sank. Das würde nicht passieren. Auf keinen Fall würde sie ihrer Tochter ein Quad besorgen. Die Dinger waren gefährlich. Jon hatte damit angefangen, allerdings nicht für RayAnne, sondern weil er selbst eines hatte haben wollen. Und Mann, was hatte es für einen Aufstand gegeben, als er das Ding bei der Gütertrennung verlangt hatte! RayAnne hatte nämlich das Gefühl gehabt, es gehöre ihr, obwohl sie die meiste Zeit nur darauf mitgefahren war. Wenn RayAnne wüsste, wie schnell Sydney bei Jons Forderung nach dem Quad nachgegeben hatte, wäre sie zweifellos wütend auf sie.

Und sie konnte nur hoffen, dass ihre Tochter nicht versucht hatte, ihm Schuldgefühle einzureden, damit er ihr eines kaufte. Andererseits würde Jon das nie tun, ohne mit ihr Rücksprache zu halten … oder doch? Wenn sie das nächste Mal miteinander redeten, würde sie sehr genau nachfragen müssen, welche Geschenke er für ihre Tochter plante.

RayAnne kam als überschwängliches, fröhliches Energiebündel zu Sydney zurückgehopst. »Die Mädchen sagen, die Kekse hier sind die besten überhaupt.« Sie schwenkte einen Gutschein. »Können wir uns einen holen?«

»Das machen wir, sobald wir hier fertig sind.«

Die Oberelfe des Weihnachtsmanns war eine hübsche blonde junge Frau mit spitzen Ohren und Elfenschuhen, die sich vorn gute acht Zentimeter nach oben wölbten. Sydney fragte sich, ob die Elfe und der Weihnachtsmann irgendwie miteinander verwandt waren. Zwischen ihnen schien eine wortlose Verständigung zu herrschen, durch die alles reibungslos funktionierte.

RayAnne ergriff Sydneys Hand. Endlich befanden sich nur noch wenige Leute vor ihnen in der Schlange. Die Hand ihrer Tochter war verschwitzt, und Sydney drückte sie ein wenig. Wenn sie nervös war, bedeutete das, sie glaubte noch an den Weihnachtsmann. Zumindest ein bisschen.

Die Elfe kam auf sie zu. »Besuchst du uns zum ersten Mal?«

RayAnne nickte und schaute weg.

»Wir sind gerade erst hergezogen«, verriet Sydney.

»Dann willkommen in Hopewell. Ist eine wundervolle Ortschaft. Es wird dir hier gefallen. Wie heißt du denn?«, erkundigte sie sich.

»Ray.«

»RayAnne«, verbesserte Sydney sie. Jon hatte sich so sehr einen Jungen gewünscht; er hatte praktisch ignoriert, dass sie ein Mädchen war. Sydney war nie ein Fan dieses Spitznamens gewesen. »Ihr Vater ist der Einzige, der sie Ray nennt.«

Die Elfe gab den Namen in ihr Tablet ein. »Brauchst nicht nervös zu sein, RayAnne. Wie's aussieht, hat dich der Weihnachtsmann auf der Liste der Braven.«

RayAnnes Züge hellten sich auf.

Die Elfe wandte sich an Sydney. »Möchten Sie ein gemeinsames Foto? Kein Kaufzwang, wenn es Ihnen nicht gefällt. Die Fotos werden im Andenkenladen am Ausgang ausgestellt.«

»Ja, unbedingt.«

»Ma!« RayAnne schnaubte genervt. »Ich bin zu alt für ein Foto mit dem Weihnachtsmann!«

»Ach, tu's doch einfach mir zuliebe. Du kannst deinem Papa einen Abzug zu Weihnachten schenken. Darüber wird er sich freuen.«

RayAnne zog eine Schnute und schnaubte erneut.

»Nur zu! Führ dich ruhig dumm auf. Meinst du nicht, der Weihnachtsmann kann dich von dort drüben sehen?« Sydney nickte der Elfe erneut zur Bestätigung zu.

Schlagartig verschwand die Schmollmiene aus RayAnnes Gesichtchen.

Die Elfe führte sie beide den mit roten Samtkordeln abgesperrten Gang entlang zum Weihnachtsmann. Sydney überlegte, ob es sich wohl so anfühlte, wenn man bei einer Veranstaltung über den roten Teppich lief. Als sie sich dem Schneeschloss des Weihnachtsmanns näherten, überraschten sie die kunstvollen Details. So etwas würde sie von einem Laden mit üppigem Budget in Atlanta erwarten, nicht im winzigen Nest Hopewell. Man hatte sich eindeutig eine Menge Mühe mit der Kulisse gegeben.

Geduldig warteten sie, bis sich nur noch zwei Frauen vor ihnen befanden. *Die beiden müssen ungefähr in meinem Alter sein*, dachte Sydney. Sie hatte belauscht, wie sie gesagt hatten, sie wollten sich vom Weihnachtsmann fürs nächste Jahr neue Partner wünschen.

»Hast du dem Weihnachtsmann in die Augen gesehen?«, fragte eine.

»Ja. Ich weiß, der Weihnachtsmann sollte blaue Augen haben, aber ich sag dir, seine braunen Augen bringen mich total um den Verstand. Sie sehen wie dunkle Schokolade aus. Und du weißt ja, wie sehr ich Schokolade liebe.«

»Ich würde ihn zu gern mal ohne die Aufmachung sehen. Als ich letzte Woche hier war, hab ich unauffällig seinen Arm gedrückt. Ich schwöre, er hat einen Bizeps wie ein Profisportler.«

»Ich würde lieber seinen Mund sehen. Vielleicht zupfe ich an seinem Bart und versuche, ihn abzubekommen«, meinte die andere kichernd.

»Hab ich letztes Jahr probiert. Er sitzt zu fest. Anscheinend will er sein Geheimnis unbedingt bewahren. Wahrscheinlich ein Verbrecher auf der Flucht vor dem Gesetz.«

»Das wäre typisch für mein Glück. Ma hat immer gesagt, ich sei ein Magnet für böse Jungs.«

»Jeder hat sein Päckchen zu tragen. Vielleicht ist er auch ein heimlicher Säufer. In seinem großen Weihnachtsmannstiefel könnte er gut und gern zwanzig kleine Fläschchen versteckt haben.«

»Seine Nase ist rot. Ist das nicht ein Zeichen für Trunksucht? Durch Rotwein röten sich doch die Züge. Das könnte wirklich sein … er ist eine Schnapsdrossel.«

»Ich würde mit ihm trinken. Ich sag dir, er ist kein Alkoholiker. Er ist perfekt. Freundlich. Hört zu. Selbst wenn wir uns völlig unangemessen aufführen, wird er sich anständig verhalten. Wirst schon sehen.«

Die Oberelfe kam herüber und führte die zwei Frauen weg, als sie an der Reihe waren.

Sydney konnte ihren Humor nicht teilen. Ja, sie mochte seit Jons Verrat skeptisch gegenüber der Liebe geworden sein, doch schon vor alldem hätte sie ein solches Verhalten alles andere als angemessen gefunden.

Unwillkürlich beobachtete sie, wie die beiden Frauen zum Schneeschloss des Weihnachtsmanns trippelten. Sie taten es wirklich, flirteten dermaßen ungeniert, dass sich Sydney für sie fremdschämte. *Lieber Gott, bitte lass mich nie so verzweifelt werden!*, betete sie stumm. *Niemals.*

Es irritierte sie, dass die beiden erwachsenen Frauen vorhatten, so viel von der Zeit des Weihnachtsmanns in Anspruch zu nehmen, während noch so viele Kinder in der Schlange warteten.

Die Elfe kam zu RayAnne und ihr zurück. »Bereit?«

»Denke schon. Hast du auch einen Namen?«, fragte RayAnne.

»Natürlich. Mein Name ist Rebecca.«

»Hi, Rebecca. Nichts für ungut, aber dieser Weihnachtsmann kann unserem zu Hause nicht das Wasser reichen. Sein Bart sieht ja noch nicht mal echt aus.«

Rebecca straffte die Schultern, dann beugte sie sich vor und stützte die Hände auf die Knie. »Gib ihm eine Chance. Er sieht vielleicht nicht wie dein alter Weihnachtsmann aus, doch ich arbeite schon sehr, sehr lange für ihn. Ich kann dir versprechen, dass er etwas ganz Besonderes an sich hat.«

Sydney errötete. *Tut mir leid*, formten ihre Lippen in Rebeccas Richtung.

»Wir wollten heute eigentlich in unsere alte Heimat Atlanta fahren. Das Wetter hat uns einen Strich durch die Rechnung gemacht.«

Rebecca nickte. »Ich verstehe. Manche Dinge geschehen aus einem guten Grund.«

»Tut mir leid, Kleines.« Wie oft wollte sie sich heute eigentlich noch dafür entschuldigen? *So oft, wie es nötig ist.*

RayAnne seufzte. »Ich weiß ja, dass du nichts dafürkannst, Ma. Hab dich trotzdem lieb.«

»Ich dich auch.« Sydney schlang die Arme um ihre Tochter und lächelte Rebecca verhalten zu.

»So ein Umzug ist hart.« Rebecca legte RayAnne zart eine Hand auf die Schulter. »Du bist als Nächste dran.« Sie führte sie zur linken Seite des Schneeschlosses, wo Sydney warten konnte, dann begleitete sie RayAnne die Stufen hinauf.

Plötzlich fühlte sich Sydneys Kehle wie zugeschnürt an. Tränen traten ihr in die Augen, als die Erinnerungen an die Weihnachtsmann-Besuche im Verlauf der Jahre über sie hereinbrachen. Immer waren sie zu dritt gewesen. Jon hatte sich jedes Jahr Zeit genommen, damit sie den Weihnachtsmann zusammen besuchen konnten. Sydney hatte sich noch nie so einsam gefühlt wie in diesem Moment.

Die Polsterung dieses Weihnachtsmanns sah genauso künstlich aus wie der Bart und die Augenbrauen aus Baumwolle, dennoch wirkte irgendetwas an ihm authentisch. Wie er sich bewegte, wie er Anteil nahm, alles ohne die geringste Eile. Und auch seine Elfe versprühte ein sonniges und freundliches Flair.

Rebecca kam zu ihr und lächelte sie an. »Ich hab Ihnen ja gesagt, dass er ein guter Weihnachtsmann ist. Alle lieben ihn.«

Sydney beobachtete ihn wieder. Immer noch genauso aufmerksam und konzentriert wie zuvor. Vielleicht hatte dieser Weihnachtsmann ja irgendeine Verbindung mit dem echten.

»Ho, ho, ho. Wen haben wir denn da?« Mac breitete die Arme aus, hieß das kleine Mädchen willkommen.

»RayAnne.« Sie zögerte, bevor sie auf seinen Schoß kletterte.

Mac überrumpelte die Kinder gern, wenn sie ein bisschen argwöhnisch wirkten. »Du bist doch nicht etwa die RayAnne von der Liste der Unartigen, oder?«

»Nein.«

»Dachte ich auch nicht. Die ist nämlich blond.«

»Wahrscheinlich bist du verwirrt, weil ich mit meiner Mama gerade erst hierhergezogen bin.«

»Das ist richtig. Ihr kommt aus …«

»Der Nähe von Atlanta.«

»Hast mir das Wort aus dem Mund genommen.« Mac war kein Anfänger. Er besaß die Gabe, geschickt Einzelheiten aus den Kindern herauszukitzeln. Wenn sie ihn schließlich verließen, glaubten sie, er wüsste alles. Na ja, und er hatte zusätzlich die Informationen, die ihm Rebecca zuspielte. In diesem Fall den Spitznamen der jungen Dame.

»Manchmal müssen unsere Listen ein wenig überprüft werden. Meinst du, dass du dieses Jahr ein braves Mädchen gewesen bist?«

RayAnne zögerte. Das kam nicht oft vor, und er wappnete sich, denn wenn die Kinder so nachdenklich wurden, steckte in der Regel mehr dahinter.

»Ich denke schon. Ist ein schweres Jahr gewesen. Wir mussten umziehen, weil mein Papa eine neue Freundin hat. Ich fürchte, es könnte vielleicht an etwas gelegen haben, das ich getan hab. Verstehst du?«

Mac blies den Atem aus. »Du hast nichts falsch gemacht, das ist nicht der Grund. Du bist ein braves Mädchen. Nur ist es leider nicht so einfach.«

»Er fehlt mir. Aber am meisten fehlt mir, dass wir alle zusammen sind. Das ist traurig.«

»Hast du mit deinen Eltern darüber geredet?«

»Ich habe Angst, dass ich sie dann auch traurig mache.«

»Ich weiß, dass sie dich beide sehr lieb haben. Sie wollen, dass du glücklich bist. Scheu dich nie davor, mit deinen Eltern über etwas zu reden, das dich bedrückt.« Macs Kehle fühlte sich ein wenig zugeschnürt an. Er fragte sich, welche nie ausgesprochenen

Gedanken Seth darüber durch den Kopf gegangen sein mochten, dass Genna sie verlassen hatte. »Was steht denn dieses Jahr auf deiner Wunschliste?«

»Mir fehlt mein Papa. Und jetzt sind wir umgezogen. Papa nimmt mich mit zum Skifahren mit seiner Freundin, also werde ich nicht mal zu Hause sein. Mama wird allein sein. Kannst du stattdessen meiner Mama etwas bringen?«

»Das ist sehr nett von dir, Ray. Du stehst ganz eindeutig auf der Liste der braven Kinder.«

Sie lehnte sich zurück. Ihr Mund bildete ein überraschtes O. »Mein Papa nennt mich Ray.«

Er zwinkerte. »Ich weiß. Unser Geheimnis.«

»Wenn du für Mama ein Geschenk finden könntest, das sie wieder glücklich macht, wäre das wirklich super. Ich wünsche mir zu Weihnachten ein Quad. Papa hatte eines für uns gekauft, aber er hat es uns nicht mitnehmen lassen. Wenn also er mir keines schenkt, könntest du mir vielleicht das bringen.«

»Dein Herz kann glücklich sein und wissen, dass dich deine beiden Eltern lieb haben, ganz gleich, wo sie wohnen. Ich möchte, dass du daran glaubst. Kannst du das für mich tun?«

»Ja, Weihnachtsmann.« RayAnne senkte den Kopf. »Hast du unsere neue Adresse?«

»Na logisch.« Er tippte sich seitlich an den Kopf. »Hier drin. Keine Sorge. Ich finde dich schon, egal, wo du hinziehst. Der Weihnachtsmann weiß immer, wo seine braven Lieblingskinder wohnen. Und denk daran, dass man nicht alle Weihnachtsgeschenke unter dem Baum findet. Okay?«

»Danke, Weihnachtsmann.«

»Gern geschehen, RayAnne. Lass uns noch ein Foto machen.« RayAnne und er drehten sich der Kamera zu, und Rebecca drückte den Auslöser. Das kleine Mädchen drehte sich ihm wieder zu und herzte ihn, bevor es zurück zur Mutter eilte.

Rebecca wies ihnen den Weg zum Ausgang.

»Er ist der *echte* Weihnachtsmann, Ma!«, rief RayAnne so laut, dass Mac es hören konnte. »Er weiß alles. Er ist total anders, Ma. Das ist *wirklich* der Weihnachtsmann.« Mit einem breiten Grinsen im Gesicht schaute die Kleine zu ihm zurück.

Genau aus diesem Grund liebte Mac diesen Job so sehr. Er beugte sich zur Seite, ergriff den Becher mit Wasser und trank einen Schluck.

»Ehrlich, Ma. Das schlechte Wetter war das Beste, was heute hätte passieren können. Ich bin so froh, dass ich das hier nicht verpasst habe.« Sie holte tief Luft. »Hab dich lieb, Ma.«

Rebecca klatschte in die Hände. »Ich weiß genau, wie du dich fühlst. Er ist der einzige Grund, warum ich hier arbeite. Hab ich gerade eben auch deiner Mama gesagt.«

Mac gefiel unheimlich, wie Rebecca dabei half, den Mythos aufrechtzuerhalten.

Ihm fiel auf, dass RayAnnes hübsche dunkelhaarige Mutter ihn eindringlich musterte. Er lächelte und winkte.

Sie wackelte verhalten mit den Fingern, als sie verlegen zurückwinkte, dann verzog sie die Lippen zu einem Lächeln, das ein Grübchen auf ihrer linken Wange zum Vorschein brachte.

Und es fühlte sich einfach nicht richtig an, dass eine so wunderschöne Frau so traurig war, dass sich ihre Tochter um sie sorgte. Was für ein Mann betrog eine solche Frau? Insgeheim hoffte Mac, dass Hopewell ihr Leben zum Besseren verändern würde.

Auf dem Heimweg summte Mac den *Blumenwalzer* aus Tschaikowskis *Der Nussknacker* mit.

Ihm gefiel auch die Musik im Weihnachtsdorf, aber diese Musik verlieh ihm ein Gefühl inneren Friedens. Das An- und Abschwellen der Melodie erzählte ganz ohne Worte eine Geschichte.

An diesem Abend hatten bereits mehrere Häuser entlang seiner Strecke die Weihnachtsbeleuchtung eingeschaltet. Seth und er würden an diesem Wochenende an der eigenen arbeiten.

Wenn Mac nach Hause kam, brannte in Seths Zimmer normalerweise noch Licht. An diesem Abend nicht. Er hoffte, der Junge war nicht so kurz vor den Weihnachtsferien krank geworden.

Mac parkte vor dem Haus, das er durch die Garage betrat. Es herrschte ungewöhnliche Stille. »Hallo. Irgendjemand zu Hause?«

»Hier drin, Pa.«

Mac folgte der Stimme seines Sohnes in die Küche, wo Haley und er an gegenüberliegenden Seiten des Tisches saßen. Zwischen ihnen lag ein Haufen Filzstifte.

»Was treibt ihr denn da?«

»Wir basteln Weihnachtskarten«, antwortete Seth.

»Schulprojekt?«

»Nein.« Seth legte den Kopf schief, dann beugte er sich näher zu dem glänzenden Karton vor ihm. »Für unsere Soldaten, die nicht bei ihren Familien sein können.«

Das erregte Macs Aufmerksamkeit. »Das ist wirklich nett.«

»Ja, Haley und ich haben darüber geredet. Sie hat gesagt, wo sie lebt, basteln viele Menschen Karten und schicken sie ihnen ins Ausland, damit alle irgendetwas von zu Hause bekommen. Ich hab ihr erzählt, dass ich ziemlich gut zeichnen kann.«

»Ja. Und das ist noch untertrieben. Der Junge ist ein regelrechter Künstler«, warf Haley ein.

»Ist er. Seth hatte schon immer Talent zum Zeichnen. Du hättest mal sehen sollen …«

»Pa. Erzähl die Geschichte nicht.«

»Was denn?« Mac stützte sich auf die Arbeitsfläche neben dem Tisch. »Du meinst die Geschichte …«

»Wie ich ein Wandbild an den Schuppen gemalt hab.« Er warf seinem Vater einen mürrischen Blick zu. »Die Geschichte erzählt er immer.«

»Es war nicht bloß irgendein Schuppen. Erzähl auch noch den Rest, Seth.«

Der Junge lachte. »Ja. Also, es war anscheinend der superteure Schuppen der neuen Nachbarn.« Seths Verlegenheitslachen stieg in ihm auf. Er besaß ein unvergleichliches Lachen. »He, ich wollte mich bloß künstlerisch ausdrücken.«

Haley stimmte in das Gelächter ein. »Was hast du denn gemalt?«

Seth prustete noch ausgelassener. »Einen Pterodaktylus, der Barney frisst.«

»Barney, den violetten Dinosaurier aus *Barney und seine Freunde?*«

»Genau«, bestätigte Mac. »Seth konnte die Sendung nie leiden.«

»Offensichtlich«, sagte Haley. »Tja, hier leistet er hervorragende Arbeit. Kein einziger Dinosaurier in dem ganzen Stapel.«

»Oh, die Arbeit an sich war auch bei dem Schuppen großartig. Nur leider haben sich unsere neuen Nachbarn als Kunstbanausen erwiesen. Ich musste die Wand auf der Seite des Schuppens ersetzen.«

»Sieh's als Investition in meine Zukunft als Weihnachtskartengestalter.« Seth hielt die Karte hoch, die er gerade fertiggestellt hatte.

»Er zeichnet. Ich male aus«, erklärte Haley. »Willst du mithelfen?«

»Klar.« Mac zog sich einen Stuhl unter dem Tisch hervor und ergriff einen der Stifte. »Hin und wieder schaffe ich's sogar, nicht über die Linien zu malen.«

Seth reichte ihm die Karte. »Hier. Du kannst die ausmalen.«

Er hielt das gefaltete Stück Karton in der Hand. Der Weihnachtsmann salutierte vor einem putzigen Schneemann mit Erkennungsmarken um den Hals vor einem Weihnachtsbaum mit einer Flagge darauf. Genau die richtige Mischung aus Botschaft und Bedeutung. »Das ist wirklich gut, Sohn.«

»Danke. Haley und ich hatten die Idee zusammen.«

»Ich glaube, das wird den Männern richtig gefallen.«

»Dachte mir, es wäre eine gute Möglichkeit zu helfen«, meinte Seth.

»Ja, ist es auch.« So saßen sie am Tisch und malten die Karten aus, bis sich Haley schließlich erhob. »Ich bin erledigt. Ich nehme ein paar Karten mit, um zu Hause daran zu arbeiten.«

»Okay. Und vielleicht kann ich noch ein paar mehr zeichnen, bevor sie zur Post müssen«, schlug Seth vor.

»Das wäre spitze.« Haley sammelte ihre Sachen zusammen. »Ich muss sie am Mittwoch losschicken, sonst kommen sie nicht mehr rechtzeitig an.«

»Bis dahin schaffe ich bestimmt noch ein paar«, versprach Seth. »Das macht mir richtig Spaß.«

Mac stand auf und begleitete Haley zur Tür, wo er sie für ihre Hilfe bezahlte. »Vielen Dank. Du hast einen wirklich guten Einfluss auf Seth.«

»Er ist ein toller Junge. Seth hat mit angehört, wie ich heute Abend mit meinem Mann telefoniert hab. Greg hat über dieses Projekt geredet. Seth hat es mitbekommen und hatte gleich tausend Fragen dazu. Er hat von sich aus angeboten mitzuhelfen. War gar nicht mein Plan, sondern hat sich als glücklicher Zufall so ergeben.«

»Das ist klasse. Ich freu mich riesig darüber. Seit seine Mutter uns verlassen hat, ist Weihnachten eine harte Zeit für ihn. Ich bin dankbar, dass er etwas gefunden hat, was mit den Feiertagen zu tun hat und was er als positiv empfindet.«

»Es scheint ihm wirklich zu gefallen. Und ich bin froh über seine Hilfe. Ich fühle mich dadurch auch besser. Wir sehen uns Dienstagabend«, sagte sie zum Abschied und ging zur Tür hinaus.

Mac schloss hinter ihr ab und kehrte in die Küche zurück. »Sollen wir es für heute gut sein lassen?«

»Morgen ist keine Schule. Kann ich noch ein bisschen länger dran arbeiten?«

»Klar.« Mac holte sich eine Limonade aus dem Kühlschrank. »Morgen schmücken wir das Haus außen. Wie's aussieht, dürfte das feuchte Wetter heute Nacht von hier abziehen.«

»Klingt gut.«

Seth hatte einen Weihnachtsmann auf die nächste Karte gezeichnet. Also musste in dem zwölfjährigen Herzen doch ein wenig Weihnachtszauber schlummern.

»Pa, meinst du, wir können morgen zum Buchladen? Ich hätte da eine Idee, bin aber nicht sicher, wie ich sie zeichnen soll. Ich dachte mir, vielleicht finden wir ein Buch mit Bildern drin.«

Mac beschlich ein wenig das Gefühl, er wäre versehentlich im falschen Haus gelandet. »Gern. Können wir auf jeden Fall machen.«

»Super.«

»Ich springe mal eben unter die Dusche.« Mac setzte dazu an, die Küche zu verlassen, hielt jedoch unterwegs inne. »Sohn, ich bin stolz auf dich. Wegen dieses Projekts. Es ist echt reif von dir, dass du den Hintergrund verstehst und so dabei mithilfst.«

»Ja. Ich verstehe das. Es ist hart, wenn man bei jemandem sein will und derjenige nicht da ist.«

Autsch. Das hatte gesessen. Ganz gleich, wie sehr sich Mac bemühte, alles für seinen Sohn zu sein, die Wahrheit sah so aus, dass Seth die von Gemma hinterlassene Lücke immer spüren würde.

»Außerdem zeichne ich echt gern«, fügte Seth hinzu. »Ich bin besser, als ich's in Erinnerung hatte.«

Wenigstens wusste der Junge, worin er gut war. Das war mehr, als Mac von den meisten Kindern in dem Alter behaupten konnte. Mac hatte nie groß darüber nachgedacht, Seth in Richtung Kunst zu fördern. Sie verbrachten fast ihre gesamte Zeit draußen oder mit Sport. Seth war sportlich, doch nie mit solchem Enthusiasmus bei der Sache wie Mac in seinem Alter. In dieser Hinsicht konnten zwei Elternteile mehr Ausgewogenheit in die Welt eines Kindes bringen. Mac würde einfach versuchen müssen, es künftig besser zu machen.

Kapitel sieben

Am Sonntagmorgen besuchten Sydney und RayAnne den Frühgottesdienst in der Kirche, damit Sydney pünktlich den Buchladen öffnen konnte.

Die alte Kirche platzte aus allen Nähten, und es spendete Trost, das abgegriffene Gesangbuch in die Hand zu nehmen und vertraute Lieder mitzusingen.

Nach dem letzten Amen zogen alle langsam und geordnet von hinten nach vorn von dannen.

Sydney wartete auf RayAnne, die entschieden hatte, heute den Kindergottesdienst zu besuchen, der zur selben Zeit im Jugendzentrum stattgefunden hatte. Sie lächelte die vorbeiziehenden Leute an.

»Ma!« RayAnne kam mit einem schmächtigen, sommersprossigen Mädchen herbeigelaufen. »Darf ich heute zu Jenny?«

»Sydney?« Diane folgte Jenny den Gang herunter. »Wie schön! Wir laufen uns andauernd über den Weg.«

»Ist Jenny deine Tochter?«

»Ja. Wie klein die Welt doch ist! Na ja, auf die eine oder andere Weise hätten wir uns bestimmt wiedergetroffen, da du jetzt zurück bist. Das ist wunderbar. Wir würden uns freuen, wenn

RayAnne zu uns kommen dürfte. Jenny hat schon die ganze Woche von dem neuen Mädchen in der Schule erzählt.«

»Bitte, Mama!« RayAnne hopste vor Aufregung auf der Stelle.

»Bist du sicher, dass es keine Umstände macht?«

Diane schlang sich die Handtasche über die Schulter. »Sie kann gern zum Mittagessen bleiben.«

RayAnne faltete die Hände und hielt sie sich unters Kinn. »Bitte. Bitte. *Biiit-teee?*«

»Oh, wie dramatisch. Wie könnte ich da Nein sagen?«

Die zwei Mädchen quiekten freudig und stürmten kichernd davon.

»Danke, Diane.«

»Kein Problem. Mein Haus ist in letzter Zeit ohnehin der Mädchentreffpunkt schlechthin. Ich bring sie nachher zu euch nach Hause. So gegen halb sieben oder sieben?«

»Wir wohnen im alten Haus meiner Großeltern in der Green Needles Lane.«

»Ich weiß noch genau, wo das ist. Gib Bescheid, falls ich irgendwie helfen kann, während ihr euch einlebt. Mein Mann kann auch ziemlich nützlich sein.«

»Mach ich. Und danke noch mal, dass RayAnne mit zu euch gehen darf. Freundinnen zu finden wird ihr die Umstellung bestimmt erleichtern.«

»Sie ist jederzeit willkommen. Glaub mir, sie wird sich hier wohlfühlen. Und wenn sie dafür sorgt, dass Jenny ein wenig Energie abbaut, ist es auch für mich ein Segen.« Ein kleiner Junge in einem Sweatshirt mit dem Logo der Carolina Panthers befreite sich aus Dianes Griff und lief davon. »Zach, komm zurück! Glaubst du, wir hatten irgendwann in unserem Leben auch mal so viel Energie?« Zach rannte hinüber zu den Mädchen, dann zurück zu Diane, um sich an ihrem Bein festzuklammern.

»Ich bin mir ziemlich sicher, die hatten wir.«

Diane reichte Sydney eine Visitenkarte. »Da steht auch unsere Festnetznummer drauf, falls du sie von Bea noch nicht hast.«

Sydney betrachtete die Karte. Dianes Ehemann gehörte die örtliche Tankstelle mit angeschlossener Werkstatt. »Bist du sicher, dass es dir nichts ausmacht, RayAnne nach Hause zu bringen? Ich kann sie auch abholen, wenn das einfacher ist.«

»Überhaupt nicht. Mach ich gern. Tony arbeitet ohnehin lange. So hab ich was zu tun, und wir kommen aus dem Haus.« Diane schaute zu den Mädchen hinüber. »Sie scheinen sich wirklich gut zu verstehen.«

»Ja, sieht ganz so aus.« Sydney kramte in ihrer Handtasche und schrieb ihre Nummer auf die Rückseite einer alten Bestellkarte. »Hier ist meine Telefonnummer. Da dein Mann lange arbeitet, was hältst du davon, wenn du mit Jenny und Zach bei uns zu Abend isst? Ich würde mich über die Gesellschaft freuen, und wir hätten Gelegenheit zu plaudern. Außerdem würde ich mich dann besser fühlen, da du ja RayAnne den ganzen Tag zu dir nimmst.«

Diane nahm die Karte entgegen. »Liebend gern. Das Timing könnte kaum besser sein.«

»Dann bis später.«

Sie beobachtete, wie Diane die drei Kinder zusammentrieb und dann über den Parkplatz zu ihrem Minivan scheuchte.

An der Ampel auf der Hauptstraße stauten sich die Autos. Weil die Kirchengemeinde so groß war, floss der Verkehr nur langsam vom Parkplatz ab. Daher machte Sydney auf dem Weg zu ihrem Wagen kehrt und steuerte das *Book-Bea* stattdessen zu Fuß an. Der Laden lag nur wenige Häuserblocks entfernt. Sie würde hingehen und später zurückkommen, um das Auto zu holen. Ein wenig sportliche Betätigung konnte ihr ohnehin nicht schaden.

Bea war bereits im Laden, als Sydney eintraf. Das Aroma von

frischem Kaffee erfüllte die Luft, und einige Kunden stöberten schon in den Gängen.

»Komme ich zu spät?«, fragte Sydney, als sie ihre Handtasche unter der Ladentheke verstaute.

»Nein«, antwortete Bea. »Die Leute wissen bloß, dass ich manchmal früher hier bin. Wir nehmen es mit den Öffnungszeiten nicht so genau.«

»Hallo! Kann ich Ihnen helfen?«, erkundigte sich Sydney bei einer Frau, die aussah, als wäre sie auch gerade aus der Kirche gekommen. Sydney gab den Preis für jedes Buch in die Registrierkasse ein. »Haben Sie gesehen, dass es zu dieser Geschichte auch ein Malbuch gibt?«

»Nein. Hab ich nicht.«

»Darf ich es Ihnen zeigen?«

»Das wäre eine wundervolle Ergänzung. Danke.«

»Gern geschehen.« Sydney kam um die Theke herum und griff nach einem Malbuch und einer Packung Buntstifte. Sie schwenkte beides durch die Luft, als sie zur Registrierkasse zurückkehrte. »Diese Buntstifte habe ich neulich ausprobiert. Sie sind fast wie Malkreide. Wirklich spitze. Ich weiß nicht, ob Sie die brauchen können.«

»Danke. Ja, ich nehme beides.«

Bea wirkte erfreut über den Zusatzverkauf.

Den Nachmittag kennzeichnete ein steter Strom von Kunden. Bea war an der Kasse ständig damit beschäftigt, Geschenke einzupacken. Sydney beriet die Kunden und rechnete die Einkäufe ab.

»Kann ich Ihnen helfen?«, fragte Sydney einen Mann mit einem dicken Wollmantel und einem Karton in der Hand.

»Warum sind wir uns noch nicht begegnet?« Er balancierte das Päckchen in der Beuge des linken Arms und streckte die rechte Hand aus. »Bürgermeister Blevins.«

»Der Bürgermeister?« Sollte sie ihn anders behandeln als die anderen Kunden? Respektvoller? Nein, sagte sie sich selbst.

»Hallo. Mein Name ist Sydney Ragsdale. Ich helfe Bea in der Vorweihnachtszeit aus. Bin erst unlängst hierhergezogen.« Sie deutete lachend über die Schulter. »Also, nicht genau *hierher*. Ins alte Farmhaus meiner Großeltern auf der anderen Seite der Gemeinde.«

»Sie sind die Enkelin der Rockfords? Ich wusste doch, dass Sie irgendwann zurückkommen und sich um das Haus kümmern würden.«

Die Worte schmerzten ein wenig. Schließlich hatte sich Sydney nicht bewusst vor der Verantwortung gedrückt, die mit dem Erbe einherging. Sie hatte bloß nie wirklich darüber nachgedacht, nachdem Jon der Idee, das Haus als Feriendomizil zu verwenden, den Riegel vorgeschoben hatte.

Der Bürgermeister musterte sie von oben bis unten. »Sie sehen ihr ähnlich. Carmen, meine ich. Sie haben die gleichen fröhlichen blauen Augen.«

»Danke«, erwiderte sie, obwohl ihr selbst die Ähnlichkeit nie aufgefallen war. Sydney fiel es schwer, sich vorzustellen, sie könnte einer alten Frau ähnlich sehen. Andererseits war ihre Großmutter eine freundliche, wundervolle Dame gewesen, daher fand sie es trotzdem nett, mit ihr verglichen zu werden.

Mr Blevins sah sich um. »Hier ist ja heute wirklich viel los. Ich schätze, ich kann das auch einfach Ihnen überreichen. Es sind die Liedblätter für das bevorstehende Weihnachtssingen. Sie wissen doch darüber Bescheid, oder?«

»Oh, toll. Ja, Bea und ich haben darüber gesprochen.« Sie nahm den Karton entgegen. »Ich kümmere mich darum.«

»Das Schaufenster sieht übrigens ganz bezaubernd aus. Ich vermute mal, dabei hatten Sie die Finger im Spiel.«

»Meine Tochter und ich haben zusammengearbeitet. Es hat Spaß gemacht, vor allem, nachdem wir von dem Lied erfahren hatten, sodass wir das Schaufenster nach dem Motiv gestalten konnten.«

»Ja, es passt perfekt!« Der Bürgermeister bahnte sich den Weg zurück zur Tür. »Ich muss noch ein paar andere Lieferungen erledigen. Bea ist gerade so beschäftigt. Sagen Sie ihr, wir sehen uns bei der Versammlung der Handelskammer nächste Woche.« Als er die Tür schon fast erreicht hatte, drehte er sich noch einmal um. »Ach, eins noch. Richten Sie Bea aus, dass wir dieses Jahr eine überwältigende Zahl von Kartenvorverkäufen haben. Sie soll bitte doppelt so viele dieser herrlichen Köstlichkeiten vorbereiten, die sie immer zubereitet, ja? Und sie soll so gut sein und etwas für mich reservieren. Das hier ist meine Lieblingsstation.«

»Wird gemacht«, versprach Sydney. Während ihrer Unterhaltung mit Bürgermeister Blevins hatte sich vor der Kasse eine Schlange von fünf Leuten gebildet. Zwar rechnete Bea die Einkäufe der Kunden ab, aber da sie mit jeder einzelnen Person dabei plauderte, ging es beim Bezahlen schleppend voran.

Sydney ging hinüber und übernahm die Registrierkasse. Bea konnte dadurch in die Rolle der Gastgeberin schlüpfen und die Leute überreden, sie die Einkäufe einpacken zu lassen – gegen ein kleines Trinkgeld in die große, in Folie gewickelte Kaffeedose auf der Theke.

Gegen halb sechs wurde es schließlich ruhiger. Sydney verließ die Registrierkasse und kochte zwei Tassen Tee.

»Hier.« Sie reichte Bea eine Tasse. »Trink.«

»Oh, danke, Sydney.« Bea blies über den Rand ihrer Teetasse und nippte daran. Einen Finger hielt sie nach wie vor auf die Schleife gedrückt, die sie gerade zu Ende binden wollte. Rasch wickelte sie das Band herum, fädelte es durch die Schlaufe und zog es fest. »Hier, bitte.«

Der drahtige Junge vor ihr grinste. »Danke, Ma'am.«

Ein dunkelhaariger Mann mit so tiefbraunen Augen, wie Sydney noch keine gesehen hatte, beobachtete den Jungen aus der Warteschlange.

»Gehört er zu Ihnen?«, fragte Sydney.

Der Mann nickte. »Genau.« Der Mann legte einen Stapel Bücher auf die Theke.

»Sie müssen sehr stolz auf ihn sein.«

»Oh ja. Das ist noch untertrieben.«

Rasch gab Sydney die Preise der Bücher in die Kasse ein. Zwei historische Romane, der neueste Krimi-Bestseller und ein großformatiger Bildband über militärische Ausrüstung. »Sind Sie Veteran?«

Er sah sie verwirrt an. »Ach, wegen des Buches. Nein.«

»Ein Geschenk?«

»Nein. Seth – mein Sohn – zeichnet. Er gestaltet gerade Weihnachtskarten für unsere Soldaten und hat nach Inspiration gesucht.«

»Finde ich super. Dort, wo ich früher gewohnt habe, war das auch üblich. Na ja, mit gekauften Karten zwar, aber wir haben immer eine große Gruppe von Leuten zusammengetrommelt, um sie zu unterschreiben und zu adressieren. Das ist eine so schöne Tradition.«

»Ja. Seth klemmt sich wirklich voll dahinter.«

»Finde ich sehr löblich. Fördert zugleich die Kreativität und den Weihnachtsgeist.«

»Ganz genau.«

»Wissen Sie …«, meinte Sydney, »wenn Sie auch eine Gruppe von Leuten dabei mithelfen lassen wollen, bin ich sicher, wir könnten an einem Abend nach der Arbeit hier ein paar Tische aufstellen.« Sydney bereute sofort, den Vorschlag so vorschnell gemacht zu haben. Die Worte waren einfach aus ihr herausgesprudelt. Es stand ihr nicht zu, so etwas anzubieten, obwohl Bea bestimmt nichts dagegen haben würde. »Ich meine, ich könnte bei Bea ein gutes Wort für Sie einlegen.«

»Großartig. Ich habe Ihren Namen nicht mitbekommen …«

»Sydney Ragsdale.«

»Freut mich, Sie kennenzulernen, Sydney. Ich bin Kevin Mac-

Alee, aber alle nennen mich Mac. Sind Sie mit Bea verwandt? Und zu Besuch?«

»Oh nein. Ich helfe nur in der Vorweihnachtszeit aus. Ich bin neu im Ort.«

»Dann herzlich willkommen in Hopewell! Ist immer schön, wenn neue Leute herziehen. Ich bin sicher, wir laufen uns noch öfter über den Weg.«

Und seine braunen Augen schienen zu tänzeln, wenn er redete. Wie machte er das bloß? »Ja. Höchstwahrscheinlich.« Sydney hoffte es, und das kam ganz und gar unerwartet. Genau wie die Schmetterlinge, die sie plötzlich im Bauch flattern spürte. »Ist ja immerhin eine Kleinstadt.«

»Ja. Eine Kleinstadt.« Er unterschrieb den Kreditkartenbeleg, dann trat er zurück und stieß mit der Frau hinter ihm zusammen. »Tut mir leid, Ma'am. Bis dann, Sydney. Hat mich gefreut, Sie kennenzulernen.«

Bea stupste Sydney mit dem Ellbogen an. »Wie ich sehe, hast du gerade Mac kennengelernt. Weißt du, er gilt als der begehrteste Junggeselle im Ort.«

»Ach, jetzt hör schön auf! Pack lieber weiter Geschenke ein.«

»In Hopewell geboren und aufgewachsen. Ist nach dem College gleich wieder zurückgekommen, um hier zu unterrichten.«

»Nicht interessiert«, sagte Sydney und konnte sich bei dem albernen Gedanken kaum ein lautes Lachen verkneifen. Erschöpft begleitete sie den letzten Kunden persönlich zur Tür. Wenn sie schon so müde war, konnte sie nur zu erahnen versuchen, wie es Bea gehen musste. Sydney drehte das Schild an der Tür auf *GESCHLOSSEN*. »Wow«, entfuhr es ihr. »Wie schaffst du das bloß allein, Bea?«

Das Lachen der älteren Frau fühlte sich so beruhigend wie das Windspiel über der Theke an. »Es herrscht nicht immer so viel Betrieb. Das ist bloß der Weihnachtsstress. Und ganz ehrlich, ich arbeite einfach in meinem eigenen Tempo dahin. Die Leute wissen, wenn sie es besonders eilig haben, können sie mir auch eine Liste der Bücher geben, die sie sich ausgesucht haben, und später wiederkommen, um zu bezahlen.«

»Das erscheint mir riskant. Bekommst du denn immer dein Geld?«

»Natürlich. Niemand würde mich je übervorteilen. Hier geht es wie in einer Familie zu, und so wie du kommen die meisten Kunden schon her, seit sie Kinder waren.« Bea zog die Lade aus der Registrierkasse und begann, die Kassenbons vom Geld zu trennen. »Hilf mir doch beim Zählen. Ich glaube, das könnte mein bester Tag im bisherigen Jahr gewesen sein.«

»Gern.« Sydney stapelte die Bons und begann, die Abrechnung in die alte Rechenmaschine einzugeben. Jedes Mal, wenn sie die Plustaste drückte, schob sich der Papierstreifen oben mit einem Rattern weiter.

»Ich mache nach Möglichkeit gern jeden Abend Kassensturz. So bleibe ich immer auf dem Laufenden. Ich fürchte nämlich, wenn ich einmal hinterherhinke, hole ich nie mehr auf.«

»Ist nichts verkehrt an einer Routine. Schon gar nicht, wenn sie für dich funktioniert.«

Bea zählte die Münzen. »Funktioniert für mich seit über vierzig Jahren.«

»Ich würde sagen, das ist eine ziemlich gute Erfolgsbilanz.«

Sydney wurde mit dem Zusammenrechnen der Belege fertig, dann sortierte sie das Geld nach Stückelung in verschiedene Stapel, zählte es und schrieb ihre Summen unter die von Bea auf eine Tafel.

Die alte Dame gab die endgültigen Zahlen in die Rechenmaschine ein, dann drückte sie auf die Taste für den Papiervorschub. Sie spähte über den Brillenrand, als sie die Werte sorgsam in das alte Hauptbuch eintrug. »Ja! Ich wusste es. Mein umsatzstärkster Tag im ganzen Jahr. Und das hab ich dir zu verdanken.«

»Mir?«

»Ja. Glaub bloß nicht, mir wäre nicht aufgefallen, wie du den Leuten geholfen hast, kleine Extras als Ergänzung zu ihren Einkäufen zu finden. Die Malbücher zum Beispiel, und ich glaube, die Kaffeebecher sind buchstäblich ausverkauft. Und mich würde verblüffen, wenn auch nur ein Exemplar des neuesten Bestsellers von Nicholas Sparks übrig wäre.«

»Na ja, das ist ja auch ein tolles Buch. Ich hab's an einem Abend verschlungen.«

»Du bist dein Geld wirklich wert. Danke, dass du damals zufällig in mein Geschäft geschneit bist.«

Doch es war Sydney, die das Gefühl hatte, sie sollte Bea danken. Die letzten Tage hatten ihr die Hoffnung verliehen, dass sie eine Möglichkeit finden könnte, sich mit RayAnne ein gutes Leben aufzubauen, und vielleicht bestand sogar die Chance, das langfristig in Hopewell zu schaffen. Ursprünglich hatte sie den Ort eher als Zwischenstation gesehen, als eine Art Auffangnetz. Sie wollte praktische Berufserfahrung für einen Lebenslauf sammeln, damit sie vielleicht zurück nach Atlanta ziehen könnten, wo alle alten Freundinnen von RayAnne lebten. Und mit der Zeit würden hoffentlich Sydneys eigene Freundinnen das Drama zwischen Jon und ihr vergessen. Aber vielleicht war das nicht die einzige langfristige Option.

»Ich denke, du hast deine natürliche Begabung gefunden. Du bist hervorragend darin, den Leuten dabei zu helfen, Dinge zu finden, von denen sie nicht mal wussten, dass sie sie haben wollen.«

»Vielleicht behältst du mich ja nach den Feiertagen, und das nächste Jahr wird dein bisher bestes *Jahr.*« Damit versuchte Sydney in Wirklichkeit, dezent Informationen aus Bea herauszukitzeln. Sie hoffte, dass sich das, was Wes gesagt hatte, als bloßes Gerücht erweisen würde.

»Ach, Sydney. Wahrscheinlich hätte ich mich genauer ausdrücken sollen, als ich zu dir gesagt habe, dieser Job wäre nur für die Zeit bis Weihnachten.«

Sydneys Magen krampfte sich zusammen. Also stimmte es. *Jetzt kommt's*, dachte sie.

»An Silvester schließe ich die Pforten des *Book-Bea.*«

»Aber warum? Das verstehe ich nicht. Das Geschäft läuft doch gut, und du scheinst es zu lieben, Zeit mit deinen Kunden zu verbringen.«

»So ist es auch, doch ich bin zu alt, um dieses Arbeitspensum noch länger zu bewältigen. Es ist an der Zeit.«

Sydney wandte sich ab, weil sie ihre Enttäuschung nicht zeigen wollte. Immerhin war es selbstsüchtig. Bea musste auf die achtzig zugehen. Sie verdiente die Chance, ein wenig kürzerzutreten. Aber das Geschäft war ein so schöner Ort. Und im Augenblick brauchte Sydney es. »Die Gemeinde braucht das *Book-Bea.* Es ist mehr als nur ein Geschäft, es macht einen Teil des Reizes von Hopewell aus.«

»Ist wirklich süß von dir, das zu sagen.«

»Was, wenn ich dir helfe? Ich könnte jeden Tag aufmachen und abschließen. Oder wir könnten die Öffnungszeiten anpassen, damit es einfacher für dich wird. Oder du könntest dir einige Wochentage freinehmen. Vielleicht führst du eine verkürzte Woche ein wie Frisiersalons, die am Montag geschlossen bleiben.«

»Ich habe es mir gründlich überlegt. Es ist an der Zeit.«

»Ach, Bea, die letzten Tage hier zu arbeiten ist für mich der beste Teil des ganzen Jahres. Die Vorstellung, dass es den Laden nicht mehr geben wird, macht mich wirklich fertig.«

»Es geht nicht nur darum, dass ich allmählich alt werde. Ich hinke der neuen Zeit so weit hinterher. Wir bräuchten Technik, um auf dem neuesten Stand zu bleiben, und das schaffe ich einfach nicht mehr. Ich habe kein Interesse, all den neuen Kram zu lernen, und auch kein Geld, um groß zu investieren. Aber danke. Du wirst der beste Teil dieser letzten Weihnachtszeit hier sein.«

»Was hast du mit dem Gebäude vor? Ich vermute mal, es gehört dir. Richtig?«

»Oh ja. Mein lieber Mann hat es mir als Hochzeitsgeschenk gekauft. Seine Familie hat ihr ganzes Leben hier in Hopewell verbracht. Als er mich zum ersten Mal hierher mitgenommen hat, um mich ihnen vorzustellen, war dieses alte Gebäude die Gemeindebibliothek. Es war so bezaubernd.« Bea sah aus, als wäre sie gerade fünfzig Jahre in der Zeit zurückgereist. »Als ich das Gebäude sah, habe ich meinem Mann gesagt, es wäre ein Traum, hier zu leben. Zu dem Zeitpunkt stand es nicht mal zum Verkauf, aber mein lieber Henry konnte sehr überzeugend sein, wenn er wollte.«

»Klingt, als wäre er ein ganz besonderer Mensch gewesen.«

»Oh, das war er. Hat mich nach Strich und Faden verwöhnt.«

»Also habt ihr hier sogar mal gewohnt.«

»Ja. Wir hatten gehofft, all die Schlafzimmer mit einer großen Familie zu füllen. Alle acht. Aber wir wurden nie mit Kindern gesegnet.«

»Das tut mir so leid.«

»Mir auch, Liebes, doch in gewisser Weise ist jedes Kind, das durch diese Tür kommt, ein bisschen auch meines. Zumindest nehmen sie alle aus diesem Laden ein kleines Stück von meinem Herzen mit. Das reicht mir auch.«

»Gibt es einen Grund, warum du den Laden nicht zum Verkauf anbietest? Ich meine, warum du ihn einfach schließt?« Sydney war klar, dass sie sich durch die Frage womöglich um eine Gelegenheit brachte, doch sie wollte Bea auf keinen Fall in irgendeiner Weise ausnutzen.

»Ich hätte ja darüber nachgedacht, das Geschäft zu verkaufen, nur gibt es im Ort niemanden, der den Laden so liebt wie ich. Und jemand von außerhalb ginge gar nicht. So jemand würde nicht verstehen, wie die Dinge hier laufen. Wahrscheinlich lasse ich das Gebäude vorerst einfach so, wie es ist, bis ich mir etwas überlegt habe. Die Mieter in den drei Wohnungen oben sind alle so anständig gewesen. Widerstrebt mir zutiefst, ihnen zu kündigen. In dieser Gemeinde gibt es nicht allzu viele Mietwohnungen.«

»Daran hatte ich gar nicht gedacht. Aber wenn du es ohnehin eine Weile so belassen willst, warum lässt du das Geschäft nicht einfach geöffnet? Ich helfe dir. Ich liebe es hier.«

»Vielleicht finde ich jemanden, der das Erdgeschoss für irgendeinen anderen Laden mieten will.«

»Oder vielleicht auch als Wohnraum. Die Küche ist doch nach wie vor funktionstüchtig, oder?«

»Dafür wäre eine Menge Arbeit nötig. Irgendwie kann ich es mir nicht mal vorstellen. Ich wünschte, ich hätte die richtige Person gefunden, die das Geschäft von mir übernimmt. Jemanden wie dich.«

»Ich würde den Laden nur zu gern besitzen. Keine Ahnung, wie ich es bewerkstelligen könnte, aber falls du wirklich darüber nachdenkst, das *Book-Bea* zu verkaufen, könnte ich es vielleicht kaufen.« Und wieder tat sie es, ließ die Gedanken in ihrem Kopf direkt hinaus ins Universum, ohne zu überlegen. Sie hatte weder die finanziellen Mittel noch die Erfahrung, um das *Book-Bea* zu betreiben. Was dachte sie sich bloß?

Aber Beas Züge hellten sich auf. »Ich kann dir gar nicht sagen, wie lange ich schon mit der Hoffnung lebe, jemand würde meinen kleinen Laden übernehmen wollen. Ich habe sogar dafür gebetet. Und ich habe fest daran geglaubt, dass jemand zu mir unterwegs sein würde.«

»Wo wir gewohnt haben, mussten so viele unabhängige Buchläden schließen. War hart, das mit anzusehen.«

»Wir sind hier rentabel geblieben. Das ist nicht das Problem.«

»Dieser Ort hat eine so wundervolle Ausstrahlung. Ich fühle mich lebendig, wenn ich hier bin. Er ist wie ... wie eine Umarmung.«

»Ja.« Bea schnippte mit den Fingern. »Genau das Gleiche habe ich gesagt, als ich ihn zum ersten Mal gesehen habe. Ich habe gesagt: Henry, wenn ich dieses Gebäude betrete, habe ich das Gefühl, so liebevoll umarmt zu werden, dass mir nichts passieren kann. Schon komisch, dass du die gleichen Worte benutzt hast. Ich habe immer das Gefühl gehabt, dass mich ein so tiefer Friede überkommt, wenn ich hier bin. Habe ich immer noch.«

»So fühle ich auch.« Sydney hatte keine Ahnung, wie sie es bewerkstelligen sollte. Oder warum es überhaupt ihr Wunsch sein sollte. Ein Geschäft zu besitzen war ein großes Unterfangen, und sie hatte früher nie zu impulsiven Entscheidungen geneigt. Allerdings wollte sie die alte Sydney ja hinter sich lassen. Die neue Sydney sollte lernen, ihren Träumen auch dann nachzujagen, wenn ein Risiko damit verbunden war. Vielleicht könnte sie sogar etwas aufbauen, das sie mit ihrer Tochter teilen und ihr einmal hinterlassen könnte. Etwas Großes wie das *BookBea*.

Beas Stimme wurde leiser. »Ich habe den Eindruck, dass du nicht vorhattest, hier in Hopewell Wurzeln zu schlagen. Dass es nur eine vorübergehende Lösung für dich wäre.«

»Das ist zwar nicht, was ich hoffe, aber es ist gewissermaßen der Plan. Ich hab RayAnne versprochen, dass wir nach dem Schuljahr neu entscheiden, ob wir in Hopewell bleiben oder nicht. Doch das liegt nicht daran, dass ich hier nicht ansässig werden will. Durch die Scheidung sind die Dinge sehr kompliziert geworden.«

»Vielleicht müssen sie das nicht sein. Manchmal ist es aus der Ferne betrachtet einfacher, verknotete Fäden aufzudröseln, als wenn man mitten im Knoten sitzt. Tritt einen Schritt zurück. Vielleicht war dir vorherbestimmt hierzubleiben.«

»Vielleicht.« Aber wem wollte sie etwas vormachen?

»Ich sag dir was: Eigentlich wollte ich jemandem den gesamten Warenbestand für einen Pauschalbetrag überlassen, um die Geschäftsauflösung zu beschleunigen. Doch wenn du wirklich noch etwas länger bleiben willst, dann schiebe ich das auf. So könnten wir es Schritt für Schritt angehen.«

»Aber ich kann im Augenblick nicht das Versprechen abgeben, dass ich bleiben werde.«

»Was, wenn du deine Denkweise änderst? Wenn du fest daran glaubst, dass du bleiben wirst, statt es nur zu hoffen? Und falls es trotz allem nicht klappt, versprichst du mir einfach, lange genug zu bleiben, um mir bei der Geschäftsauflösung zu helfen. Ist das ein Angebot?«

Sydney würde so gern in Hopewell bleiben können. Weit weg von Jons Zugriff. Ihre Tochter in einer Kleinstadt mit anständigen Menschen großzuziehen wäre etwas Gutes. Sie selbst hatte die Zeit, die sie hier bei ihren Großeltern verbracht hatte, in liebevoller Erinnerung. Auch RayAnne konnte lernen, das Leben in Hopewell zu lieben. Sydney verspürte eine freudige Erregung wie schon lange nicht mehr.

»Ja. Ein Angebot, das man nur annehmen kann.« Konnte es wirklich wahr werden, wenn sie fest daran glaubte? Es waren schon verrücktere Dinge passiert. *Ich glaube fest daran*, dachte sie inständig.

»Ich bin ja so stolz auf dich, Sydney. Du schaffst das.«

»Ich hoffe, ich werde dich nicht enttäuschen.«

»Hoffen? Du musst das *Hoffen* durch *Überzeugung* ersetzen.«

In Gedanken strich Sydney das Wort *hoffen* durch und ersetzte es durch *FEST GLAUBEN* in Großbuchstaben. »Ich werde dich nicht enttäuschen.«

»Schon besser. Es mag ein großer Schritt sein, doch ich bin überzeugt davon, dass du mit dem Laden noch mehr erreichen kannst, als es mir je gelungen ist. Für mich hat das *Book-Bea* jahrzehntelang gut gesorgt. Dasselbe wird es für dich tun.«

Sydney ließ den Blick durch den Raum wandern. Könnte all das wirklich ihr gehören? So groß die Sache sein mochte, bei dem Gedanken fühlte sie sich leicht und kompetent. »Ich habe irgendwie das Gefühl, dass es das Richtige ist.«

»Auf dich wartet in Hopewell Gutes.«

»Ich hoffe ...« Sydney bremste sich. »Ich freue mich schon darauf herauszufinden, was.«

»Und ich werde immer hinter dir stehen. Also setzen wir uns irgendwann diese Woche hin und gehen zusammen sämtliche Bücher durch. Du musst genau wissen, was du als Ausgangsbasis hast. Dadurch wird jede kleine Veränderung, mit der du meinen alten Laden in die neue Generation führst, umso aufregender für dich. Du wirst dem *Book-Bea* neues Leben einhauchen.«

»Ist wirklich süß von dir, das zu sagen.«

»Ich habe durch dieses Geschäft so wunderbare Freundschaften geschlossen. Nicht nur mit Einheimischen, sondern auch mit Leuten, die auf der Durchreise vorbeigeschaut haben und dann mit mir in Verbindung geblieben sind. Das lässt sich in Geld gar nicht aufwiegen. Freunde sind das wahre Vermögen im Leben. Nicht ein Haus, nicht Autos oder Schmuck.«

»Du und ich werden für immer Freundinnen sein«, sagte Sydney.

»Oh ja. Darauf kannst du dich verlassen. Und es hat noch andere Vorteile, einen Buchladen zu besitzen.«

Bea brauchte Sydney die Idee nicht groß zu verkaufen. In Gedanken gab sie sich bereits Fantasien darüber hin. »Ich weiß. Das wäre, als hätte man ein unbegrenztes persönliches Bücherbudget. Allerdings werde ich wohl lernen müssen, wie man liest, ohne Knicke in die Buchrücken zu machen.« Wäre es nicht super, Zugang zu jeder einzelnen Geschichte, jedem einzelnen Ort zu haben?

»Oh ja. Das auch, aber ich habe auf etwas weniger Handfestes angespielt. Durch diesen Laden erfahre ich vor irgendjemandem sonst von Dingen, die sich im Leben der Leute abspielen. Manchmal sogar, bevor sie es selbst wissen.«

»Klatsch?«

»Oh, Himmel, nein. Ich würde niemals Klatsch verbreiten.«

Sydney bemühte sich, nicht zu lächeln, denn sie war sich ziemlich sicher, dass sie etwa neunzig Prozent der Unterhaltungen, die Bea an diesem Tag mit den Kunden geführt hatte, so bezeichnen würde. Als Klatsch.

»Es ist eher so, als wäre man eingeweiht. Wenn ein Kunde ein Buch kauft, sei es ein Roman oder ein Sachbuch, hat es in der Regel mit etwas zu tun, das sich in seinem Leben vollzieht. Es ist, als erhielte man ein Puzzleteil. Aber kein schönes Rand- oder Eckteil. Eines der schwer einzuordnenden Teile in der Mitte, die erst nach einer Weile einen Sinn ergeben. Es ist, als löste man ein Rätsel. Ich hatte schon immer eine Schwäche für gute Rätsel.«

Das einzige Rätsel, das Sydney im Augenblick lösen wollte, war, wie es ihr gelingen könnte, das *Book-Bea* zu übernehmen. War das für sie in ihrer neuen Rolle als alleinerziehende Mutter eine gute berufliche Entscheidung? Die Kontenbücher würden ihr zwar die Zahlen verraten, aber war sie wirklich aus dem richtigen Holz geschnitzt, um ein eigenes Geschäft zu führen?

Kapitel acht

Es herrschte nur leichter Verkehr, als sie den Buchladen verließ, um ihr Auto vom Parkplatz der Kirche zu holen. Auf dem Weg den Bürgersteig entlang lächelten ihr Fremde zu. Man konnte nicht viel Zeit in einer Kleinstadt wie dieser verbringen und sich immer noch wie ein Neuankömmling vorkommen.

Hopewell vermittelte ihr das Gefühl, willkommen zu sein, mehr noch, als es in ihrer früheren Heimatstadt der Fall gewesen war, nachdem Jons Doppelleben ans Licht gekommen war.

Dadurch und durch Jons Drängen auf den Verkauf des Hauses hatte sich Sydney gefühlt, als würde sie aus dem Ort verstoßen, den sie so viele Jahre lang als ihr Zuhause betrachtet hatte.

Aber an diesem Abend musste sie nicht herumsitzen und trübsinnig über derlei Dinge grübeln. Für diesen Abend hatte sie Pläne. Ihre ersten Gäste, seit RayAnne und sie umgezogen waren.

Sie fand, RayAnnes Lieblingsessen würde für die Kinder genau die richtige Wahl sein. Für Diane und sich selbst würde sie einen Salat mit gebackenen Hähnchenbruststreifen zubereiten. Dazu ein Glas Wein. Schlicht und doch befriedigend.

Mittlerweile war der Parkplatz der Kirche leer, und die Fahrt zurück zum Farmhaus würde nicht lange dauern.

Sydneys Gedanken zogen Kreise. Wie würde ihr Leben nächstes Jahr um diese Zeit aussehen?

Würde RayAnne zurück in ihrer alten Schule sein?

Würde Sydney selbst beim Weihnachtsprogramm mithelfen und sich mit den Frauen auseinandersetzen müssen, die immer versuchten, ihre persönlichen Vorstellungen durchzusetzen? Denselben Frauen, die in der Elternvertretung saßen und jedes noch so kleine Problem an der Schule maßlos aufbauschten?

Die Rückkehr zur altbekannten Normalität erschien Sydney mittlerweile nicht mehr annähernd so verlockend wie früher. Der räumliche Abstand hatte ihr schon nach dieser kurzen Zeit vor Augen geführt, wie unausgeglichen ihr Leben in Wirklichkeit gewesen war.

Die einzigen einladenden Bilder in ihrem Geist waren die des *Book-Bea*, der aus der Kirche kommenden Nachbarn und der freundlich lächelnden Gesichter auf der Hauptstraße.

Als sie zu Hause eintraf, ging sie sofort in der Küche an die Arbeit und hatte wie geplant um Punkt sechs Uhr vierzig alles fertig. Sie schob das Essen ins Wärmefach des neuen Herdes. Das schicke Gerät hatte ein kleines Vermögen gekostet, doch sie hatte es sich schon immer gewünscht, also hatte sie damit Jons Konto belastet und es nach Hopewell zustellen lassen, bevor sie zu Hause ausgezogen war. Wieso sollte nur Jon bekommen, was er wollte?

Sydney deckte den Tisch und zündete ein Feuer im Kamin an, um die Kälte im Erdgeschoss zu vertreiben. Als sie das Kamingitter zurück an seinen Platz schob, hörte sie, wie ein Auto vorfuhr. Durch die Gardinen im Wohnzimmer konnte sie den dunkelroten Minivan in der Einfahrt sehen.

Kinder stiegen aus dem Wagen, Türen wurden zugeschlagen, und RayAnne führte den Sturm auf die Eingangstür an.

Die schrillen, freudigen Rufe waren willkommene Geräusche. Das Haus wirkte viel zu still, wenn sie allein hier war. Schlimmer noch, die Minidosis Stille, die sie soeben bekommen hatte, war nur ein kleiner Vorgeschmack auf das, was sie erwartete, sobald Jon am Mittwoch RayAnne abholte. Es würden lange Feiertage werden. Gott sei Dank hatte sie den Buchladen, der sie auf Trab halten würde.

Als Sydney die Tür öffnete, stürmten RayAnne, Jenny und Zach schnurstracks an ihr vorbei ins Haus.

RayAnne wendete und kam zurück, um sie zu umarmen.

»Hattest du einen schönen Tag?«

»Die schönste Zeit überhaupt«, antwortete RayAnne. »Wir haben Popcorn gemacht und uns Weihnachtsfilme angesehen. Jenny ist so nett. Wir sind fast wie Zwillinge oder zumindest wie Schwestern. Und ihre Mama hat uns aus dem restlichen Popcorn Popcornkugeln gemacht.« Sie hielt eine in Zellophan gewickelte Kugel hoch, die mit klebrigem Karamell glasiert zu sein schien.

»Sieht köstlich aus.«

»Ist es auch. Wir haben sie schon gekostet.«

Natürlich hatten sie das. Wer könnte da schon widerstehen? »Du wirst doch teilen, oder?«

»Aber ja! Später.« RayAnne ergriff Jennys Hand. »Jetzt will ich Jenny erst mal mein Zimmer zeigen. Wie lange noch bis zum Abendessen, Ma?«

»Es ist schon fertig. Seid ihr hungrig?«

»Ja!«, riefen alle drei.

Diane kam herein. »Ich schwöre, sie haben heute zu essen bekommen. Die verbrennen es bloß schneller, als ich ihre Tanks auffüllen kann.«

Sydney lachte. »Glaub mir, das versteh ich.«

RayAnne zeigte sich vernünftig. »Essen wir zuerst. Darf ich ihnen danach mein Zimmer zeigen?«

»Soll mir recht sein.« Sydney schaute zu Diane, um ihre Zustimmung einzuholen.

»Auf jeden Fall. Ich hab mich heute Abend fest auf einen Plausch unter Frauen eingestellt«, sagte Diane.

»Super. Was gibt's denn zu essen?« RayAnne schaute besorgt drein.

»Dein Leibgericht. Gebackene Hühnernuggets, Makkaroni mit Käse und Apfelmus.«

»Ich hab dich *sooo* lieb, Mama!« RayAnne hopste auf der Stelle auf und ab. »Das ist das beste Essen überhaupt. Ihr werdet begeistert sein. Ist wirklich mein Lieblingsgericht. Kommt mit.« RayAnne ging voraus.

Sydney schloss die Eingangstür und folgte ihnen in die Küche.

»Kann ich bei irgendwas helfen?«, erkundigte sich Diane.

»Du kannst den Wein öffnen«, erwiderte Sydney. »Alles andere ist bereit.«

Es dauerte nur wenige Minuten, das Essen zu servieren. Stolz bot RayAnne an, das Tischgebet zu sprechen, danach verschlangen die Kinder ihre Portionen, bevor Diane und Sydney auch nur die Hälfte ihres Salates geschafft hatten.

»Dürfen wir aufstehen?« RayAnne sah wie eine Sprinterin in Startposition aus.

Kaum hatte Sydney Ja gesagt, sprangen alle drei Kinder so schnell auf, dass die Stühle quietschend über den Boden schabten, dann trommelten ihre Schritte die Treppe hinauf wie ein lang gezogenes Donnergrollen.

»Danke für die Einladung heute Abend. War eine echte Erleichterung für mich, dass ich nicht kochen musste«, gestand Diane.

»Es ist schön, jemanden zu Besuch zu haben. Die letzten Wochen waren eine interessante Umstellung.«

»Kann ich mir vorstellen«, sagte Diane. »Ich meine, von Atlanta nach Hopewell zu ziehen ist schon eine große Veränderung. Was hat dich hierher zurückgeführt?«

»Ist eine lange Geschichte.«

Diane lehnte sich zurück und trank einen Schluck Wein. »Wir haben eine ganze Flasche. Und falls ich anschließend nicht mehr fahren kann, holt uns mein lieber Mann bestimmt gern ab.«

»Erzähl mir zuerst von ihm.«

»Tony? Ach herrje. Ein Junge aus dem Ort. Quarterback des Football-Teams. Diese Gemeinde lebt für Highschool-Football, hast du das gewusst?«

»Ich erinnere mich daran.«

»War damals schon so. Ist es heute noch. Tony war wie ein König. In unserem Abschlussjahr hatte die Mannschaft einen Siegeslauf. Befreundet waren wir schon ewig, doch wir sind nie miteinander gegangen oder so. Dann hat Tony mich aus heiterem Himmel zum Abschlussball eingeladen. Er hat gesagt, er habe schon am Tag, als er mich zum allerersten Mal gesehen hat, gewusst, dass ich mal seine Frau werden würde.«

»Also hatte er die ganze Zeit ein Auge auf dich geworfen«, stellte Sydney fest. »Das ist ja so romantisch!«

»Ich hatte nicht die leiseste Ahnung, dass er überhaupt an mir interessiert war. Der Rest ist Geschichte. Wir haben den Abschluss gemacht. Er hat die Tankstelle von seinem Vater übernommen. Wir haben kirchlich geheiratet und Babys bekommen. Überglücklich und kein Ende in Sicht.«

»Klingt wie ein Liebesroman.«

»Ich find's heute noch komisch, dass ich echt keine Ahnung hatte. Tony war irgendwie schüchtern. Woher hätte ich es wissen sollen?«

»Frag mich nicht. Ich habe keine gute Bilanz darin zu wissen, wie ein Mann aussieht, wenn er verliebt oder *nicht mehr* verliebt ist.«

»Autsch«, sagte Diane. »War es so schlimm?«

Sydney füllte beide Gläser auf. »Der schlimmste Valentinstag, den man sich vorstellen kann.«

»Keine Karte?« Diane hob einen Finger. »Schlimmer. Keine Süßigkeiten. Ich liebe Pralinen zum Valentinstag.«

»Oh, eine Karte hat's schon gegeben. Und Pralinen auch.« Sie trank einen Schluck Wein. »Mal sehen, ob ich mich noch an den genauen Wortlaut der Karte erinnere. *Liebe Syd, danke, dass du all die Jahre mein Valentinsschatz gewesen bist. Ich weiß, du liebst diese Pralinen. Es tut mir leid, dass es die letzten sein werden, die du von mir bekommst. Ich habe meine Sachen bereits gepackt. Ich habe mich in jemand anderes verliebt. Verzeih mir. Jon.*«

»Jetzt mach aber halblang. Das kann er nicht wirklich gemacht haben.«

Sydney hob eine Hand. »Ich schwör's.«

»Hattest du denn einen Verdacht? Habt ihr irgendwelche Probleme gehabt?«

»Nein. Na ja, offensichtlich doch. Aber keine, von denen ich wusste. Und es war, als würde Tag für Tag ein neuer Schlag folgen.«

»Du musst am Boden zerstört gewesen sein.«

»Als ich endlich den Mumm hatte, jemandem davon zu erzählen, waren schon alle im Bilde. Leute, die angeblich meine Freunde waren, wussten längst, dass mir Jon untreu gewesen war. Und trotzdem hatte kein Einziger das Rückgrat gehabt, es mir zu sagen. Es war so demütigend!«

»Vielleicht wollten sie dich nicht verletzen.« Diane trank einen Schluck Wein, dann setzte sie sich aufrechter hin. »Weißt du was? Ich nehme das zurück. Ich hätte ihm mit Sicherheit die Meinung gegeigt und dir dann davon erzählt. So machen das Freunde.«

»Ganz genau.«

»Was stimmt bloß nicht mit den Leuten?«

»Ich war wirklich die Letzte, die davon erfahren hat. Ich schwöre, alle haben mich mit diesem mitleidigen Blick bedacht, der besagt: *Ach, das arme Ding, es ist ja eine solche Schande!* Das konnte ich nicht ertragen.«

»Oh, *den* Blick kenne ich. Das ist der schlimmste überhaupt.«

»Ja, ist fürchterlich, aber das Schlimmste war es noch nicht. Das kam erst in der Woche darauf, als ich Jon in unserem Lieblingsrestaurant in der Stadt gesehen habe – mit unseren besten Freunden und seiner neuen Freundin. Sie sah jung genug aus, um meine Tochter zu sein.«

»Nein.«

»Doch. *So* jung ist sie in Wirklichkeit nicht, trotzdem hat es doppelt wehgetan zu erfahren, dass er mich für eine Jüngere sitzen gelassen hat.«

»Dabei sind wir doch gar nicht so alt. Wie lange wart ihr verheiratet?«

»Ich war zwölf Jahre verheiratet, er anscheinend nur zehn davon.«

»Wie kommt RayAnne mit alldem zurecht? Ich meine, es scheint ihr gut zu gehen.«

»Sie wollte bei ihm leben.« Sydneys Unterlippe bebte. »Tut mir leid.« Sie wischte sich eine Träne weg. »Das bringt mich einfach um. Nicht nur, weil ich so wütend auf Jon bin, sondern auch, weil ich sie so sehr liebe.«

»Natürlich tust du das. Wir sind Mütter. Wir leben für unsere Kinder.«

»Sie war immer ein Papa-Mädchen. Er verwöhnt sie so sehr. Jon wollte immer einen kleinen Jungen, doch RayAnne war ohnehin vom ersten Tag an so streitlustig wie ein Junge. Und Jon liebt sie wirklich. Das muss ich ihm zugestehen.«

»Aber sie ist ja hier bei dir. Also ist alles gut.«

»Vorläufig. Er ködert sie andauernd mit teuren Spielsachen. Ich hatte praktisch keine andere Wahl, als hierherzuziehen. Er hat das Haus noch mit mir darin verkauft. Ich konnte ihm seine Anteilshälfte nicht auszahlen, also war ich dagegen machtlos. Ich habe ihn angefleht, mit dem Verkauf bis zum Sommer zu warten, doch er will eine schicke Bleibe in Buckhead für seine Neue kaufen. Er hat das Geld gebraucht.«

»Jetzt fehlen mir die Worte«, sagte Diane. »Ich bin fassungslos. Wie kann dir jemand, der dich genug geliebt hat, um dich zu heiraten und ein Kind mit dir zu bekommen, so etwas antun?«

»Ich vermute, er hat mich entweder nie wirklich geliebt, oder es hat sich etwas verändert. Keine Ahnung.«

»Tja, Gott sei Dank hattest du noch das Haus deiner Großeltern.«

»Es war das einzige Vermögen, das nur auf mich eingetragen war.«

Diane ließ den Blick durch den Raum wandern. »Das ist ein wundervolles altes Haus.«

Sydney lachte. »Es ist zugig und kalt.«

»Es hat Charakter.«

»Ja, den hat es schon irgendwie, und es gehört mir. Als ich RayAnne erzählt habe, dass wir wegziehen, hat sie einen Tobsuchtsanfall bekommen und mir vorgeworfen, ich würde sie von ihren Freundinnen wegreißen. Jon hat ihr Ausflüge, neues Spielzeug und die Nähe zu ihren Freundinnen versprochen. Dagegen ist schwer anzukommen.«

»Aber sie ist hier.«

»Ich habe ihr das Versprechen gegeben, dass wir unsere Lage zum Ende des Schuljahrs neu beurteilen werden. Ich hab gehofft, bis dahin würde es entweder möglich sein, nach Atlanta zurückzuziehen und dort vernünftig zu leben, oder sie würde sich in Hopewell verlieben und wir könnten hierbleiben.«

»Es wird sich alles fügen, und am Ende wird alles gut.«

»Ich will nur zu einer neuen Normalität finden. Es ist ein so hartes Jahr gewesen.«

»Hast du in Atlanta gearbeitet?«

»Ich hatte nie einen richtigen Job, doch ich habe im Verlauf der Jahre freiberuflich ein paar Projekte gehabt. Größtenteils leider für Jon. Als Grafikerin bin ich ziemlich gut. Ich hatte das Glück, dass ich genug Arbeitsproben hatte und eine Stelle bei Peabody's ergattern konnte.«

»Das sind wirklich gute Arbeitgeber. Du kannst dich glücklich schätzen, dass du dort eine Chance bekommst. Ich muss ja zugeben, ich führe zwar eine großartige Ehe, aber manchmal beschleichen mich Sorgen, was ich tun sollte, wenn mit Tony irgendetwas wäre. Ich meine, ich habe mein gesamtes Leben darauf aufgebaut, eine gute Mutter und Ehefrau zu sein. Wahrscheinlich könnte ich die Tankstelle und die Werkstatt schon betreiben, ich müsste eben einen Mechaniker einstellen. Trotzdem bin ich mir einfach nicht sicher, wie das alles funktionieren würde.«

»Ich weiß, was du meinst. Mein Anwalt rät mir, ein Jahr lang Unterhalt zu fordern, um wieder auf die Beine zu kommen. Doch das widerstrebt mir so sehr. Fühlt sich so an, als wäre dann immer noch Jon für mich verantwortlich. Ich will keine Hilfe von ihm, und ich möchte ihm auch keine Gelegenheit geben, sich von Schuldgefühlen freizukaufen.«

»Du hast so schnell einen Job gefunden. Ich bin überzeugt davon, dass du zurechtkommst.«

»Darauf baue ich. Ist gar nicht auszudenken, dass es schiefgehen könnte. Würde ich anfangen, mir darüber Sorgen zu machen, wäre ich im Nu das reinste Nervenbündel. Vorerst muss ich mich mal beschäftigen, bis ich in der ersten Januarwoche meinen neuen Job antrete.«

»Gefällt dir die Arbeit im *Book-Bea?*«

»Soll das ein Scherz sein? Ich *liebe* es, dort zu arbeiten. Ich bin in diesen Buchladen noch genauso vernarrt wie damals, als wir Kinder waren. Wenn ich dort bin, fühle ich mich so anders. Als gehörte ich dorthin. Als wäre ich gut in etwas.«

»Oh, jetzt stell dein Licht nicht so unter den Scheffel. Ich bin überzeugt davon, dass du in vielen Dingen gut bist.«

»Den Teil von mir versuche ich gerade wiederzufinden. Ich habe das Gefühl, hier erwartet uns etwas Besseres.« Sydney stellte ihr Weinglas ab. »Aber was, wenn RayAnne endgültig entscheidet, dass sie bei ihrem Vater leben möchte? Er holt sie am Mittwoch ab, und ich weiß jetzt schon, dass es für sie einen Riesenberg teurer Geschenke geben wird. Es ist so schwer, da mitzuhalten.«

»Dazu wird es nicht kommen. Sie liebt dich. Alle kleinen Mädchen lieben auch ihren Papa, doch unter dem Strich ist RayAnne genau dort, wo sie sein will.«

»Ich hoffe, die Entfernung zu Jon wird sich noch als ein Vorteil erweisen, wenn wir hier wohnen. In Atlanta konnte er sie praktisch jederzeit ohne große Vorankündigung zu coolen Unternehmungen mitnehmen. Jetzt muss er zumindest vorher planen. Er hat jedes Mal mich als die Böse hingestellt, wenn ich zu einem seiner spontanen Einfälle Nein gesagt habe.« Sydney stand auf. »Komm. Setzen wir uns ins Wohnzimmer.«

Diane folgte ihr. »Ich finde, der Umzug nach Hopewell war ein kluger Schachzug. Das hier ist ein toller Ort, um Kinder großzuziehen, und die Gemeinde strotzt vor anständigen Menschen, die dir helfen werden. Außerdem freu ich mich persönlich wie verrückt, dass meine alte Buchfreundin wieder da ist.«

»Ich freu mich auch.«

»Weißt du noch, wie wir uns gegenseitig unanständige Szenen aus Liebesromanen vorgelesen haben?« Diane hielt sich die Hand vor den Mund, als sie lachte. »Wir waren ja so was von unartig!« Sie setzte sich ans andere Ende des Sofas.

»Und ich bin sicher, Bea hat genau gewusst, was wir gemacht haben.«

»Sie *muss* es gewusst haben.«

Diane zog die Füße unter sich. »Erinnerst du dich noch an den Sommer, als wir den Buchklub *Wilbur und Charlotte* hatten und vor dem *Book-Bea* dieses Schwein in einem Pferch war?«

»Gott, das hatte ich völlig vergessen! Das Schwein hat gestunken. Und weißt du noch, wie es die riesige Spinne aus Karton gefressen hat, die an dem Zaun hing?«

»Du hast geweint«, sagte Diane und lachte.

»Ich habe Charlotte geliebt«, rechtfertigte sich Sydney. »Ich war am Boden zerstört.«

»Charlotte war eine Spinne!«

»Aber eine echt schlaue Spinne. Ich liebe diese Geschichte von E. B. White noch immer.« Bis gerade eben hatte Sydney lange nicht mehr daran gedacht. »Das scheint eine Ewigkeit her zu sein.« Sie sollte das Buch für RayAnne kaufen.

»Es *ist* eine Ewigkeit her«, erwiderte Diane. »Wir waren damals so alt, wie es jetzt unsere Mädchen sind. Miss Bea veranstaltet den Buchklub für Bücherwürmer im kommenden Sommer nicht mehr. Keine Ahnung, warum nicht.«

»Wahrscheinlich kann sie nicht mehr wie früher die Leiter hinaufklettern und an der Dachrinne die großen Kreise aus Bastelpapier mit jedem im Klub gelesenen Buch aufhängen.« Doch Sydney wusste, dass das nicht der Grund war, warum es keinen Buchklub mehr geben würde.

»Stimmt. Daraus ist dann ein psychedelischer Bücherwurm entstanden.«

Sydney hatte sich für ihre Papierkreise immer Rosa ausgesucht. »Eigentlich eher eine Raupe, wenn man genauer darüber nachdenkt.«

»Du solltest das wieder einführen, aber ganzjährig. Damals hat uns das immer unheimlich angespornt. Wir haben beide wie besessen gelesen, um zu gewinnen.«

»Würde auch den Buchverkauf ankurbeln«, meinte Sydney.

Diane senkte die Stimme. »Ich weiß nicht, ob sie dir etwas gesagt hat, aber im Ort wird gemunkelt, dass sie überlegt, den Laden zu schließen.«

»Sie hat es mir erzählt.«

Diane sah aus, als hätte man ihr den Wind aus den Segeln genommen. »Ich habe die Gerüchte gehört. Das wäre so ein Jammer. Und der Laden scheint in der Regel auch gut besucht zu sein. Alles, was wir vor Ort kaufen können, das kaufen wir auch hier. Spielt keine Rolle, ob man online ein paar Dollar sparen könnte. Das ist unsere Art, unsere Leute hier zu unterstützen.«

Und es erklärte, warum sich Beas Geschäft solide über Wasser halten konnte.

»Wäre schon echt traurig, wenn es das *Book-Bea* nicht mehr gäbe«, betonte Diane.

»Ich habe RayAnne noch nichts davon erzählt, doch ich liebäugle mit der Idee, den Laden vielleicht zu übernehmen. Bea hat gesagt, sie würde sich mit mir etwas überlegen. Zum Beispiel, dass wir vielleicht ein Jahr zusammenarbeiten oder so.«

Diane setzte sich aufrechter hin. »Das solltest du unbedingt machen! Ich helfe dir ein paar Stunden pro Tag, während die Kinder in der Schule sind. Sogar ohne Bezahlung. Oh, du *musst* es einfach machen!«

»Das *Book-Bea* zu kaufen wäre wirklich super, oder? Für mich birgt der Ort so besondere Erinnerungen. Das würde ich gern auch anderen ermöglichen.«

Diane faltete die Hände vor sich. »Das wäre so spitze! Ich wette, der Laden wirft auch jedes Jahr einen netten Profit ab.«

»Nach dem Erlebnis, wie mich Jon abserviert hat, möchte ich meine Zukunft selbst in der Hand haben. Ich werde mich nie wieder in eine Lage bringen, in der ich mich auf jemand anderes verlassen muss.«

»Daraus kann ich dir keinen Vorwurf machen. Aber du solltest auch nicht voller Bitterkeit über alle Männer schlecht denken, nur weil sich Jon als Arsch entpuppt hat.«

»Tu ich nicht. Männer sind schon in Ordnung. Ich brauche bloß keinen mehr.«

»Ja, sag mir das in sechs Monaten noch mal.«

»Daran wird sich nichts ändern.«

»Verstehe.« Diane stand auf. »Ich sollte die Kinder jetzt besser nach Hause und ins Bett bringen.«

»Herrje, ist ja schon neun Uhr durch! Entschuldige. Jetzt bist du gar nicht dazu gekommen, mir zu erzählen, was sich bei dir so alles getan hat.«

»Keine Sorge. Nun, da du wieder hier bist, haben wir dafür noch jede Menge Zeit.« Diane ging hinüber zur Treppe. »Jenny, Zach, kommt runter. Zeit zu gehen.«

»Vielen Dank, dass du heute Abend hier warst. Und danke auch für die Hilfe mit RayAnne. Ich dachte ja ursprünglich, ich wäre bis nach den Feiertagen zu Hause, um mich um alles zu kümmern. Dann hat sich irgendwie die Sache mit Bea ergeben.«

»Das *Book-Bea* hat uns wieder zusammengebracht, und RayAnne bereitet mir überhaupt keine Umstände.« Diane winkte Zach und Jenny die Treppe herunter und half ihnen in ihre Jacken, dann ging sie zur Eingangstür und öffnete sie. »Einsteigen.« Sie schlang die Arme um Sydney. »Ich bin froh, dass du zurück bist. Und Sydney, es tut mir so leid, was dir passiert ist.«

»Danke, Diane.«

RayAnne kam ebenfalls die Treppe herunter, stellte sich an die Tür und winkte, als die Rücklichter des Minivans in der dunklen Nacht verschwanden.

»Das Essen war spitze. Meine Freunde waren begeistert davon. Danke, dass du das heute Abend gemacht hast.«

»War mir ein Vergnügen, mein Schatz.«

»Jenny und ich hatten so viel Spaß, und ihr kleiner Bruder ist witzig.«

»Das freut mich. Eigentlich wollte ich dir heute noch beim Packen helfen, doch ich bin ziemlich kaputt. Was ist mit dir?«

»Ich auch.«

»Dann erledigen wir es morgen Abend. Aber es sind nur noch drei Tage, bis dich dein Papa abholt.«

»Ich kann kaum glauben, dass es fast so weit ist. Ich habe Jenny von meinem Ausflug mit Pa erzählt. Sie war richtig neidisch. Sie ist noch nie im Skiurlaub gewesen. Meinst du, Papa würde sie irgendwann mal mitnehmen?«

Das bezweifelte Sydney stark. »Du solltest ihn einfach fragen«, schlug sie vor. Fühlte sich gut an, zur Abwechslung Jon den Schwarzen Peter zuzuschieben, vor allem, da Jon während ihrer Ehe nie damit einverstanden gewesen war, zu Weihnachten zu verreisen.

Dass der Preis für diesen Weihnachtsurlaub eine kaputte Familie war, schien RayAnne völlig zu entgehen.

Den Großteil der Nacht wälzte sich Sydney rastlos hin und her. Teilweise, weil sie sogar in einem Flanellpyjama unter einer dicken Bettdecke die feuchte Kälte in dem alten Farmhaus spürte. Doch es lag nicht nur daran – ihr Verstand war immer noch auf Hochtouren mit den Möglichkeiten beschäftigt, die ihre Zukunft bereitzuhalten schien.

Sie gab den Versuch zu schlafen auf, wickelte sich in die Decke und stieg aus dem Bett. Der Wind pfiff durch die Ritzen der alten Schiebefenster aus Holz. Der Wecker zeigte 2:47 Uhr. Jede Holzdiele knarrte unter ihren Füßen, als sie sich so leise wie möglich den Weg durch den Flur bahnte. Sie hatte so großartige Erinnerungen an dieses Haus, doch mit jedem Schritt und jedem zugigen Lufthauch fragte sie sich, wie praktisch es wirklich war, hier zu wohnen. Auch wenn das Anwesen abbezahlt war.

RayAnne hatte sich wie üblich in ihr Bettzeug eingerollt. Nur die Stirn lugte noch unter der Decke hervor. Die modernen Farben wirkten neben den kunstvollen Zierleisten völlig fehl am Platz, aber RayAnne hatte jedes Farbmuster selbst ausgesucht. Und als alles fertig gewesen war, hatte sie gemeint, es sei noch schöner als ihr Zimmer in ihrem früheren Haus. Und das wollte etwas heißen.

Selbst nach zehn Jahren füllte sich Sydneys Herz jedes Mal, wenn sie ihre Tochter betrachtete, mit so viel Liebe, dass selbst RayAnnes schlimmste Launen dieses Licht nicht trüben konnten.

Das kleine Elektroheizgerät, das sie für RayAnnes Zimmer gekauft hatte, lief brummend auf Hochtouren, obwohl es ein Thermostat steuerte.

RayAnne schlief tief und fest. Es gab keinen Grund, sie zu stören.

Sydney zog die Tür zu, damit die Wärme im Zimmer ihrer Tochter blieb, dann ging sie nach unten.

Das *Book-Bea* spukte ihr unablässig durch den Kopf. Der ursprüngliche Gedanke war eher ein Hirngespinst gewesen, doch allmählich wuchs es sich zu einem Bedürfnis aus.

Sie fragte sich, welcher Preis Bea wohl für den Laden vorschwebte. Schon so früh ihre Ersparnisse anzugreifen würde hart werden. Sie stand noch kaum auf eigenen Beinen, und dieses Haus brauchte dringend einige Reparaturen, wenn sie hierbleiben wollten.

Sydney füllte den Teekessel mit Wasser, stellte ihn auf den Gasherd und blieb in der Nähe der wärmenden Flamme. Als der Kessel zu pfeifen begann, zog sie ihn vom Herd und warf Kamillenteebeutel hinein.

Wenn sie ihren Gedanken für eine kleine Weile nachgäbe, würde sie vielleicht endlich noch ein wenig Schlaf finden können, bevor die Sonne aufging.

Sie schlurfte mit ihrem Tee ins Wohnzimmer und zündete das Feuer wieder an. Es würde helfen, wenn sie es die Nacht hindurch brennen lassen könnte, doch sie fühlte sich einfach nicht wohl dabei, es in dem alten Holzhaus unbeaufsichtigt zu lassen. Wenigstens würde es nun warm sein, wenn RayAnne am Morgen herunterkam.

Sydney ergriff ein langes Streichholz von der Schachtel auf dem Kaminsims und riss es hoffnungsvoll an. Zum ersten Mal gelang es ihr, den Anzünder mit dem ersten Zündholz zum Brennen zu bringen. Anscheinend bekam sie endlich den Bogen raus. Sie legte die Streichholzschachtel zurück.

Stolz erfüllte sie. Die ersten paar Male hatte sie beim Anzünden so viele Streichhölzer verbraucht, dass sie im Kamin wie ein zusätzlicher kleiner Berg Anmachholz gewirkt hatten. Eindeutig ein Fortschritt.

Während sie vor dem Feuer stand und sich die Hände wärmte, betrachtete sie die vom Boden bis zur Decke reichenden Bücherregale zu beiden Seiten des Kamins. Die unteren Fächer enthielten die Kinderbücher, von denen sich RayAnne und sie nicht trennen konnten, außerdem alle aktuellen Bücher ihrer Tochter. Sydneys Sammlung hatte mühelos den Großteil des Platzes in den restlichen Fächern gefüllt. Nur wenige Stellen waren für strategisch platzierte bunte Andenken und Zierstücke geblieben, die den Raum auflockerten.

Sydney hatte sich für neue Möbel entschieden, die sie mit dem Geld vom Garagenverkauf in ihrem früheren Haus erworben hatte. Die Einrichtung mochte nicht annähernd so schön sein wie das, was Jon und sie zusammen angeschafft hatten, doch sie gehörte ihr. Modern, gemütlich und ohne jede damit verknüpfte Erinnerung.

Sydney stellte ihre Tasse auf einen Untersetzer auf dem rechteckigen Kaffeetisch aus Eichenholz, dann holte sie ihren Laptop aus einem der Körbe darunter hervor. Nachdem sie auf den Einschaltknopf gedrückt hatte, erwachte der Computer zum Leben. Sie rief ihre Tabelle mit dem Budget auf und begann, damit zu experimentieren.

Allerdings brachte es nicht viel, mit den Zahlen zu jonglieren und mögliche Szenarien durchzuspielen, solange sie keine Ahnung hatte, welche Ausgaben mit dem Kauf des Ladens verbunden sein würden. Die Worte ihres Anwalts fielen ihr wieder ein. Er hatte ihr dringend nahegelegt, zumindest für ein Jahr Unterhalt anzunehmen, damit sie Zeit haben würde, einen Job zu finden.

Sie hatte keine Alimente verlangt, Jon hatte sie von sich aus angeboten. Sydney wusste, dass er es getan hatte, weil er sich schuldig fühlte. Wollte sie ihn wirklich so einfach vom Haken lassen? Sie war fest entschlossen gewesen, ihn nicht von seinen Schuldgefühlen freizusprechen.

Außerdem wollte sie nicht eine dieser Frauen werden, die ihren Ex-Mann ausnahmen. Obwohl die Summe, die Jon ihr anbot, seinen Lebensstil in keiner Weise beeinträchtigen würde. Jon würde sich niemals *so* schuldig fühlen.

Aber wie dem auch sein mochte, die Vorstellung, Unterhalt zu bekommen, fühlte sich für sie einfach falsch an. Ihr Anwalt hatte sie dazu gebracht, ein endgültiges *Nein* bis nach Silvester zurückzuhalten.

Zum ersten Mal dachte Sydney wirklich darüber nach.

Bei ihrer dritten Tasse Tee setzte der Sonnenaufgang ein, und der Himmel füllte sich mit Gelb-, Rosa- und Orangetönen. Hatte keinen Sinn mehr, noch zu versuchen einzuschlafen. Bis es ihr gelingen würde, wäre es schon wieder Zeit zum Aufstehen. Also durchsuchte sie stattdessen das Internet nach Artikeln darüber, wie man einen Buchladen betrieb. Es gab sogar einen Verband unabhängiger Buchhändler im Süden. Sie fragte sich, ob Bea dort Mitglied war. Vermutlich eher nicht, zumal sie immer noch in einer rein analogen Welt zu leben schien. Sydney legte einen neuen Favoritenordner an und begann, Links mit hilfreichen Tipps zu speichern.

RayAnne kam in kurzer Hose und langärmligem T-Shirt herunter.

»Wo ist dein Morgenmantel? Ist dir nicht eiskalt?«, fragte Sydney.

»Geht schon.« Sie bog um das Geländer herum und steuerte auf die Küche zu. »Bist du schon lange wach? Ist ja noch früh.«

»Ein Weilchen.«

RayAnne fuhr sich mit einer Hand durchs Haar. »Stimmt etwas nicht?«

»Alles bestens.« Sydney klappte den Laptop zu. Sie konnte es kaum erwarten, RayAnne von ihrer Idee mit dem *Book-Bea* zu erzählen, aber sie konnte es nicht gebrauchen, dass Jon davon erfuhr, bevor sie Gelegenheit gehabt hatte, alles genau zu durchdenken. Und egal, mit welchem Unfug er noch auffahren würde, sie hatte sich geschworen, ihn niemals vor ihrer Tochter schlechtzumachen oder von ihr zu verlangen, etwas vor ihm zu verheimlichen. »Warum?«

»Weiß nicht. Wenn ich nicht schlafen kann, fragst du immer, was mich bedrückt. Ich dachte mir, vielleicht bedrückt dich diesmal etwas.«

In Augenblicken wie diesen empfand Sydney großen Stolz darauf, wie sie ihre Tochter erzogen hatte.

Es fiel ihr so schwer, RayAnne ihre Pläne vorzuenthalten. Aber wenn ihre Tochter sie Jon gegenüber erwähnte, würde er das Selbstvertrauen zerschmettern, das sie allmählich zurückerlangte.

Sie konnte ihn praktisch schon hören: *Wie kommst du darauf, dass du ein Geschäft leiten könntest? Kleinunternehmen sind selbst in guten Zeiten riskant.*

Und vielleicht würde er damit recht haben – aber das war nicht seine Entscheidung.

Letztlich, falls es nach einer echten Möglichkeit aussähe, würde sie mit RayAnne darüber reden müssen. Andererseits waren sie noch nicht besonders lange in Hopewell. Konnten sie eine solche Entscheidung überhaupt schon treffen?

RayAnne kam mit einer Schüssel Milch und einer Packung Cornflakes zurück ins Wohnzimmer. »Darf ich den Fernseher einschalten?«

»Klar.«

»Wie hältst du es nur hier in der Stille aus?« RayAnne ergriff die Fernbedienung und zielte damit auf den Fernseher. Die letzten Takte der Anfangsmelodie einer ihrer liebsten Morgensendungen erfüllten das Wohnzimmer.

Im Gegensatz zu vielen Kindern in RayAnnes Alter sah sich ihre Tochter gern eine Sendung für Erwachsene an. Durch die Mischung aus aktuellen Ereignissen, Nachrichten, Wetterprognose und Unterhaltung blieb ihr kleines Mädchen informiert und konnte sich unabhängig von Sydney eine eigene Meinung bilden. Natürlich ergaben sich daraus gelegentlich auch interessante Fragen.

»Mein Lieblingslied!« RayAnne sprang von der Couch auf und eilte näher zu dem großen Fernseher.

Der Country-Sänger füllte den Bildschirm im Wohnzimmer fast in Lebensgröße aus, da Sydney ihrer Tochter erlaubt hatte, den Fernseher auszusuchen. Fünfundsechzig Zoll war das größte Gerät gewesen, das der Laden vorrätig gehabt hatte, und zum Glück war der Raum groß genug dafür. Man fühlte sich hier wie in einem kleinen Kino.

RayAnne tanzte zu dem angesagten Song durch das Zimmer. Sydney verabschiedete sich von ihrem ruhigen, beschaulichen Morgen.

Doch statt dies als störend zu empfinden, fügte sich Sydney in die Dynamik des Augenblicks. Sie warf die Decke zur Seite und tanzte mit RayAnne zu dem fröhlichen Country-Song, in Wirklichkeit nur eine Coverversion eines Liedes, mit dem sie aufgewachsen war.

»Du kennst ja den kompletten Text, Ma!«

»Ich bin eben cool«, gab Sydney zurück. Ein paar schwungvolle Tanzschritte am frühen Morgen hatten noch niemandem geschadet.

Mit dem letzten Trommelschlag ließen sich beide auf die Couch plumpsen. »Das war irre«, meinte RayAnne ein wenig außer Atem.

»Ja, war es. Und jetzt iss auf, damit wir loskönnen. Wir wollen doch nicht, dass du zu spät in die Schule kommst.«

RayAnne griff sich ihre Schüssel und begann, sich Cornflakes in den Mund zu löffeln, während sie die Treppe hinaufstapfte.

Nicht besonders damenhaft, doch Sydney würde nicht das Geringste an ihrer wunderbaren, einzigartigen Tochter verändern wollen. RayAnne war unbestreitbar das Beste, was Sydney je im Leben hatte widerfahren können.

Kapitel neun

Sydney setzte RayAnne vor der Schule ab, dann fuhr sie zur Hauptstraße und parkte vor der *Keksdose*. Kaum hatte sie die Autotür geöffnet, wehte ihr das würzige Aroma von Lebkuchen entgegen.

Ein Mann, der die Bäckerei mit einem Karton in der Hand verließ, hielt ihr die Tür auf. Sydney huschte hinein und beäugte die volle Auslage, als sie sich der Ladentheke näherte.

»Guten Morgen«, grüßte der Mann dahinter. »Sie sind ja wieder da. Dann hab ich wohl was richtig gemacht.« Er rückte seine Schürze zurecht.

»Alles, was ich bisher probiert hab, war gut. Ich würde sagen, Sie machen *alles* richtig. Ich dachte mir, ich besorge etwas für unseren Morgentee drüben im Buchladen. Was empfehlen Sie?«

»Zunächst mal sollten wir uns vorstellen. Ich bin Dan. Meine Frau Cookie ist fürs Backen zuständig.«

»Freut mich, Sie kennenzulernen, Dan. Ich bin Sydney. Ich helfe in der Vorweihnachtszeit im *Book-Bea* aus.«

»Hab ich schon gehört. Willkommen in Hopewell!« Er rieb sich die Hände und betrachtete die Vitrine. »Also, heute empfehle ich das Teegebäck. Ganz frisch, Cranberry-Orange mit einer zitronigen Glasur obendrauf.«

»Das klingt wirklich gut. Ich nehme zwei.«

Dan holte mit einer langen Zange aus der Vitrine behutsam zwei Stücke, die er in eine weiße Tüte schob.

Sydney zog das Portemonnaie hervor.

»Das geht aufs Haus. Sie müssen mal am Nachmittag vorbeikommen, damit Sie Cookie kennenlernen können. Sie steht mitten in der Nacht auf und übernimmt die meisten Vorbereitungen und das Backen selbst. Tagsüber führe ich den Laden, aber ich bin sicher, sie würde zu gern Ihre Bekanntschaft machen.«

»Danke, Dan. Das werde ich tun.«

Mit der Tüte in der Hand ging Sydney hinaus und stellte den Kragen ihrer Jacke auf.

In der Auslage des Fahrradgeschäfts hielt sie Ausschau nach RayAnnes Fahrrad. Es war wirklich schön. Als sie im Alter ihrer Tochter gewesen war, hatte sie nur das von ihrem Bruder geerbte Mountainbike gehabt. Für Weihnachten würde sie Bea bitten, eine ihrer berühmten großen Schleifen daran anzubringen.

Wes hatte das Schaufenster mit Kränzen geschmückt, die in verschiedenen Höhen an glänzenden Fahrradketten hingen. Jeder Kranz bestand aus einem Rad oder Zahnkranz unterschiedlicher Größe, umflochten mit funkelnden Bändern und Zweigen von Nadelbäumen.

Im *Book-Bea* herrschte noch Dunkelheit, als Sydney eintraf. Es war noch früh, ihr würde genug Zeit bleiben, um Tee zu kochen, bevor Bea eintreffen würde.

Sie schloss auf und drehte das Schild auf *GEÖFFNET*. Beas Tradition, immer zu öffnen, wenn sie anwesend war, schien eine gute Idee zu sein. Warum sich einen Verkauf nur wegen der Uhrzeit entgehen lassen, wenn man ohnehin im Laden war?

Mit eingeschalteten Lichtern, frisch gekochtem Tee und Kaffee und sechs in die Stereoanlage eingelegten Weihnachts-CDs erwachte der Laden zum Leben. Um fünf vor neun flammte – der

Zeitschaltuhr sei Dank – die Weihnachtsbeleuchtung des Schaufensters auf.

Sogar ein Montagmorgen wirkte hier durchaus ansprechend.

Sydney trat hinter die Theke und schnitt im Voraus glänzendes Geschenkpapier in die ungefähr richtige Größe für Bücher. Das würde später Zeit sparen, wenn viel zu tun wäre.

Ihr Handy piepte. Diane würde nachher vorbeischauen. Es fühlte sich alles so richtig an.

Das Windspiel klingelte. Der erste Kunde des Tages. Als sie aufschaute, erblickte sie Bürgermeister Blevins, der auf sie zukam. »Guten Morgen, Herr Bürgermeister. Was kann ich für Sie tun?«

»Ich bin ja so froh, dass Sie heute ein bisschen früher aufgemacht haben. Meine Frau hat dieses Aufklappbuch im Schaufenster gesehen und findet, wir brauchen es unbedingt für die Enkelkinder. Bitte sagen Sie mir, dass Sie noch Exemplare davon vorrätig haben.«

»Zufälligerweise ja. Ich verpacke es Ihnen gern auch als Geschenk.« Als Mr Blevins ging, warteten bereits zwei weitere Kunden darauf, von ihr beraten zu werden. Der Vormittag verging wie im Flug, die Leute gaben sich die Klinke in die Hand, und Sydney fühlte sich ausnahmsweise in Höchstform, doch sie hatte immer noch nichts von Bea gehört.

Gegen elf beschlichen sie ernste Sorgen. Warum hatte die betagte Dame nicht wenigstens angerufen? Und Sydney hatte nicht daran gedacht, Bea nach ihrer Privatnummer zu fragen. Sie sah erst die Zettel auf der Theke durch, dann im Büro, suchte nach irgendetwas mit einer Telefonnummer darauf. Schließlich fand Sydney einen Stapel alter Formulare mit einer privaten Adresse und Telefonnummer. Sie wählte die Nummer, und Bea meldete sich beim fünften Klingeln.

»Hi, Bea, hier Sydney. Ich habe mir Sorgen gemacht. Ist alles in Ordnung?«

»Ach du meine Güte! Ich wollte mich nur noch einen Moment hinlegen. Es tut mir so leid.« Beas Stimme klang belegt und träge. »Ich muss eingeschlafen sein.«

»Nein, ist schon gut. Ich hab hier alles im Griff. Wollte mich nur vergewissern, dass nichts passiert ist.«

»Es geht mir gut, Liebes. Ich kann nicht fassen, dass ich dich im Stich gelassen habe.«

»Kein Problem. Ich bin hier, um zu helfen, ganz gleich, wofür du mich brauchst. Ich habe den Laden geöffnet, und wir hatten bisher einen wirklich guten Vormittag. Hab sogar ein paar weitere Exemplare des Aufklappbuches verkauft.«

»Oh Sydney. Du *bist* mein Engel. Ich wusste, dass jemand kommen würde, der die Dinge in Ordnung bringt. Das warst von Anfang an du. Ich bin so froh, dass du jetzt in Hopewell bist. Danke.«

»Ich bin ganz aufgeregt, weil wir nach dem Supertag gestern heute wieder so einen guten Vormittag haben.«

»Ich glaube, das *Book-Bea* wird mich noch überleben«, meinte Bea. Mittlerweile klang sie hellwach und vergnügt.

»Sag so was nicht. Soll ich dir irgendwas bringen? Kann ich dir irgendwie helfen?«

»Das tust du schon«, gab Bea zurück. »Du bist so eine große Hilfe. Keine Ahnung, was ich mir gedacht habe, wie ich es durch die Vorweihnachtszeit schaffen soll.«

»Deshalb hast du ja mich eingestellt. Ich unterstütze dich. Und ich möchte mehr als das tun. Ich möchte dir helfen, das *Book-Bea* unbegrenzt weiterzuführen.«

Schweigen.

»Alles in Ordnung?« Hatte sie Bea gerade beleidigt? Vielleicht wollte die alte Dame den Laden ja doch nicht verkaufen. Hatte sie am vergangenen Tag nur höflich sein wollen?

Ein leises Schniefen drang an ihr Ohr. »Du bist haargenau, wofür ich gebetet habe, Sydney. Du hast keine Vorstellung, wie glücklich es mich macht, das zu hören. Der richtige Weg ist immer da. Für mich war es dieser Laden. Also achte gut auf deinen Weg.«

Sydney umklammerte das Telefon fester. Das *Book-Bea* fühlte sich auch für sie wie der richtige Weg an.

»Sydney, ich glaube, deine Zukunft hat dich in Hopewell gefunden.«

Wärme durchflutete Sydney, und ihr Herz setzte einen Schlag aus. »Bea, wie werde ich wirklich wissen, ob mich meine Zukunft gefunden hat? Was, wenn ich mich für den falschen Weg entscheide? Was, wenn es eine schlechte Idee war, mit RayAnne von Jon wegzuziehen?«

»Liebes, dein Weg wird sich dir offenbaren. So funktioniert das. Du musst nur offen dafür sein, ihn zu akzeptieren, wenn es so weit ist.«

»In Atlanta wurde einfach alles irgendwie verrückt. Ich bin vor der Situation weggelaufen, statt mich ihr zu stellen. Ich glaube nicht, dass man vom ›Finden des Weges‹ sprechen kann, wenn man vor etwas davonläuft.«

»Manchmal ist das aber das Beste, was man tun kann. Es wird sich alles weisen. Du bist auf einem guten Weg.« Bea sprach in gedämpftem Ton. »Vertrau mir, mein Engel. Und könnte es für magische Dinge und Wünsche, die in Erfüllung gehen, eine bessere Jahreszeit geben als Weihnachten?«

Es konnte tatsächlich Wirklichkeit werden. Sydneys hoffnungsvolles Herz hämmerte aufgeregt. Sie drängte die aufkommende Euphorie zurück. Bis sie über Geld geredet hätten, wollte sie sich noch keine zu großen Hoffnungen machen. Sie musste ruhig bleiben und praktisch denken.

Die Eingangstür öffnete sich, und ein weiterer Kunde schlenderte herein. »Wir haben wieder Kundschaft. Ich melde mich später noch mal bei dir.«

»Ich werde mich aufraffen und bald da sein. Tut mir echt leid, mich so sehr zu verspäten.«

»Ach, Bea. Das ist überhaupt kein Problem. Bleib zu Hause und ruh dich aus. Ich habe hier alles völlig unter Kontrolle. Ich rufe dich am Abend an und gebe dir die Umsatzzahlen durch. Morgen früh können wir dann zusammen das Hauptbuch durchgehen, wenn du dich gut genug dafür fühlst.«

Bea widersprach nicht, was Sydney als kleinen Sieg auffasste, aber auch ein wenig beunruhigte.

»Ruh dich aus.« Sydney legte auf und eilte einem Kunden zu Hilfe, der einen Handkorb und eine Armladung Bücher balancierte. »Warten Sie, ich helfe Ihnen.«

Kaum hatte der Kunde bezahlt und das Geschäft verlassen, trat Diane ein. »Was für ein Vormittag! Ich wollte eigentlich schon früher vorbeischauen.«

»Ist schon gut. Alles in Ordnung bei euch?«

»Oh ja. Tony musste den Wagen einer Kundin von der Autobahn abschleppen: junges Mädchen vom College auf dem Weg nach Virginia zu seiner Familie. Nur dauert die Reparatur ein Weilchen. Er hat mich angerufen und gefragt, ob ich die Kundin ins Hotel fahren kann.«

»Das war nett von dir.«

»War das Mindeste, was wir tun konnten. Ist doch schrecklich, wenn man ganz allein in einer fremden Ortschaft strandet.«

Sydney hatte sich das ganze vergangene Jahr irgendwie gestrandet gefühlt.

»Ich habe Tony gestern Abend noch von dir erzählt. Ich soll dir von ihm ausrichten, wenn du bei irgendetwas Hilfe brauchst, ruf zuerst uns an. Wenn er nicht selbst weiterweiß, dann kennt er wahrscheinlich jemanden, der dir helfen kann.«

»Danke. Bisher ist alles gut, aber ich werde bestimmt noch darauf zurückkommen.«

»Gut. Tony ist ein Problemlöser. Liegt ihm im Blut. Ein Ganztagsheld, ob in der Werkstatt, zu Hause oder für die Nachbarn. Nicht zuletzt deshalb habe ich mich damals in ihn verliebt.«

»Kann's kaum erwarten, ihn kennenzulernen«, sagte Sydney. Es hatte eine Zeit gegeben, da hatte sie auch Jon für einen Helden gehalten.

Diane nahm den Schal ab und sah sich um. »Keine Kundschaft?«

»War bisher den ganzen Tag ein steter Strom. Das ist meine erste Pause. Kaffee?«

»Nur zu gern.«

Sie ließen sich mit den gefüllten Bechern in den weichen, extragroßen Sesseln nieder. Keine aromatisierte Sahne, kein Latte und kein Cappuccino, nur stinknormaler Kaffee. Und kostenlos. Sydney hatte ausgerechnet, dass sie bereits über achthundert Dollar gespart hatte, nur weil sie sich nicht mehr mit ihren alten Freundinnen in Atlanta in schicken Etepetete-Läden zum Kaffee traf.

Diane schilderte ihren Tag und klärte Sydney über einige der übers Jahr von der Schule veranstalteten Aktivitäten auf, bei denen in der Regel Eltern mithalfen. »Ach ja, das hätte ich jetzt fast vergessen«, fügte sie hinzu. »Tony hat gesagt, ich soll dir auch vom Steak-Essen nächste Woche erzählen, das der Ruritan Club organisiert. Die Portion kostet nur zehn Dollar. Die Männer kochen für uns und bedienen uns. Ist eine angenehme Abwechslung, außerdem steh ich drauf, Tony mit Schürze zu sehen.«

Sydney prustete beinahe ihren Kaffee aus, als sie sich vorstellte, wie Jon in einer Schürze etwas servierte. Dazu hätte er sich nie herabgelassen – na ja, es sei denn, er hätte dadurch einen Auftrag an Land ziehen können. Sie musste erst noch herausfinden, wie sie weiterhin mit ihm befreundet sein könnte, ohne ihn zu lieben. Immerhin war er lange Zeit einer der beiden wichtigsten Menschen in ihrem Leben gewesen. Er hatte sie gut behandelt, und er war ein hervorragender Versorger gewesen. Und so sehr er sie mit seiner Untreue verletzt hatte – die ersten zehn Jahre ihrer Ehe waren verdammt großartig gewesen. Sie hoffte, sie würde ihm eines Tages verzeihen können. Im Augenblick jedoch fühlte sich alles noch zu frisch und wund an.

»Du wirst dort eine Menge Einheimische kennenlernen. Außerdem gibt's im Ruritan Club mehrere alleinstehende Männer. Ein paar sind recht erfolgreich und noch dazu gut aussehend.«

»Nein, danke. Ich bin noch nicht mal aus dieser Ehe raus.«

»Komm doch trotzdem zum Essen. Man kann nie zu viele Freunde haben. Die Jungs wissen wirklich, wie man gutes Essen auf den Teller zaubert, und RayAnne würde dort eine Menge Kinder aus der Schule treffen.«

»Na schön, dann trag uns bitte für zwei Karten ein.«

Aus Dianes Handy dröhnte *School's Out Forever*. »Oh ... Schon Zeit, die Kinder von der Schule abzuholen. Mann, ist das schnell vergangen.«

»Kannst du laut sagen.« Sydney stand auf und holte sowohl ihre Handtasche als auch das Schild mit der Aufschrift *GLEICH ZURÜCK* hinter der Theke hervor. »Ich bin so froh, dass du vorbeigekommen bist. Ich habe echt ein bisschen Zeit zum Reden mit einer Freundin gebraucht. Und ich habe das Gefühl, wir wären schon ewig befreundet.«

»Geht mir genauso.«

Sydney brachte das handgeschriebene Schild an der Tür an, schloss ab und hoffte, es würde in Ordnung sein. Mehr als ein Kunde hatte ihr gesagt, man sei beim *Book-Bea* an unregelmäßige Öffnungszeiten gewöhnt, also sollte es kein allzu großes Problem sein.

Diane und sie gingen zusammen zu ihren Autos, und Sydney fuhr hinter Diane zur Schule.

RayAnne und Jenny standen bereits am Straßenrand, als Sydney eintraf. Sie fragte sich, ob RayAnne an diesem Nachmittag immer noch gute Laune haben würde oder ob sie sich auf arktische Kälte einstellen musste. Zu ihrer Freude winkte RayAnne und kam hopsend auf den Wagen zu.

»Hi, Mama«, grüßte sie, nachdem sie eingestiegen war, beugte sich über die Mittelkonsole und gab ihrer Mutter einen Kuss.

Sydney schürzte skeptisch die Lippen. »Muss ich mir Sorgen machen?«

RayAnne lachte. *»Ne-in.«*

»Ich hoffe, es ist okay für dich, aber Bea geht es nicht so gut. Wir fahren für ein paar Stunden bis Ladenschluss zurück ins Geschäft.«

»Das ist cool.«

»Prima.« Sie wagte nicht zu fragen, was diesen Wandel der Einstellung ihrer Tochter herbeigeführt hatte, weil sie fürchtete, die Stimmung könnte dadurch wieder umschlagen.

»Wir haben heute beim Mittagessen geredet«, berichtete RayAnne.

»Wir?«

»Die Mädchen. Jenny und die anderen.«

Sydney nickte.

»Also, beim Mittagessen haben alle von ihren Weihnachtsbäumen und davon erzählt, dass ihre Eltern immer das *ganze* Schmücken übernehmen.«

Sydney musste zugeben, dass die Perfektionistin in ihr auch gern die Kontrolle darüber hatte. Doch spielte es wirklich eine Rolle, ob sich der gesamte Schmuck an einer Stelle ballte oder ob die großen Kugeln oben und die kleinen unten hingen?

»Ich hab mir gedacht, da wir ja unseren alten Kunstbaum nicht zu Hause aufbauen ... Was hältst du davon, wenn wir ihn stattdessen im *Book-Bea* aufstellen? Das würde so schön aussehen! Ich könnte die Kinder aus der Schule einladen, und wir könnten ihn alle zusammen so schmücken, wie wir wollen. Und da Papa ja erst spät am Mittwoch kommt, könnten wir es gleich nach der Schule am Mittwoch machen, wenn die Weihnachtsferien beginnen. Bitte? Alle haben es für eine so coole Idee gehalten.«

Sydney parkte vor dem *Book-Bea*. Musste sie Bea deswegen

überhaupt fragen? Immerhin hatte sie ihr für das Schmücken des Ladens bereits so etwas wie einen Freibrief ausgestellt. Und außerdem: Wenn die Kinder zum Schmücken kamen, würde das vermutlich auch die Eltern in den Laden locken. Eltern bedeuteten Kundschaft. Kundschaft bedeutete Umsatz. Verstand sich von selbst.

»Ich finde, das ist eine super Idee.« Sie würde Bea später kurz anrufen, um sie darüber zu informieren.

»Ich weiß.« RayAnne stieg aus dem Auto. »Und du und ich können unseren Lieblingsschmuck an den Baum hängen. Du weißt schon, damit du nicht so traurig bist, während ich weg bin.«

Sydney ging ums Auto herum und stellte sich neben ihre Tochter auf den Bürgersteig. »Klingt, als hätten wir für Mittwoch nach der Schule Pläne. Du kannst es deinen Freundinnen morgen in der Schule sagen.« Sie beobachtete RayAnne. Kein Wimpernzucken, als sie die Mädchen aus der Schule als ihre *Freundinnen* bezeichnet hatte. »Wir holen den Baum heute Abend aus der Garage. Morgen nach der Schule stellen wir ihn auf, damit er für euch alle bereit ist.«

RayAnne schlang die Arme um Sydneys Taille. »Danke! Danke! Danke! Du bist die Beste.«

Womit hatte sie das Glück einer solchen Tochter nur verdient? »Wir können Plätzchen für alle backen.«

»Und Cupcakes. Können wir Cupcakes machen?« RayAnnes Augen leuchteten.

»Klar. Mit roten und grünen Streuseln!«

RayAnne nickte. »Und den grünen Punsch mit Eis. Den *liebe* ich. Außerdem sieht er weihnachtlich aus. Das wäre so super. Stimmt's?«

»Absolut«, bestätigte Sydney und spürte, wie sie von der Begeisterung ihrer Tochter zunehmend angesteckt wurde.

RayAnne lief den Weg zur Veranda des *Book-Bea* voraus.

»Überleg dir schon mal, wo du den Baum aufstellen willst, dann räumen wir die Stelle frei, bevor wir nach Hause gehen.«

Sydney entfernte das Schild mit *GLEICH ZURÜCK*, blieb stehen und sah sich um. Die Quintessenz von Beas Worten kam ihr in den Sinn. *Du musst nicht danach suchen. Dein Weg wird sich dir offenbaren. So funktioniert das. Du musst nur offen dafür sein, ihn zu akzeptieren, wenn es so weit ist.*

Sydney räumte den Laden in der Hoffnung auf, dadurch ihre umherwandernden Gedanken zu beschäftigen. Sie hätte an diesem Tag so gern mit Bea über Einzelheiten gesprochen, doch dazu würde es nicht kommen.

»Entschuldigung, Sie sind Sydney, richtig?« Die Stimme des Mannes überrumpelte sie.

»Ja. Hi.« Sie schob sich eine Strähne hinters Ohr. »Tut mir leid, ich war mit den Gedanken ganz woanders.« Sie erkannte ihn auf Anhieb vom Vortag. Solche fesselnden Augen vergaß man nicht. »Mac. Hi noch mal.«

»Ich hab Bea nicht gesehen. Ist sie hier?«

»Nein. Sie hat sich nicht wohlgefühlt. Kann ich Ihnen vielleicht helfen?«

»Sie bestellt von Zeit zu Zeit Bücher für mich. Ich unterrichte Geschichte an der Highschool.«

»Ich habe das Fach Geschichte immer gemocht. Konnte mir zwar keine Daten merken, deshalb hatte ich nie gute Noten, aber die Begebenheiten dahinter haben mich immer fasziniert.«

Der Junge an der Seite des Mannes meldete sich zu Wort. »Er ist auch der Baseball-Coach.«

Mac errötete. »Mein Sohn … und größter Fan. Seth.«

»Hi, Seth. Meine Tochter ist hier irgendwo. Ihr seid wahrscheinlich ungefähr im selben Alter.«

Seth sah sich um und Mac wedelte mit einem Zettel. »Ich habe hier alle Informationen über die Bücher. Titel. Autoren. ISBN. Könnten Sie wohl je ein Exemplar für mich bestellen?«

»Klar.« Sydney nahm den Zettel und gab vor, genau zu wissen, was sie tat … obwohl sie keine Ahnung hatte, wo Bea ihre Bücher orderte. Aber sie würde es bestimmt herausfinden. »Gern. Wenn Sie mir Ihre Nummer hierlassen, kann ich Sie anrufen und Ihnen Bescheid geben, sobald sie eintreffen.«

Mac zog einen Füllfederhalter aus der Brusttasche seines Hemdes. »Prima.«

Sie gab ihm die Liste zurück.

Er schrieb ihr seinen Namen, eine E-Mail-Adresse und seine Telefonnummer auf, dann kritzelte er darunter noch eine Zeile und reichte ihr den Zettel wieder.

»Ich kümmere mich darum«, versprach Sydney und hatte das starke Gefühl, er erwartete vielleicht von ihr, dass sie noch etwas sagte.

Seth entdeckte RayAnne und spazierte davon.

Mac schaute seinem Sohn nach. Als er sich wieder Sydney zuwandte, begegnete sein Blick dem ihren. »Sie sind neu im Ort, also hab ich mich gefragt, ob ich Sie nicht bei Gelegenheit ein bisschen herumführen sollte. Nichts Großartiges. Nur … na ja, Sie wissen schon. Ich dachte, ich könnte Ihnen ein paar Leute vorstellen. Jemand hat mir erzählt, dass Sie alleinerziehend sind. Bin ich auch. Also, jetzt nicht wie eine Verabredung. Rein nachbarschaftlich. Ich meine, ist ja nicht einfach, alleinerziehend zu sein. Oder neu in einer Gemeinde. Und ich schwafle gerade fürchterlich konfus vor mich hin.«

Sydney lachte nervös. »Ja, tun Sie wirklich. Und ja, gern.« *Oh mein Gott.* Sie fühlte sich absolut berauscht.

»Ja?«

»Wir können gern mal etwas unternehmen.« Sie deutete auf Seth und RayAnne. »Wie's aussieht, freunden sich unsere Kinder auch gerade an. Ein Grund mehr, warum wir uns meinetwegen ruhig auch duzen können.«

»Großartig. Dann also ja.«

»In Ordnung.«

»Ich werde dich also ein bisschen herumführen.«

»Ich sollte dir wohl nicht vorenthalten, dass ich zwar eben erst nach Hopewell gezogen bin, aber als Kind regelmäßig hier war. Meine Großeltern hatten ein Haus am Ortsrand. Meine Oma hat mich ständig mit zum *Book-Bea* genommen. Ich habe damals in einem Sommer mehr Bücher gelesen, als ich in einen Karton packen und mit nach Hause nehmen konnte.«

»Und jetzt bist du zurück.«

»Ja. Ich bin zurück. War Zeit für eine Veränderung.« Sydneys Handy klingelte. Sie zog es aus der Gesäßtasche ihrer Jeans und drückte den Anruf sofort weg, als sie Jons Namen auf dem Display sah. Denkbar ungünstiger Zeitpunkt für ihn, sie zu behelligen.

»Es ist ein guter Ort, um ein Kind großzuziehen. Sieht so aus, als lebtest du dich bei deinem Job und allem anderen bereits ganz gut ein.«

Sydney lächelte und nickte. Es stand ihr nicht zu, darüber zu reden, dass Bea den Laden schließen wollte. Dass sie selbst ihn gern kaufen würde, könnte sie vielleicht schon preisgeben. Nur wäre es entsetzlich peinlich, wenn sie anfinge, den Leuten davon zu erzählen, und es sich dann vielleicht doch nicht leisten könnte. Also schwieg sie lieber.

»Da du bei Miss Bea aushilfst, weißt du wahrscheinlich schon vom Weihnachtssingen.«

»Ja. Das klingt so fabelhaft.«

»Warum kommst du dann nicht auch mit uns? Wir haben eine Gruppe, die jedes Jahr zusammen hingeht. Du weißt schon. Freunde. Nachbarn.«

»Ich werde bei Bea aushelfen.«

»Daran hab ich schon gedacht. Ich wüsste jemanden, der für dich einspringt, falls Bea die Hilfe wirklich braucht, doch normalerweise kommt sie allein zurecht, also denke ich, es wäre für sie schon in Ordnung.«

»Und RayAnne reist diesen Mittwochabend ab, um die Ferien bei ihrem Vater zu verbringen.«

»Wow. Die gesamten Weihnachtsferien? Das muss hart sein.«

»Ist das erste Mal für mich. Aber mir graut schon davor.«

»Umso mehr Grund, mit neuen Freunden zusammen zu sein. Du darfst während der Feiertage nicht allein sein.«

»Das hat RayAnne auch gemeint.«

»Dann kannst du echt nicht Nein sagen. Weihnachten steht vor der Tür. Nachbarschaft und Gemeinschaft werden hier großgeschrieben.«

»Ich verstehe.« *Flirtet er gerade mit mir?*, fragte sie sich.

»Jammerschade, dass deine Tochter nicht hier sein wird. Ich war mir nicht sicher, was ein Mädchen ihres Alters gern unternehmen würde, aber ich dachte mir, das Weihnachtssingen wäre eine sichere Bank. Mit Frauen kenne ich mich aus. Kleine Mädchen hingegen sind nicht mein Genre.«

»Genre, wie?«

»Äh … lahmer Versuch eines Buchladenscherzes?«

»Oh, ich verstehe. Süß.« Sie wusste die Geste zu schätzen. »Tja, nur fürs Protokoll: *Mein* kleines Mädchen würde wahrscheinlich am liebsten Dinge tun, die dein Sohn mag. Frösche fangen, mit dem Fahrrad über Rampen springen. Das Kind ist furchtlos.«

Sein Lachen klang herzlich und erinnerte sie an bessere Tage.

Mac lehnte sich an die Theke. Die gehemmte Atmosphäre von vorhin war verflogen. Er war nett. Ein angenehmer Gesprächspartner. Mac überkreuzte die Beine. Schöne Stiefel hatte er auch Westernstil.

»Also haben wir *kein* Date. Und wir sehen uns zum Weihnachtssingen, wenn nicht schon früher. Ich hol dich hier ab.«

»Okay. Und es ist *kein* Date«, bestätigte Sydney. Obwohl es sich entschieden nach einem anfühlte. Was irgendwie schräg war, denn auch wenn Jon bereits mit seiner Geliebten zusammenlebte, war ihre Scheidung noch nicht durch. Die Sorgerechtsvereinbarung stand nach wie vor aus, und auch sonst hatte Sydney im Augenblick den Kopf zu voll, um sich mit etwas wie einem Date auseinanderzusetzen.

Eine Freundschaft hingegen war eine völlig andere Geschichte. Bea hatte sie daran erinnert, dass sie offen für den richtigen Weg bleiben musste. Und was konnte es schon schaden, in der Zeit vor Weihnachten und vielleicht sogar an den Feiertagen mit ein paar Leuten gesellig beisammen zu sein?

Hinter ihrer Schulter hörte sie RayAnne rufen. »Das ist er, Mama! Das ist der perfekte Ort.«

Und RayAnne mochte davon reden, wo sie den Weihnachtsbaum aufstellen wollte – aber Mann, was schwang für Sydney in den Worten an zusätzlicher Bedeutung mit!

Mac kam sich wie ein linkischer Teenager vor. Als Lehrer redete er andauernd mit Eltern. Warum sollte es mit Sydney anders sein? Und dennoch, seit er ihr von Angesicht zu Angesicht gegenüberstand, schwafelte und stammelte er wie ein hormongesteuerter Vierzehnjähriger, der auf den ersten richtigen Kuss hoffte.

»Also gut«, meinte er. »Das wird super.«

»Ja. Ich freu mich schon darauf.« Sie zuckte mit den Schultern und lächelte verhalten.

Er konnte auch ihre Anspannung fühlen. War das gut? »Ich auch.«

Seth kam an seine Seite gerannt. »Entschuldigung«, sagte er.

»Brauchst du was, Kumpel?«, fragte Mac.

»Sie.« Er deutete mit dem Kopf auf Sydney.

»Oh? Mich? Klar. Womit kann ich dir helfen?«, erkundigte sich Sydney.

»Äh …« Seth sah seinen Vater an und schluckte schwer. »RayAnne hat gerade mit ihrem Papa telefoniert. Sie ist ziemlich durcheinander und traurig. Sie weint.« Er runzelte betrübt die Stirn. »Heftig. Ich glaube, Sie sollten lieber nach ihr sehen.«

Sydneys Stirn legte sich in Falten. »Ach ja?« Sie setzte sich in Bewegung, als sie die Information verarbeitete. »Entschuldigt mich bitte. Danke, Seth.«

»Sie ist da drüben an den Fenstern«, sagte er.

Sydney legte einen schnellen Abgang hin.

»Was ist passiert?«, fragte Mac.

»Wir haben uns über den Weihnachtsbaum, über Baseball und so Sachen unterhalten. Morgen kommen ein paar Kinder her, um den Baum zu schmücken. Klingt nach einer echt coolen Idee. RayAnne spielt gern Ball, mag Quads, und wir haben geredet. War cool.«

»Der Teil, wo sie zu weinen angefangen hat, Seth.«

»Ihr Handy hat geklingelt, und ihr Pa war dran. Erst war sie noch ganz aufgeregt und fröhlich, aber dann ist es den Bach runtergegangen.« Er senkte den Blick auf seine Schuhe. »Sie ist auf den Boden gesunken wie ein Häufchen Elend und hat ins Telefon geheult. Ich wusste nicht, was ich tun soll.«

»Du hast genau das Richtige getan.« Das hatte der Junge von seinem Erzeuger. Mac wusste auch nie, wie er mit weinenden Frauen umgehen sollte. Nicht mal, wenn es sich um Freudentränen handelte. Spielte keine Rolle, worum es ging, es zerriss ihm einfach das Herz. »Wird nie leichter. Wenn Frauen weinen, meine ich.«

»Sie wollten wohl in den Weihnachtsferien einen coolen Skiurlaub machen. RayAnne hatte mir gerade davon erzählt, als er angerufen hat.«

»Das klingt ja ziemlich toll.« Mac war seit Jahren nicht mehr Ski gefahren. Sollte er mal mit Seth unternehmen. Wenige Autostunden westlich gab es ein paar brauchbare Hänge.

»Ich schätze, ihr Dad hat abgesagt. Irgendwas wegen Paris. Weiß auch nicht. Jedenfalls ist sie ziemlich fertig deswegen.«

Seine Brust hob und senkte sich heftig, seine Augen wurden groß. »Also, *richtig* fertig, meine ich.«

Mac zog seinen Sohn an sich. Wenigstens hatte Genna nie diese Hin-und-her-Spiele mit Seths Herz getrieben. Er konnte sich gar nicht vorstellen, was in RayAnne gerade vorgehen musste. Ihre Eltern lebten getrennt. Von ihrem Besuch bei ihm als Weihnachtsmann wusste er, wie sehr sie damit zu kämpfen hatte. Und jetzt auch noch das!

»Lass uns nachsehen, ob sie uns brauchen«, schlug Mac vor.

»Pa? Echt jetzt?«

Er legte Seth die Hände auf die Schultern und drehte ihn um. »Abmarsch. Das ist das Richtige.«

Seth gab dieses Geräusch von sich, das Mac normalerweise durch Mark und Bein ging, ähnlich wie Fingernägel, die über eine Tafel kratzen. In diesem Fall jedoch wusste er genau, wie sich der Junge fühlte. So etwas war alles andere als ein vergnügliches Unterfangen.

Im Näherkommen konnte Mac hören, dass RayAnne herzzerreißend schluchzte. Er sah Seth an, dessen Miene besagte: *Bitte lass uns das nicht tun.*

Mac blieb stehen, als Sydney ihre Tochter zu beruhigen versuchte.

»Was ist passiert?«, fragte sie mit sanfter, tröstender Stimme.

»Papa ...« Stockend atmete RayAnne ein. »... kommt nicht.«

»Klar kommt er.«

»Nein! Tut er nicht.« RayAnne schüttelte den Kopf. »Er fliegt mit Ashley stattdessen nach Paris.«

»Vielleicht hast du ihn falsch verstanden. Geht es nur um eine Planänderung?«

»Nein. Er fliegt mit ihr dorthin, und ich kann nicht mit.«

»Unfassbar.« Sydneys Kopf schnellte zurück wie der eines Boxers, der einen heftigen Kinnhaken einstecken muss. Mac konnte es ihr nicht verdenken. Sogar er empfand das wie einen Schlag in die

Magengrube, und dabei ging es nicht einmal um sein Kind. Sydney zog RayAnne in die Arme. »Es tut mir so leid, meine Süße.«

»Er hat sie lieber als mich.«

»Das stimmt nicht. Er denkt bloß nicht nach. Wahrscheinlich gibt es sogar einen guten Grund.«

»*Ne-in!* Er hat gesagt, ich kann nicht mit nach Paris. Ich weiß nicht mal, ob man dort überhaupt Ski fahren kann.«

»Aber das bedeutet doch nicht, dass er dich nicht abholt. Bist du sicher, dass er nicht herkommt?«

»Er hat gesagt, er kommt mich am ersten Weihnachtstag besuchen.«

Mac konnte sehen, wie sich Bärenmutterinstinkte in Sydney regten, obwohl sie mit RayAnne so sanft umging. Ihre Kieferpartie spannte sich an, und sie sprach eine Weile kein Wort mehr. Er konnte sich gut eine Gedankenblase über ihrem Kopf vorstellen, ausgefüllt mit kreativen Symbolen für alle möglichen Kraftausdrücke.

»Geh ins Badezimmer und wisch dir das Gesicht mit kalten Papiertüchern ab. Du musst dich beruhigen. Sonst wird dir noch schlecht und du musst dich übergeben.«

RayAnne zog den Ärmel ihres Shirts über die Handfläche und tupfte sich die Tränen weg.

»Ich bring das für dich in Ordnung, Schatz.« Erneut umarmte sie ihre Tochter innig. »Ich hab dich so doll lieb.«

»Ich dich auch, Mama.« Schniefend rappelte sich RayAnne auf die Beine. »Ich hasse Ashley.«

»Sag so was nicht. Wir hassen niemanden. Uns gefallen vielleicht ihre Entscheidungen nicht, aber das heißt nicht, dass wir sie hassen. Beruhige dich erst mal.«

RayAnne löste sich von ihrer Mutter und ging nach hinten in Richtung Badezimmer.

Sydney kehrte zu Mac und seinem Sohn zurück. »Danke, dass du mich geholt hast, Seth.«

»Gern geschehen. Sie ist wirklich ziemlich durcheinander.« Er neigte den Kopf.

»Kann ich irgendwas tun?«, fragte Mac.

Sydney setzte ein leicht sarkastisches Lächeln auf. *Pffft.* »Nichts, das legal wäre. Ich schwöre, ich habe keine Ahnung, was in den Mann gefahren ist.«

»Ich weiß, es kann nicht aufwiegen, dass ihr Vater sie so enttäuscht hat, aber Hopewell ist in der Weihnachtszeit ein toller Ort«, sagte Mac. »Planen wir doch etwas zusammen.«

Sydney verschränkte fest die Arme vor der Brust. Warum nur musste es so schwer sein, ihre Tochter zu schützen? Was, wenn Mac sie auch enttäuschte? Nein, das würde er nicht. Er war nicht Jon. Das war etwas anderes. Freunde. Nur Freunde. »Ja. Vielleicht wäre das eine gute Idee.«

Seth meldete sich zu Wort: »Wird sie morgen trotzdem den Baum im Laden aufstellen wollen?«

»Das machen wir auf jeden Fall.«

Mac knuffte Seth in die Schulter. »Großartig. Wir werden da sein.«

»Danke«, sagte sie. »Danke euch beiden.«

»Du hast ja meine Nummer«, meinte Mac. »Gib Bescheid, wenn ich irgendwie helfen kann.«

Sydney versuchte sich an einem Lächeln, doch das Funkeln war aus ihren Augen verschwunden.

»Wir verschwinden jetzt, damit du das Geschäft schließen kannst.« Er deutete mit dem Kinn zur Tür. Seth wirkte erleichtert und rannte beinahe voraus.

Mac öffnete die Ladentür, dann hielt er inne und drehte das Schild auf *GESCHLOSSEN*.

Als er zurückschaute, nickte ihm Sydney zum Dank zu und winkte.

Auf dem Weg zum Wagen verloren Mac und Seth kein Wort.

Seth schlurfte über den Bürgersteig. »Das war echt kacke.«

»Ja. War es wirklich.«

»Ihr Vater muss doch gewusst haben, wie traurig sie das machen würde. Ich meine, wir haben bald Weihnachten. Das war so was wie ihr Geschenk.«

»Sollte man meinen, ja.«

Seth spielte mit einem Knopf seines Hemdes. »Ist zwar nicht ganz dasselbe wie mit Ma, trotzdem weiß ich, wie sich RayAnne fühlt.«

»Ich wünschte, ich könnte es irgendwie richten. Für dich. Für sie.« Mac fühlte sich so hilflos wie an dem Tag, als Genna sie verlassen hatte. »Aber man kann nicht rückgängig machen, was jemand anderes bereits getan hat. Wir können nur versuchen, bessere Erinnerungen zu erschaffen und die schlechten dadurch blasser wirken zu lassen.«

Seth zuckte mit den Schultern, und Mac hätte gern gewusst, was das bedeuten sollte. Dass es keine Rolle spielte? Dass es in Ordnung war? Oder dass die schlechten Erinnerungen nie verblassen würden, ganz gleich, wie viel Mühe man sich gab, bessere zu erschaffen? »RayAnne ist *richtig* traurig.«

»Diese Sache ist zu groß für uns, Seth.« Mac schaute zu seinem Sohn und hoffte, Seth würde sich nicht mit der Bürde von RayAnnes Enttäuschung belasten.

Allerdings wirkte Seth nicht besonders überzeugt.

Kapitel zehn

RayAnne verhielt sich den ganzen Abend still. Ihr war nicht mehr danach zumute, Cupcakes zu backen, also beschlossen sie, es sich mit Popcorn vor dem Fernseher gemütlich zu machen und zu kuscheln. Dabei schliefen sie beide auf der Couch ein wie überarbeitete College-Studentinnen.

Am nächsten Morgen, nachdem sie RayAnne an der Schule abgesetzt hatte, schaute Sydney in der *Keksdose* vorbei, um ein paar Leckereien für das gemeinsame Schmücken des Weihnachtsbaums zu besorgen. »Guten Morgen.«

»Guten Morgen. Da sind Sie ja wieder.«

»Ganz recht. Das Teegebäck mit Cranberry-Orange war unheimlich lecker.«

»Danke. Heute wieder das Gleiche?«

Sydney schwenkte eine Hand. »Oh nein. Solche Kalorienbomben kann ich mir nicht so oft leisten. Heute brauche ich ein paar Snacks für hungrige Zehn- bis Zwölfjährige, die am Nachmittag im Laden einen Baum schmücken. Können Sie etwas Gemischtes für mich zusammenstellen?«

»Gern. Wann brauchen Sie es?«

»Nicht vor ein Uhr.«

»Wir haben gerade Kekse im Ofen, und wir können ein paar

in Häppchengröße backen. Ist wahrscheinlich besser für beschäftigte Hände. Und es bleibt weniger übrig. Ich bringe sie gegen Mittag vorbei.« Er legte die Hände auf die Ladentheke. »Ich muss sowieso ein paar Geschenke besorgen.«

»Soll ich jetzt schon gleich bezahlen?«

»Nein. Ich weiß ja, wo ich Sie finde«, erwiderte er mit einem herzlichen Schmunzeln.

Sydney lächelte. »Danke.«

Sie wandte sich zum Gehen, doch er rief sie zurück. »Warten Sie kurz! Ich habe etwas für Sie.«

»Was denn?« Sydney nahm etwas in Wachspapier Eingeschlagenes entgegen.

»Das ist ein Schneeflocken-Glückskeks.«

»Davon hab ich noch nie gehört.«

»Das liegt daran, dass ich's erfunden hab. Hauchdünne Lebkuchenplätzchen in der Form einer Schneeflocke. Sie werden mit einer dünnen Schicht Staubzucker bestäubt, wenn sie noch warm sind, dadurch sehen sie wie frisch gefallener Schnee aus. Ach ja, und im Inneren ist ein Weihnachtswunsch. Manche sind allgemein gehalten, aber es gibt auch einige spezielle.«

»Und was für einer ist dieser?«

»Kann man nie wissen, doch irgendwie landet der richtige Wunsch *immer* in den richtigen Händen. Sagen Sie mir dann einfach Bescheid, ob es so gewesen ist.«

»Das klingt nach einer Menge Arbeit. Danke. Was schulde ich Ihnen dafür?«

»Ist mein Geschenk für Sie.«

»Danke, Dan.« Sie verstaute den Keks in der Handtasche und schlenderte den Häuserblock entlang zum Supermarkt, um Zitroneneis und ein paar Liter Gingerale für einen Punsch zu besorgen. Sie warf eine Packung Pappbecher und Servietten in den Einkaufswagen, und schon hatte sie ihre morgendliche Einkaufsliste abgehakt.

Sydney balancierte die Einkäufe auf der Hüfte, als sie den Türknauf des *Book-Bea* drehte und sich rücklings in den Laden schob. Die Instrumentalversion eines Weihnachtsliedes erfüllte die Luft. Klang ein wenig wie *I Saw Mommy Kissing Santa Claus*, gespielt von einer Karibik-Band samt Stahltrommeln.

»Ach du meine Güte! Was hast du denn da alles, Liebes?« Bea eilte herbei, um zu helfen.

»Danke.« Sie überließ der alten Dame die leichte Tüte. »Die Sachen für den Punsch heute Nachmittag. Und die Bäckerei bringt später Kekse vorbei.«

»Wunderbar! Ich war ja so aus dem Häuschen, als ich deine Nachricht bekommen habe.«

»Ich habe im Auto einen künstlichen Baum mit Beleuchtung. Ich gehe ihn holen, wenn du so nett wärst, das für mich ins Tiefkühlfach zu packen.« Sie reichte ihr das Fruchteis, dann stellte sie das Gingerale in die Nähe des Platzes, an dem der Baum aufgestellt werden sollte.

»Ich kann dir helfen, den Baum zu tragen.«

»Nein, Bea. Ich erledige das schon. Ist nicht schwer.« Sydney ging zweimal zum Auto. Einmal, um die große Schüssel für den Punsch zu holen, ein weiteres Mal für den Baum.

Während sich Bea um ein paar Kunden kümmerte, die ins Geschäft gekommen waren, stellte Sydney den Baum auf.

Als sie gerade die rot-weiße, pelzige Baumunterlage der künstlichen Tanne zurechtrückte, trat ein Paar schwarzer Stiefel neben sie.

Während sie kniete, folgte ihr Blick den Beinen nach oben. »Mac? Hi.« So anmutig wie möglich stand sie auf und klopfte sich den Staub vom Allerwertesten. »Ich dachte schon, ich würde vielleicht nie wieder von dir hören.«

»Wieso das?«

»Na ja, die Tränen. Das Drama. Tut mir leid wegen all dem.«

»War ja nicht deine Schuld. Wie geht's RayAnne?«

»Sie ist immer noch tief verletzt.« Sydney wischte sich die Strähnen aus der Stirn. Dann spähte sie unauffällig auf ihre Hände und hoffte, sie hatte sich keinen Dreck ins Gesicht geschmiert.

»Kann ich nachvollziehen. Aber das Baumschmücken steht noch?«

»Ja. Wir werden einfach das Beste aus allem machen. Obwohl ich für Weihnachten natürlich rein gar nichts geplant habe, weil ich ja dachte, RayAnne wäre nicht da. Jetzt muss ich eben irgendwie improvisieren. Solltest du nicht in der Schule sein?«

»Musste eine Bestellung in der Bäckerei abholen. Jemand anderes ist für mich eingesprungen. Da dachte ich mir, ich schaue vorbei und frage nach, wie's dir und vor allem RayAnne so geht.«

»Danke. Das ist nett.«

»Seth freut sich schon aufs Baumschmücken, wir kommen also am Nachmittag. Sollen wir irgendwas mitbringen?«

»Nein. Ich denke, wir haben alles hier. Jedes der Kinder bringt etwas zum Schmücken mit. Sollte alles ganz entspannt ablaufen.«

»Klingt gut. Hast du am Freitagnachmittag zufällig frei?«

»Ja, hab ich tatsächlich. Aber ich bin sicher, Bea kann dir weiterhelfen, was immer du brauchst. Sie sagt, die Freitagnachmittage sind hier stets sehr ruhig. Deshalb hat sie darauf bestanden, dass der Freitag einer meiner freien Tage ist.«

»Tja, das passt perfekt. Ich hätte nämlich eine Idee für Freitag. Wir möchten dich und RayAnne zum Abendessen zu uns einladen. Können wir heute Nachmittag noch ausführlicher darüber reden?«

Freitagabend! »Gern. Sicher können wir darüber reden.« Dass sie arbeitete, konnte sie nicht mehr als Vorwand heranziehen, immerhin hatte sie gerade erklärt, dass es einer ihrer freien Tage war. Es ging ja bloß um ein Abendessen. Mit den Kindern. Und streng genommen hatte sie noch nicht einmal zugesagt.

»Gut. Dann bis später.« Als Mac ging, konnte Sydney den

Blick nicht von ihm lösen, während er über den Gehweg davonschlenderte.

Bea sah sie mit hochgezogener Augenbraue an; der Gesichtsausdruck wirkte wie ein auf sie gerichteter Finger. »*Oh-oooh*. Hab ich da was von Abendessen gehört?«

»Nur mit unseren Kindern. Interpretier da bloß nichts hinein. Außerdem habe ich noch gar nicht zugesagt.«

»Wirst du noch«, konterte Bea.

Sydney lachte. Allerdings wurde es ein nervöses Lachen, das sogar für ihre eigenen Ohren merkwürdig klang.

»Er ist ein netter Mann, und wir alle brauchen Freunde. Ich möchte, dass du dir etwas vor Augen hältst. Um jeden Preis. Je glücklicher du selbst bist, desto glücklicher wird auch deine Tochter sein. Sei für sie das Beispiel einer starken, unabhängigen Frau, ohne je ein Wort darüber zu verlieren.« Bea reckte das Kinn, dann warf sie mit einer schwungvollen Geste die Hände in die Luft. »Also hab ein wenig Spaß!«

Sie hatte recht. Schließlich gab es keine Regel, die besagte, dass Sydney in einer Beziehung sein oder auch nur mit jemandem ausgehen musste. Bloß ein Abendessen. Mit den Kindern. Ganz unverfänglich.

»Oh ... Das hätte ich fast vergessen«, sagte Sydney. »Der Bürgermeister war neulich hier. Er meinte, dieses Jahr wurden eine Menge Karten für das große Weihnachtssingen vorverkauft und du müsstest deinen Vorrat an Leckereien verdoppeln. Außerdem möchte er, dass du etwas speziell für ihn beiseitelegst.«

»Meine berühmten in Schokolade getunkten Laugenstangen.« Ein herzliches Lachen erfüllte den Raum. »Die bereite ich schon seit Jahren zu. Man muss dafür noch nicht mal backen. Nur Schokolade schmelzen. Ich war nie eine gute Köchin. Mein armer Mann hat im ersten Jahr unserer Ehe zehn Kilo abgenommen, weil einfach gar nichts, was ich zubereitet habe, genießbar war.«

»Das kann nicht stimmen.«

»Doch, tut es. Ich habe einfach kein Talent dafür. Er hat dann das Kochen übernommen. Heute wärme ich mir nur noch Sachen auf.«

»Dann musst du mal zum Essen zu mir nach Hause kommen. RayAnne und ich würden uns so darüber freuen. Was übrigbleibt, kannst du dann zum Aufwärmen mitnehmen.«

»Sei vorsichtig. Darauf komme ich bestimmt zurück.«

»Das hoffe ich doch.«

»Wenn er will, dass ich doppelt so viele mache, muss ich mehr Laugenstangen und Plastiktüten zum Einpacken bestellen.« Sie kramte in einigen Zetteln auf der Theke. »Da ist es ja. Ich rufe gleich an, damit die Lieferung schnell losgeschickt wird. Wir haben fast keine Zeit mehr. Ich muss mich damit beeilen.«

»Brauchst du Hilfe?«

Bea zögerte.

»Sag einfach Ja«, forderte Sydney sie auf. »Mach es dir doch ein bisschen einfacher. Wir helfen gern.«

»Das wäre wundervoll. Sie sind kinderleicht zu machen. Ist sogar recht lustig; es dauert nur seine Zeit. Und man braucht jede Menge Platz dafür.«

»Zufällig habe ich viel Platz und eine riesige Kücheninsel im Farmhaus. Wir können sie dort machen.«

»Großartig. Dann lasse ich den Rest der Zutaten direkt zu dir liefern.«

»Wunderbar!« Sydney machte sich daran, die Vorbereitungen für die Kinder zu treffen. Sie breitete für die Snacks ein langes Tischtuch über einen zweieinhalb Meter langen Klapptisch aus und deckte ihn mit den Bechern und den Servietten.

Dann hob sie ihre Handtasche auf, die sie in der Nähe des Baumes stehen gelassen hatte, und trug sie hinter die Ladentheke. »Ach ja. Hätte ich fast vergessen. Der nette Mann von der *Keksdose* hat mir heute das hier geschenkt.« Sie hielt den hauchdünnen Keks in die Höhe. Er sah so zierlich aus, dass sie fürchtete, er könnte zerbrechen.

»Seine berühmten Schneeflocken-Glückskekse.«

»Möchtest du beißen?« Sie hielt den Keks zwischen den Fingern. »Ich teile gern.«

»Nein, danke, aber ich würde zu gern wissen, was auf deinem Zettel steht.«

Sydney brach ein kleines Stück von der Schneeflocke ab und schob es sich in den Mund. »Wow. Das ist das beste Lebkuchengebäck, das ich je gegessen habe. Bist du sicher, dass du nicht kosten möchtest?«

»Ganz sicher, danke.« Sie schwenkte den Zeigefinger über den Keks und deutete auf ein in der Mitte gefaltetes Zettelchen. »Wahrscheinlich steht bloß *Fröhliche Weihnachten* oder so etwas drauf. Ist aber eine süße Idee.«

»Lass hören.«

Sydney bekam die Ecke des kleinen Zettels zu fassen und zog ihn heraus. »Oh ... Es ist nicht bloß eine Grußbotschaft. Da steht: *Du beginnst gerade ein neues Kapitel deiner Reise. Hinterfrage nicht Geschenke des Herzens.*«

»Ich *wusste*, du würdest eine echte Zukunftsdeutung im Keks haben. Ich wusste es einfach.« Bea wirkte selbstzufrieden. »Dan backt nur eine Handvoll mit echten Zukunftsdeutungen. Die sind etwas ganz Besonderes. Und für gewöhnlich werden sie wahr. Ich glaube, das bedeutet, du wirst dich verlieben.« Sie lächelte Sydney an.

»Soll das heißen, du denkst, Dan hat mir diesen Keks absichtlich gegeben?«

»Oh nein. Er kann unmöglich wissen, in welchen Plätzchen welcher Zettel steckt. Sie backen diese Kekse in riesigen Chargen. Die meisten verschicken sie ins ganze Land. Bestellungen übers Internet und all so was.«

»Ich frage mich, was das bedeutet.« Vielleicht bezog es sich auf Sydneys Übernahme des *Book-Bea.* Oder darauf, dass Hopewell der Ort war, an dem sie von jeher sein sollte.

»Wenn du mich fragst, bedeutet es, dass diese Stiefel, die du vor Kurzem unter dem Baum gesehen hast, ein Teil deiner Zukunft sein werden.«

»Ach, jetzt hör aber auf! Das ist doch albern.«

»Ist es das wirklich?« Bea nahm die Brille ab und ließ sie an der Perlenkette auf die Brust plumpsen.

»Ja. Das ist bloß ein ganz normaler Keks. Und ein Mann, der nur nett sein will und dem ich wohl leidtue, weil er zufällig da war, als mein Trottel von einem Fast-Ex-Ehemann meine Tochter so fürchterlich enttäuscht hat.«

»Wir werden sehen. Ich lass es vorerst gut sein, aber merk dir meine Worte: Da steckt mehr dahinter.«

Sydney widersprach nicht mehr. Sie wusste, es wäre sinnlos.

»Aber es gibt noch etwas anderes, worüber ich mit dir reden möchte«, fügte Bea hinzu.

»Und das wäre?«

»Ich möchte mit dir im Detail die Umsatzzahlen des Ladens durchgehen. Ich habe alle Bücher hier. Wenn du immer noch ernsthaft überlegst, das Geschäft zu übernehmen, denke ich, wir sollten mit einer dreißigtägigen Probezeit anfangen. Im Januar. So kannst du immer noch aussteigen, falls es doch nicht das ist, was du dir vorstellst, und es gibt keinen Unmut.«

»Ich werde nicht aussteigen wollen. Ich glaube eher, das einzige Problem wird sein, ob ich es finanziell bewältigen kann. Ich meine, dieser Ort hier ...« Sydney breitete die Arme aus und ließ den Blick im Kreis wandern. »Das ist ein Traum. Wer würde diesen Laden nicht betreiben wollen?«

Bea lachte warmherzig. »Ich fürchte, nicht viele Menschen teilen unsere spezielle Liebe zu Büchern. Das ist etwas Besonderes.«

»Ich scheue mich fast davor, mich schon zu sehr zu freuen.

Ich meine, allein der Wert des Warenbestands … Herrje, es wird schnell eine Unsumme zusammenkommen. Keine Ahnung, wieso ich mir einbilde, dass ich es mir irgendwie leisten können würde. Und mit RayAnne würde ich auch erst sprechen wollen. Ich möchte dir keine falschen Hoffnungen machen, Bea.«

»Ich verspreche dir, wenn du diesen Laden wirklich ins Herz geschlossen hast, dann finden wir einen Weg, wie du ihn dir leisten kannst.«

Sydney war nicht ganz sicher, was sie sagen oder was das bedeuten sollte, dennoch füllte sich ihr Herz mit Hoffnung. »Wie soll ich dir nur je für diese Chance danken?«

»Du wirst diesen Laden führen, und die Leute werden dich kennenlernen und so lieben, wie sie mich all die Jahre geliebt haben.«

»Ich weiß nicht, ich würde in entsetzlich große Fußstapfen treten.«

»Unsinn. Du hinterlässt schon jetzt deine eigenen Spuren. Dieser Tag ist ein perfektes Beispiel.«

»Tja, dann kommen wir mal besser in die Gänge und bereiten uns auf die Kinder vor, die den Baum schmücken wollen. Wir gehen das alles später in Ruhe durch. Wir haben noch genug Zeit, vor dem Jahresende die Einzelheiten zu besprechen«, meinte Sydney, obwohl sie erwartungsvoller als je zuvor war.

Auf einmal verspürte sie eine freudige Erregung wie schon seit Jahren nicht mehr. Eine Zeit lang würde sie beides bewältigen müssen – sie würde den Job bei Peabody's antreten und gleichzeitig im Buchladen aushelfen müssen. Zumindest, bis alles geklärt wäre. Aber die Vorstellung, eines Tages das *Book-Bea* zu besitzen, fühlte sich so *richtig* an.

Vielleicht würde sich dieses Weihnachten noch als das beste aller Zeiten entpuppen.

Sydney stellte sich einen schicken Adventskalender vor. Nur statt winziger Schoko-Weihnachtsmänner würde sich bei ihrem

Kalender hinter jedem Fenster eine ihrer Lieblingspralinen verbergen, bis das *Book-Bea* ihr gehören würde.

Den Baum heute zu schmücken würde nun aus so vielen Gründen etwas noch Außergewöhnlicheres werden.

Kapitel elf

Nach der Schule machten sich Mac und Seth daran, den Weihnachtsschmuck vom Dachboden der Garage zu holen. Was sie beschleunigten, indem sie eine dicke Abdeckplane oben an den Stufen befestigten und die Plane in einem nicht zu steilen Winkel zu einem der Quads spannten, an dessen Lenker sie das andere Ende fixierten. Kiste für Kiste schickte Mac die staubigen Kartons über die provisorische Rutsche nach unten, und Seth stapelte sie daneben.

»Hier kommt der letzte!«, rief Mac hinunter.

»Okay, ich trage die zwei großen Kartons mit Schmuck ins Haus, damit wir raussuchen können, was wir mitnehmen wollen.«

»Mach zuerst die Plane los.«

»In Ordnung.«

Mac ließ den Blick ein letztes Mal prüfend über den Dachboden wandern, um sich zu vergewissern, dass er nichts übersehen hatte, dann löste er sein Ende der Plane von der Treppe. Er stieg die Klappleiter hinunter, bevor er sie nach oben schob, bis sich die Deckenklappe mit einem sanften Schnapplaut schloss.

Nachdem er sich den Staub von den Knien der Jeans geklopft hatte, ging er ins Haus, um sich die Hände zu waschen. Seth durchforstete den Schmuck wahrscheinlich ziemlich chaotisch. Mac konnte hören, wie Seidenpapier zusammengeknüllt wurde und wie Glas klimpernd gegen Glas stieß. Er wollte dem Jungen schon zurufen, bitte vorsichtig zu sein, doch manchmal musste man den Dingen einfach ihren Lauf lassen. Das schien eine solche Gelegenheit zu sein.

»Na, wie läuft's?« Mac ging zu seinem Sohn und setzte sich auf die Couch. Er beugte sich vor, stützte die Unterarme auf die Knie und beobachtete, wie Seth den Schmuck aus den Kartons holte. Einen kleinen Stapel hatte er bereits beiseitegelegt. »Sind das die Sachen, die du mitnehmen willst?«

»Ja. Ist das in Ordnung?«

»Was immer du möchtest.« Mac betrachtete den »Siegerstapel«, den Seth gebildet hatte. Eine wie ein Baseball bemalte Weihnachtskugel mit Seths Namen und Trikotnummer darauf, zwei bunte Glaskugeln, ein glitzernder Schneemann mit Zylinder und ein Schlitten aus Eisstielen, den Macs Mutter für Seth gebastelt hatte, als er noch klein gewesen war.

»Ich denke, ich nehme drei Baumanhänger mit. Ich weiß ja nicht, wie viele Leute kommen. Wäre schön, wenn der Baum richtig gut aussieht. Das würde RayAnne vielleicht aufmuntern.«

»Stimmt.« Eine Weile ließ Mac seinem Sohn Zeit zum Entscheiden. »Weißt du, Seth, du könntest auch den ganzen Stapel einpacken. Wir können ja drei Sachen mit ins Geschäft nehmen, aber falls du findest, der Baum bräuchte noch mehr Schmuck, kannst du den Rest aus dem Wagen holen. Was hältst du davon?«

»Klingt nach einem echt guten Plan.«

»Bist du dann so weit?« Mac fühlte sich, als hätte er soeben das beste Geschenk der Welt erhalten. Er wollte Seth nicht drängen, doch ein kleiner Teil von Mac fürchtete ein wenig, Seths so plötzlich wiederentdeckte Begeisterung für Weihnachten könnte ebenso unverhofft wieder verpuffen, wie sie eingesetzt hatte.

Seth verstaute den Schmuck in einer Einkaufstüte aus Plastik, dann lief er in die Küche und holte seine liebste Baseball-Mütze von der Bar. »Bin bereit.«

»Okay, dann packen wir's.«

Während der Fahrt in die Stadt sah Seth ihn plötzlich von der Seite an. »Kann ich dich was fragen, Pa?«

»Sicher.«

»Wenn uns Ma nie verlassen hätte, ihr euch aber hättet scheiden lassen wie RayAnnes Eltern, würde ich dann trotzdem bei dir wohnen können?«

Darüber hatte Mac durchaus schon selbst nachgedacht. »Das ist eine ziemlich knifflige Frage. Ich weiß die Antwort wirklich nicht. Die meisten Gerichte finden, Kinder sollten bei ihren Müttern leben. Ich bin also nicht sicher, was passiert wäre. Doch ich kann dir sagen, so traurig es mich macht, wie es für uns gelaufen ist, ich bin unheimlich dankbar, dass du hier bei mir bist. Anders würde ich es nicht haben wollen.«

»Ich auch nicht, Pa.« Seth nickte. »Schon verrückt, wie solche Dinge funktionieren.«

Oder wie sie eben nicht funktionierten. Und dass sein Sohn genug wusste, um sich darüber den Kopf zu zerbrechen, beunruhigte Mac am meisten. Genna war ein Wildfang gewesen, als sie sich kennengelernt hatten, doch das hatte einen Teil ihres Reizes ausgemacht. Mac hatte nie wirklich verstanden, warum die Frau sie einfach so verlassen hatte.

Ihre Erklärung hatte schlicht gelautet, sie sei nicht glücklich.

Und damit war sie verschwunden.

Natürlich war Mac verletzt gewesen, doch seine Liebe zu Seth war wesentlich stärker als der Schmerz in seinem Herzen. Den Schmerz hatte er verdrängt, um sich um seinen Sohn zu kümmern und um ihn niemals merken zu lassen, wie zerrissen er selbst war. Er würde Seth nie im Stich lassen.

Der Junge war auch der Grund, warum sich Mac mit Verabredungen so zurückhielt. Auf keinen Fall würde er Seths Gefühle je wieder einem Risiko aussetzen. Er mochte nicht in der Lage sein, das, was in der Vergangenheit geschehen war, rückgängig zu machen; sehr wohl jedoch konnte er die Zukunft beeinflussen.

Mac fuhr auf der Suche nach einem Parkplatz einmal um den Block. Im Vorbeifahren erhaschte er einen Blick ins Schaufenster. Im Buchladen herrschte bereits reges Treiben. Anscheinend waren die meisten Kinder aus der Schule aufgetaucht, um zu dem Baumschmuck des besonderen Weihnachtsbaumes im *Book-Bea* beizutragen.

Seth und er traten ein und wurden mitten hineingesogen in die jugendliche Energie, die im linken hinteren Bereich des Ladens rings um den Weihnachtsbaum vibrierte.

Einige Kinder taten sich an Snacks gütlich, andere umkreisten den Baum und behängten ihn mit Schmuck. Seth hob spontan die Hand und klatschte seinen Vater ab, was Mac überraschte. Er hatte diese Geste zwischen Seth und Haley in den letzten Tagen des Öfteren beobachtet.

»Das sieht gut aus.« Seth verschwand mit seinem Weihnachtsschmuck im Getümmel und ließ Mac allein zurück.

So viel Radau hatte Mac in dem Buchladen noch nie erlebt. Erinnerte ihn an die Kneipen aus seiner Studienzeit.

Er bewegte sich auf die Registrierkasse zu, die sich auf der gegenüberliegenden Seite des Ladens befand. Unterwegs suchte er den Raum nach Sydney ab.

Ihr Lachen erregte seine Aufmerksamkeit. Er liebte den Klang ihres Lachens. Als er sich umdrehte, erblickte er sie neben einem Regal mit Weihnachtspuzzles, wo sie gerade plauderte. Ihre Hände erzählten eine Geschichte, ohne dass er eines der Worte hören musste, die sie sagte.

»Hallo, Mac«, begrüßte ihn Bea unmittelbar hinter ihm.

»Bea? Hi.« Sie hatte ihn überrumpelt, und sie hatte einen Ausdruck in den Augen, als wüsste sie, dass er Sydney beobachtet hatte. Beim Glotzen erwischt. Peinlich.

»Es ist so ein Segen, sie hier zu haben.«

Mac versuchte, sich lässig zu geben. Er schaute über die Schulter, doch Bea war weitergegangen. »Sydney? Ja, ich wette, es ist angenehm, dieses Jahr in der Vorweihnachtszeit eine Aushilfe zu haben.«

»Sie ist mehr als das. Eine ganz besondere Frau. Eine der Art, die einen nicht im Stich lässt.« Mit einem geheimnisvollen Schmunzeln zog Bea gemächlich von dannen.

Sollte das gerade eine Art Botschaft sein?, fragte sich Mac. Alle wussten über Genna Bescheid. Anfangs hatte er damals so viel Unterstützung bekommen, dass er kaum etwas allein hatte tun können. Letztlich hatte er die Leute tatsächlich bitten müssen, sich zurückzuhalten, damit er lernen konnte, sich auf eigene Faust durchzuschlagen. Aber das war vor langer Zeit gewesen, und die Menschen schienen Mac für sein gutes Verhältnis zu seinem Sohn zu respektieren.

Jemand tippte ihm auf die Schulter und riss ihn aus seinen Gedankengängen über Beas Andeutung. Er drehte sich um, und vor ihm stand Sydney mit einem Becher voll grünem Punsch in der einen Hand und einem Keks in der anderen. Tatsächlich nicht bloß *irgendeinem* Keks. Es handelte sich um einen der berühmten Schneeflocken-Glückskekse aus der *Keksdose*.

»Hallo. Für mich?«

Sie nickte.

»Danke. Ich würde mal sagen, das große Baumschmücken ist ein gewaltiger Erfolg.«

Sydney richtete sich auf die Zehenspitzen auf, beugte sich vor und sprach lauter, um den Lärm zu übertönen. »Ist ein echter Hit! Du hast verpasst, wie Bea *I Saw Mommy Kissing Santa Claus* gesungen hat. Es war der Brüller. Sie hat sogar RayAnne zum Mitsingen bewegt.«

»Das hätte ich gern miterlebt. Wie geht's RayAnne inzwischen?«

Sydney senkte den Blick. »Jon ist so ein Idiot!«

»Ist es so schlimm, wie RayAnne dachte?«

»Er ist ein Feigling. Wir haben uns gegenseitig gemailt. Jon hat für die Reise nach Paris mit seiner Freundin schon alles gebucht.«

Mac nippte an dem Punsch. Er wollte dieses Feuer nicht schüren, doch er musste ihr recht geben. Der Typ schien ein echter Idiot zu sein.

»Er kommt RayAnne am ersten Weihnachtstag besuchen.«

»Wow. Also hat er den zweiwöchigen Skiurlaub auf einen halbtägigen Besuch abgespeckt. Echt toller Tausch.«

»Positiv ist nur, dass RayAnne nun das Weihnachtssingen miterleben kann, und offen gestanden hätte ich sie wie verrückt vermisst.« Sydney ließ den Blick über die Scharen von Leuten im Laden wandern. »Ich wäre nie die Verpflichtung eingegangen, Bea auszuhelfen, wenn ich gewusst hätte, dass RayAnne in den Ferien zu Hause sein würde. Doch jetzt kann ich Bea nicht mehr absagen und im Stich lassen. Ich werde mich nach Kräften bemühen, dass es ein besonderes Weihnachten für RayAnne wird. Ich werde kreativ werden. Gott sei Dank verbringt sie anscheinend gern Zeit mit mir hier im Laden.«

»Sie kann auch uns jederzeit besuchen kommen, wenn sie mag. Gib einfach Bescheid. Ich kann sie von zu Hause oder von hier abholen. Wäre überhaupt kein Problem. Sie und Seth haben sich schon ziemlich angefreundet.«

»Danke. Die Mutter eines der anderen Mädchen hat mir auch angeboten zu helfen.«

»Hab keine Scheu, dich zu melden, Sydney. Die Leute hier halten untereinander zusammen. Das ist einer der größten Vorteile, wenn man in einer Kleinstadt lebt.«

»Du hast recht. Ich bin bloß nicht daran gewöhnt«, sagte sie. Aber die Vorstellung gefiel ihr eindeutig.

»Wird nicht lange dauern. Ich habe so das Gefühl, dass du wunderbar hierherpasst.«

Sie sah ihm in die Augen. Ein verhaltenes Lächeln spielte um ihre Lippen. »Ich schätze mich glücklich, hier zu sein.«

Im Moment fühlte sich eher Mac wie der Glückliche. »Wie lange geht die Veranstaltung hier noch?«

»Eigentlich sollten wir um fünf schließen, aber so spät ist es ja fast schon. Ich dachte mir, wir lassen die Kinder bis ungefähr sechs weitermachen. Sind viel mehr Leute gekommen, als ich erwartet habe. War auch ein wirklich starker Umsatztag.«

»Gut. Ich schätze mal, nach den Ferien wird RayAnne *das* Gesprächsthema an der Schule sein.«

»Für sie war es ein idealer Zeitpunkt für ein positives Erlebnis. Ich hatte die Gelegenheit, ein paar der anderen Eltern kennenzulernen. Ich glaube, sie haben genauso viel Freude wie die Kinder.«

»Wie sieht der Baum aus?«

»Ein totales, heilloses und wunderschönes Chaos«, antwortete Sydney lachend. »Ich würde nichts daran verändern wollen.«

Bea trat an die beiden heran. »Hast du den Baum schon gesehen, Mac?«

»Nein, noch nicht. Vielleicht warte ich einfach und sehe ihn mir morgen an, wenn keine Menschenmenge mehr da ist.«

Beas herzhaftes Lachen übertönte all den Lärm. »Menschenmengen sind nicht jedermanns Sache«, meinte sie. »Mein Henry war genauso.«

»Ein guter Mann.«

»Der beste«, betonte Bea. »Weißt du, Montagabend arbeiten wir bei Sydney zu Hause an einem riesigen Schwung meiner speziellen in Schokolade getunkten Laugenstangen. Seth und du solltet kommen. Der Bürgermeister hat uns gebeten, doppelt so viele wie sonst vorzubereiten. Wir könnten die Hilfe gebrauchen.«

»Wir helfen gern«, erwiderte Mac. »Ich hab schon gehört, dass die Karten im Vorverkauf weggehen wie warme Semmeln.«

»Genau. Deshalb brauchen wir mehr Naschereien.« Bea gestikulierte wild, während sie sprach. »Viele Hände erleichtern die Arbeit und all das.«

»Natürlich nur, wenn du nichts dagegen hast«, fügte Mac mit einem Blick zu Sydney hinzu. »Schließlich ist es dein Zuhause.« Hatte Sydney gerade Bea mit einem verstimmten Blick bedacht? »Du hast doch nichts dagegen, oder?«, fragte er Sydney direkt.

»Natürlich nicht. Bea hat recht. Je mehr Hilfe, desto schneller sind wir fertig.«

»Gut. Und wir müssen noch die Einzelheiten für Freitag besprechen«, merkte er an.

»Freitag?« Bea tätschelte ihnen beiden die Arme. »Besprecht das mal in Ruhe. Ich wollte ohnehin gerade etwas nachschauen.« Mit beschwingten Schritten und einem breiten Grinsen ging sie davon.

»Tut mir leid«, entschuldigte sich Sydney. »Sie ist hartnäckig.«

»Keine Sorge. So ist Bea einfach.« Mac trat von einem Bein aufs andere. Eigentlich wollte er gern über Freitag reden, doch durch das rege Treiben ringsum fühlte er sich plötzlich nervös. Er räusperte sich. »Hier drin ist es so laut. Gehen wir kurz raus, damit wir uns nicht gegenseitig anschreien müssen?«

Sydney bedeutete ihm, ihr auf die Veranda vor dem Laden zu folgen. »Draußen merkt man erst richtig, welche Lautstärke drinnen herrscht.«

Mac meinte: »Ich glaube, je ausgelassener die Kinder geworden sind, desto lauter haben sie die Musik aufgedreht.«

Blauer Himmel wich einem zarten Violett, als die Sonne unterging. »Inzwischen wird es schon so früh dunkel.« Sydney lehnte sich an das Geländer und ließ den Blick über die Hauptstraße schweifen. »Ist aber schön.«

»Ich dachte mir, ihr könntet am Freitag vielleicht so gegen drei zu uns kommen. Dann können wir früh zu Abend essen. Nichts Großartiges. Vielleicht grille ich auch etwas, mal sehen.«

»Das wäre schön. Was kann ich mitbringen?«

»Gar nichts. Ich kann auch kommen und euch abholen oder ...«

»Jetzt sei nicht albern. Ich kann zu dir fahren. Allmählich finde ich mich im Ort schon ganz gut zurecht.«

»Okay, dann also um drei.« Mac holte eine Karte aus der Hemdtasche hervor. »Hier steht meine Adresse drauf. Angeblich soll das Wetter am Freitag gut sein. Also hatte ich ein frühes Abendessen im Sinn, und danach könnten wir ein wenig auf dem Grundstück hinter unserem Haus herumtoben. Ich habe Quads, mit denen wir fahren können.«

Seine Anspannung steigerte sich, als Sydney sichtlich zögerte. Wollte sie etwa einen Rückzieher machen?

»Und bevor du sagst, du wärst zu beschäftigt, oder dir sonst irgendeine Ausrede einfallen lässt: Wir wären nur Eltern, die zwanglos beisammensitzen und ihre Kinder ein bisschen überschüssige Energie abbauen lassen.«

»Wenn ich absage, würde mich RayAnne unwiderruflich für den Rest ihres Lebens verstoßen. Sie liebt solche Dinge. Wünscht sich sehnlichst selbst ein Quad. Nur wird der Wunsch nicht in Erfüllung gehen.«

Das wusste Mac bereits. Allerdings handelte es sich um Weihnachtsmann-Informationen. Durfte er ihr das anvertrauen? »Tja, dann kannst du gar nicht Nein sagen.«

»Als Mutter müsste ich das vielleicht.«

»Wieso das?«

»Ich mache mir Sorgen um ihre Sicherheit. Diese Dinger sind gefährlich.«

»Können sie sein. Da hast du vollkommen recht. Aber ich habe Schutzausrüstungen, und bei uns herrschen klare Regeln. Das sollte deine Sorgen zerstreuen. Zumindest ein wenig.«

»Nicht wirklich«, entgegnete Sydney. »Sorgen. Die machen wir uns eben immer um unsere Kinder. Das nennt man Liebe.«

»Das stimmt. Aber wenn du willst, lasse ich dich zusätzliche Regeln aufstellen. Du darfst die Ehrenkönigin meines Hinterhofs sein. Sag, bettle ich gerade?«

»Bist nah dran.« Sie lachte. »Wie könnte ich die Gelegenheit sausen lassen, Königin zu sein?«

»Gar nicht. Ist deine Pflicht gegenüber dem Volk.«

»Tja, dann würde ich sagen, wir sind dabei.« Sydney hob die Hand zu einem gezierten, königlichen Winken, das der Queen von England zur Ehre gereicht hätte. »Aber falls ich es mit der Angst zu tun bekomme, vereinbaren wir ein Zeichen zum Abbruch, ohne dass ich als die Böse dastehe. Abgemacht?«

Sie besaß auch eine kesse Seite, die Mac faszinierte. »Abgemacht.«

»Entschuldige mich bitte. Ich muss mich von den Leuten verabschieden.«

Mac beobachtete, wie Eltern ihre Kinder aus dem *Book-Bea* führten, um nach Hause zu fahren und die Weihnachtsferien zu beginnen. Seth unterhielt sich beim Weihnachtsbaum mit Ray-Anne. Mac war froh, dass sich die beiden so gut verstanden. Vielleicht konnte Seth der Kleinen die Eingewöhnung in Hopewell ein wenig erleichtern. Mac hatte im Wesentlichen sein gesamtes Leben hier verbracht. Er hatte nie am eigenen Leib einen unplanmäßigen Schulwechsel erfahren. Allerdings hatte er schon öfter miterlebt, wie seine Schüler zu kämpfen hatten, wenn sie mitten im Jahr die Schule wechselten.

Seth kam zu ihm und tippte ihm auf den Arm. »Können wir jetzt heimfahren, Pa?«

»Sicher. Ja. Hab nur auf dich gewartet.«

Seth war nach dem Baumschmücken im *Book-Bea* so aufgekratzt, dass Mac beinahe direkt zum Baumverkaufsbereich gefahren wäre. Wäre es kein Abend gewesen, an dem er Dienst als Weihnachtsmann hatte, hätte er es wirklich getan. So jedoch fuhr er stattdessen schnurstracks nach Hause und rückte die Möbel beiseite, um Platz für den Weihnachtsbaum zu schaffen, den sie noch nicht einmal hatten.

Wodurch im Wohnzimmer ein ziemliches Chaos entstand. Entlang einer Wand reihten sich die Kartons mit Weihnachtsschmuck. Es sah ein wenig aus, als hätte das Schneemonster aus *Rudolph mit der roten Nase* ihr Haus gepackt und kräftig durchgeschüttelt wie eine Schneekugel.

Ein geringer Preis für Weihnachtsfreude.

Jemand klopfte an die Tür, und Seth sprang auf. »Das muss Haley sein.«

»Ist es schon so spät?« Mac hatte die Zeit völlig aus den Augen verloren. Er musste sich sputen, sonst würde er zu spät kommen.

»Hi, Mac.« Haley sah sich um und wirkte ein wenig entsetzt. »Wow, ihr seid ja ziemlich fleißig gewesen.«

Ihrem Ton nach zu urteilen, sollte das nicht unbedingt ein Lob sein. »Sieht nach viel mehr Arbeit aus, als es in Wirklichkeit ist. Wir sind hervorragend darin, Unordnung zu machen«, scherzte Mac.

»Das sehe ich. Lernt man das auf dem College?«

»Wenn's so wäre, hätte ich's als Hauptfach genommen.«

»Und ich bin einfach ein Naturtalent«, ergänzte Seth.

»Er hat auch den Sinn für Humor von seinem alten Herrn geerbt«, sagte Mac. »Ich mach mich dann mal lieber auf den Weg.«

Mac schlüpfte in seine Jacke und fuhr zum Weihnachtsdorf. Ihm blieb gerade genug Zeit, um einen Weihnachtsbaum für zu Hause zu besorgen, bevor er seine Schicht als Weihnachtsmann für den Abend antreten würde. Er fand eine hohe, perfekt gewachsene Blautanne, ein Exemplar, bei dessen Anblick er auf Anhieb an Weihnachten denken musste. Nachdem er den Baum bezahlt hatte, trug er ihn hinüber zu seinem Pick-up.

Nach Tanne riechend durchquerte er das Weihnachtsdorf zu den Umkleideräumen. Es hatte sich bereits eine lange Warteschlange gebildet, aber Rebecca hatte alles im Griff. Als Mac die aufgeregten Kinder an der Hand ihrer Eltern passierte, dachte er an RayAnne und die Enttäuschung, die er in ihren Augen gesehen hatte. Weihnachtsmomente wie dieser gingen ihm auf völlig andere Weise ans Herz.

Sobald er in dem roten Kostüm steckte und auf seinem Stuhl Platz nahm, wurde er zum Weihnachtsmann. Die von Hoffnung erfüllten Wünsche der Kinder wurden ihm nie langweilig.

Rebecca: *Heute Abend geht es verrückt zu. So viel los wie noch nie.*
Auf geht's. ❄
Rebecca: *Die ersten fünf.*
Tommy und seine Schwester Kate
Sandy
Lizzy und Libby – Zwillinge
Weihnachtsmann: 🎅

»Ho, ho, ho. Tommy?« Mac zog die Augenbraue hoch, und sobald er den Zauber in den Augen des kleinen Jungen funkeln sah, fühlte sich alles in Ordnung an.

Zwei Stunden später reichte die Schlange noch immer so weit zurück, wie er sehen konnte, obwohl ihm Rebecca in einer SMS mitgeteilt hatte, dass sie seit dreißig Minuten keine Neuankömmlinge mehr hereinließ.

Als Mac die nächste Nachricht von Rebecca las, zog sich sein Herz zusammen. Der letzte Name der nächsten Fünfergruppe lautete:

SETH (ja, deiner!)

Wie hatte Haley den Jungen bloß zu einem Besuch beim Weihnachtsmann überredet? Mac selbst hatte das jahrelang vergeblich versucht.

Er schwenkte den Blick zur Gruppe der wartenden Kinder und erblickte seinen Sohn unter ihnen. Mac konnte die Freude in seinem Herzen kaum bändigen.

Vor dem nächsten Kind genehmigte er sich eine längere Pause als sonst. Er musste für alle sein Bestes geben, auch wenn sich sein Magen gerade zusammenkrampfte.

Würde Seth ihn in der Aufmachung erkennen?

Mac wollte auf keinen Fall, dass sein Sohn auf diese Weise von seiner alljährlichen Teilzeitarbeit erfuhr.

Würde sich Seth verraten fühlen? Es blieb keine Zeit, einen Ersatzmann übernehmen zu lassen, und wenn Mac vorgäbe, ihm wäre unwohl, um sich vor dem Risiko einer Entdeckung zu drücken, würde er alle anderen Kinder enttäuschen, die nach wie vor in der Schlange standen. Das brachte er nicht über sich.

Also nickte er Rebecca zu und empfing ein Kind nach dem anderen, bis Seth als Nächster an der Reihe war.

Rebecca führte ihn zu Mac, doch von Haley fehlte jede Spur.

Rebecca und er arbeiteten schon lange genug zusammen, dass eine unscheinbare Bewegung genügte, um einen vollwertigen Gedanken zu vermitteln. Und ihr leichtes Nicken samt Handbewegung verriet ihm, dass Seth allein gekommen war.

Macs Vaterinstinkte flammten auf, wurden jedoch von seinem Weihnachtsherzen niedergerungen, und er blieb in seiner Rolle. Er stimmte sein bestes *Ho-ho-ho* an und winkte Seth näher. In der Hoffnung, die Haare, der Bart, die Brille und der dicke rote Anzug würden genügen, um zu verhindern, dass Seth ihn erkannte, ließ er den Kopf leicht abgewandt.

»Dich habe ich ja schon lange nicht mehr gesehen. Trotzdem hast du jedes Jahr auf meiner Liste der Braven gestanden«, sagte Mac mit verstellter Stimme.

»Ja, Weihnachtsmann. Ich gebe mir Mühe.« Seth setzte sich nicht auf seinen Schoß. Stattdessen lümmelte er an dem riesigen Stuhl, lehnte sich jedoch vom Weihnachtsmann weg und ließ den Blick ständig über die Menschenmenge wandern. »Bin mir aber ziemlich sicher, dass ich demnächst von der Liste der Braven gestrichen werde.«

Hatte Seth ihn erkannt?

»Ho, ho, ho. Also, darüber sollten wir vielleicht reden.«

»Ich muss es dir gestehen«, sagte Seth und starrte auf seine Schuhe. »Ich glaube nicht an den Weihnachtsmann. Ich meine, ich überlege hin und her, ob du echt bist oder nicht. Bin mir ziemlich sicher, du bist es nicht. Ich meine, ist ja so gut wie unmöglich. Aber ich weiß nicht, was ich sonst tun soll, also nur für den Fall, dass du … Na ja, ich könnte ein bisschen Hilfe brauchen.«

»Ich verstehe.«

»Meine Mama hat Papa und mich vor langer Zeit verlassen.«

»Ja.« Macs Magen krampfte sich erneut zusammen, und Schuldgefühle beschlichen ihn. Er kam sich vor, als belauschte er die geheimsten Gedanken seines Sohnes.

»Das ist schon in Ordnung«, fuhr Seth fort. »Wir sind Männer. Wir haben's im Griff. Alles gut bei uns. Aber da ist dieses neue Mädchen. Ihr Vater hat sie so richtig im Stich gelassen. Hab noch nie zuvor jemanden so traurig erlebt. Könntest du irgendwas Nettes für sie tun? Sie ist zehn. Ihr Name ist RayAnne. Und sie mag Baseball und Quads. Wie ich, nur halt ein Mädchen. Ihr Vater baut andauernd Mist. Sie hat in letzter Zeit überhaupt kein Glück. Kannst du ihr helfen?« Seth zuckte mit den Schultern und betrachtete prüfend die Warteschlange. Dann wandte er den Blick ab. »Wahrscheinlich ist das dumm. Aber vielleicht könnte ein cooles Geschenk helfen.«

»Das ist wirklich rücksichtsvoll von dir, S…« Mac bremste sich. Um ein Haar hätte er *Sohn* gesagt. »Seth. Doch manchmal helfen Geschenke nicht dabei, Gefühle in Ordnung zu bringen. Das weißt du, oder?«

»Ja, Weihnachtsmann. Weiß ich. Aber du hast sie nicht gesehen. Wir müssen irgendwas tun, damit sie schöne Weihnachten hat. Ich bin zu Weihnachten schon seit vielen Jahren traurig, seit meine Ma weggegangen ist. Ich will nicht, dass es ihr auch so geht.«

Reiß dich zusammen, dachte Mac. Das musste er, denn in jenem Augenblick wünschte er sich nichts sehnlicher, als Seth in die Arme zu schließen. Er ließ sich einen Moment Zeit, dann bemühte er sich um einen gefassten Ton. »Ich verstehe. Bestimmt finden wir einen Weg, damit deine Freundin weiß, dass sie geliebt wird, und damit sie schöne Weihnachten hat. Aber du hast ihr gerade das beste Geschenk von allen gemacht.«

»Ich? Nein, ich hab doch nichts getan.«

»Dir liegt genug an ihr, um jemanden um Hilfe zu bitten. Das ist eine tolle Geste. Etwas ganz Besonderes. Sie hat großes Glück, einen Freund wie dich zu haben.«

»Wir sind noch nicht wirklich befreundet. Ich hab sie ja eben erst kennengelernt. Aber ich kann sie verstehen. Und mein Pa ... also, der ist ein wirklich guter Mensch. Er würde mich nie verlassen.«

»Sie weiß es vielleicht noch nicht, doch du bist ein ganz besonderer Freund für sie.« Mac war noch nie stolzer auf Seth gewesen. Anteilnahme dieser Art konnte man jemandem nicht beibringen. »Was wünschst du dir denn zu Weihnachten?«

»Ich hab eigentlich alles, was ich brauche. Mir brauchst du diese Weihnachtsmann-Masche nicht vorzuspielen.«

»Tu ich nicht.«

Seth sah ihn so lange und so eindringlich an, dass Mac überzeugt davon war, er würde ihn erkennen.

Doch stattdessen holte Seth schließlich tief Luft. »Ein neues Computerspiel vielleicht. Aber Pa und ich machen eine Menge zusammen. Ich brauche eigentlich nichts. Ach ja, und die Frau, die nebenan wohnt … Haley. Bitte sorg dafür, dass ihr Mann bald nach Hause kommt. Vielleicht kannst du ihr ja Socken bringen. Sie trägt immer verrückte, coole Socken. Und sie ist echt nett.«

»Schau zu meiner Elfe.« Mac zeigte auf Rebecca. »Na? Kenne ich mich mit verrückten Socken aus? Das bekomme ich hin, kein Problem. Ich lasse sie von ihr aussuchen.«

»Cool.«

»Du bist ein sehr anständiger Junge. Darf ich noch fragen, warum du dachtest, du könntest auf der Liste der Unartigen landen?«

Seths Wangen röteten sich. »Ich hab mich rausgeschlichen. Bin mit dem Fahrrad hergekommen. Mein Pa weiß nichts davon. Und Haley glaubt, ich schlafe.«

Mac fühlte sich hin- und hergerissen zwischen Stolz und Besorgnis. Doch unter dem Strich war Seth in Ordnung und hatte das Herz am rechten Fleck. Wenn das keine Weihnachtsgesinnung war, dann wusste er auch nicht.

Mac beugte sich vor, und seine Stimme klang etwas zittrig. »Das ist eine ernste Sache, Seth. Du musst wissen, das war gefährlich.«

»Ich weiß.« Der Junge ließ den Kopf hängen. »Vor allem, falls du nicht echt bist. Aber das Risiko musste ich eingehen. Pa hat gesagt, die Sache ist zu groß für uns. Ich wusste einfach nicht, was ich sonst tun soll.«

Wie um alles in der Welt sollte Mac damit umgehen?

»Ich verrate dir was: Ich kümmere mich um deine Wünsche. Und du bleibst sogar auf der Liste der Braven, doch wir sorgen dafür, dass dich jemand nach Hause fährt.«

»Ich soll nicht mit Fremden mitfahren.«

»Du sollst auch nicht mit dem Fahrrad aus deinem Viertel rausfahren.« *O weh!* Mac hoffte, er hatte nicht gerade seine Tarnung auffliegen lassen.

Seths Mund klappte erst auf, dann wieder zu.

»Das ist schon okay. Ich stelle dir für dieses eine Mal einen Weihnachtsmann-Pass aus. Aber du musst versprechen, dass es nie wieder vorkommt.«

»Ich versprech's.«

»Lass uns ein Foto schießen.«

»Ich hab kein Geld dabei, und mein Pa würde mich glatt umbringen, wenn er davon wüsste.«

»Das ist nur für mich. Damit ich's zu meinen persönlichen Erinnerungsstücken geben kann.«

»Na gut.«

Rebecca knipste das Foto.

»Stell dich da drüben neben die Tür und warte. Ich lasse meine Oberelfe Rebecca deine Fahrt nach Hause organisieren.«

Seth ging hinunter und stellte sich neben den Ausgang, während Mac mit Rebecca sprach und ihr die Lage erklärte.

Rebecca riss die Augen auf. »Ist nicht dein Ernst!«, entfuhr es ihr. »Aber ich mach das schon. Ich lasse ihn von Wes vom *Wheelies* nach Hause bringen. Eigentlich druckt er heute Abend die Bilder aus, doch das kann ich übernehmen. Keine Bange. Wir sorgen dafür, dass Seth sicher nach Hause kommt.«

Mac arbeitete den Rest der Kinder ab, danach schalteten Rebecca und er die Lichter für die Nacht aus. Als er mit dem Weihnachtsbaum hinten auf dem Pick-up nach Hause fuhr, hatte er das Gefühl, das beste Weihnachtsgeschenk erhalten zu haben, das es für Eltern überhaupt geben konnte. Sicher, Seth hatte gegen eine Regel verstoßen, noch dazu gegen eine ziemlich wichtige. Aber als Kind hatte Mac selbst genug angestellt.

Als er die Tür aufschloss und das Haus betrat, sah sich Haley gerade im Wohnzimmer einen Film an. Er fragte sich, ob Seth ihr wohl seinen Ausflug ins Weihnachtsdorf gebeichtet hatte. »Hi«, grüßte Mac.

Haley hatte tiefe Falten auf der Stirn. »Hallo. Er hat mir alles erzählt. Redest du noch mit mir?«, flüsterte sie kleinlaut.

»Natürlich.« Mac legte die Schlüssel ab.

Sie nickte. »Er ist oben. Diesmal wirklich. Er hat sich bei mir dafür entschuldigt, dass er sich rausgeschlichen hat. Und mich angefleht, dir nichts zu sagen.« Sie sprach immer noch ganz leise. »Aber du bist ja der Weihnachtsmann. Du weißt alles.«

Mac holte tief Luft. »Ja. Seine Motive waren durch und durch ehrenhaft. Doch verdammt, er hätte verletzt werden können. Nicht cool. Trotzdem hat er es aus den richtigen Gründen getan. Das war süß. Weißt du, es gibt da ein kleines Mädchen, und der Vater hat die gemeinsamen Weihnachtspläne kurzerhand abgesagt. Seth war dabei, als es passiert ist. Die Kleine hat geweint und geschluchzt ohne Ende. Eine herzergreifende Szene.«

»Autsch.«

»Anscheinend ist das Seth sehr nahegegangen. Obwohl es Jahre her ist, seit uns Genna verlassen hat.«

»Er hat ein paar Worte darüber erwähnt.«

»Ich gebe mein Bestes.«

»Du bist ein toller Vater. Das hat nichts mit dir zu tun, Mac. Es geht um Seth. Er kommt in ein Alter, in dem er allmählich erkennt, dass sein Leben anders als das seiner Freunde ist. Wahrscheinlich fällt das in einer Kleinstadt umso stärker auf.«

»Und wie soll ich damit umgehen? Als Vater habe ich das Gefühl, ich müsste irgendetwas unternehmen, aber ich bin so stolz auf ihn. Er hat es nur getan, weil er an jemand anderes gedacht hat. Und es ist das erste Jahr, seit Genna weg ist, in dem er wieder ein Interesse an Weihnachten zeigt.« So aufgebracht Mac darüber war, dass Seth ein solches Risiko eingegangen war, sich einfach rausgeschlichen hatte und quer durch die Gemeinde geradelt war, er wusste auch, dass er diesen Moment im Weihnachtsdorf nie vergessen würde. Das Wissen, was für einen Jungen er großzog, welche Freundlichkeit sein Sohn im Herzen trug ... Das wollte er nicht trüben.

»Lass mich mit ihm reden, wenn ich ihn das nächste Mal sehe«, schlug Haley vor. »In den letzten Wochen ist zwischen uns eine echte Bindung entstanden. Ich kann dir helfen, ihm zu vermitteln, was nötig ist, ohne dass du dafür deine Tarnung aufgeben musst.«

»Danke. In Ordnung. Das weiß ich wirklich zu schätzen.«

Haley ging durch den Nebeneingang hinaus und überquerte den Rasen zum Haus ihrer Eltern.

Mac sah ihr nach, bis sie wohlbehalten zu Hause angekommen war, dann schloss er die Tür und sperrte ab. Er ging hinaus in die Garage. Dort draußen befanden sich so viele Utensilien, die Seth und er für ihre gemeinsamen Hobbys benötigten. Sportgeräte, Werkzeug, halb fertige Projekte.

Er kramte in der Garage herum, bis er den Eimer fand, den er jedes Jahr für den Weihnachtsbaum benutzte. Mac trug ihn hinaus zum Wasserhahn und füllte ihn. Das Wasser spritzte und schwappte etwas über.

Es war eine klare Nacht. Die Sterne funkelten, alles fühlte sich ruhig an. Als der Eimer voll war, stellte Mac ihn neben das Haus, dann zog er den Baum von der Ladefläche seines Pick-ups. Kräftiger Tannenduft hing in der Luft, als er den Baum ergriff und zum Eimer trug, damit er Wasser hatte, bis sie bereit wären, ihn ins Haus zu bringen.

Die Tradition, Geschenke unter den Weihnachtsbaum zu legen, würde wahrscheinlich nie aussterben. Glänzendes Papier, bunte Schleifen und Vorfreude auf die verborgenen Überraschungen – doch für Mac waren die hervorstechendsten Augenblicke die nicht greifbaren. Diejenigen, die man im Herzen verwahren musste, um sie sich als Erinnerungsschnappschuss zu bewahren – wie der Tannengeruch nach dem Tragen des Baums.

Die Weihnachtsferien hatten endlich begonnen, also schliefen Mac und Seth länger. Anschließend verbrachten sie den Vormittag damit, die Kartons mit den Lichterketten durchzusehen. Sie testeten jede Kette, warfen alle weg, die defekt waren, und erstellten eine Liste der Teile, die ersetzt werden mussten, damit sie in den Ort fahren und sie besorgen konnten.

Mac hatte gedacht, drei Lichterketten zu kaufen würde eine schnell und einfach zu bewältigende Aufgabe werden. Leider machte ihnen der technische Fortschritt einen Strich durch die Rechnung. Es erwies sich als unmöglich, zwischen den LEDs und Mini-, Mikro-, Eiszapfen- und Lauflichtern eine stinknormale Weihnachtslichterkette zu finden, die zu denen passte, die sie bereits besaßen.

Mac fühlte sich plötzlich alt. Und das war er nicht.

Schließlich beschlossen Seth und er, einfach genug neue Lichter für den gesamten Baum zu kaufen, damit sie zueinander passten. Auf dem Heimweg sangen sie lauthals die Weihnachtslieder mit, die im Radio gespielt wurden.

Mac war gerade damit fertig geworden, den Baum in der Halterung aufzustellen, als es an der Vordertür klopfte.

Seth rannte hin und öffnete.

»Hallöchen«, drang Haleys Stimme aus der Diele. »Also, das nenn ich mal einen spitzenmäßigen Baum«, meinte sie mit einem anerkennenden Nicken.

»Pa sucht immer die besten aus. Habt ihr, dein Mann und du, normalerweise einen echten Baum oder einen künstlichen?«, fragte Seth.

»Das wäre unser erstes gemeinsames Weihnachten gewesen. Also weiß ich es noch nicht. Wir feiern nach, wenn er nach Hause kommt, nur wird es bis dahin keine echten Weihnachtsbäume mehr zu kaufen geben. Deshalb bin ich sicher, zumindest dieses Jahr werden wir einen künstlichen haben. Aber ich denke, nächstes Jahr besorgen wir zusammen einen echten. Ich mag die echten lieber.«

»Ich auch«, pflichtete Seth ihr bei. »Die riechen so gut.«

Mac zog die Befestigungen an jeder Seite des Baums fest, bis dieser aufrecht stand, dann kroch er darunter hervor. »Kannst du einen Krug Wasser für den Weihnachtsbaum holen, Seth?«

»Klar, Pa.«

Haley sah Seth nach, bis er in die Küche bog. »Ich wollte eigentlich nur herausfinden, wie die Dinge nach gestern Nacht stehen.«

»Er hat keine Ahnung, dass ich Bescheid weiß, falls du das meinst.«

»Gut. Ich denke, das ist der beste Plan. Er ist ein guter Junge. Mach dir keine Sorgen.«

Mac blickte den Flur hinunter. »Ich bin Vater. Ist mein Job, mir Sorgen zu machen.« In dem Moment hallten Sydneys Worte durch seine Gedanken. *Sorgen. Die machen wir uns eben immer um unsere Kinder. Das nennt man Liebe*, hatte sie zu ihm gesagt.

Haley fuhr sich mit der Hand durch die Haare. »Ich verspreche dir, er wird mir nicht noch mal entwischen. Ich fühle mich deswegen echt schrecklich.«

»Du weißt, dass ich dir keine Vorwürfe mache.«

»Ja, aber ich habe trotzdem deswegen ein schlechtes Gewissen. Eigentlich wollte ich immer Kinder haben, doch vielleicht bin ich dafür nicht geschaffen.«

»Du wirst mal eine großartige Mutter.«

Mittlerweile war ihm klar geworden, dass es, wenn er Sydney helfen wollte, vielleicht nicht die beste Idee wäre, wenn er Ray-Annes Quad-Wunsch erfüllte. Sein Plan sah nicht vor, Sydney noch mehr Stress zu bereiten. Er beschloss, sich am Nachmittag wegen der Quads zurückzuhalten. Wenn sie sich nicht wohl damit fühlte, dann würde er als Ersatz dafür, mit den Quads durch die Gegend zu brettern, etwas anderes finden, was sie unternehmen konnten. Es gab durchaus Alternativen.

Mac stellte sich vor, wie Sydney hinten auf seinem Quad mitfuhr, sich an ihm festklammerte und ausgelassen lachte, während er entschieden zu schnell fuhr. Hatte es sich bei der Einladung überhaupt je wirklich um RayAnne oder eher darum gedreht, Sydney wiederzusehen? Er war sich nicht sicher.

Allerdings sollte er es besser schnell herausfinden, denn die beiden würden in weniger als einer Stunde hier sein.

Kapitel zwölf

Sydney betrat das *Book-Bea.* Doch statt einer herzlichen Begrüßung erwarteten sie ein finsterer Blick von Bea und ein scharfes »Was machst du hier – es ist dein freier Tag, und heute ist der *große* Tag«.

»Der große Tag?«

»Du triffst dich mit Mac.«

»Oh, bitte, nicht schon wieder!«

»Du musst dich für den attraktivsten Singlemann von ganz Hopewell aufbrezeln. So was braucht seine Zeit.«

»Bea. Du weißt, dass es nur ein frühes Abendessen mit unseren Kindern ist. Nicht wirklich etwas, wofür man sich in Schale werfen muss.«

»Ich weiß nur, dass du jemanden brauchst, der dich daran erinnert, wie fantastisch du bist. Du bist eine wunderschöne, kluge, dynamische junge Frau. Dafür solltest du geschätzt werden.«

»Du schätzt mich so sehr, dass es für ein ganzes Leben reicht.«

»Das ist nicht die Art von Bewunderung, die ich gemeint habe, und das weißt du genau. Er ist ein guter Mensch. Ich habe ein Gespür für Leute.«

»Ja, er scheint sehr nett zu sein. Allerdings habe ich eine Frage zu ihm.«

»Ich habe die meisten Antworten hier im Ort.« Bea reckte das Kinn. »Was willst du wissen?«

»Es kommt nicht oft vor, dass der Vater das Sorgerecht für sein Kind bekommt. Was aber bei Mac der Fall zu sein scheint. Was steckt dahinter?«

»Oh ja.« Bea rieb sich die schmerzenden Finger. »Das ist ungewöhnlich. Seine Frau war jünger als er. Außerdem hatte sie ein ungestümes Naturell, aber Junge, was hat er sie geliebt! Sie waren noch nicht lange verheiratet, als sie schwanger wurde. Er war ja so aufgeregt. An dem Tag, als sie erfahren haben, dass es ein Junge werden würde, hat er Zigarren verteilt. Genna schien nie so begeistert davon zu sein wie er, aber ihr ist es während der Schwangerschaft auch ziemlich schlecht gegangen, wenn ich mich recht erinnere.«

Sydney dachte an ihre Schwangerschaft mit RayAnne zurück. Sie hatte eines dieser grauenhaften, von ständiger Übelkeit geprägten ersten Trimester gehabt. Eine einzige Tortur.

»Nach der Geburt des Babys hat sie mehr Zeit im Ort als zu Hause verbracht. Sie hatte auch keinen besonders feinen Ruf, falls du verstehst, was ich meine. Die meiste Zeit war Mac daheim und hat sich um den Kleinen gekümmert. Im Grunde war er schon alleinerziehend, als Genna noch da war.«

»Also haben sie sich scheiden lassen?«

»Nein. Sie ist einfach gegangen. Na ja, letztlich hat Mac die Scheidung wegen unüberbrückbarer Differenzen eingereicht. Aber leicht war es für ihn nicht. Genna ist zu Weihnachten auf und davon. Er musste sie erst aufspüren, um die Scheidung zu erwirken. Sie hat die beiden einfach sitzen lassen und ist nie zurückgekommen.«

»Nicht einmal für einen Besuch?«

»Nein. Sie ist zu etwas Neuem weitergezogen und hat nicht mehr zurückgeschaut. Überhaupt kein Kontakt, soweit ich gehört habe. Ziemlich skurril. Die Frau hatte absolut keinen Mutterinstinkt.«

»Wow. Und ich dachte, meine Situation wäre schlimm. Beweist mal wieder nur, dass es immer noch schlimmer kommen kann.«

»Kommt auf die Perspektive an. Mac war unsagbar traurig. Er hat Genna vergöttert. Hatte zwei Jobs, damit er ihr alles bieten konnte. Er war so glücklich, dass es ihn aus völlig heiterem Himmel getroffen hat, glaube ich.«

»Das ist wirklich schrecklich.«

»Doch ich denke, nachdem er den ersten Schock überwunden hatte, war es auch eine gewaltige Erleichterung für ihn, nicht mit der Frustration leben zu müssen. Niemand will mit jemandem sein Leben teilen, der einen eigentlich gar nicht will.«

Dem konnte Sydney nur voll und ganz zustimmen.

»Wo ist RayAnne heute Morgen?«

»Bei einer Freundin aus der Schule. Deshalb habe ich den Vormittag für mich allein.«

»Also schließt sie bereits Freundschaften«, meinte Bea. »Ich wusste es!« Sie musterte Sydney skeptisch. »Ist alles in Ordnung? Du scheinst mir heute ein bisschen melancholisch zu sein.«

»Denke schon. Es hat mir nur wirklich zu schaffen gemacht, als ich erfahren habe, dass Jon mit seiner neuen Freundin nach Paris reist. Das wäre immer meine Traumreise gewesen. Nur wollte er nie dorthin. Weißt du, ich bin an sich kein neidischer Mensch. Dachte ich jedenfalls. Aber Mann, das kommt mir so was von falsch vor!«

»Das ist kein Neid. Das ist Enttäuschung. Ein großer Unterschied.«

»Findest du?«

»Selbstverständlich. Und du bekommst Paris noch zu sehen. Deine eigene Art von Paris-Reise, und sie wird außergewöhnlicher sein als jede Reise, die Jon und du hättet unternehmen können.«

»Du bist die optimistischste Frau, die mir je untergekommen

ist. Ich hoffe, du behältst recht. Aber vorerst brauche ich dringend etwas zum Füllen der Strümpfe. Ich hatte ja nicht damit gerechnet, dass RayAnne über Weihnachten zu Hause sein würde. Jetzt muss ich spontan ein Programm für die Feiertage zusammenstellen.«

»Na ja, du kennst den Bestand fast besser als ich. Nimm dir, was immer du willst. Geht aufs Haus.«

»Nein. Auf keinen Fall. Das hier ist ein Geschäft. Wir können die Ware nicht einfach verschenken. War das gerade ein Test?« Sie warf Bea einen Blick zu.

»Nein. Doch wenn's einer gewesen wäre, hättest du ihn bestanden. Was mich überhaupt nicht überrascht.«

Sydney verließ das *Book-Bea* mit einer Tüte voller Geschenke für die Weihnachtsstrümpfe, hatte aber immer noch keine Ahnung, wie sie das Farmhaus festlich schmücken könnte, bevor RayAnne nach Hause kommen würde. Vor allem, da ihr Weihnachtsbaum jetzt mitten im *Book-Bea* stand.

Auf der Fahrt nach Hause versuchte sie erneut, Jon auf dem Handy zu erreichen. Seit er RayAnne so enttäuscht hatte, vermied er es, Sydneys Anrufe entgegenzunehmen. Was ihn geritten hatte, auf RayAnnes Telefon anzurufen, um die Bombe platzen zu lassen, nur weil Sydney sich nicht gleich an ihrem Handy gemeldet hatte, überstieg noch immer ihren Verstand. Schließlich hätte seine Neuigkeit ohne Weiteres noch einen Tag warten können.

Wieder erreichte sie nur Jons Mailbox.

Als sie zu Hause ankam, stieg sie hinauf auf den Dachboden, um das gesamte Weihnachtszubehör zu holen. Strümpfe, Schmuck und Kränze …

Der erste Strumpf, den sie aus dem Karton nahm, war Jons. Sie geriet schwer in Versuchung, ihn in den Müll zu werfen. Stattdessen stopfte sie ihn zurück in den Karton, ganz nach unten. Außer Sicht.

Sie fand die beiden Strümpfe, die RayAnne und ihr gehörten.

Sydney drückte sich beide an die Brust, als sie an das Sommer-Wochenende zurückdachte, das sie vor einigen Jahren auf der kleinen Insel vor der Küste von Georgia verbracht hatten. Sie hatte nicht ewig in der heißen Sonne am Strand bleiben können, während Jon Golf spielte, also hatten RayAnne und sie das Angebot eines Workshops in einem kleinen Weihnachtsladen genutzt. Dort verbrachten sie zwei Nachmittage mit der Arbeit an persönlich gestalteten Weihnachtsstrümpfen, die fünfundzwanzig Dollar das Stück kosteten. Sie schnitten, säumten, applizierten, klebten und verzierten je einen Strumpf für sie beide und anschließend noch einen für Jon. Es war ein wundervolles Mutter-Tochter-Projekt gewesen. Sydney fragte sich, ob es den Laden noch gab.

Mit den Geschenken, die sie an diesem Morgen für RayAnnes Strumpf besorgt hatte, blieb gerade noch genug Platz für ein paar Süßigkeiten und Obst – einen Apfel, eine Orange und eine Banane. Genau so hatte Sydneys Mutter immer für sie den Strumpf gefüllt, als sie in RayAnnes Alter gewesen war; es würde perfekt sein. Außerdem hatte Sydney zwei Romane und einige kleine Duftkerzen gekauft, um ihren eigenen Strumpf mit Geschenken vom Weihnachtsmann zu füllen. Immerhin war sie auch brav gewesen.

Sydney fühlte sich gut, weil sie das erledigt hatte, während RayAnne nicht zu Hause war. Sie verstaute die Geschenke wieder in der Tüte und versteckte sie oben im Schrank unter der Treppe.

Dann suchte sie nach den Kartons mit den Kränzen. Sie hatte nur drei davon aus ihrem früheren Zuhause in Atlanta mitgenommen. Jedes Jahr hatten alle in ihrer ehemaligen Nachbarschaft versucht, sich gegenseitig mit ihren Türkränzen zu übertrumpfen. Und nicht nur zu Weihnachten, sondern das ganze Jahr über. Diese drei waren stets ihre Favoriten gewesen.

Sydney verteilte die Kartons über die Couch und entfernte die Deckel. Ihr Haus in Atlanta war völlig anders als das Farmhaus in Hopewell gewesen. Auch die Wohnfläche des zweigeschossigen

Ziegelsteinbaus war doppelt so groß gewesen. Nicht das schönste Haus in der Gegend, doch für sie war nur wichtig gewesen, dass es im besten Schulbezirk der gesamten Stadt lag.

Obwohl jeder dieser Kränze wunderschön war, eignete sich keiner davon für dieses Haus. Oder für dieses Jahr. Ein Neuanfang schien angebracht zu sein. Es widerstrebte Sydney zwar zutiefst, die hochpreisigen Kränze zu zerlegen, doch sie war überzeugt davon, die Teile zu etwas kombinieren zu können, das mehr dem heimeligen, ländlichen Flair entsprach und sie keinen Cent zusätzlich kostete.

Sydney ging ins Obergeschoss. Das Gästezimmer dort hatte sie in ein Bastelzimmer für RayAnne und sich selbst verwandelt.

Sie holte ihre Heißklebepistole, eine Schere und etwas Blumendraht, dann kehrte sie damit ins Erdgeschoss zurück, um kreativ zu werden.

Die nächste Stunde verbrachte sie damit, zu schneiden, zu kleben und die Teile zusammenzufügen, bis sie eine völlig neue Kreation vor sich liegen hatte.

Sydney trat zurück und betrachtete ihr Werk. Die ausgefallenen Fasanenfedern hatten an dem kupferfarbenen und goldenen Kranz ein wenig zu vornehm ausgesehen, aber in Kombination mit traditionellen Kiefernzapfen und Adventssternen gelang es ihr, dem Kranz einen rustikalen Anstrich zu verleihen, der tadellos zum Farmhaus passte. Sie glaubte, es würde auch RayAnne gefallen.

Sydney ging mit dem Kranz zur Eingangstür und hängte ihn an einen rostigen Nagel, der wahrscheinlich noch aus der Zeit stammte, als sie selbst ein Baby gewesen war.

Anschließend marschierte sie in die Mitte des Vorgartens, um sich einen Eindruck zu verschaffen, wie der Kranz von dort aus an der Tür aussah. Einladend, herzlich. Er würde RayAnne ein weihnachtliches Willkommen bescheren, wenn Diane sie zurückbrachte. Sydney sah auf die Armbanduhr. Würde nicht mehr lange dauern. Sie kehrte zurück ins Haus und flocht zunächst eine grüne Tannengirlande durch das Treppengeländer und ließ ihr eine Lichterkette folgen. Dann schloss sie die Lichter an die Steckdose an. Mit einem Schlag wirkte der Raum deutlich festlicher.

Sydney ging nach oben und zog sich um: schwarze Jeans, Wanderstiefel und ein kariertes Westernhemd. Ihr rotes Sweatshirt befand sich bereits unten an der Garderobe. Der Tag draußen verlangte ganz klar nach mehreren Schichten, auch wenn die Sonne warm war, solange man den Wind meiden konnte.

Da sie lieber auf Nummer sicher gehen wollte, holte sie RayAnnes und ihre Jacke und legte sie an der Tür bereit. Danach machte sie es sich auf der Couch mit einem Buch gemütlich.

Sie blätterte gerade zu einem neuen Kapitel um, als es an der Tür klingelte.

RayAnne musste wohl in ihrer Aufregung am Morgen den Schlüssel vergessen haben. Sydney sprang auf und lief zur Tür, davon überzeugt, jeden Moment ihre Tochter vor sich zu sehen. Stattdessen stand der Postbote auf der Türschwelle.

»Ich habe hier ein Einschreiben für Sie, Ma'am.« Der Mann scannte den Code auf dem dicken Umschlag, dann reichte er ihr sein tragbares Computergerät. »Bitte hier unterschreiben.«

Sydney benutzte den Stift, um zu unterzeichnen, obwohl es einem Wunder gleichkäme, wenn irgendjemand das Gekritzel als ihre Unterschrift erkennen könnte. »Danke.« Sydney schloss die Tür hinter sich.

Beklommenheit erfüllte sie, als sie das Kuvert in der Hand drehte. Falls die edle Qualität des Umschlags noch nicht Hinweis genug gewesen war, lieferte die Adresse der Kanzlei in Atlanta Gewissheit. Ihr Anwalt.

Scheidungspapiere. Jon war offenbar in Spendierlaune, verteilte dieses Jahr zu Weihnachten gleichmäßig Enttäuschung an die Ragsdale-Frauen. Er hatte die Dokumente endlich unterschrieben.

Sydney legte die Hand auf den Stuhl in der Nähe der Tür und setzte sich, weil sie das Gefühl hatte, als hätte ihr jemand mit voller Wucht in die Magengrube geboxt. Sie selbst hatte auf eine schnelle Scheidung gedrängt. Und nun, da sie genau das bekam, was sie verlangt hatte ... tat es weh. Heftig.

Der Zeitpunkt hätte nicht lausiger sein können. Eine weitere Erinnerung, dass sie Weihnachten dieses Jahr ohne Partner verbringen würde. Andererseits war es vielleicht doch genau der richtige Zeitpunkt. Eine Erinnerung, dass sie nach vorn schauen musste, nicht zurück.

Wie Bea gesagt hatte: Sie musste sich neuen Möglichkeiten öffnen. Beruflich und persönlich.

Sydney schob den Finger unter den Rand des Umschlags und zog die Dokumente daraus hervor. Einfach so. Ein Scheidungsrichter entschied, und alles wurde hinweggespült, als wäre es nie passiert.

Sydney schob die Unterlagen zurück in das Kuvert. Sie hatte den Verlust ihrer Beziehung bereits seit Februar betrauert, daher hatte sie keine Tränen mehr übrig. Nur diese schwarze Schwere im Herzen.

Es war vorbei. Und es gab keine Worte, um zu beschreiben, wie sie sich fühlte. Sydney war nicht mehr Mrs Ragsdale. Sie war keine Ehefrau mehr. Nur eine Mutter. Und es gab keinen Grund, sich schuldig zu fühlen, weil sie Zeit mit Mac verbrachte, denn die Beziehung mit Jon lag nun endgültig hinter ihr. Warum also fühlte sie sich trotzdem dabei so gehemmt?

Mac war ein netter Mann. Sie waren befreundet. Zwei alleinstehende Elternteile, die mit ihren Kindern über die Weihnachtsfeiertage Erinnerungen schufen. Daran war nichts verkehrt.

Als sie diese Überzeugung frisch in ihre Gedanken pflanzte, hörte sie, wie Dianes Auto in die Einfahrt rollte. Sydney legte den Umschlag in die Schublade des Tisches neben der Tür. Sie wollte RayAnnes gute Laune nicht trüben. Es erschien ihr besser, ein wenig Spaß zu haben, als zuzulassen, dass Jon RayAnne eine weitere Enttäuschung zufügte.

Und wenn sie ehrlich zu sich selbst sein wollte, war auch sie noch nicht bereit, die Worte laut auszusprechen.

Mac lief rastlos im Wohnzimmer auf und ab, während er auf Sydneys und RayAnnes Ankunft wartete. Im Verlauf der Jahre hatte er etliche Leute zu sich nach Hause eingeladen, dennoch fühlte es sich diesmal aus irgendeinem Grund anders an. Wieder schaute er durch das vordere Fenster hinaus.

Wie oft hatte er das bereits getan?

Abermals lief er am Weihnachtsbaum vorbei und rückte ein paar der Lichter so zurecht, dass sie eine kahle Stelle füllten. Musik? Sollte er Musik einschalten? Oder würde das zu bemüht wirken? Immerhin sollte es nur ein freundschaftliches Beisammensein werden. So hatten sie es vereinbart. Als Date galt etwas nur, wenn es beide so bezeichneten, und das hatten sie nicht getan; also gab es in der Hinsicht keine Missverständnisse.

»Wir sollten Weihnachtsmusik einschalten, Pa.«

Der klügste Junge aller Zeiten. »Du hast recht«, sagte Mac. »Warum kümmerst du dich nicht darum?«

»Alles klar.« Seth ließ sich auf die Couch plumpsen und fing an, sein Smartphone nach Musik zu durchsuchen.

»Du kannst auch meine Weihnachtsmusik spielen«, meinte Mac.

»Die CDs und die alten Plastikplatten? Komm mal im Heute an, Pa.«

»Die sind aus Vinyl, nicht aus Plastik.«

»Aber sie sind total lahm«, entgegnete Seth.

Macs Sammlung nahm zwei Fächer des Bücherregals ein. Er war immer noch kein Fan des Download-Wahns von Musik.

Gleich darauf ließ Seth sein Handy über die Lautsprecheranlage des Hauses Weihnachtsmusik spielen.

Ein Wagen bog in die Einfahrt.

»Sie sind da!« Seth rannte zur Tür.

Mac zählte bis vier, erst dann beschritt er denselben Weg. Er wollte nicht übereifrig erscheinen. Als er hinaus auf die Veranda trat, kamen Sydney und ihre Tochter ihm bereits entgegen.

»Hier ist es so was von cool!«, fand RayAnne. »Ich hab vorher noch nie jemanden gekannt, der in einem Blockhaus wohnt.«

Sydney lächelte, als sie sich ihm näherte. Sie trug ein zugedecktes Behältnis.

»Problemlos hergefunden?«

»Ja. Ist eine schöne Fahrt hier raus.«

Mac wohnte seit mittlerweile sechs Jahren hier. Sein Traumhaus. Schlichter Stil. Ein bisschen wie er selbst. Die um das Haus verlaufende Veranda war für ihn ein wichtiges Kriterium gewesen. Na ja, abgesehen von der zusätzlichen Garagenfläche, die er in die Baupläne mit hatte aufnehmen lassen. Dadurch mussten sie zwar auf die Veranda an der Ostseite des Hauses verzichten, doch wie viel Veranda brauchte man denn in Wirklichkeit? Diese Entscheidung war ihm leichtgefallen.

Hier draußen gab es nicht viele Nachbarn, doch jene, die sie hatten, besaßen die Einstellung früherer Generationen, als man sich noch gegenseitig geholfen hatte, nur weil man nah beisammenlebte.

Mac hatte schon länger nicht mehr darüber nachgedacht, welchen Eindruck ihr Zuhause auf jemanden machen würde, der sie zum ersten Mal besuchte.

»Das ist großartig. Und ich dachte, das Farmhaus wäre ruhig«, meinte Sydney, als sie die Stufen zur Veranda erklomm.

»Du hättest nichts mitbringen müssen.«

»Soll das ein Scherz sein? Ich bin ein Mädchen aus dem Süden. Wir fahren nirgendwohin ohne ein ordentliches Gastgeschenk.«

Er nahm ihr das Behältnis ab und setzte dazu an, den Deckel zu öffnen. »Darf ich?«

»Aber unbedingt! Sind hausgemachte Buttertoffees.«

»Die riechen vielleicht gut! Soll ich die Qualitätsprobe machen?« Er fasste hinein und griff sich ein kleines Stück von der obersten Lage. »Schoko-Erdnussbutter? Woher hast du gewusst, dass das mein Lieblingsgeschmack ist?« Langsam kaute er, ließ die süße Schokolade im Mund zergehen. Nachdem er geschluckt hatte, nahm er sich ein weiteres Stück. »Womöglich muss ich das vor Seth verstecken, damit ich nichts davon abgeben muss. Wenn du solche Gastgeschenke mitbringst, werde ich dich künftig wohl öfter einladen müssen.«

Lachend warf sie die Haare zurück, dann folgte sie ihm ins Haus. »Freut mich, dass die Toffees dir schmecken.«

»Na, und wie! Komm rein.«

Seth und RayAnne stürmten gleich hinter ihnen herein.

»Echter Baum?«

»Gibt es denn andere?«

»Es riecht so gut.« Sydney ging ins Wohnzimmer, ließ den Blick prüfend über die Decke wandern. »Keine zwei Zentimeter an Reserve.«

»Ja. Man braucht ein präzises Auge, um das so genau hinzubekommen.«

»Und eine Kettensäge«, warf Seth ein. »Letztes Jahr haben wir ganze drei Kränze aus all den Ästen und Zweigen gebastelt, die Pa abschneiden musste, damit der Baum ins Haus gepasst hat.«

»Durch jahrelange Praxis wird die Präzision besser.«

»Hab ich auch gehört. Rieche ich da Spaghetti?« Sie schnupperte ein zweites Mal. »Vielleicht auch Knoblauchbrot?«

»Lasagne.«

»Selbst gemacht?«

»Rezept meiner Großmutter. Die beste Lasagne überhaupt.

Ich warne dich schon mal vor: Du wirst mich anflehen, wieder für dich zu kochen.«

»Wirklich? Bist ja ziemlich überzeugt von dir.«

Sydney schien sich wohlzufühlen, und das entspannte auch ihn. »Mein Können als Lasagne-Koch übertrifft sogar noch meine Fähigkeiten als Baumauswahlexperte.«

»Und ist das Jahr über entschieden nützlicher. Ich liebe Lasagne.«

»Und sie ist viel einfacher zu essen als Spaghetti. Obwohl ich auch dafür ein gutes Rezept habe.«

»Der olivenfarbene Teint hätte mir verraten müssen, dass du italienisches Blut in den Adern hast.«

»Italienisches, portugiesisches und einen Schuss französisches.«

»Oh, là, là. Ich hoffe, ich darf auch irgendwann die französische Küche kosten.«

»Das lässt sich einrichten. Bist du je in Paris gewesen?« Kaum hatte er die Worte ausgesprochen, bereute er es auch schon. »Entschuldige. Ist wahrscheinlich gerade ein wunder Punkt, da doch dein Ex-Mann dorthin reist. Ich hab nicht nachgedacht.« Rasch ergriff er eine Flasche Wein. »Darf ich dir ein Glas einschenken?«

»Vielleicht später. Und ist schon gut. Aber nein, ich bin noch nie dort gewesen, obwohl ich schon immer einmal hinwollte. Mal von dem langen Flug abgesehen, könnte ich mir kein perfekteres Reiseziel vorstellen. Steht total auf meiner Wunschliste. Das Essen. Der Wein. Die Kunst. Einfach alles. Ich stelle es mir atemberaubend und faszinierend vor.«

»Ist es auch. Eines Tages erzähle ich dir alles über meine Zeit dort.«

»Du bist in Paris gewesen? Sprichst du Französisch? Ohne die Sprache zu beherrschen, könnte es ein bisschen schwierig sein.«

»Ich spreche sie gut genug, um mich durchzuschlagen. Wie gesagt, ich erzähl dir mal in Ruhe davon. Doch jetzt finde ich, wir sollten das Tageslicht nutzen und noch etwas Zeit draußen verbringen. Wir holen uns ordentlich Appetit, danach essen wir. Es sei denn, ihr seid jetzt schon richtig hungrig.«

»Ich kann warten. Wie steht's mit euch?« Sydney drehte sich um und sah, dass Seth und RayAnne drüben am Baum plauderten, als wären sie schon ewig befreundet. Die beiden hatten sie nicht mal gehört. »Wollt ihr jetzt gleich essen oder später?«

»Wir können noch warten«, antworteten Seth und RayAnne im Chor.

»Klingt, als wären wir uns alle einig«, meinte Sydney.

Mac rückte näher zu ihr und fragte leise: »Sei ehrlich, sollen wir ein bisschen mit den Quads fahren? Oder lieber nicht?«

»RayAnne hat sie schon gesehen, als wir angekommen sind. Sie würde mich glatt umbringen, wenn ich Nein sage.«

»Das würde ich auf meine Kappe nehmen«, erwiderte Mac. »Auf mich kann sie ruhig wütend sein. Wenn du dich nicht wohl dabei fühlst, müssen wir nicht fahren.«

»Nein. Das wäre nicht fair. Wir werden doch extravorsichtig sein, oder?« Sie schaute auf, suchte seinen Blick. »Meine Regeln, richtig?«

»Großes Pfadfinderehrenwort.«

»Dann lass uns mal sehen, wie Quad-Fahren funktioniert«, sagte Sydney laut. »Ich habe immer noch die Rechte einer Königin. Richtig?«

Mac verneigte sich tief. »Königin Sydney, wenn Ihr so freundlich wärt, nach draußen vorauszugehen?«

Sie schlenderte los, dann eilte Seth voraus.

»Komm mit, Ray!«, rief er. RayAnne und er rannten voraus und sprangen auf die Sitze der zwei vor dem Haus geparkten Quads. Sie tauschten sich über ihre liebsten Baseball-Mannschaften aus und wirkten dabei wie alte Freunde.

Mac stellte sich vor die zwei Geländefahrzeuge und klatschte in die Hände. »Okay, alle bereit für den Plan?«

»Ja!«, jubelten Seth und RayAnne.

Sydney klatschte ebenfalls und ging hinüber zu dem Quad, auf dem RayAnne saß.

»Seid ihr schon mal gefahren?« Mac sah erst RayAnne, dann Sydney an.

»Ja!« In RayAnnes Augen trat wilde Freude. »Mein Pa hat's mir beigebracht. Ich kann schalten und alles, aber Papa lässt mich auch oft hinten auf seinem Quad mitfahren.«

»Gilt für mich nicht«, fügte Sydney hinzu.

»Fahren wir?« RayAnne legte die Hände auf die Griffe der Lenkstange.

»Also gut. Eins nach dem anderen. Seth, hol ein paar Handschuhe und einen Ball. RayAnne und du, ihr könnt noch ein bisschen spielen, während ich Königin Sydney zu ihrer allerersten Quad-Fahrt entführe.«

RayAnne schlang das Bein über den Sitz, um abzusteigen, und stellte sich neben das Gefährt. »Menno.«

»Du kommst schon noch dran, RayAnne. Sofern es mir gelingt, deine Mama zu überzeugen, dass dir nichts passieren wird«, sagte Mac.

RayAnne johlte. »Das wird so was von lustig! Ma, du wirst quietschen wie ein Mädchen.«

»Hallo? Ich *bin* ein Mädchen – und stolz darauf, wie ich hinzufügen möchte.«

»Sie ist *so* ein Mädchen«, murmelte RayAnne und stupste Seth an.

»Sei nett. Es ist nichts verkehrt daran, wenn Mädchen mädchenhaft sind.« Mac nickte seinem Sohn zu.

»Komm mit, Ray«, meinte Seth. »Wir können da drüben werfen und den beiden gleichzeitig zusehen.« Er reichte ihr einen der Fanghandschuhe.

»Okay.« Sie nahm ihn entgegen, zog ihn an, lief voraus und klatschte mit der Faust in den Handschuh. »Hierher.«

Seth warf den Ball zu ihr. RayAnne fing ihn und warf ihn prompt zurück.

»Im Ernst?« Sydney wirkte leicht besorgt. »Du willst, dass ich auf dem Ding fahre?«

»Ich würde nie von dir verlangen, dass du deine Tochter etwas tun lässt, wobei du dich nicht wohlfühlst. Also lass es uns Schritt für Schritt angehen. Du fährst mit mir. Wenn du damit klarkommst, zeige ich dir, wie man selbst fährt. Und danach entscheiden wir.«

»Na toll, und wenn ich Nein sage, bin ich die Böse.«

»Nein. Wenn du Nein sagst, albern wir einfach herum, bis es dunkel wird und wir keine andere Wahl mehr haben, als es aufzuschieben, bevor die Kinder an der Reihe sind. Einverstanden?«

»Mir gefällt, wie du denkst, Mac.«

»Dachte ich mir schon.« Er reichte ihr einen Helm. »Setz den auf.« Mac stieg auf das Quad und startete den Motor, dann ergriff er den von der Lenkstange baumelnden Helm, stülpte ihn sich auf den Kopf und schnallte ihn unter dem Kinn fest. Der einzige Grund, warum er ihn überhaupt trug, war die Vorbildwirkung für Seth. Es war eine Sache, wenn ein Erwachsener ein bisschen unbesonnen wurde, eine völlig andere jedoch bei Kindern und Jugendlichen.

Sydney knotete die Haare zusammen, bevor sie ebenfalls den Helm aufsetzte.

Mac klopfte auf den Sitz und zeigte auf Rasten am Heck, auf die sie die Füße stellen konnte. Sie stieg auf, dann lehnte sie sich nach vorn und hielt sich an ihm fest.

»Bereit?«, fragte Mac über die Schulter.

»Keine Ahnung.«

Ihre Wange ruhte an seinem Rücken, ihre Arme fühlten sich steif wie ein Stapel Bücher mit festem Einband an. Mac rollte betont langsam an und hoffte, ihr keine Angst einzujagen. Dann erst beschleunigte er und bemühte sich, auf den weniger holprigen Teilen des Weges zum Tor zu fahren.

Als er anhielt, hatte sich ihr verkrampfter Griff ein wenig gelockert. »Was meinst du?«

»Das ist lustig.«

»Warte hier.« Er stieg ab, ging hinüber zum Tor und öffnete es.

»Bereit?«

Sydney nickte, also stieg er wieder auf und fuhr durch das Tor. Sie lachte und quiekte, wirkte dabei vergnügt. Er schlug den Weg ein, der zur höchsten Stelle des Geländes führte, dann hielt er an. Von dort aus konnte man die gesamte Parzelle bis zu seinem Haus überblicken. »Tolle Aussicht, was?«

»Ja.« Sydney nahm den Helm ab, wodurch sich ihr Haar löste und sich wie ein Wasserfall über ihre Schultern ergoss. »Wow, ist wirklich schön hier oben.«

»Meine Lieblingsstelle.«

»Ich wette, im Frühling ist es hier perfekt für ein Picknick.«

»Oh ja, das Feld ist dann voller Wildblumen. Und alles ist grün. Zurzeit gibt es hier leider nicht viel Farbe.«

»Trotzdem hübsch. Und friedlich.«

Mac drängte sie nicht. Er fand es schön, diesen Ort mit jemandem zu teilen, der dessen Schönheit zu schätzen wusste. Seth verband damit nur die Möglichkeit, schnell zu fahren und zu driften.

»Das wäre der perfekte Ort, um sich am Nachthimmel einen Meteorschauer anzusehen. Ich wette, nachts ist es hier stockfinster.«

»Ja, ist es. Seth und ich haben schon ein paarmal hier gezeltet. Nachts sieht man die Hand vor Augen nicht, es sei denn, es ist gerade Vollmond.«

»Wow. Weißt du, der Ursiden-Meteorschauer soll ab nächsten Dienstag bis zum ersten Weihnachtstag sichtbar sein. An einer dunklen Stelle wie dieser könnte es uns bestimmt gelingen, ein paar Blicke darauf zu erhaschen. Meinst du, das würde den Kindern vielleicht gefallen?«

»Klingt nach einem guten Plan. Wir könnten früher herkommen, Marshmallows rösten und heiße Schokolade trinken. Wenn Schokolade im Spiel ist, ist Seth mit Sicherheit dabei.«

»RayAnne auch. Denk darüber nach. Gib Bescheid, ob du's mit euren anderen Terminen vereinbaren kannst.«

»Ich brauch nicht darüber nachzudenken. Ich finde, wir sollten es einfach fest einplanen.«

»Das würde mir gefallen.« Sie steckte die Hände in die Gesäßtaschen und reckte das Kinn dem Himmel entgegen. »Ich liebe es hier draußen, aber ich denke, wir sollten langsam zurückfahren.« Sydney kam auf ihn zu und wollte hinter ihm aufsteigen.

»Oh nein, junge Frau.«

»Was soll das heißen, nein?«

Mit entschlossener Miene schüttelte Mac den Kopf. »Ich fahre dich nicht zurück.«

»Willst du mich zu Fuß laufen lassen?«

»Nein.« Mac stieg vom Quad. »*Du* wirst *mich* fahren.«

»Oh nein.« Sie wich einen gewaltigen Schritt zurück. »So weit kommt's noch.«

»Na, und ob.« Er klopfte auf den Sitz. »Spring schon rauf.«

»Ich weiß nicht, wie das geht.«

»Ich helfe dir.«

»Wir sollten zurück zu den Kindern. Ich bin einfach wieder dein Beifahrer. Lass uns zum Haus zurückkehren.«

»Dahin fahren wir ja. Keine Sorge, meine Nachbarn sind gleich nebenan. Die behalten die Dinge immer im Auge. Außerdem ist Seth ein verantwortungsbewusster Junge. Wir haben Zeit.«

Sydney biss sich auf die Unterlippe. »Womöglich wirst du das noch bereuen.«

»Ich will es doch nicht hoffen.« Mac wartete, bis Sydney sich auf ihrem Posten befand, dann stieg er hinter ihr auf. »Ich bin ein toller Lehrer. Hab sogar ein Diplom, das es beweist.«

Sydney lachte. Dabei zuckte unwillkürlich ihr Helm zurück und knallte gegen seinen. »Oh Gott. Entschuldige.« Und natürlich passierte es prompt erneut.

»Ich hoffe, beim Fahren stellst du dich besser an als beim Multitasking.«

Wieder lachte sie. Ihre Schultern hoben und senkten sich dabei auf bezaubernde Weise. »Sehr witzig.«

»Also, dann lass uns mal durchnehmen, wie es geht.« Mac erklärte ihr, was es zu tun und was es zu vermeiden galt und wie man die einzelnen Instrumente bediente.

Sydney startete den Motor und versuchte, die Kupplung kommen zu lassen.

Nachdem sie den Motor ein halbes Dutzend Mal abgewürgt hatte, hatte sie den Bogen raus und fuhr den Weg wesentlich schneller zurück, als ihn Mac zuvor bewältigt hatte. »Du bist ein Naturtalent«, rief er.

Sie hob die Hand und reckte einen Daumen in die Höhe. »Und du bist als Lehrer ein Ass. Kehren wir um, damit RayAnne auch noch fahren kann.«

»Alles klar!« Mac legte eine Hand an ihre Taille. Zwar konnte er unter dem sperrigen Helm nur die eine Hälfte ihres Gesichts teilweise sehen, dennoch entging ihm nicht, dass Sydney lächelte. Es sah nach Freiheit und Freude aus, und der Anblick machte ihn glücklich.

Und RayAnnes Gesichtsausdruck, als ihre Mutter um die Ecke und auf das Haus zugerast kam, war unbezahlbar. Ihre Augen wurden groß wie die einer Anime-Manga-Figur. Seth und sie rannten zur Einfahrt und klatschten einander unterwegs ab.

»Ich kann nicht glauben, dass du meiner Ma das Fahren beigebracht hast«, sagte RayAnne zu Mac. »Unfassbar.«

»Ich bin ziemlich talentiert.« Sydney nahm den Helm ab und

hielt ihn an die Brust gedrückt. »Immerhin fahre ich auch Auto. Trau mir ruhig mal etwas zu.«

»Fährst du auch mal mit mir?«, fragte RayAnne.

»Nein. Das überlasse ich lieber Mac. *So* gut bin ich auch wieder nicht.«

»Oh, klar, aber *mein* Leben sollte ich in deine Hände legen?«, zog Mac sie auf.

»Berufsrisiko eines Fahrlehrers.« Sydney stieg ab und gab ihren Helm RayAnne. »Viel Spaß, Kleines.«

Mac rutschte nach vorn, und RayAnne stieg mit einem strahlenden Lächeln hinten auf.

»Seth, fährst du mit?«

»Oh Mann, ja!« Der Junge schnappte sich seinen Helm und schnallte ihn fest. Er klopfte zweimal darauf, und sein Vater wiederholte die Geste. Dann ließ Mac den Motor aufheulen und entlockte RayAnne ein freudiges Quieken, als sie losbretterten. Seth gab Gas und fuhr voraus.

Als Mac zurückkam, schob er sein Quad direkt in die Garage und parkte es. Er half gerade Seth, das zweite Fahrzeug abzustellen, als Sydney aus dem Haus kam. Diesmal hatte sie ihre Jacke nicht an. Sie hatte die Ärmel ihres Hemdes hochgekrempelt und sah aus wie ein Model für einen Country- und Westernausstatter. Frisch, fit, und sie füllte wunderbar jede Kurve dieser Jeans.

RayAnne stürmte durch die Garage und warf die Arme um die Taille ihrer Mutter. »Das ist der beste Tag aller Zeiten. Danke!«

»Warte, bis du erst Macs Lasagne gekostet hast«, erwiderte Sydney.

»Hast du heimlich probiert?« Mac zog die Augenbrauen hoch.

»Wie hätte ich widerstehen können?«

»Ist schwierig«, gestand ihr Seth zu. »Papas Lasagne ist die beste.«

»Ich hoffe, es stört dich nicht, aber ich hab schon mal den Tisch gedeckt. Es ist alles bereit. Ich dachte mir, ihr werdet alle ausgehungert sein, wenn ihr zurückkommt.«

»Mich stören?« Mac schüttelte den Kopf. »Wohl kaum. Hauen wir rein, Leute!«

Sie gingen alle ins Haus und wuschen sich, bevor sie sich am Tisch versammelten. Sydney hatte ihn in der Zwischenzeit gedeckt. Es war nicht schwierig gewesen, Teller und Besteck zu finden. Sie hatte sogar einen improvisierten Tafelaufsatz aus der Milchglasschüssel von Macs Großmutter gezaubert, die sie mit Weihnachtsschmuck gefüllt hatte, wahrscheinlich aus einer der Kisten in der Garage.

Es sah nach dem Esstisch einer richtigen Familie aus.

Während Seth und RayAnne Platz nahmen, half Mac in der Küche Sydney dabei, das Knoblauch-Käse-Brot aus dem Ofen zu holen.

»Oh Mann, riecht das gut!«, lobte Sydney. »Super knoblauchig.«

Mac stellte die Pfanne auf der Arbeitsfläche ab und warf die Ofenhandschuhe beiseite. »Supergut. Danke fürs Herrichten.«

»War das Mindeste, was ich tun konnte. Du hattest ja schon alles vorbereitet.« Sie legte die Brote in den Korb, den Mac hielt, dann nahmen sie ihre Plätze am Tisch ein.

Mac räusperte sich, und Seth hatte bereits die Hände gefaltet und die Augen geschlossen.

Sydney und RayAnne folgten seinem Beispiel.

»Herr«, sagte Mac. »Wir haben uns hier versammelt, um eine schöne Zeit, vergnügliche Unterhaltungen und gutes Essen mit unseren neuen Freunden zu teilen, und für all das danken wir dir. Amen.«

»Amen.«

Die Unterhaltung verflachte, als sich alle herzhaft über die Lasagne hermachten und sich sogar einen Nachschlag genehmigten.

Satt gegessen und müde von der frischen Luft draußen wechselten sie ins Wohnzimmer hinüber und setzten sich zum Weihnachtsbaum.

»Und Montagabend treffen wir uns bei dir und bereiten die schokogetunkten Laugenstangen für Bea zu, richtig?«, fragte Mac.

»Ja. Ist schon alles bestellt und sollte am Montag bei mir ankommen. Sofern bei der Lieferung nichts schiefgeht, sollte alles im grünen Bereich dafür sein.«

»Wir werden da sein.«

»Ich würde aber nicht wollen, dass ihr den weiten Weg umsonst auf euch nehmt. Ich kann dich anrufen, wenn ich nach Hause komme und mich vergewissert habe, dass alles da ist, was wir brauchen«, schlug Sydney vor.

»So weit ist es gar nicht. Wenn ich die alte Schotterstraße nehme, trennen uns sogar weniger als anderthalb Kilometer.«

»Ich bin viel weiter gefahren, um hierherzukommen«, entgegnete Sydney und schmunzelte. »Männer und ihre Messsysteme.«

Mac grinste, ging jedoch nicht auf die Bemerkung ein. »Auf der rückwärtigen Seite deines Grundstücks verläuft ein Schotterweg neben der großen Eiche. Davor befindet sich ein gelbes Gatter, doch ich glaube, das habe ich noch nie geschlossen gesehen«, sagte Mac stattdessen.

»Ja, Ma. Ist auf der linken Seite vom Haus. Du weißt schon.«

»Das hab ich gesehen. Und der Schotterweg führt hierher?«

Mac nickte und zeigte durchs Fenster nach draußen. »So ist es. Mündet gleich auf der anderen Seite vom Haus meines Nachbarn. War früher eine Anliegerstraße, als all diese kleinen Farmen noch zusammen Genossenschaftsrechte für den Tabak- und Baumwollanbau hatten. Der Bezirk ist für die Wartung der Straße zuständig, weil dort die Stromleitungen verlaufen.«

»Ich hatte ja keine Ahnung. Also sind wir wohl praktisch Nachbarn«, meinte Sydney.

»Wenn man die Luftlinie betrachtet, sind wir das.«

»Das klingt komisch. Was bedeutet das?«, fragte RayAnne.

Seth stupste sie an. »Das bedeutet, auf dem Boden müssen wir auf Straßen fahren, aber in der Luft könnte ein Vogel in gerader Linie von A nach B fliegen. Also ist die Luftlinie der kürzeste Abstand zwischen zwei Orten.«

»Ich wär gern ein Vogel«, verriet RayAnne.

»Ein Kuckuck«, schlug Seth vor und kicherte.

Mac warf Seth einen Blick zu.

»War bloß Spaß. Das weißt du, Ray, oder?«

RayAnne wandte sich an Mac. »Keine Sorge. Das kriegt er zurück, wenn ihr wegen der Laugenstangen zu uns nach Hause kommt.«

»Selbst backen müssen wir die Laugenstangen zum Glück ja nicht«, ergriff Sydney das Wort. »Wir müssen sie nur in Schokolade tunken und verzieren.«

»Miss Beas Schoko-Laugenstangen sind die besten«, verkündete Seth seine Meinung. »Da sind Süßigkeiten und alles Mögliche drauf. Klingt total eklig, aber sie sind *sooo* lecker. Beim Weihnachtssingen kriegt jeder eine.«

»Ich versteh nicht so richtig, was es mit diesem Weihnachtssingen auf sich hat. Doch in der Schule haben alle davon geredet«, sagte RayAnne.

»Du musst einfach dabei sein. Dann siehst du's. Es klingt vielleicht öde, aber es ist echt cool.«

Seth klang tatsächlich begeistert. Dabei hatte Mac schon mit dem Gedanken gespielt, Seth dieses Jahr beim Weihnachtssingen vom Haken zu lassen, weil er in der Vergangenheit immer darüber genörgelt hatte. Wenn von RayAnnes Weihnachtsfreude ein wenig Interesse an den Feiertagen auf Seth abfärbte, war das für Mac völlig in Ordnung.

»Lass mich dir meine Nummer noch mal geben, falls am Montag etwas dazwischenkommt und wir uns wegen des Termins absprechen müssen«, meinte Mac. »Hast du dein Telefon zur Hand?«

Sydney beugte sich zur Seite und holte ihr Handy aus der Handtasche.

Mac nahm es entgegen und gab seine Nummer ein. »Hier, bitte.«

Sie wählte die Nummer, und sein Telefon klingelte.

»Damit hätten wir das auch erledigt.« Heutzutage gestaltete es sich erheblich einfacher, an eine Telefonnummer zu gelangen, als zu seiner aktiven Zeit in der Dating-Welt.

»Ich denke, wir sollten allmählich aufbrechen«, meinte Sydney und stand auf.

»Ich begleite euch nach draußen.« Mac griff nach seiner Jeansjacke und folgte ihnen hinaus.

RayAnne stieg auf der Beifahrerseite ein. »Vielen Dank, Mac. Ich hatte superviel Spaß.«

»Gern geschehen.« Er wartete, bis das Mädchen die Tür schloss. »Ich wollte nichts sagen, ohne vorher mit dir geredet zu haben, doch es wäre großartig, wenn wir das wiederholen könnten. Ich glaube, die Kinder hatten wirklich eine Menge Spaß zusammen.«

Sydneys Lächeln wirkte herzlich. »Ich denke, das wäre in Ordnung.«

»Ich hatte auch Spaß«, fügte Mac hinzu.

»Hierherzukommen war für mich heute der beste Teil des Tages. Hätte zu keinem besseren Zeitpunkt sein können. Der Morgen hat nämlich nicht so berauschend angefangen.«

»Wieso das?«

Sydney schaute zurück zum Auto. RayAnne fingerte am Regler des Radios. »Ich habe heute meine Scheidungspapiere bekommen«, verriet sie mit gedämpfter Stimme.

»Autsch. Auch wenn es deine Entscheidung ist, das sind harte Zeiten. Oh Mann, ich weiß, wovon ich rede. Tut mir leid.«

»Ich war nicht auf dein Mitgefühl aus. Aber herzukommen hat mir den Tag heute noch versüßt. Also danke.«

Auch sie hatte ihm den Tag versüßt. Auf eine Weise, mit der er nicht gerechnet hatte.

Kapitel dreizehn

Am Montag fuhr Sydney mittags nach Hause, um sich zu vergewissern, dass die Kartons mit den Laugenstangen und den zusätzlichen Vorräten eingetroffen waren und sie alles hatten, was sie am Abend brauchen würden. Bea hatte sie mit zwei Einkaufstüten beladen, beide mit Plastikbehältern gefüllt. Sie enthielten, was Bea als das »spaßige Zubehör« bezeichnete. Wie Sydney später herausfand, handelte es sich um verschiedenfarbige Streusel, bunten Zucker, Kokosraspeln, Schokoladenflocken und Toffeesplitter.

Sie öffnete die Tür und führte eine Bestandsaufnahme in der Küche durch, dann ging sie zurück und holte den großen Karton der Lieferung, den sie seitwärts kippen musste, um ihn durch die Tür zu bekommen. Sydney schob ihn durch den Flur in die Küche, wo sie sich für das große Verzieren an diesem Abend einrichten würden.

Die Küche war ihr Lieblingsbereich des alten Hauses. Sogar die Farbe, dieses altmodische Erntegold, war ihr ans Herz gewachsen, nachdem RayAnne und sie entschieden hatten, den Raum mit einem genauso altmodischen Sonnenblumenmotiv aufzupeppen. Auf der riesigen Insel in der Mitte würden sie reichlich Platz haben, um eine Art Fertigungslinie einzurichten. Hoffentlich würde es für die Kinder ein lustiges Projekt werden!

Sydney packte den Karton aus und stapelte die Laugenstangen an einem Ende der Arbeitsfläche. Nach etwas Recherche war sie zu dem Schluss gelangt, dass sich der Schongarer am besten eignen würde, um die Schokolade zu schmelzen. Er würde mehreren Leuten gleichzeitig die Möglichkeit bieten, die Laugenstangen in die Schokolade zu tunken und zu verzieren. Vier Einmachgläser würden in einem Wasserbad in den Schongarer passen, durch den die Konsistenz der geschmolzenen Schokolade gerade richtig bleiben würde. Außerdem konnten sie auf diese Weise sowohl weiße als auch dunkle Schokolade verwenden.

Sie schickte Mac eine SMS.

Sydney: *Für heute Abend ist alles klar.*
Mac: *Freu mich schon darauf.*
Sydney: *Um sieben?*
Mac: *Wir sehen uns dann.* ☺

Es war kurz nach sechs, als Bea eintraf. Trotz Sydneys Einwänden hatte sie darauf bestanden, selbst zu fahren. Sie hatte gemeint, sie tuckere mit dem Auto bereits so viele Jahre durch diese Gemeinde, dass sie es auch mit verbundenen Augen könnte.

Der Gedanke war für Sydney ein wenig beängstigend.

»Hier sieht es so einladend aus«, merkte Bea an, als sie eintrat. »Du hast dem Haus wirklich eine ganz persönliche Note verliehen.«

»Danke«, sagte Sydney. »Ist ein nach wie vor laufendes Projekt, aber allmählich leben wir uns ein, findest du nicht auch, Ray-Anne?«

»Auf jeden Fall«, bestätigte das Mädchen. »Und zum Glück ist Hopewell nicht annähernd so langweilig, wie ich dachte.«

Erleichterung durchströmte Sydney. Sie hatte gehofft, Ray-Anne würde diese Ortschaft lieb gewinnen. Vielleicht würde hier doch noch alles gut werden.

Bea folgte ihr in die Küche, dann blieb sie vor der Insel stehen. »Wie's aussieht, hast du dir ein richtiges System überlegt, Sydney. Wie in einer Fabrik. Keine Ahnung, warum mich das überhaupt nicht überrascht.«

»Das ist wirklich eine ganze Wagenladung Laugenstangen«, meinte RayAnne. »Zum Glück hat Mama immer einen Plan parat, sonst würde es ewig dauern, die alle in Schokolade zu tunken.«

Beas Augen leuchteten. »Und ob das eine Wagenladung ist!«, pflichtete sie dem Kind bei. »Jahrelang hab ich sie allein gemacht. Hat immer sehr lange gedauert. Ich bin aufrichtig dankbar, dass ihr alle dieses Jahr mithelft. War schon schwer genug, die Anzahl zuzubereiten, die ich bisher jedes Jahr bewältigt habe. Ich glaube, die doppelte Menge könnte ich allein nicht schaffen.« Bea ließ sich auf dem Hocker mit der hohen Rückenlehne am Ende der Kücheninsel nieder, während RayAnne noch einmal ins Wohnzimmer hinüberging, sich auf die Couch setzte und in einem Buch blätterte.

»Ich denke, wir haben alles beisammen.« Sydney tauchte ein Messer in die Schokolade und rührte sie um.

Bea spähte in die Einmachgläser. »Ich hätte dir raten sollen, ein wenig gutes altes Backfett zu besorgen. Manchmal muss man die Schokolade ein bisschen verdünnen.«

»Kein Problem. Hab ich da.« Sydney holte es aus der Speisekammer und legte es auf die Arbeitsfläche, für den Fall, dass sie es später noch brauchten.

Es klingelte an der Tür. »Sie sind da.« Sydney zupfte ihr Shirt zurecht, bevor sie sich umdrehte.

Bea grinste. »Ja, sind sie.«

Sydney warf das Geschirrtuch, das sie in der Hand hielt, auf Beas Schoß. »Du bist echt unbelehrbar. Und eine unverbesserliche Romantikerin.«

»Verklag mich doch«, erwiderte Bea schmunzelnd. »Warum

kannst du nicht gleichzeitig die neue Besitzerin des *Book-Bea* und verliebt in den attraktivsten Mann in meiner Gemeinde sein?«

»Also, das mit dem *Book-Bea* – kein Problem. Ich werde dich so was von stolz machen. Die andere Sache … Das ist bloß albernes Gerede.«

»Nein, ist es nicht. Ich hab so das Gefühl, dass du auch Mac ziemlich glücklich machen könntest.«

Sydney lief beinahe zur Eingangstür, dann blieb sie stehen und atmete tief und langsam durch. Sie zählte bis drei, atmete aus und öffnete schließlich die Tür. Doch davor stand niemand. Oder vielleicht doch, allerdings sah sie nur … eine riesige, dichte Nordmanntanne. »Wer … was? Hallo?«, sagte sie.

Ein Kinderlachen drang von der anderen Seite des Baumes zu ihr.

RayAnne kam um die Ecke gebogen. »Oha – was ist denn das?«

»Bin mir nicht sicher. Ich glaube, ein Baum versucht gerade, uns etwas zu verkaufen«, antwortete Sydney.

»Überraschung!«, rief Seth, bog einige Äste auseinander und steckte den Kopf dazwischen hindurch.

»Was soll das denn werden?«, fragte Sydney.

Mac hob den Baum an und trug ihn ins Haus. »Ein Gastgeschenk.«

»Ein Topflappen hätte vollauf genügt«, erwiderte Sydney.

Seth huschte herein. »Wo sollen wir ihn hinstellen?«

»Das ist ja so aufregend!«, befand Bea und klatschte in die Hände.

»Ans Fenster, würde ich sagen«, meinte Sydney. Sollten Weihnachtsbäume nicht dort stehen? Es gehörte doch mit zu den Freuden der Weihnachtszeit, dass die Nachbarn im Vorbeifahren den hell erleuchteten Baum von der Straße aus sahen.

Mac manövrierte den breiten Baum durch die Tür.

»Moment, ich schiebe den Stuhl beiseite.« Sydney eilte los

und schob ihn über den glänzenden Eichenholzboden. »Ich kann nicht fassen, dass du das gemacht hast. Du bringst uns wirklich einen Weihnachtsbaum mit?«

»Wenn ich mich recht erinnere, steht dein Baum im *Book-Bea*. Ich … wir dachten, es wäre schön, wenn ihr auch zu Hause einen habt.«

»Ihr seid die Besten«, merkte RayAnne an. »Mann, duftet das hier!«

»Definitiv nach Schokolade«, ergänzte Seth. »Ist das die Schokolade für Miss Beas verzierte Laugenstangen, die ich da rieche?«

RayAnne ergriff Seths Hand und zog ihn mit sich in die Küche.

Sydney ging ihnen aus dem Weg. »Ach herrje, ich hab nicht mal einen Ständer für einen echten Baum.«

»Brauchst du nicht. Das ist ein lebender Baum. In Erde. Nach den Feiertagen helfe ich dir, ihn in den Garten zu pflanzen.«

Angesichts dieser lieben Geste fühlte sich Sydneys Kehle wie zugeschnürt an. Hatte irgendjemand schon jemals etwas so Liebes für sie getan? »Oh mein Gott. Der muss ja eine Tonne wiegen.« Sie sprang aus dem Weg, als Mac den Baum durch den Flur ins Wohnzimmer bugsierte.

»Stell ihn einfach irgendwo ab«, sagte sie. »Wir können ihn dann an die richtige Stelle schieben.«

Muskeln wölbten sich unter den Ärmeln seines Hemdes. Keine große Überraschung. Sydney hatte sie schon gespürt, als sie sich neulich Abend bei der Fahrt auf dem Quad an ihm festgehalten hatte. Doch heute strahlte er zusätzlich die Robustheit eines Holzfällers aus.

Mac bewegte sich vors Fenster, spähte hinter sich, um die Mitte zu finden, dann senkte er den Baum und stellte ihn mit einem dumpfen Laut ab.

»Fröhliche Weihnachten schon mal von uns.« Er zog die Arbeitshandschuhe aus Leder aus und verstaute sie in seiner Gesäßtasche. »Ich würde sagen, nun waschen wir uns mal ordentlich, danach fangen wir an, die Laugenstangen zu verzieren.«

»Danke, Mac. Jetzt fühlt es sich hier wirklich sehr weihnachtlich an.«

Mac trat einen Schritt zurück und bewunderte die Tanne. »Vielleicht solltest du die Kinder auf den Baum loslassen. Ich wette, sie hätten ihn in fünfzehn Minuten geschmückt.«

»Im Buchladen waren sie wie ein Wirbelwind, was?«

»So ziemlich«, pflichtete er ihr bei. »Also, jetzt zu den Laugenstangen.«

»Ja. Komm mit.« Sydney führte ihn in die Küche, und Mac hielt mitten im Gehen inne. »War Willy Wonkas Schokoladenfabrik so aufwendig ausgestattet? Ich glaube nicht. Aber wahrscheinlich hat's dort sehr ähnlich geduftet. Mann, das wird eine richtige Serienproduktion werden!« Er sah Bea an. »Worauf hab ich mich da eingelassen?«

»Ich hab 'nen Plan.« Sydney deutete aufs Spülbecken. »Ihr wascht euch jetzt mal alle die Hände, und wenn ihr fertig seid, habe ich für uns alle Handschuhe. Braucht ihr Schürzen?«

Mac wirbelte herum und schüttelte den Kopf. »Nein. Wir haben Spaßklamotten an. Wir fürchten uns nicht vor ein bisschen Schokolade.«

»Wie ihr wollt. Aber macht mir später keine Vorwürfe, wenn ihr eure Outfits ruiniert.«

Mac versetzte seinem Sohn einen verspielten Klaps. »Outfits?«

Seth verdrehte die Augen und zuckte mit den Schultern.

»Wie auch immer«, sagte Sydney. »Du weißt schon, was ich meine. Schokolade bekommt man schwer aus der Kleidung raus. Ist keine Schande, eine Schürze zu tragen.«

»Oh, das würde es hier im Ort auf die Titelseite schaffen.« Bea lachte. »Unser großer, kerniger Baseball-Coach in einer Küchenschürze. Damit als Aufmacher könnten wir eine Menge Geld für die Gemeinde einspielen.«

»Dazu wird's nicht kommen.« Mac wusch sich die Hände am Spülbecken, dann trocknete er sie mit einem Papiertuch ab. Er drehte sich um und ließ den Blick durch die Küche wandern.

»Der Mülleimer ist da drüben.« Sydney zeigte durch den Raum.

Mac warf das zusammengeknüllte Papiertuch hoch über Beas Kopf quer durch die Küche, und es landete direkt im Mülleimer.

Sydney wirbelte zu ihm herum. »Okay, damit wolltest du jetzt bloß angeben.«

»Na gut, ein bisschen vielleicht«, räumte Mac ein.

Seth verdrehte die Augen. »Das macht er ständig. Überall.«

»Kein Werfen im Haus«, verkündete Sydney in ihrem strengsten Muttertonfall. »Das gilt für euch alle.«

»Ach menno.« Mac schmunzelte. »Ich bekomme keinen Freibrief, obwohl ich dir einen Weihnachtsbaum mitgebracht habe? Ich meine, das ist doch wohl entschieden besser als ein paar kümmerliche Blumen.«

»Damit hat er nicht unrecht«, meldete sich Bea zu Wort. »Und es ist ein lebender Baum.«

»Na schön. In dem Fall hab ich wohl schlechte Karten, was?«

»Ich werde dich in meinem Haus werfen lassen«, sagte Mac.

»Können wir dann loslegen?«, fragte Bea.

Das unternehmungslustige *Ja* der Anwesenden hätte selbst dann nicht synchroner ertönen können, wenn sie es geübt hätten.

»Okay«, sagte Bea. »Sydney hat hier alles wie eine Fertigungslinie in einer Fabrik eingerichtet. Wir sind Stationen zugeteilt. Jeder hat eine Aufgabe. Wir brauchen Tunker, Verzierer und Einwickler.« Bea zählte an den Fingern ab. »Hab ich das richtig hinbekommen?«

»Ja. RayAnne und Seth, ich dachte mir, ihr zwei könntet die

Verzierer sein. Mac und ich übernehmen das Tunken. Mac, wir tunken die Laugenstangen in eins der Einmachgläser, dann klopf-klopf-klopfen wir die überschüssige Schokolade ab – das ist sehr wichtig. Anschließend legen wir die Stangen auf Wachspapier, damit die Verzierer zur Tat schreiten können.«

»Wir klopf-kopf-klopfen sie ab«, wiederholte Mac und ahmte ihre Handbewegungen nach. »Genau dreimal. Nicht viermal. Nicht zweimal.«

»Sehr richtig«, bestätigte sie.

»Verstanden.« Mac nickte übertrieben.

»RayAnne und Seth. Ihr fangt jeder mit einem der Süßigkeitenbehälter an. Ihr könnt aussuchen, mit welchem, und dann verziert ihr damit, bis alles aufgebraucht ist. Danach nehmt ihr den nächsten Behälter. Klingt das gut?«, fragte Bea.

»Ja, Ma'am.« Seth beugte sich auf die Arbeitsfläche vor. »Mann, hier sind wirklich leckere Sachen! Ich glaube, ich will als Erstes diese runden Streusel nehmen, die wie Konfetti aussehen.«

»Ich fang mit den winzigen Zuckerschneeflocken an.« RayAnne zog ihren Behälter zu sich.

»Ich glaube, wir sind bereit«, meinte Sydney. »Alle die Plastikhandschuhe anziehen.«

»Packen wir's!« Mac ergriff eine Laugenstange, ahmte damit ein von der Arbeitsfläche abhebendes Flugzeug nach und ließ es im Sturzflug in die geschmolzene Schokolade sinken. »Klopf-klopf-klopf.« Anschließend legte er die Laugenstange auf das Wachspapier, damit die Kinder sie dekorieren konnten.

Die Laugenstangen wurden getunkt, die Verzierungen wurden angebracht, und sie kamen mit der Arbeit überraschend schnell voran.

»Das werden die besten Naschereien aller Zeiten!«, meinte Bea freudestrahlend.

Gegen neun hatten sie nur noch wenige Dutzend vor sich, doch die alte Dame wurde langsamer.

»Bea, warum legst du dich nicht hin? Du kannst hier übernachten, wenn du willst. Ich habe genug Platz.«

»Mir geht's gut, aber ich denke, ich fahre jetzt nach Hause. Sieht so aus, als würdet ihr hier ja bald fertig.«

»Klar.« Sydney kam um die Kücheninsel herum. Als Bea aufstand, wankte sie leicht und klammerte sich an der Arbeitsfläche fest. »Alles in Ordnung?«

»Mir war nur ein Momentchen ein bisschen schwindlig.«

Mac eilte an ihre Seite. »Bringen wir Sie zu einem gemütlichen Sessel.« Er half ihr ins Wohnzimmer, und sie setzte sich schweigend. »Ich finde, Sie sollten nicht fahren. Ich kann Sie nach Hause bringen, oder Sie können über Nacht hierbleiben.«

»Aber ...«

Mac legte den Kopf schief. »Bitte lassen Sie sich von mir fahren. Ich denke wirklich, das wäre das Beste.«

»Und wie komme ich morgen früh zu meinem Auto?«

»Ich komme vorbei und folge Sydney mit Ihrem Wagen. Ist gar kein Problem.«

»Ich glaube, wenn ich mich nur einen Moment setze, geht es gleich wieder.« Doch Beas Stimme klang nicht annähernd so zuversichtlich wie ihre Worte.

Sydney griff nach ihrer Hand. Sie fühlte sich klamm an, was Sydney mit Besorgnis erfüllte. »Soll ich nicht lieber einen Arzt rufen?«

»Nein. Nicht nötig.« Bea winkte ab. »Jetzt macht nicht so ein Trara. Ich bin bloß alt. Wir alten Leute haben schon mal hin und wieder solche Schwächeanfälle. Ich warte einfach hier, bis es Zeit zum Aufbruch ist.«

Während sich Mac und Sydney um Bea kümmerten, hatten die Kinder die Initiative ergriffen und sich an der Fertigungslinie abgewechselt. Sie arbeiteten gerade an den letzten drei Laugenstangen. »Danke, Kinder. Ihr seid super eingesprungen. Das weiß ich wirklich zu schätzen.«

»Wir sind ein gutes Team«, befand RayAnne.

»Meint ihr, wir können auch als Team schnell sauber machen?«, fragte Sydney.

»Klar«, antwortete Mac, bevor es irgendjemand sonst tun konnte. »Wo sind die Müllsäcke?«

RayAnne sprang von ihrem Hocker und holte einen Müllsack aus der Speisekammer.

»Danke.« Ein schnappender Laut ging von dem Sack aus, als Mac ihn aufschüttelte, dann fegte er Salz und Streusel von der Kücheninsel hinein.

RayAnne und Seth wischten die Arbeitsflächen ab, und Sydney verschloss die Einmachgläser, in denen sich noch Schokolade befand, mit Deckeln. Anschließend leerte sie das Wasser aus dem Schongarer ins Spülbecken.

»Bleibt nur noch, die letzten Laugenstangen in Plastikfolie einzuwickeln, sobald die Schokolade trocken genug ist. Darum kann ich mich kümmern«, sagte Sydney.

»Seth, ich denke, das war unser Stichwort zum Gehen.«

»Ich bin so weit«, sagte der Junge. »Hat Spaß gemacht, war aber auch harte Arbeit. Ich bin müde.«

»Danke fürs Helfen.« RayAnne verabschiedete sich, dann lief sie die Treppe hinauf. Wahrscheinlich würde sie schon schlafen, bevor Mac mit Bea draußen beim Auto wäre. »Willst du wirklich nach Hause, Bea?«, fragte Sydney.

»Ja. Es geht mir gut. Vielen Dank euch allen für die tatkräftige Hilfe. Ich bin euch wirklich dankbar.« Bea richtete sich im Sessel auf, legte die Hände auf die Lehnen und stemmte sich hoch. Obwohl sie etwas gefestigter wirkte, sorgte sich Sydney nach wie vor um sie.

Bea umarmte sie und flüsterte: »Du hast das mit dem *Book-Bea* heute Abend doch ernst gemeint, oder?«

»Ja, hab ich.«

Bea schaute hinüber zu Mac, und Sydney wusste, worauf der

Blick anspielen sollte. Sie stupste Bea an und bedachte sie ihrerseits mit einem Blick, der besagte: *Hör auf damit.* Bea kicherte wie die Kupplerin, die sie war. »Verabschiedet ihr zwei euch in aller Ruhe voneinander, ich werde mir einen kleinen Vorsprung verschaffen.«

»Warten Sie kurz. Lassen Sie sich von mir zum Auto begleiten«, schlug Mac vor.

»Nein. Seth kann mir helfen. Nicht wahr, junger Mann?« Bea streckte die Hand aus, und Seth ergriff sie.

»Ja, Ma'am.«

»Du hast einen netten jungen Burschen großgezogen«, meinte Sydney zu Mac.

»Ich bin wirklich stolz auf ihn.«

»Kannst du auch sein. Mir hat der heutige Abend Spaß gemacht. Vielen Dank, dass ihr gekommen seid.«

»Hast du immer noch Lust auf Sternegucken und Marshmallows diese Woche?«, wollte er wissen.

Er erinnert sich daran, dachte Sydney. »Ja! Das wäre wirklich schön. Sag einfach, wann.«

»Wir schmieden morgen früh einen Plan, wenn ich vorbeikomme. Welche Uhrzeit? Gegen neun?«

»Ja, das würde passen.« Sydney wünschte, er müsste nicht gehen. Obwohl sie müde war, hätte sie im Augenblick durchaus Lust auf eine gemütliche kleine Erwachsenenunterhaltung.

An der Tür sah sie Mac nach, wie er zum Pick-up ging und Bea beim Einsteigen half. Dabei verhielt er sich freundlich und geduldig, und als er aus der Einfahrt zurücksetzte, blendete er zum Abschied mit den Scheinwerfern auf.

Sydney schloss die Tür hinter sich. Sie hatte völlig vergessen, ihm noch einmal für den Baum zu danken. Andererseits: Wie oft musste man sich bei jemandem bedanken? Es war eine so nette Geste gewesen.

Zu wissen, dass Beas Auto draußen stand, erfüllte Sydney mit

Traurigkeit. Die alte Dame hatte niemanden, der ihr half. War es für sie wirklich in Ordnung, allein zu leben? Mr Blevins, der Bürgermeister, hatte gesagt, dass es ihr in letzter Zeit nicht immer gelang, die Ladenöffnungszeiten einzuhalten. Und an diesem Abend hatte sie sehr schwach gewirkt. Sydneys Herz krampfte sich zusammen.

Warum nur schienen besondere Dinge so fürchterlich zerbrechlich zu sein? Erinnerungen. Ehen. Freundschaften. Das *Book-Bea*. Und Bea selbst.

Kapitel vierzehn

Sydney gab sich entspannt den Glücksgefühlen hin, die sie wärmten. Ja, über fünfhundert Laugenstangen in Schokolade zu tunken und zu verzieren war eine Heidenarbeit gewesen, aber eine Arbeit, die zusammen mit Bea, RayAnne, Mac und Seth voll Liebe erledigt worden war. Sie spähte in RayAnnes Zimmer, doch das Mädchen schlief tief und fest.

Ihre Tochter sah so friedlich aus in dem Raum, der einst Sydney gehört hatte. Sie reckte das Kinn zum Himmel und betete stumm. *Danke, Oma und Opa. Ich hätte wirklich nicht gewusst, was ich tun soll, wenn ihr mir dieses Haus nicht hinterlassen hättet. Ich gebe mein Bestes, um künftig auf eigenen Beinen zu stehen.*

Plötzlich fiel alle Müdigkeit von ihr ab, und ihre Gedanken wurden völlig klar.

Die Entfernung zwischen Hopewell und Atlanta hatte für Jon und sie bei RayAnne für faire Bedingungen gesorgt. Sicher, er hatte RayAnne in typischer Jon-Manier erneut enttäuscht und es Sydney überlassen, hinter ihm aufzuräumen. Aber zumindest konnte er nicht unverhofft mit einem ausgeklügelten Plan oder einem aufwendigen Geschenk hereinschneien, um die Sache auszubügeln. Der Mann dachte wirklich, Glück und Liebe könne man sich kaufen.

Sydney fühlte sich zu aufgekratzt, um zu schlafen, also ging sie nach unten. Sie empfand es als Segen, dass sie so schnell Freundschaften geschlossen und sogar in der Vorweihnachtszeit einen Job im *Book-Bea* gefunden hatte.

Es spielte wirklich keine Rolle, ob der Laden ihr gehörte oder nicht. Sie wäre auch rundum glücklich damit, Bea auch weiterhin nur zu helfen, ihn zu betreiben. Ihre Gedanken überschlugen sich vor immer neuen Ideen.

Sie holte sich ihren Laptop und setzte sich damit auf die Couch. Nach ein paar Google-Suchläufen hatte Sydney einige einfache Werkzeuge gefunden, um ihre Ideen in die Tat umzusetzen.

Wahrscheinlich würde sie es spätestens am Nachmittag bereuen, wenn sie nicht sofort ins Bett ginge. Trotzdem bewegte sie die Maus hin und her und klickte munter drauflos, bis eine ihrer Ideen vor ihren Augen Gestalt annahm. Es war einfach zu aufregend, um damit aufzuhören.

Wenige Stunden später saß sie auf der Couch und betrachtete die brandneue Website, die sie soeben für das *Book-Bea* eingerichtet hatte.

Stolz. Freudige Erregung. Ein Gefühl der Aufregung. Sydney empfand das alles als schlichtweg erstaunlich. Als Banner oben auf der Startseite hatte sie das Foto des Schildes benutzt, das sie an jenem ersten Tag vor dem *Book-Bea* wiederentdeckt hatte.

Erneut klickte sie durch die Website. In ihr brodelte solche Aufregung, dass sie es kaum erwarten konnte, Bea das Ergebnis zu zeigen.

Sie fügte eine Seite für Veranstaltungen hinzu. Bea organisierte keine Events oder Büchersignierstunden mehr im Laden – was sich jedoch leicht ändern ließ.

Ein paar Aktionen für Kinder, ein paar für Erwachsene. Bastelstunden und saisonale Ereignisse würden den Bücherschwerpunkt des Ladens ein wenig auflockern. Dabei ging es weniger um

Geld, sondern mehr darum, das Gemeinschaftsgefühl der Leute im Ort zu fördern. Das *Book-Bea* sollte ein Dreh- und Angelpunkt für Veranstaltungen in der Kleinstadt bleiben.

Im Anmeldeformular für den Newsletter fügte sie ein Feld für das Geburtsdatum hinzu, damit sie eine Geburtstagsliste erstellen konnten. Elektronische Geburtstagskarten an Menschen zu versenden wäre eine hervorragende Möglichkeit, die Verbindung mit ihnen nicht abreißen zu lassen.

»Guten Morgen, Ma«, grüßte RayAnne, als sie geräuschvoll die Treppe herunterkam.

Als sich Sydney umdrehte, stellte sie fest, dass ihre Tochter sogar schon angezogen war. »Wie spät ist es denn?«

»Acht Uhr zwanzig. Jennys Mama kommt mich in zehn Minuten abholen. Weißt du noch?«

Sydney hatte RayAnnes Pläne für diesen Morgen bis zu diesem Moment völlig vergessen. Wenn sie daran gedacht hätte, dann hätte sie ihre Tochter geweckt. Offenbar wurde ihr kleines Mädchen allmählich erwachsen. Sie war ganz allein aufgestanden.

Sydney klappte den Laptop zu. Sie hätte RayAnne die Website zu gern gezeigt, aber da Mac in weniger als dreißig Minuten aufkreuzen würde, um ihr zu Bea nachzufahren, musste sie sich selbst beeilen.

RayAnne stellte sich vors Fenster und hielt Ausschau nach Diane und Jenny. »Sie sind da!«

Sydney drückte ihrer Tochter zum Abschied einen Kuss auf die Wange, als sie RayAnne zur Tür hinausschickte. »Hab einen wunderschönen Tag!« Dann eilte sie hinauf und zog sich bereits während der letzten Schritte zum Badezimmer aus.

Sie duschte rasch, band sich die Haare zusammen und tupfte sich ein dezentes Make-up ins Gesicht.

Danach fühlte sie sich mit schwarzer Jeans, Westernstiefeln und schwarzem Oberteil ein bisschen wie Johnny Cash, abgesehen von der Perlenkette um ihren Hals. Sie nahm eine ebenfalls schwarze Jeansjacke aus dem Schrank, zog sie an und betrachtete sich im Spiegel. Auf dem Weg nach unten krempelte sie die Ärmelaufschläge der Jacke hoch. Sie hörte, wie der Pick-up in die Einfahrt rollte.

Sydney öffnete die Eingangstür und wartete auf Mac. »Guten Morgen.«

»Du siehst heute bezaubernd aus«, sagte er.

»Danke schön«, gab Sydney zurück. »Würde es dir was ausmachen, mir zu helfen, die Laugenstangen ins *Book-Bea* zu bringen?«

»Ganz und gar nicht.«

Und sie hätte nichts dagegen, ihm dabei zuzusehen, wie er die schweren Kartons schleppte. Auch den Anblick, wie er gestern Abend den Baum getragen hatte, würde sie so schnell nicht vergessen.

Sydney nahm ihren Laptop und verstaute ihn in der Tragetasche neben der Tür, dann ging sie in die Küche.

Ihre Stiefel klickten einen Takt auf dem alten Holzboden.

»Ganz schön kalt hier drin«, stellte Mac fest.

»Das Haus ist schrecklich schwer zu heizen. Es ist so zugig.«

»Alte Häuser. Sie besitzen Charme und sind so viel besser gebaut als die neuen, die heutzutage in zwei Wochen aufgestellt werden. Aber besonders energieeffizient sind sie nicht.«

»Wenn ich bleibe, werde ich wohl die Isolierung verbessern und neue Fenster einbauen müssen. Wenn nicht, verkaufe ich das Haus einfach so, wie es ist.«

»Verkaufen? Also ist das für dich nur eine vorübergehende Lösung?«

War es das? Noch vor wenigen Wochen wäre ihre Antwort darauf ein klares *Ja* gewesen. Ein definitives *Ja*. Sie hätte gesagt, dass RayAnne und sie hier eine Zeit der Veränderung durchlebten. Dass sie nur hier war, um einer geregelten Arbeit nachzugehen, die sie für einen ordentlichen Lebenslauf brauchte, und gleichzeitig die Verbindungen zu Jon zu kappen. Dass sie zwar nur zu gern bleiben würde, dass sie aber RayAnne ein Mitspracherecht bei ihrem endgültigen Plan zugestanden hatte und es dem Mädchen in Atlanta besser gefiel.

Mittlerweile jedoch ließ sich die Frage nicht mehr so einfach beantworten. »Vielleicht eher halb dauerhaft. Zu Hause wurden die Dinge kompliziert. Ich habe eine sichere Zuflucht gebraucht. Der Ort hier hat sich dafür angeboten.« Sydney sah sich um. »Das Haus ist abbezahlt. Und es beherbergt so schöne Erinnerungen. An viele herrliche Sommer.«

»Wahrscheinlich sind wir uns sogar irgendwann über den Weg gelaufen.« Mac verstummte kurz. »Obwohl ich nicht glauben kann, dass ich mich nicht daran erinnern würde, dich getroffen zu haben.«

»Ich habe immer viel Zeit hier in der Nähe der Farm bei Oma und Opa verbracht, außer bei den wöchentlichen Ausflügen in den Ort, um Lebensmittel und so einzukaufen. Dabei haben wir auch immer im *Book-Bea* vorbeigeschaut.«

»Ich denke, mit dem Buchladen sind für uns beide viele Erinnerungen verbunden.«

Und ich bin diejenige, die das mit Bea weiterführen kann, dachte Sydney. Sie ergriff zwei Behälter mit den bunten Laugenstangen und zeigte auf einen weiteren Karton auf dem Boden. »Kannst du den für mich nehmen?«

»Kein Problem.« Mac hob den Karton auf und trug ihn hinaus zum Pick-up.

Sydney stellte die Tüten auf den Boden seines Wagens.

»Sind wir so weit?«

»Ja.« Sie ließ Beas Schlüssel in der Hand klimpern. »Fahr mir nach«, forderte sie ihn auf, dann ging sie zu Beas Auto und setzte sich hinters Lenkrad. Der Wagen erwies sich als blitzsauber, was sie jedoch nicht wunderte. Das Fahrzeug aus den neunziger Jahren hatte erst 22 867 Kilometer auf dem Tacho.

Mac setzte aus der Einfahrt zurück und wartete am Straßenrand.

Sydney manövrierte den großen Wagen hinaus und fuhr damit durch den Ort zu Beas Haus.

Sie winkte, und Mac ließ das Fenster herunter. »Ich brauche nur eine Minute. Möchte bloß schnell nach ihr sehen.«

»Lass dir Zeit.«

Sydney spürte seinen Blick auf sich, als sie den Weg zu Beas Haus entlangging.

Bea öffnete die Tür in dem Moment, als Sydney zu klopfen begann. Noch im Bademantel sagte sie: »Guten Morgen, Sydney.«

»Ich hab dir dein Auto zurückgebracht. Wie fühlst du dich heute?«

»Es geht mir gut, Liebes.« Sie drückte Sydneys Hand. »Vielen Dank für gestern Abend. Das werden die bisher besten Leckereien überhaupt. Gemacht mit Liebe und Kameradschaft – den wichtigsten Zutaten.«

»Wir hatten dabei alle eine schöne Zeit.«

»Ja, die hatten wir. Ich habe heute Morgen noch einen Termin bei meinem Anwalt, muss mich um ein paar Dinge kümmern. Ich werde ein bisschen später kommen.«

»Wenn du dich nicht gut genug fühlst, kann ich auch allein einspringen, das weißt du. Macht mir überhaupt nichts aus.«

»Oh, ich weiß, dass du das kannst. Du erinnerst mich an mich selbst in dem Jahr, als mein Ehemann gestorben ist. Ich musste auch zu eigener Kraft finden, und als ich's schließlich geschafft hatte, war ich stärker als je zuvor. Erst hatte ich solche Angst, aber die Freiheit, die ich in meiner Unabhängigkeit gefunden habe, hat sich als Geschenk erwiesen.« Sie lächelte freundlich. »Ich komme in den Laden, sobald ich alles erledigt habe.«

»Na gut, doch hetz dich nicht, es hat keine Eile. Nur …«, setzte Sydney an. »Ich muss dir etwas zeigen, wenn du dann kommst.«

»Was denn?«

»Eine Überraschung. Für dich. Na ja, für dich und das *Book-Bea.*«

Beas Züge hellten sich auf. »Ich kann's kaum erwarten.«

»Ich auch nicht. Ich war die ganze Nacht deswegen auf. Ich hoffe, es gefällt dir.« Sie umarmte Bea, danach lief sie zurück zu Macs Pick-up.

Kapitel fünfzehn

Von Beas Haus zum Buchladen waren es nur wenige Blocks. Mac half Sydney beim Ausladen der Laugenstangen, dann brachte er sie zurück zu ihrem Haus, damit sie ihr eigenes Auto holen konnte.

»Danke fürs Chauffieren.« Sydney zog am Griff und öffnete die Tür zum Aussteigen.

»Gern geschehen.« Er lehnte sich mit den Armen aufs Lenkrad. »Ich hab heute frei. Da habe ich mich gefragt, ob ich dich vielleicht zum Mittagessen einladen darf.«

Sofort hatte sie ein Lächeln auf den Lippen. Was natürlich überhaupt nicht cool und lässig rüberkam, doch sie konnte nicht anders. Sie fühlte sich in Macs Gegenwart wohl. Eine angenehme Abwechslung. »Ich weiß nicht, wann Bea kommt. Sie hat gesagt, sie müsste noch etwas erledigen.«

»Wie wär's dann mit Essen im Laden? Wenn du beschäftigt bist, ist es eben ein Arbeitsessen. Wenn nicht, ein Picknick. Das wäre *bären*stark.« Mac schaute hoffnungsvoll drein.

»War das der lahme Versuch eines Witzes? Bärenstark? Bär? Wie in *Book-Bea?*«

»Jep. Schuldig.«

Ihr gefiel, wie er sie zum Lachen brachte. Was konnte ein gemeinsames Essen schon schaden? Außerdem war sie die ganze Nacht wach gewesen und hatte das Frühstück ausfallen lassen. Sie könnte eine Stärkung zu Mittag gut gebrauchen, und sie verbrachte gern Zeit mit Mac, auch wenn sie nicht bereit für etwas Ernsteres war, ganz gleich, wie sehr sich die Schmetterlinge in ihrem Bauch austobten. »Weißt du, ein gemeinsames Mittagessen wäre wirklich nett. Doch es ist kein Date. Richtig?«

»Ganz wie du meinst.« Er wartete, bis sie in ihr Auto gestiegen war, bevor er aus der Einfahrt zurücksetzte. Als sie die Kreuzung erreichten, bog er nach rechts in die Richtung seines Hauses, sie nach links zur Arbeit.

»Nachbarn. Luftlinie«, sagte Sydney, die an ihre Unterhaltung von neulich zurückdachte. Sie fand es schön, in der Nähe Nachbarn zu haben, auf die sie sich verlassen konnte.

Im Laden verlief der Vormittag ruhig. Die Kunden trudelten einer nach dem anderen ein, wechselten sich wie einstudiert ab, womit Sydney kein Problem hatte.

Zu Mittag kam Mac mit einer großen braunen Papiertüte herein.

Beim Anblick, wie sein Lächeln kleine Fältchen um seine Augen zauberte, breitete sich ein unerwartetes Ziehen in ihrem Magen aus.

»Hallöchen. Ich hoffe, du hast Hunger.«

»Oh ja, und wie! Mir ist eben erst durch den Kopf gegangen, dass ich glatt ein Pferd verschlingen könnte. Und nach der Größe der Tüte zu urteilen, könntest du wirklich eins mitgebracht haben. Bitte sag mir, dass ich mich irre.«

»Wirst du früh genug erfahren.« Er sah sich um. »Hast du Kunden?«

»Im Augenblick nicht.«

»Volltreffer.« Mac ergriff ihre Hand.

Ein Kribbeln breitete sich bis in ihre Fingerspitzen aus. »Wohin bringst du mich?«

Er neigte den Kopf und lächelte nur, als er sie durch die Bücherregale den Gang mit den Liebesromanen hinunterführte. Er ging vorbei an der Präsentationsfläche, die der örtlichen Autorin aus North Carolina vorbehalten war, in den hinteren Bereich des Ladens, dann den nächsten Gang zurück nach vorn, bis er neben dem Weihnachtsbaum stehen blieb.

»Ich glaube, du hast einen Umweg genommen.«

»Die Panoramaroute.«

»Sind wir schon da?«

»Ja, Fräulein Ungeduldig. Ich denke, das sind wir.« Mac stellte die Tüte ab und fasste hinein. Oben lugte ein blaues Tischtuch heraus. Er zog daran und breitete es über den Fußboden aus. »Für Sie, *Madame*«, sagte er mit einem bezaubernden französischen Akzent. »Wie gefällt dir unser Picknickplätzchen?«

»Ich finde, es ist perfekt.« Die Geste war süß und ein bisschen schrullig, doch Sydney war hin und weg von seinem Bemühen. Sie setzte sich mit untergeschlagenen Beinen auf den Boden. Durch die Beleuchtung des geschmückten Weihnachtsbaums und das hübsche Tischtuch ergab sich tatsächlich ein beschauliches Plätzchen für ein Picknick. Mac ließ sich neben ihr nieder, dann griff er abermals in die Tüte.

»*Pour toi.*« Er hob ein quadratisches Päckchen mit einer seidigen Schleife aus der Tüte und überreichte es ihr.

»Für mich? Jetzt schon?« Sydney hielt es in beiden Händen, während sie überlegte, was es enthalten mochte. Sie schüttelte es vorsichtig.

Mac nickte.

Sie hatte nichts für ihn, wodurch sich die Situation ein wenig peinlich anfühlte – immerhin hatten sie bald Weihnachten. Das Päckchen kam ihr zu schwer für seine Größe vor. »Soll ich es gleich aufmachen?«

»Darauf hatte ich irgendwie gehofft.«

»Das hättest du nicht tun müssen.«

»Dank mir noch nicht. Du hast es ja noch nicht ausgepackt. Vielleicht gefällt es dir gar nicht.«

»Doch, das wird es.« Verspielt zog sie eine lange Nase in seine Richtung, dann entfernte sie die Schleife von dem Päckchen. Es enthielt auf einer glänzenden Lage Silberpapier ein Stück Weihnachtsschmuck.

Sydney hob es an dem geschwungenen, oben befestigten Metallhaken heraus. Ein Weihnachtsmann. Sie ließ ihn von den Fingern baumeln, während sie die kunstvoll geschnitzten Details des Dekorationsstücks aus Holz auf sich wirken ließ. Die prächtigen Farben betonten die erlesene Handwerkskunst.

»Das ist ein französischer Weihnachtsmann«, erklärte er.

Die Augen des Weihnachtsmanns funkelten wie jene, die man hierzulande kannte und liebte. Allerdings trug dieser Weihnachtsmann eine Baskenmütze und eine Jacke mit einer stilisierten Lilie statt des traditionellen roten und weißen Mantels mit Pelzbesatz. In einer Hand hielt er einen Stab mit dem Eiffelturm als Spitze, in der anderen ein Tablett mit Champagner und Käse.

»Das ist wunderschön.« Und sogar das fühlte sich unzureichend an, um das einzigartige Stück in ihren Händen zu beschreiben.

»Du hast gesagt, dass du gern nach Frankreich möchtest. Als ich diesen französischen Weihnachtsmann gesehen habe, musste ich an dich denken.«

Sydney drehte ihn zwischen den Fingern, bevor sie ihn an den Baum hängte. »Ich liebe diesen Weihnachtsmann. Mac, das hättest du wirklich nicht tun müssen.«

Er hob einen Finger. »Das ist noch nicht alles.«

Erneut kramte er in der Papiertüte und holte eine Tischunterlage hervor, die er zwischen ihnen ablegte. Dann begann er, langsam den restlichen Inhalt der Tüte darauf auszubreiten. Zuerst ein knuspriges französisches Baguette, frisch gebacken, wenn sie nach dem warmen Aroma ging, das ihr in die Nase stieg. Dann wickelte er einen kleinen Teller mit Käse und Obst sowie einen weiteren mit aufgeschnittener Hähnchenbrust aus.

»Du hast wirklich an alles gedacht.«

Schließlich holte er zwei Champagnerflöten aus der Tüte. Sie erwiesen sich als handbemalt – eine mit dem guten alten fröhlichen Weihnachtsmann, die andere mit Mrs Weihnachtsmann. »Kannst du die mal halten?«

»Klar.« Sydney hielt sie an den Stielen, während er eine Flasche Champagner aus dem schier endlosen Vorrat an erfreulichen Überraschungen aus der Tüte holte.

»Wow, du hast dich selbst übertroffen!«

»Es ist lange her, seit ich zuletzt eine Frau zu einem Picknick eingeladen habe. Hab ich's übertrieben?«

»Ja. Und ich liebe es.«

In dem Moment flog der Champagnerkorken mit einem lauten Knall aus der Flasche.

»Spitze!« Sydney hielt ihm die Gläser hin, und er schenkte ein.

Sie schaute zur Tür. »Die Kunden werden zwangsläufig eine völlig falsche Vorstellung von mir bekommen, wenn sie mich während der Arbeit trinken sehen.«

»Ich verstaue die Flasche einfach wieder in der Tüte. Nur für den Fall, dass Kunden hereinkommen. Die Gläser können wir in ein Regal stellen und so tun, als wäre es eine weitere ausgefallene Auslage wie die im vorderen Schaufenster.«

»Du hast wohl auf alles eine Antwort, was?«

»Dafür bin ich berühmt. Auf gute Ausreden, die Spaß ermöglichen!« Mac erhob das Glas. »Und auf neue Freunde!«

Sydney stieß mit ihm an. »Und auf Weihnachten in Hopewell!«

Beide tranken einen Schluck. »Darf ich das so auffassen, dass es dir bei uns gefällt?«

»Sehr sogar.«

»Das ist großartig.« Er schnitt das Baguette auf und reichte ihr ein Stück. »Ich bin nämlich sehr froh, dass du hier bist.«

Die Worte jagten einen anregenden Schauer durch Sydneys Körper. Es war lange her, seit sich zuletzt ein Mann so viel Mühe gegeben hatte, um sie zu beeindrucken. Was er getan hatte, könnte geradewegs einem romantischen Hollywood-Streifen entsprungen sein. Und wem würde es nicht gefallen, so verwöhnt zu werden? Hopewell war an sich schon ein guter Ort, doch durch Mac wurde er zu etwas ganz Besonderem. »Das ist süß. Alle hier sind so nett. Ich wollte unbedingt, dass der Umzug hierher eine gute Erfahrung wird, doch es wäre gelogen, würde ich sagen, dass ich keine Angst gehabt hätte.«

»Und …«

»Und es hat sich als besser als alles herausgestellt, was ich mir je hätte vorstellen können. Das alte Haus mag zugig sein, aber wir kommen dort gut zurecht. Und auch wenn RayAnne anfangs ziemlich wütend auf mich war, weil ich sie aus ihrer Schule und dem gewohnten Umfeld gerissen habe, habe ich das Gefühl, dass es allmählich zwischen uns wieder so wird, wie es früher gewesen ist. Jedenfalls in der Hinsicht, die zählt. Es ist wirklich ein Segen.«

»Hopewell eignet sich dafür gut. Ein friedlicher Ort. Ich weiß noch, nachdem uns Genna verlassen hatte, wusste ich erst überhaupt nicht, was um alles in der Welt ich tun sollte. Aber wenn ich Mist gebaut habe oder Mühe mit etwas hatte, war immer jemand zur Stelle, der uns geholfen hat. Ich glaube, Orte wie diesen findet man heutzutage nicht mehr oft. Hier geht alles langsamer vor sich. Die Menschen nehmen sich noch die Zeit, ihren Nachbarn zu helfen.«

»Ich denke, die Leute sind normalerweise einfach zu beschäftigt, um innezuhalten und überhaupt zu bemerken, dass jemand Hilfe braucht. Mir gefällt das gemächlichere Tempo hier.« Sie legte sich Käse auf ihr Brot und nahm einen Bissen davon. »Mm, so gut.«

»Warte erst, bis du Gelegenheit hast, echtes französisches Brot zu kosten. In Frankreich.«

»Irgendwann vielleicht. Aber vorerst finde ich das hier schon ziemlich gut. Danke für all das. Ich liebe meinen Nachmittag in Frankreich.«

»Das hätte ich beinahe vergessen.« Mac holte sein Handy hervor, wischte über das Display und tippte darauf. Französische Tangomusik erklang. »Für das richtige Flair.« Er bereitete sich aus Hühnchen und Baguette ein kleines Sandwich zu, biss davon ab und spülte es mit Champagner hinunter.

»Ich weiß ja nicht, was RayAnne und du für den ersten Weihnachtstag geplant habt, doch bei mir schauen die Nachbarn und ein paar Kollegen von der Schule vorbei, mit denen ich zusammenarbeite. Nichts Großartiges. Aber es ist ein nettes Beisammensein. Weißt du, ich finde, zu den Feiertagen fühlt sich eine größere Runde immer so gut an. Ihr solltet auch kommen.«

»Den Nachmittag will RayAnnes Vater mit ihr verbringen. Hab ich zumindest zuletzt gehört. Er scheint seine Pläne ja recht spontan zu ändern.«

»Dann solltest zumindest du kommen.«

»Ja, mal sehen. Hängt davon ab, wie sich alles ergibt. Ich könnte etwas mitbringen.«

»Oh, nicht nötig. Es ist für alles gesorgt. Es wird für jeden mehr als genug da sein. Bring einfach dich selbst mit.« Er sah ihr in die Augen. »Und denk nicht zu viel darüber nach.«

Sie lachte. »Woher weißt du, dass ich das mache?«

»Weil ich selbst zu viel darüber nachdenke, obwohl wir uns bereits darauf geeinigt haben, dass das hier kein Date ist. Ich musste mich letztlich davon überzeugen, dass es in Ordnung ist, einfach nur einen Tag nach dem anderen zu nehmen. Meinst du, dass du auch damit klarkommst? Keine Versprechungen. Kein Druck.«

»Mein Leben ist kompliziert. Ich muss darauf achten, Ray-Anne bei allen Entscheidungen an die oberste Stelle zu setzen. Sie hat ohne eigenes Verschulden so viel durchgemacht. Vielleicht ist es nicht realistisch, doch ein Teil von mir hat das Gefühl, Jons Fehler wiedergutmachen zu müssen. Und natürlich auch meine.«

»So einfach ist das nicht.«

»Das ist das Beste, was ich tun kann.«

»Oh, das weiß ich«, gab er zurück. »Glaub mir, das Letzte, was ich will, ist ein Abweichen von der Routine, zu der Seth und ich gefunden haben. Andererseits: gar keine Abwechslung? Tja, das ist doch auch kein richtiges Leben, oder?«

Sydney atmete tief ein. Sie wünschte, es wäre so einfach. Ray-Anne und sie hatten noch nicht mal zu einer Routine gefunden, aus der sie ausbrechen könnten. Jon schaute nach vorn. Vielleicht sollte sie das auch tun. Nur gab es dabei auch andere Dinge zu berücksichtigen.

»Lass dich treiben«, sagte er.

Sydney hob das Champagnerglas an die Lippen und hoffte auf ein wenig flüssigen Mut. Fiel ihm auf, wie ihre Hand zitterte?

»Zwischen uns ist doch alles gut. Richtig?« Eine Falte bildete sich auf seiner Stirn.

Sie zog eine Schulter hoch. »Natürlich. Alles gut zwischen uns.« Vielleicht war es ihm doch aufgefallen.

Nachdem sie zu Ende gegessen hatten, half sie ihm beim Aufräumen. »Vielen, vielen Dank! Das hat Spaß gemacht.« Sie faltete für ihn das Tischtuch zusammen und verstaute es wieder oben in seiner Papiertüte.

Die Eingangstür schwang auf. »Haaallooo!«, rief Bea. Sie drehte den Kopf hin und her, bis ihr Blick sie beide fand. »Schön, dich zu sehen, Mac. Und da ist ja auch mein süßer Engel Sydney.«

»Hallo, Bea.« Sydney war froh, dass es Bea an diesem Nachmittag deutlich besser zu gehen schien.

Die alte Dame zog sich den Schal vom Kopf und hängte ihn

an den Kleiderständer. »Seid mir doch bitte mit meiner Jacke behilflich, ja?«

Mac trat vor, half ihr aus der Jacke und hängte sie für sie auf.

»Bist du hier, um wegen der Bücher nachzufragen, die du bestellt hast?«, fragte Bea.

»Nein«, antwortete Mac mit einem leicht nervösen Blick in Sydneys Richtung. »Ich hab zum Mittagessen ein kleines Picknick für Ihre hart arbeitende Helferin mitgebracht. Ich würde Ihnen ja etwas davon anbieten, aber wir haben so ziemlich alles verputzt.«

»Ach ja?« Bea verzog die Lippen zu einem verschmitzten Grinsen. »Bin froh, dass ich das verpasst habe. Klingt nämlich romantisch. Dabei hätte ich nur gestört.«

Sydney biss sich auf die Zunge und zwang sich, es nicht abzustreiten. Sie war unheimlich dankbar, als die Tür jäh aufschwang und eine Mutter mit vier enthusiastisch lärmenden Kindern hereinkam, die prompt in alle Richtungen davonstürmten. »Kommt sofort wieder her.« Die Mutter sah verhärmt und mitgenommen aus. »Tut mir so leid«, entschuldigte sie sich und wischte sich die Haare aus dem Gesicht.

»Macht doch nichts«, gab Sydney zurück. »Danke, Mac. Das war ein so nettes Mittagessen. Ich muss jetzt los und unseren Kunden helfen.«

In halbem Laufschritt eilte Sydney zum Abschnitt mit den Kinderbüchern und half der Frau, ihre Sprösslinge zu bändigen. Ein flüchtiger Blick zurück verriet ihr, dass es Mac nicht eilig damit hatte zu gehen. Stattdessen plauderte er mit Bea. Irgendetwas an ihm vermittelte ihr das Gefühl, dass vielleicht doch noch alles richtig gut werden könnte. Oder vielleicht lag das auch nur an der sehnsüchtigen, arglosen, romantischen Sydney in ihr, der das Herz schon einmal gebrochen worden war. Konnte sie dieses Risiko erneut eingehen? Könnten Mac und sie nur Freunde sein? Wäre das wirklich, was sie wollte?

Als Sydney zur Kasse ging, weil die Kundin mit den Kindern ihre Einkäufe bezahlen wollte, saß Bea im Sessel hinter der Theke und sah das Hauptbuch durch. Offenbar lag der aktuelle Tarif für Kinderbesänftigung bei … Sydney drückte auf die Summentaste der großen, uralten Registrierkasse. »Einhundertdrei Dollar und zweiundvierzig Cent, bitte.«

»Vielen Dank für Ihre Hilfe. Ich kann Ihnen sagen, manchmal machen mich die vier restlos fertig.« Die Frau zählte Zwanziger ab.

Sydney gab ihr das Wechselgeld zurück. »War mir ein Vergnügen. Ich selbst habe nur eine Tochter und fühle mich schon von ihr oft genug ausgelaugt. Keine Ahnung, wie Sie das schaffen.«

»Sie waren so hilfsbereit.«

»Wir können das für Sie als Geschenk einpacken, wenn Sie möchten«, bot Bea an.

»Nein, danke. Das erledige ich schon selbst. Die Geschenke packe ich ein, nachdem meine Rabauken zu Bett gegangen sind. Ist wie eine Therapie. All das Papier, das Klebeband und die Schleifen. Ich liebe das.«

»Tja, dann schon einmal fröhliche Weihnachten! Ich hoffe, wir sehen uns wieder.« Sydney liebte diesen Job. Für sie war es so viel mehr, als nur Bücher zu verkaufen.

Die Frau nahm einen weiteren Zwanziger aus der Brieftasche und reichte ihn Sydney. »Ein bisschen Trinkgeld. Fröhliche Weihnachten!«

»Oh nein, das kann ich nicht annehmen«, entgegnete Sydney.

»Bitte. Das würde mir den Tag versüßen.«

Schließlich nahm Sydney den Zwanzig-Dollar-Schein an und steckte ihn in die Tasche. »Danke. Vielen Dank! Meine Tochter und ich werden damit etwas Lustiges unternehmen und dabei an Sie und Ihre Familie denken.«

»Das ist wundervoll.« Die Frau fädelte den Arm durch die

Tragegriffe ihrer Tüte mit den Büchern, dann trommelte sie ihre Kinder zusammen. »Auf Wiedersehen.«

Sydney hörte die Frau den ganzen Weg zur Straße Namen rufen.

»Wenn ich das so sehe, bin ich froh, dass ich nur ein Kind bekommen habe.«

Bea fragte: »Wolltest du denn je mehr?«

»Oh ja. Ich wollte immer einen Jungen und ein Mädchen, doch Jon war dagegen, es noch mal zu versuchen.«

»Jon hatte offenbar eine Menge starre Ansichten«, meinte Bea.

Sydney lehnte sich an die dicke Armlehne des Sessels. »Als wir verheiratet waren, ist mir das nie aufgefallen. Ich frage mich, woran das gelegen hat. Jetzt – rückblickend – ist es mühelos zu erkennen.«

»Manche Beziehungen sind einfach so. Ein Partner trifft alle Entscheidungen, der andere geht Kompromisse ein. Ich hatte Glück. Mein Henry und ich, wir waren beide kompromissbereit.«

»Das ist schön.« Sydney fragte sich, ob ihre Beziehung mit Jon vielleicht anders hätte verlaufen können, wenn sie sich in Verhandlungen besser geschlagen hätte. Doch sie war zuerst direkt aus ihrem Elternhaus ans College gegangen und hatte gleich danach Jon geheiratet, von daher hatte sich nie die Chance ergeben, es zu lernen. Er hatte von jeher den Ton angegeben. Die Entscheidungen getroffen.

Spielte allerdings keine Rolle mehr, denn damit war es nun vorbei. Ein kleiner Teil von ihr suchte in dem, was sich ereignet hatte, immer noch nach irgendeiner Logik. Es gab keine.

»Ist RayAnne heute nicht mitgekommen?«

»Nein. Sie ist wieder mit ihren Schulfreundinnen zusammen. Und am Weihnachtssingen wird sie bestimmt auch mit ihnen zusammen teilnehmen.«

»Du solltest mitgehen. Es ist ein wunderschönes Erlebnis.«

»Nein. Ich will hier sein und dir helfen. Außerdem hat RayAnne wahrscheinlich ohne mich mehr Spaß.«

»Stimmt. Sie werden ja heutzutage so schnell erwachsen. Glaubt sie noch an den Weihnachtsmann?«

»Ich war mir nicht sicher, bis wir am Samstag ins Weihnachtsdorf gefahren sind. Entweder ist der Weihnachtsmann dort echt, oder er hat in der Wasserflasche, aus der er getrunken hat, reinen Wodka, denn ich habe noch keinen Weihnachtsmann erlebt, der mit solcher Freude bei der Sache war.«

»Das stimmt. Du warst am Samstag dort, nicht wahr? Er ist unser allerbester Weihnachtsmann.« Bea lachte. »Darauf war ich bis jetzt noch gar nicht gekommen.«

»Worauf gekommen?«

»Ach, nichts. Nur, wie schön ich es finde, dass RayAnne hier in Hopewell neue Traditionen kennenlernt. Und du auch«, fügte Bea hinzu.

»Als RayAnne von ihrem Besuch beim Weihnachtsmann zurückgekommen ist, war sie fest davon überzeugt, dass er echt ist. Das hat mich überrascht. Dabei hatte ich mich schon darauf eingestellt, dass sie dieses Jahr endgültig herausfinden würde, was für ein Schwindel das ist.«

»Ich denke, die meisten Kinder glauben so lange daran, wie wir es zulassen. Normalerweise ist es der Gruppenzwang, der den Zauber bricht. Apropos Zauber. Mac und du scheint allmählich richtig gute Freunde zu werden. Ich wittere da ein wenig Magie.«

»Nein. Nur Freundschaft. Aber das Picknick heute war wirklich wunderschön.« Sydneys Herz flatterte, als sie an das Geschenk, den Champagner und das Essen dachte. Paris würde sich bei einem zukünftigen Aufenthalt richtig ins Zeug legen müssen, um das zu übertreffen. »Ich bin gleich wieder da.« Sydney ging hinüber zum Baum und holte den Schmuck, den Mac ihr geschenkt hatte. Sie wollte auf keinen Fall riskieren, dass er kaputt oder verloren ging. Also nahm sie ihn mit und zeigte ihn Bea. »Ist das nicht hübsch?«

Die alte Dame hob die Brille an und betrachtete das Stück eingehend. »Ahhh. *Père Noël.* Väterchen Weihnacht. Woher hast du das?«

Sie drehte die Figur in den Fingern mit dem Gesicht zu ihr. »Hat mir Mac geschenkt. Keine Ahnung, woher er es hatte.«

»Exquisit. Ich bin sicher, er hat es aus einem der Läden drüben im Weihnachtsdorf. Dort gibt es lauter solche einzigartigen Dinge.«

»RayAnne und ich hatten keine Gelegenheit, durch alle Geschäfte zu schlendern, als wir dort waren.«

»Oh, das müsst ihr unbedingt nachholen. Und geht am besten abends hin, wenn alles hell erleuchtet ist.«

Sydney legte das Schmuckstück oben in ihre Handtasche.

»Ich glaube, er ist vernarrt in dich, Liebes.«

»Das ist jetzt echt lächerlich. Ich kenne ihn doch kaum.«

»Mir kommt es nicht lächerlich vor. Ich habe schon beim ersten Mal, als ich mit Henry geredet habe, gewusst, dass sich daraus etwas ganz Besonderes entwickeln würde. Ich wusste zwar nicht, was genau, aber solche Verbindungen darf man nicht einfach im Sande verlaufen lassen. Bestimmt hast du es gespürt. Ich konnte es neulich Abend sogar quer durch deine Küche fühlen.«

»Ach, hör doch auf, Bea. Das ist verrückt.«

»Wenn es etwas gibt, das diese alte Schachtel hier«, sie tippte sich an die Brust, »erkennen kann, dann eine Verbindung. Ich würde es ja Liebe nennen, doch ich warte erst mal ab und beobachte.«

»Die Tinte auf meinen Scheidungspapieren ist noch kaum trocken.«

»Na und? Hast du Angst, du könntest Jons Gefühle verletzen?« Bea erhob sich aus dem Sessel. »So wie ich das sehe, hast du zwei Jahre nachzuholen, mein Engel.«

Sydney stand da und war ein wenig sprachlos, als sie beobachtete, wie sich Bea langsam den Weg zum Teekessel bahnte.

Aufholen? Das klang ja wie bei einem Wettrennen. Und sie hatte es bestimmt nicht eilig damit, einen weiteren Fehler zu begehen.

»Ich kann sogar von hier drüben hören, wie du viel zu krampfhaft darüber nachdenkst!«, rief Bea.

Nicht zum ersten Mal gab Bea damit eine Äußerung von sich, die Sydney vermuten ließ, die alte Frau könnte vielleicht Gedanken lesen.

»Weißt du, es würde dir nicht schaden, auch einmal Spaß zu haben. Lass dir von Hopewell neues Leben einhauchen. Geh auch mal ein kleines Risiko ein.«

»Danke für den Rat, aber es geht mir gut. Und ich tue viele Dinge, die mir Spaß machen. Zum Beispiel liebe ich es, dir hier im Laden zu helfen.«

»Warum hast du eine solche Scheu davor, nach vorn zu schauen?« Bei jedem wackeligen Schritt zurück zur Registrierkasse drohte Tee über den Rand der zierlichen Tasse zu schwappen.

»Weil ich Mutter bin. Ich schaue genau dorthin, wo ich im Augenblick hinschauen sollte. Und ich bin glücklich.« Sydney konnte die Zweifel in Beas Augen erkennen. »Sieh mich nicht so an.«

»Man kann auch *alles* haben. Ich hatte das. Na ja, abgesehen davon, mit einer Tochter wie RayAnne gesegnet zu sein. Aber den ganzen Rest. Tu mir einen Gefallen: Vertrau deinem Herzen.«

»Niemand bekommt alles.«

Bea zog eine Augenbraue hoch. »Das stimmt nicht, meine Liebe. Vielleicht solltest du den Weihnachtsmann um genau das bitten, was du willst.« Bea ließ sich wieder in den Sessel sinken und nippte an ihrem Tee.

Sydney konnte sich nicht vorstellen, sich aufzuführen wie die zwei Frauen neulich, die sich zum Narren gemacht und sich auf den Schoß des Weihnachtsmanns gesetzt hatten. Das würde sie auf keinen Fall tun.

»Ich werde hier alle Hände voll zu tun haben. Das heißt, wenn du immer noch mit mir darüber nachdenken willst, wie ich das *Book-Bea* übernehmen könnte, wenn du bereit bist, den Laden abzugeben.«

»Darauf verlasse ich mich, Liebes.«

»Ich war die ganze letzte Nacht auf und habe darüber gegrübelt.«

»Wirklich? Ich hätte eher vermutet, dass du die ganze Nacht an Mac gedacht hast.«

»Du lässt wohl nie locker, was? Aber jetzt mal im Ernst: Lass uns das Thema wechseln. Ich hab gestern Nacht etwas für dich gemacht. Das möchte ich dir zeigen.« Sie holte den Laptop aus dem Schrank unter der Registrierkasse hervor, wo sie ihre Tasche verwahrte, und legte ihn auf die Theke. »Ich hab eine Website erstellt. Das *Book-Bea* ist ab sofort offiziell im Internet vertreten.«

Bea beugte sich näher. »Wie hast du das angestellt?«

»Ich bin die ganze Nacht wach geblieben und habe daran gearbeitet. Komm her, sieh's dir an.«

Bea stellte den Tee beiseite und stand auf. Ihr Mund bewegte sich, während sie auf den Monitor starrte und die Worte las. »Du hast das gemacht? In nur einer Nacht?«

»So ist es.«

»Du meine Güte, warst du schnell! Woher hattest du denn das Geld dafür?«

»Hat überhaupt nicht viel gekostet. Ich hab alles selbst gemacht.«

»Ich bin beeindruckt.«

»Und sieh nur. Wir können anfangen, Veranstaltungen für die Gemeinde zu planen, die wir dann hier im Kalender einstellen.«

»Ei der Daus.« Bea verschränkte die Arme vor der Brust. »Können sich die Leute das auch mit ihren kleinen Telefonen ansehen? Heutzutage tippt jeder auf einem solchen Ding herum.«

»Und ob sie das können!« Sydney zog ihr Smartphone aus der Handtasche und rief die Website auf. Sie reichte Bea das Telefon. »Siehst du?«

»Du meine Güte. Ich wusste doch, dass du das *Book-Bea* in die Zukunft führen würdest.«

»Gefällt es dir?«

»Ob es mir gefällt? Nein.« Bea schüttelte den Kopf. »Nein, so kann man das nun gar nicht ausdrücken. Ich *liebe* es. Das ist wundervoll. Genau, was wir gebraucht haben.«

»Es macht dir wirklich nichts aus?«

»Aber nein, Liebes. Ich bin so aufgeregt, dass du bereit bist, dieses Geschäft zu deinem zu machen. Es ist an der Zeit. Tatsächlich ist es längst überfällig. Ich habe nur noch darauf gewartet, dass du erscheinst.«

Sydney war nicht ganz sicher, was das bedeuten sollte, doch bevor sie nachfragen konnte, bimmelte an der Decke das Windspiel und erregte ihre Aufmerksamkeit. Der Bürgermeister trat ein, gefolgt vom Paketzusteller.

Mr Blevins hob eine Hand. »Ah, wie schön, Sie beide heute hier zu treffen! Ich will nur rasch und persönlich bei jedem Händler nachfragen, ob alle bereit für den großen Abend sind.«

»Wir sind bereit«, verkündete Bea voller Stolz.

»Eigentlich sollten Sie genug Liedblätter haben, aber falls es doch knapp wird, werden wir das schon am Anfang der Tour merken. Wir haben einen Plan, also keine Sorge. Bei Bedarf verteilt jemand weitere Kopien.« Der Bürgermeister überprüfte eine Liste in einem Spiralblock. »Und die ersten Weihnachtssänger werden um sieben kommen.« Er holte eine CD aus einem kleinen Karton, den er trug. »*O Tannenbaum*. Das ist Ihre.«

Sydney nahm die CD entgegen. »Danke. Ich denke, damit haben wir alles, was wir brauchen.«

»Hervorragend.«

»Ich unterschreibe nur eben für das Paket. Entschuldigen Sie mich kurz«, sagte Sydney, die in Hörweite blieb und lauschte.

Mr Blevins rieb sich mit den behandschuhten Fingern das Kinn. »Die neue Aushilfe hat Ihnen doch ausgerichtet, dass wir mehr Naschereien brauchen werden, oder? Ich hätte wirklich schon früher nachfragen sollen.«

»Natürlich hat sie das. Sie können sich auf Sydney genauso sehr verlassen wie auf mich, Herr Bürgermeister. Wir sind wie Zwillinge. Die Naschereien haben wir alle am Montagabend zubereitet. Wir hatten eine richtige kleine Fertigungslinie. Wollen Sie Ihre jetzt gleich?«

»Könnte ich?« Er rieb sich die Hände. »Ihre sind meine Favoriten. Ich freue mich jedes Jahr auf Ihre Leckereien! Haben Sie etwas mit weißer Schokolade?«

»Ich habe so das Gefühl, diesmal sind sie so gut gelungen wie noch nie. Sydney ist wirklich erstaunlich. Sie wird noch Großes mit meinem Laden vollbringen.«

»Ich bin froh, dass Sie eine Hilfe haben, der Sie vertrauen.«

Bea ging hinüber zu den Kartons mit den in Schokolade getunkten Laugenstangen und holte eine mit hellblauen Zuckerstreuseln auf weißer Schokolade heraus. »Hier, bitte. Passt zu Ihren hübschen blauen Sinatra-Augen«, sagte Bea.

»Danke. Meine Tochter meint zwar, ich hätte Augen wie Zac Efron, aber Sinatra geht auch.«

»So oder so, Sie haben die hübschesten Augen, die ich je gesehen habe. Der einzige Grund, warum ich je für Sie gestimmt habe, um ehrlich zu sein.«

»Bea, das hast du jetzt nicht wirklich gerade gesagt, oder?« Sydney trat hinter die beiden. »Das ist gar nicht wahr, Herr Bürgermeister. Sie lobt Sie immer in den höchsten Tönen.«

Bea lachte. »Ich sorge doch nur dafür, dass er auf dem Boden bleibt. So machen wir alten Schachteln das.«

Mr Blevins wickelte die Laugenstange aus und genehmigte sich einen Bissen. »Mmmm. Sie hat recht. Sydney, die sind noch besser als sonst immer. Meine Güte. Was ist Ihr Geheimnis?«

»Teamarbeit«, sagte Sydney lächelnd. »Und wahre Freunde.«

Kapitel sechzehn

Am Dienstagabend richtete Sydney für das *Book-Bea* Konten bei sozialen Medienplattformen ein. Sie verschickte Freundschaftsanfragen und stellte Verknüpfungen mit jedem Namen her, an den sie sich von ihren bisherigen Begegnungen im Ort und im Laden erinnern konnte, und bis zum nächsten Morgen hatte das *Book-Bea* bereits fast fünfzig Likes auf der brandneuen Facebook-Seite und genauso viele Follower in den anderen sozialen Medien.

»Das ging ja schnell.« Befriedigung erfüllte Sydney. Noch vor einer Woche hatte sie keine Ahnung gehabt, dass man nur so wenig Zeit aufwenden musste, um jemandem zu helfen, und sich deshalb so gut fühlen konnte. In Atlanta gehörten soziale Medien längst zum Alltag der Menschen, hier in Hopewell hingegen empfand man das als etwas völlig Neues.

Sie zog die Knie auf die Couch und postete Fotos, die sie geschossen hatte, während sie zusammen Beas berühmte Laugenstangen hergestellt hatten. Die Fertigungslinie sah beeindruckend aus, und beim Anblick all der süßen, zuckrigen Köstlichkeiten lief ihr selbst das Wasser im Mund zusammen. Die bunten, essbaren Verzierungen wirkten festlich, und Bea schien auf den Bildern vor Leben zu strahlen. Sydney öffnete die App und fügte das Weihnachtssingen der Kalenderseite der Website Book-Bea.com hinzu.

»Was machst du da, Mama?« RayAnne hatte ihren roten Pyjama mit dem weißen Schneeflockenmuster schon gegen Jeans und Sweatshirt getauscht.

»Ich aktualisiere die Website, die ich für das *Book-Bea* erstellt habe.«

»Du magst den Laden wirklich. Er macht dich glücklich, oder?«

Sydney schwieg. »Ja. Ich schätze, so ist es.«

Still stand RayAnne da, bevor sie schließlich langsam nickte. »Ich glaube, der Weihnachtsmann hier hat wirklich ein paar Tricks im Ärmel.« RayAnne ging zu Sydney hinüber und umarmte sie. »Ich hab dich lieb.«

»Versuchst du gerade, dich bei mir einzuschmeicheln, weil du deine Wunschliste noch ergänzen möchtest?«

»Nein. Ich bin bloß glücklich, dass du glücklich bist.«

»Danke, Schatz.«

»Jenny hat angerufen und gefragt, ob ihre Mama mich hier abholen kann, bevor du zur Arbeit fährst. Sie muss irgendwo etwas abgeben und wäre ganz in der Nähe. Ich hab zugesagt, ist das in Ordnung?«

»Sicher. Ich hoffe, du hilfst auch ein bisschen mit, wenn du bei Jenny bist. Immerhin verbringt ihr ja eine Menge Zeit zusammen.«

»Mach ich. Ihre Mama mag es, wenn wir zusammen sind. Und Zach spielt auch mit uns. Ich glaube, damit ist ihr sehr geholfen.«

»Gut.« RayAnne hatte sich stets einen kleinen Bruder gewünscht, deshalb überraschte es Sydney nicht weiter, dass sie Zach so schnell lieb gewonnen hatte.

»Ist, als hätte man eine größere Familie. Das macht Spaß.«

»Ja«, erwiderte Sydney. »Ich dachte auch immer, eine große Familie wäre schön.«

»Danke, dass ich zu ihnen darf. Meinst du, wir könnten diese Woche einkaufen gehen und Geschenke für sie besorgen?«

»Sicher. Das ist sehr aufmerksam von dir. In dem Weihnachtsdorf waren ein paar schöne Geschäfte. Vielleicht fahren wir noch mal hin und sehen uns dort zuerst um. Was immer dich glücklich macht.«

»Ich bin glücklich, Mama. Das sind doch noch meine besten Weihnachtsferien überhaupt geworden. Ich will, dass du auch glücklich bist«, sagte RayAnne. »Das hab ich dem Weihnachtsmann erzählt.«

»RayAnne? Warum hast du das dem Weihnachtsmann erzählt? Wie kommst du darauf, dass ich nicht glücklich bin?«

»Weil ich es weiß. Ich bin vielleicht nur ein Kind, trotzdem weiß ich es.«

»Du brauchst dir um mich keine Sorgen zu machen, Kleines. Ich habe dich, und du machst mich glücklich. Und der Weihnachtsmann hat auch genug um die Ohren, ohne dass du ihm von mir erzählst.« Wie peinlich. »Bei dem Besuch sollte es um *deine* Wunschliste gehen.«

»Ich weiß«, erwiderte RayAnne. »Ich hab zum Weihnachtsmann gemeint, wenn Papa mir kein Quad besorgt, könnte vielleicht er mir eines bringen.«

Sydney war erleichtert, als sie hörte, wie das Auto in die Einfahrt bog, denn Dianes und Jennys Ankunft würde ihr ersparen, erneut über dieses verflixte Quad zu diskutieren. Mit Mac und Seth hatten sie beim Fahren zwar Spaß gehabt, aber wenn sie ständig so ein Gerät zu Hause hätte, würde sie sich in ein Nervenwrack verwandeln.

Sie begleitete RayAnne hinaus zum Minivan. Diane ließ das Fenster herunter, als RayAnne zur anderen Seite lief, um einzusteigen. »Soll ich RayAnne vor dem Weihnachtssingen heute Abend zurückbringen? Sie könnte heute einfach bei uns bleiben, wenn das in Ordnung für dich ist.«

»Allmählich bekomme ich ein schlechtes Gewissen. Du tust so viel für uns.«

»Ach, jetzt sei nicht albern! Du würdest das Gleiche für mich tun. So läuft das hier. Wir halten zusammen.« Diane lehnte sich aus dem Fenster. »Glaub mir, es ist wirklich schön, RayAnne bei uns zu haben. Sie hält meine zwei auf Trab. So komme ich dazu, eine Unmenge an Dingen zu erledigen.«

Jenny schob den Kopf zwischen den Sitzen nach vorn. »Heute üben wir Weihnachtslieder.«

»Siehst du?«, sagte Diane mit aufrichtiger Freude in den Augen.

»Bist du ganz sicher?«

»Aber so was von! Wir sehen uns heute Abend.«

Und wenn Teamarbeit Sydney Ragsdales Geheimwaffe für die Herstellung von Beas berühmten in Schokolade getunkten Laugenstangen war, dann war es auch genau die richtige Zutat für den Mittwochabend, an dem das Weihnachtssingen beginnen sollte.

Sie hatte von zu Hause eine dicke, warme Decke und ein Heizkissen mitgebracht, um damit einen der Schaukelstühle auf der Veranda für Bea vorzubereiten. Traditionen wurden im *Book-Bea* hochgehalten, und nun war sie selbst ein Teil davon.

Bea verdiente für das Spektakel einen Platz in der ersten Reihe, außerdem konnte sie die Leute von dort oben darauf hinweisen, wo es die Liedblätter gab.

Um Viertel vor sieben hatte Sydney zusammen mit Bea alles für die Veranstaltung vorbereitet.

Bea nahm auf dem Schaukelstuhl Platz. »Ach, ist das angenehm warm. Du verwöhnst mich, Sydney.«

»Ich dachte mir, so hast du es gemütlicher.«

Bea schaukelte. »Henry wäre begeistert, dass es das Weihnachtssingen immer noch gibt. Er war genauso vernarrt in gute Traditionen, wie ich es bin. Siehst du von dort oben zu, Henry?«

Und da war es wieder. Als hätte Bea ihre Gedanken über die Wichtigkeit von Traditionen gelesen.

Sydney lief unruhig auf und ab, weil sie nicht sicher war, was sie an dem Abend erwarten würde. Bei der Veranstaltung ein Teil des *Book-Bea* zu sein barg einen ganz eigenen Reiz. Sie erschuf damit eine Erinnerung für die Ewigkeit.

Um Punkt sieben Uhr erhoben sich Stimmen und trieben den Häuserblock entlang. Lieder und ein süßes Aroma erfüllten die frische, kühle Nachtluft. Vielleicht ging der Duft nur von dem riesigen Vorrat an schokogetunkten Laugenstangen aus, doch irgendwie schien es sich um etwas anderes zu handeln. Sydneys Herz klopfte einen Takt, der an *Joy to the World* erinnerte, während sie erwartungsvoll der ersten Gruppe von Weihnachtssängern entgegensah, die an diesem Abend das *Book-Bea* ansteuern würde.

Die Luft war wirklich kalt. Wenn es noch etwas kälter wäre, würde es vielleicht ein bisschen Schneegestöber geben, doch bisher blieben die Temperaturen ein wenig über dem Gefrierpunkt.

Das *Book-Bea* bildete den fünften Halt des Rundgangs. Sydney konnte die Gruppen von hier aus jedes Lied singen hören. Was nicht mehr der Fall sein würde, sobald die Weihnachtssänger an ihrer Schwelle das *O Tannenbaum* anstimmen würden.

In Hopewell herrschte eine durch und durch freundliche Gesinnung, und Sydney war so dankbar, dass sie mutig genug gewesen war, hier einen Neuanfang zu versuchen. Ihr Herz fühlte sich leicht und erfüllt von Frieden an.

Eine Gruppe von Weihnachtssängern, die munter miteinander plauderten, kam den Weg entlang auf sie zu. Der Anführer der Gruppe trug einen langen schwarzen Mantel, einen Zylinder und einen gestreiften Schal, als wäre er ein Zeitreisender aus Charles Dickens' *Eine Weihnachtsgeschichte*.

Er schritt die Stufen der Veranda herauf. »Ma'am?«

»Hier, bitte.« Bea reichte ihm einen Stapel Liedblätter.

Prompt gab er sie an die anderen Mitglieder der Gruppe weiter. Bea griff nach Sydneys Hand und drückte sie. Der Mann mit dem Zylinder nickte Bea zu, und sie bediente eine Taste an dem alten CD-Player. Eigentlich war es bloß ein Ghettoblaster. Bekam man diese Dinger überhaupt noch zu kaufen?

Die Musik begann, und der Mann mit dem Zylinder führte seine Gruppe in die schönste Darbietung von *O Tannenbaum*, die Sydney je gehört hatte. Junge Stimmen, alte Stimmen, einige sangen völlig falsch, und manche brachten den Text durcheinander, obwohl sie ihn von dem Blatt ablesen konnten. Dennoch klangen sie zusammen geradezu himmlisch.

Danach trug Sydney den großen Korb mit Leckereien die Treppe hinunter, verteilte die Köstlichkeiten und wünschte jedem Sänger fröhliche Weihnachten.

»Spitze!«, meinte ein Junge, der ein anderes Kind abklatschte. »Hab dir ja gesagt, sie würden sie haben.«

Ein großer Mann mit grau meliertem Haar, der mindestens vierzig sein musste, nahm seine Laugenstange entgegen und grüßte Bea. »Du bist immer noch die Liebe meines Lebens«, sagte er.

»Ach, hör doch auf«, gab Bea lachend zurück.

Aus den Äußerungen und der Freude in den Gesichtern aller Weihnachtssänger ging deutlich hervor, dass sie wirklich das ganze Jahr auf Miss Beas berühmte in Schokolade getunkte Laugenstangen gewartet hatten.

Es hatte solchen Spaß gemacht, sie herzustellen, doch auf einmal fühlte sich Sydney noch stolzer, ein Teil dieser besonderen Weihnachtserinnerung zu sein.

Sie trug den Korb zurück die Treppe hinauf und stellte ihn Bea gegenüber aufs Verandageländer. »Wow. Das war *so* schön!« Sie fuhr mit der Hand ihren Arm hoch. »Hab Gänsehaut davon bekommen.«

»Und das ganz ohne Üben. Nur durch fröhliche Herzen.«

»Weihnachtsfreude. Ist wohl ein bisschen wie Feenstaub.«

»Du musst dir die ganze Veranstaltung ansehen. Sie erleben. Ich komme hier schon zurecht. Glaub mir, die Leute werden die Stufen einfach hinaufsteigen, um sich meine Naschereien zu holen.« Bea stimmte ein herzliches Lachen an. »Hätten wir keine gemacht, würden sie wahrscheinlich einen Sitzstreik veranstalten, bis wir es täten.«

»Ich glaube, du hast recht.«

»Wir haben reichlich davon. Das hier läuft jetzt von selbst. Warum schließt du dich nicht der nächsten Gruppe an?«

»Ich will dich nicht hier allein lassen. Das ist unsere Erinnerung.«

»Und die haben wir ja jetzt, Liebes. Also, sei nicht albern. Ich schaffe das. Und diese Gemeinde hat sich mein Leben lang um mich gekümmert. Ich komme zurecht. Wie immer.«

»Danke, aber nein. Es gefällt mir hier auf der Veranda bei dir«, gab Sydney zurück.

Bea brummelte zwar etwas vor sich hin, bedrängte sie jedoch nicht weiter.

Die Gruppen wechselten sich rasch ab. Innerhalb von fünf Minuten kamen und gingen sie, und die nächste Gruppe steuerte den Weg entlang auf sie zu. Bea stand auf, verschwand im Laden und kam mit zwei Tassen Kakao zurück.

»Perfekt«, sagte Sydney, als sie ihre Tasse entgegennahm. »Danke.«

Erst bei der ungefähr zehnten Gruppe, knapp eine Stunde nach Beginn der Veranstaltung, entdeckte sie RayAnne.

»Hi, Ma!«, rief RayAnne, als sie sich an der Seite ihrer neuen besten Freundin Jenny über den Gehweg näherte. Direkt neben ihnen befand sich Seth. Sydney ertappte sich bei der Hoffnung, Mac möge dabei sein, und ihr Herz zog sich zusammen, als sie sah, wie er ebenfalls auf sie zukam. Er befand sich im hinteren Teil der Gruppe und unterhielt sich gerade mit dem Bürgermeister.

Der Anführer dieser Sängergruppe tat das Gleiche wie all die anderen zuvor. Nicht die geringste Abweichung. Sydney stellte sich auf der Veranda neben Bea, und als Sydney damit rechnete, dass er Bea das Zeichen für die Musik geben würde, geschah etwas anderes.

Mr Blevins erklomm die Veranda. »Als Bürgermeister dieser Gemeinde verfüge ich ...«, er wandte sich Sydney zu, »dass Sie sich dieser Gruppe anschließen, sie für den Rest der Route begleiten und Spaß dabei haben. Ich springe hier für Sie ein.« Damit nahm er ihr den Korb ab, bevor er sie die Treppe hinunterscheuchte.

Sydney sah Bea an, die mit hochgezogener Augenbraue grinste wie eine schwarze Katze zu Halloween. »Ist das dein Werk?«

Bea zuckte mit den Schultern. »Er ist der Bürgermeister.«

Die gesamte Gruppe der Weihnachtssänger jubelte.

Dagegen fielen Sydney keine Argumente ein, und es hörte sich wirklich so an, als könnte es viel Spaß machen. Also ging sie hinunter und stellte sich neben RayAnne, die über ihr Liedblatt eine kleine eingeschaltete Stablampe hielt.

Mac reichte Sydney ihre eigene Lampe. »Hab eine für dich besorgt.«

»War das dein Werk?« Sie drehte sich um und schaute zu ihm auf, doch er drehte sie an den Schultern zurück nach vorn, und die Sänger stimmten ihr Lied an. Sie sangen, und so wunderschön sich die Musik von der Veranda der alten Villa aus anhörte – mitten in der Gruppe fühlte sie sich noch größer und reiner an. Die gesungenen Worte schienen geradewegs emporzusteigen und den Himmel zu erfüllen. Ein Kribbeln nistete sich in Sydneys Nase ein, und ihre Augen wurden feucht, als sie mit ganzem Herzen mitsang. Die hübschen blauen Lichter im Schaufenster, an dem RayAnne und sie zusammen gearbeitet hatten, wirkten wie winzige bläuliche Sterne, wie eine hell erleuchtete Landepiste, die den Weg nach Hause wies.

Bei dem letzten Ton des Liedes stand Bea auf, trat ans Geländer der Veranda und blies Sydney einen Kuss zu. RayAnne stupste ihre Mutter an und zeigte zu Bea. Sydney schickte ihr einen Luftkuss zurück, und Mac legte ihr die Hand auf die Schulter.

Der Bürgermeister kam mit dem Korb die Stufen herunter, und alle schwärmten vorwärts, um sich eine Leckerei zu holen.

»Hier, Ma.« RayAnne reichte Sydney eine bereits halb mit verschiedenen Köstlichkeiten gefüllte Plastiktüte.

»Was ist das?«

»Davon hat jeder eine bekommen. Wir haben für dich auch eine mitgenommen.«

»Wir?«

RayAnne grinste. »Mac hat uns gesagt, dass du später dazustoßen würdest. Wir haben dir eine Tüte mitgebracht, damit du etwas hast, worin du deine Leckereien und Liedblätter tragen kannst.«

Sydney drehte sich um und sah Mac an. »Ich hab so das Gefühl, dass hinter meinem Rücken eine Verschwörung angezettelt wurde.«

Bürgermeister Blevins reichte Sydney eine in Schokolade getunkte Laugenstange. »Die Händler, die keine Singstation haben, sponsern die Tüten. So erhält jeder die Gelegenheit mitzumachen.«

»Prima Idee. Sind Sie sicher, dass Sie mich nicht bloß ablösen, damit Sie mehr Laugenstangen einstreichen können?«

Gespielt empört stampfte er mit dem Fuß auf. »Verflixt, Sie haben mich ertappt.«

»Ich behalte Sie im Auge, Herr Bürgermeister.« Sydney streckte sich und umarmte ihn. »Danke.«

»Nicht rührselig werden, dranbleiben. Sonst hängt Ihre Gruppe Sie noch ab.«

Als sich Sydney umdrehte, stellte sie fest, dass der Großteil der

Sänger bereits den Weg zur Straße angetreten hatte. Außer Mac, der wenige Schritte entfernt auf sie wartete.

Beschwingt eilte sie an seine Seite, und er ergriff ihre Hand.

Rasch schlossen sie zum Rest der Gruppe auf. Sydney hatte seit Jahren mit keinem Mann mehr Händchen gehalten, doch mit Mac fühlte es sich an diesem Abend richtig an. Er ließ ihre Hand erst los, als sie zu singen begannen und er sie von seiner Seite vor sich schob. Sie hielt das Liedblatt, er leuchtete über ihre Schulter mit der Stablampe, als sie *Joy to the World* sangen. Seine Stimme war so tief und volltönend. Zusammen klangen sie richtig gut.

Der nächste Halt war vor dem Kindergarten, und Sydney konnte vor lauter Lachen kaum *Rudolph the Red-Nosed Reindeer* singen, weil sowohl die Kinder als auch Mac alberne Gesten machten und den lustigen Alternativtext des Liedes einstreuten.

Als sie das Ende des Rundgangs erreichten, wollte Sydney nicht, dass der Abend schon endete.

»Ich bin so froh, dass du mitkommen konntest, Ma!« RayAnne schlang die Arme um Sydneys Taille. »Das hat so viel Spaß gemacht. Ich liebe es hier.«

»Und ich kann kaum glauben, dass ich das beinahe verpasst hätte«, erwiderte Sydney.

»Das hätten wir nie zugelassen«, warf Mac ein.

Seth stand in der Nähe. »Pa ist so ungefähr der größte Weihnachtsfan auf der Welt. Aber dieser Abend ist auch wirklich cool. Hab ich dir doch gesagt, Ray, oder?« Er zupfte an ihrem Pferdeschwanz.

»He, lass das sein.« Aber RayAnne lachte dabei, und obwohl der Spitzname Ray immer von Jon benutzt wurde, fand es Sydney bezaubernd, dass Seth und ihre Tochter so schnell eine so innige Freundschaft geschlossen hatten.

Jennys Mutter kam herüber. »Du hast doch nichts dagegen, wenn RayAnne und Seth anschließend mit uns rüber zum Weihnachtsdorf fahren, oder? Da findet der Lichtspaziergang statt.«

»Wie könnte ich dazu Nein sagen?«, erwiderte Sydney.

Jenny und RayAnne hopsten aufgeregt auf der Stelle; sie hatten den Wortwechsel eindeutig belauscht.

»Danke, Ma!«, rief RayAnne.

»Wir haben die besten Mamis aller Zeiten«, befand Jenny.

»Seth hat mit Jeff Masterson verabredet, dass er heute bei ihm übernachtet«, sagte Mac zu Diane.

»Ich kann ihn dort für dich absetzen, wenn wir fertig sind.

Und, Sydney«, fügte Diane mit einem Funkeln in den Augen hinzu, »lass doch RayAnne bei Jenny übernachten. Ich bringe sie morgen Nachmittag zum Buchladen, wenn alle wieder auf den Beinen und gestärkt sind.«

»Habt ihr zwei das geplant?«, fragte Sydney halb anklagend, halb scherzend.

Diane schüttelte den Kopf. »Nein, aber mir gefällt, was ich sehe.«

Sydney zeigte mit dem Finger in Richtung der Kinder. »Wenn sie heute Nacht so lange aufbleiben, werden sie beide morgen zu müde sein, um sich nachts den Meteorschauer anzusehen.«

»Na ja, wäre das wirklich so schlimm?« Mac drückte ihre Hand. »Also, ich hätte nichts dagegen, mit dir allein zum Sternegucken zu gehen.«

Dem konnte Sydney nicht widersprechen. Der heutige Abend war ziemlich fantastisch gewesen. Sie war nicht sicher, wie viel besser es noch werden konnte.

»Ich begleite dich zurück zum *Book-Bea.*« Er legte ihr den Arm um die Schultern. Sydney fühlte sich in seiner Umarmung klein und geborgen. Unterwegs sprachen sie kein Wort, schlenderten einfach nur schweigend zurück zum Geschäft.

Als sie auf den Zugangsweg zum Buchladen bogen, kam ihnen Mr Blevins entgegen. »Wir haben eben abgeschlossen«, ließ er sie wissen.

»Danke. Tut mir leid. Ich hätte eher zurückkommen sollen.«

»Nein, seien Sie doch nicht albern. Es war mir ein Vergnügen. Ich habe drinnen alles gleich neben die Tür gestellt, damit Bea nach Hause fahren konnte.«

»Sie haben mir wirklich den Abend versüßt. Danke, Herr Bürgermeister, dass Sie darauf bestanden haben, dass ich mitmache!«

»Ich wusste ja, dass es Ihnen gefallen würde, und als Bürgermeister dieser Gemeinde ist es meine Pflicht, dafür zu sorgen, dass sich die Guten in Hopewell verlieben und hierbleiben.« Er schnalzte mit der Zunge und zwinkerte ihr zu. »Schon heute fröhliche Weihnachten, Sydney! Willkommen in Hopewell!« Damit winkte er ihnen noch einmal zu und ging davon.

Willkommen in Hopewell. Das klang unbestreitbar gut. Sie beugte sich näher zu Mac. »Das ist ein ganz besonderer Ort.«

»Das *Book-Bea*?« Er schlang den Arm fester um ihre Schultern.

»Das auch. Aber eigentlich habe ich Hopewell gemeint.« Sie schlüpfte unter seinem Arm hervor, stieg die Treppe hinauf und blieb auf der obersten Stufe stehen.

Er selbst erklomm nur eine Stufe, bevor er sie dicht an sich zog. Nase an Nase. »Im Augenblick bin ich mir ziemlich sicher, dass du das ganz Besondere an dieser Gemeinde bist.«

»Ich hab Angst«, flüsterte Sydney.

»Musst du nicht haben. Ich lass nicht zu, dass dir irgendetwas Schlimmes passiert.« Und damit küsste er sie. Nur eine flüchtige, süße Berührung von Lippen auf Lippen, bevor er die Stirn nach vorn neigte und Sydney festhielt.

Sein Atem wärmte ihre Haut, als sie sich in seiner Umarmung entspannte. Mac hob mit der Hand ihr Kinn an, bevor er den Mund auf ihren senkte, zart, aber ohne zu zögern, und da wusste Sydney, dass sie sich nicht fürchten musste.

»Ich hatte heute Abend eine wundervolle Zeit mit dir. Genau wie gestern Mittag. Und Montagabend. Und neulich.« Er fuhr sich mit der Hand durch die Haare. »Damit hatte ich nicht gerechnet. Ich habe auch nicht danach gesucht, aber Sydney, es fühlt sich *echt* für mich an. Ich weiß, dass du gerade eine schwere Zeit durchmachst, doch bilde ich mir das nur ein, oder …«

»Ich fühle es auch«, flüsterte sie.

Kapitel siebzehn

Sydney verbrachte eine schlaflose Nacht. Einen solchen Kuss hatte sie nicht mehr erlebt, seit … Um ehrlich zu sein, war sie nicht sicher, ob sie überhaupt je einen solchen Kuss erlebt hatte. Als sie am nächsten Morgen zur Arbeit fuhr, berührte sie ihre Lippen und rief sich jeden Moment des vergangenen Abends ins Gedächtnis. Was hätte sie nicht für einen weiteren solchen Kuss gegeben! Und heute wollten sie die Kinder mit dem Campieren unter den Sternen überraschen.

Ja, Hopewell erwies sich als sehr gut für sie.

Sydney parkte vor dem *Book-Bea* und ging hinein.

»Tut mir leid, dass ich das Ende des Abends gestern verpasst habe, Liebes.« Bea trug eine fröhliche rote Jacke mit vorn angenähten echten Silberglöckchen, die fröhlich bimmelten, wenn sie sich durch den Laden bewegte.

»Bestimmt warst du müde.« Sydney hatte das Gefühl, sie sollte eher dankbar sein, dass Bea nicht mehr hier gewesen war, als Mac sie zurückbegleitet hatte. Sonst wäre es mit Sicherheit nicht zu jenem Kuss auf der Veranda gekommen.

»Ich wollte, dass du das Weihnachtssingen auch als Sängerin genießt. Als Mitveranstalterin hast du noch viele Jahre vor dir.«

»Es war schon von der Veranda aus super, aber du hattest

recht. Die Tour tatsächlich mitzumachen und unterwegs jeden Zwischenstopp zu erleben, jedes Lied, jedes *einzelne*, war besser, als ich es mir vorgestellt hätte.«

»Ja. Ich weiß.« Beas Augen funkelten.

»Also, ich bin mir nicht sicher, wie das Ganze vonstattengegangen ist. Habt ihr, Bürgermeister Blevins und du, von Anfang an unter einer Decke gesteckt?«

»Unter einer Decke gesteckt? Das klingt jetzt ein klitzekleines bisschen manipulativ. So war das gar nicht. Aber ich habe dich während unserer kurzen Freundschaft ein bisschen kennengelernt, und wenn ich eins weiß, dann, dass du ein wenig stur sein kannst.«

»Dafür hast du ja nicht lange gebraucht.«

»Tja, fass es als Kompliment auf. Ich bin genauso.«

»Hat Mac zufällig davon gewusst?«

»Kann sein, dass wir darüber geredet haben.«

Sydney bemühte sich, ein Lächeln zurückzuhalten.

»Er scheint dich wirklich sehr zu mögen. Natürlich wusste ich das bereits.« Bea legte den Kopf schief. »Was ist das denn jetzt für ein Blick?«

»Das bildest du dir nur ein. Es ist nichts.« Sydney wandte Bea den Rücken zu.

»Oh nein, junge Dame. Du kannst dich gleich wieder umdrehen.«

Sydney gehorchte, doch es gelang ihr nicht, Unschuld zu heucheln. Sie platzte fast vor Verlangen, es jemandem zu erzählen. »Mac hat mich nach dem Ende des Weihnachtssingens gestern Abend zurück zum Laden begleitet.«

»Das ist aber kein Lächeln, das nur von einem Spaziergang zurück zum Laden zeugt.« Bea verschränkte die Arme vor der Brust. »Du magst ihn, stimmt's?«

»Er ist echt nett. Wir haben Spaß zusammen.«

»Und?«

»Und er hat mich gestern Abend geküsst.«

Beas Züge hellten sich auf. Sie ergriff Sydneys Hand. »Ich wusste es. Ich wusste es. Ich wusste es. Ich hab's schon gemerkt, als ich euch zwei das erste Mal zusammen im selben Raum gesehen habe. Er ist ein netter Mann, Sydney. Einer der besten, die ich je gekannt habe. Wie war der Kuss?«

»Schön.« Sie schaute zur Decke hoch, um Beas Blick auszuweichen. Die Frau erwies sich als meisterlich im Verhören. »Na gut, er war *sehr* schön.«

»Das sind wundervolle Neuigkeiten. Die besten.«

»Es war bloß ein Kuss. Keine Versprechungen von irgendetwas, doch es hat mich auf jeden Fall überrascht. Ich kann nicht fassen, dass ich mich darauf eingelassen habe. Muss an der Weihnachtsbeleuchtung gelegen haben.«

»Damit hast du ja auch hervorragende Arbeit geleistet«, lobte Bea. »Die schönste Auslage, die das *Book-Bea* je hatte. Und wann siehst du Mac wieder?«

»Wir hatten vor, uns heute Abend zu treffen, um uns zusammen mit den Kindern hinter seinem Haus den Meteorschauer anzusehen. Wir wollten sie mit Marshmallows überraschen. Das war vor dem Kuss. Ich hoffe, es wird jetzt nicht peinlich sein.«

»Natürlich wird es *nicht* peinlich sein. Und ist das nicht ein romantischer Abend!«

»Na ja, nicht wirklich, wenn die Kinder dabei sind.«

»Es wird trotzdem etwas Besonderes sein. Du bist auch etwas Besonderes, und ich möchte, dass du dir den Rest der Tage vor Weihnachten im Buchladen freinimmst, um die Zeit zu genießen.«

»Das kann ich nicht. Das mache ich nicht. Ich habe mich verpflichtet, dir in der Vorweihnachtszeit auszuhelfen.«

»Dessen bin ich mir sehr wohl bewusst, und ich danke dir dafür. Aber das war, bevor wir entschieden haben, dass du den Laden übernehmen wirst. Und es war außerdem, als du noch dachtest, deine Tochter würde nicht hier sein.«

»Aber ...«

Bea hob die Hand. »Ich habe mir alles genau überlegt. Wir werden es bald besprechen. Doch vorerst nimmst du diese Auszeit. Bitte. Für mich. Das ist mein letzter Wunsch als Besitzerin dieses Buchladens, bevor wir ihn auf dich übertragen. Und glaub mir, RayAnne und du, ihr gehört in diese Gemeinde.«

Sydney hatte das Gefühl, sie sollte widersprechen, doch sie wollte es nicht. Sie liebte es, hier zu sein. »Danke, Bea.«

»Übrigens«, sagte die alte Dame. »Die Bücher, die wir für Mac bestellt haben, sind gekommen. Du solltest sie ihm bringen.«

»Ja. Ich kann sie heute Abend mitnehmen.«

»Oder du könntest sie ihm jetzt gleich bringen.«

»Warum sollte ich?«

»Damit du ihn ohne die Kinder sehen kannst. Muss ich dir denn alles erklären?«

»Anscheinend. Ich bin ein bisschen aus der Übung.« Sydney ergriff die Bücher und blätterte sie durch.

»Pack sie in eine Tüte. Geh ins Badezimmer, mach dich frisch und trag ein bisschen Lippenstift auf. Dann stellst du die Bücher unserem Kunden zu. Ich bestehe darauf.«

»Das wird er sofort durchschauen.«

»Sei nicht albern. Er wird sich geschmeichelt fühlen. Tu es.«

Sydney ließ den Kopf in die Hände sinken. »Ich weiß nicht recht. Ich komme mir so dumm vor.«

»Vertrau mir. Ein bisschen Mühe musst du dir schon geben. Er hat es eindeutig auch getan, indem er gestern Abend hier erschienen ist und dich zurück zum Laden begleitet hat.«

»Na schön.« Sydney ging nach hinten, um sich frisch zu machen. Als sie wieder nach vorn kam, stand Bea an der Tür und hielt eine ihrer speziellen *Book-Bea*-Einkaufstüten in der Hand.

»Diese Lippenstiftfarbe ist perfekt. Steht dir gut zu Gesicht. Er wird entzückt sein.« Bea drückte ihr ein Küsschen auf die Wange. »Hoppla. Warte. Ich hab da einen Fleck hinterlassen.« Bea verrieb die Rückstände ihres Lippenstifts auf Sydneys Wange, dann platzierte sie auf der anderen Seite einen weiteren Kuss und wiederholte den Vorgang. »Besser.«

»Herrje.« Sydney wandte sich zum Gehen.

»Liebe kann einen schon ziemlich durcheinanderbringen, was?«

»Wie kommst du darauf?« Doch als sich Sydney umdrehte und sah, dass Bea ihr die Einkaufstüte entgegenhielt, wusste sie haargenau, worauf die alte Dame angespielt hatte.

»Hättest fast etwas vergessen, oder?« Bea lachte.

Sydney nahm die Tüte entgegen. Wenig später fuhr sie zu Macs Haus. Der Gedanke, ihn zu überraschen, erfüllte sie mit einer nervösen Vorfreude. Bleiben würde sie nicht lange, nur lange genug, um ihm die Bücher zu überbringen und ihn wissen zu lassen, dass sie sich auf den Abend freute. Sie hatten noch keine endgültige Uhrzeit vereinbart, also konnten sie darüber sprechen. Kurz. Sachlich. Nur ein wenig Interesse bekunden.

Sie fuhr sich mit einem Finger über die Unterlippe. Sydney konnte noch immer jede Emotion fühlen, die jener Kuss in ihr ausgelöst hatte.

Macs Pick-up parkte in der Einfahrt, also stellte sie ihren Wagen dahinter ab. Im Innenspiegel überprüfte sie noch einmal ihr Make-up, bevor sie ausstieg und zur Vordertür ging. Sie wechselte die Tüte in die andere Hand und wischte sich den Schweiß von der Handfläche, dann klopfte sie an.

In ihrem Magen brodelte es vor Aufregung, während sie wartete. Warum nur war sie so verflixt nervös?

Sie hörte Schritte, und die Knie wurden ihr etwas weich, als sich der Knauf drehte.

Eine junge Frau stand in der Tür. »Oh, hi.«

Sydney schwieg zunächst und schaute über die Schulter zu Macs Pick-up, bevor sie stammelnd hervorbrachte: »Ich … Ist Mac da?« Ihr Mund fühlte sich staubtrocken an.

»Er ist unter der Dusche. Wollen Sie warten? Oder kann ich Ihnen vielleicht helfen?«

Sydney fielen die Ringe an der Hand der Frau auf, und grenzenlose Enttäuschung stieg in ihr auf. »Nein. Ja. Sie können mir helfen.« Sydney drückte der Frau die Tüte in die Hand. »Ich wollte nur diese Bücher zustellen, die Mac im *Book-Bea* bestellt hat.«

»Oh, prima. Ich sorge dafür, dass er sie bekommt. Schuldet er Ihnen noch etwas dafür?« Der Diamantring am Finger der Frau funkelte im Sonnenlicht.

Hatte Mac eine Affäre mit einer verheirateten Frau? Damit wäre er genauso unmoralisch wie Jon. Glaubte denn überhaupt niemand mehr an die Unantastbarkeit der Ehe?

»Nein.« Sydney hob die Hand. »Oh nein. Er schuldet mir nicht das Geringste.« So schnell die Füße sie trugen, aber ohne tatsächlich zu laufen, kehrte sie zurück zum Auto. Sie drehte den Schlüssel im Zündschloss und legte den Rückwärtsgang ein.

Doch wohin um alles in der Welt sollte sie jetzt fahren?

Wenn sie zum Buchladen zurückkehrte, würde sie Bea erzählen müssen, dass der Mann, der sie am vergangenen Abend geküsst hatte, eine Freundin hatte. Eine *junge* Freundin, wahrscheinlich im selben Alter wie die Frau, durch die Jon sie ersetzt hatte. Oh nein, das passierte ihr nicht noch einmal! Sie hätte es sich denken können. Sie hätte es besser wissen müssen.

Wie konnte Bea nichts davon geahnt haben? Die alte Dame hatte behauptet, alles über die Menschen in der Gemeinde zu wissen.

Sydney holte tief Luft und versuchte, die drohenden Tränen zurückzudrängen. Wenn sie zu weinen anfinge, würde sie vielleicht nicht mehr aufhören können, und das wäre verheerend. Es war doch nichts geschehen. Weder war sie verliebt, noch hatten sie sich gegenseitig irgendwelche Versprechen gegeben. Es war nur ein läppischer Kuss gewesen. Na schön, ein herrlicher, ein erstaunlicher Kuss, aber eindeutig ein Fehler. Sie musste nur einen klaren Kopf bewahren und es hinter sich lassen. Was ihr ganz gewiss gelingen würde. Immerhin war sie nicht in diese Gemeinde gezogen, um Liebe zu finden. Sie wollte nur ihre Tochter großziehen und es richtig machen.

Sydney schaute über die Schulter zurück, während sie die lange Einfahrt entlang zurücksetzte – bis ein Klopfen am Fenster sie jäh auf die Bremse treten ließ. Sie wirbelte herum. Mac?

Er zog am Türgriff, doch Sydney hatte die Türen verriegelt.

Sie legte den Parkgang ein und ließ das Fenster runter.

»Hi. Bin froh, dass ich dich nicht verpasst habe!«

»Wieso das?«

Er schaute verwirrt drein. »Na ja, ich war gerade dabei, mich herzurichten, weil ich losfahren wollte, und … Geht's dir gut?«

»Passt schon.«

»Passt schon?« Mac hob die Hand an den Mund. »Okay. ›Passt schon‹ ist nie gut. Was ist los?«

»Warum sagst du's mir nicht?«

»Weil ich's nicht weiß?« Mac zog die Augenbrauen zusammen.

»Wer war das?«

Kurz schwieg er und sah aus, als wüsste er nicht, wohin er schauen sollte – dann entspannten sich seine Züge. »Ach, meinst du Haley? Sie wohnt nebenan. Sie passt manchmal für mich auf Seth auf. Sonst ist da nichts. Du hast doch nicht etwa gedacht … Haley ist bloß eine Freundin. Eine *verheiratete* Freundin. Ich kann sie dir gern vorstellen.«

»Nein. Bitte nicht.« In Sydneys Hände, die, vor Zorn verkrampft, das Lenkrad umklammert hatten, kehrte Gefühl zurück. Es war gewesen, als hätte sie gerade die gleiche niederschmetternde Neuigkeit wie damals von Jon erfahren. Nun wurde jenes Empfinden rasch von tief reichender Verlegenheit abgelöst. Heiße Röte stieg ihr in die Wangen, und ihre Hände schwitzten. »Ich bin ja so dumm.«

»Hast du wirklich angenommen ...?« Mac trat einen Schritt zurück und verschränkte die Arme vor der Brust. »Sydney, wie konntest du nur so schlecht von mir denken?«

»Entschuldige. Ich ...« Sie spürte, wie sich die Tränen anbahnten. In Wirklichkeit vor Frustration, doch sie konnte es nicht verhindern. »Ich bin beschädigte Ware, Mac. Wahrscheinlich ist das keine gute Idee mit uns.«

»Syd, nicht. Bitte. Geh nicht so.«

»Ich glaube, ich brauche ein wenig Zeit.«

»Aber heute Abend – du kommst doch heute Abend, oder?«

»Wir müssen das nicht tun. Die Kinder werden ohnehin nach der Übernachtung bei ihren Freunden müde sein.«

»Komm schon, Sydney. Gib der Sache eine Chance. Sei um sieben hier.«

Sie legte wieder den Rückwärtsgang ein. »Gib mir einfach ein wenig Zeit.«

Er trat vom Wagen weg, und sie setzte weiter zurück.

Sydney fühlte sich noch nicht bereit, zum Buchladen zurückzukehren. Zuerst brauchte sie etwas Zeit, um wieder einen klaren Kopf zu bekommen. Wieso hatte sie so voreilig diesen Schluss gezogen? Was stimmte nicht mit ihr?

Sie bog ins Weihnachtsdorf ab. Vielleicht würden ihr die Menschen und die festliche Stimmung helfen, die negativen Gedanken abzuschütteln, die durch ihren Kopf rotierten.

Eltern eilten mit aufgeregten Kindern zu der langen Schlange, um dem Weihnachtsmann letzte Wünsche anzuvertrauen, während andere umherhasteten, um noch einige Besorgungen zu machen.

Die Schlange an der Verpackungsstation erwies sich an diesem Tag als besonders lang.

Sydney bestellte sich eine heiße Schokolade und warf einen Dollar in die Spendenkasse, danach bestellte sie sich vier Kekse und aß sie alle bis auf den letzten Krümel auf. Schon komisch, wie ein kräftiger Zuckerschub einen Menschen beruhigen konnte.

Schließlich war sie einigermaßen zuversichtlich, dass sie sich einem Gespräch mit Bea auf erwachsene Weise stellen konnte, und sie hatte vor, Macs Anrufe nicht anzunehmen. Nie wieder. Es war besser so. Sie stand auf und ging zurück zum Auto.

Auf halbem Weg erblickte sie Macs Pick-up.

Sie huschte hinter einen Minivan und betete, dass er sie im Vorbeifahren nicht gesehen hatte. War er hergekommen, um nach ihr zu suchen?

Sie tat so, als müsste sie ihren Schnürsenkel binden, und blieb zwischen den Autos hocken, bis sie sicher war, dass Mac das andere Ende des Parkplatzes erreicht haben musste.

Um sich zu überzeugen, spähte sie um den Minivan.

Keine Spur von Macs großem Pick-up. Und solche Fahrzeuge konnte man kaum übersehen.

»Alles in Ordnung, Ma'am?« Ein Sicherheitsmitarbeiter ragte über ihr auf.

»Ja. Mein Schnürsenkel hatte sich gelöst.« Sie richtete sich auf und lächelte verlegen. »Danke.«

Sydney eilte zu ihrem Auto und hielt den Atem an, bis sie eingestiegen war und den Motor angelassen hatte. Unter ihren Reifen spritzte Schotter auf, als sie Gas gab und zurück zum *Book-Bea* fuhr.

Wenn Mac ihr ins Weihnachtsdorf gefolgt war, um nach ihr zu suchen, würde er dann auch im *Book-Bea* auftauchen? Sie war nicht bereit, mit ihm zu reden. Verlegen, beschämt und von Zweifeln über ihr jüngstes Verhalten gegenüber Mac erfüllt, parkte sie hinter dem Laden bei den Autos der Mieter. Vielleicht würde er dann annehmen, sie wäre nicht da. Sie schlich zur Hintertür hinein.

»Sydney! Du warst ja ganz schön lange weg. Ich hatte schon gehofft, ich würde dich heute vielleicht gar nicht mehr hier sehen.« Bea wirkte stolz wie eine Vogelmama, die beobachtet, wie ihre Küken flügge werden. »Was hat so lange gedauert? Oder sollte ich das lieber nicht fragen?«

»Ich habe im Weihnachtsdorf gehalten.«

»Ach ja?« Sie schaute enttäuscht drein. »Wirklich? Mit Mac?«

Sydney machte sich daran, die Auslage in der Nähe der Tür zu ordnen. »Dieser Tisch ist unser bestes Verkaufsinstrument. Ich kann dir sagen, den werde ich jeden Tag auffüllen.«

»Ja. Ist schon immer der beste Platz im Laden gewesen.« Bea ging hinüber zum Tisch und stellte sich neben Sydney. »Liebes, ist irgendetwas passiert?«

»Weißt du, ich hätte es wirklich besser wissen müssen und nicht unvorsichtig werden dürfen. Das ist alles. Sonst ist nichts. Es war nur ein dummer Kuss. Den habe ich mir zu Kopf steigen lassen. Er hat nicht das Geringste bedeutet, und es steht mir ohnehin nicht zu, mich auf etwas Zwangloses mit einem Mann einzulassen. Ich habe eine Tochter großzuziehen.«

»Aber Mac ist doch ein wunderbarer Mann.«

»Ich glaube, Männer sind einander ähnlicher, als wir denken.« Ihr Magen krampfte sich so heftig zusammen, dass ihr übel wurde. Wieso nur war sie so unvorsichtig geworden? Sie wusste es doch besser. »Ich werde nicht zulassen, dass mir so etwas wie mit Jon noch einmal passiert.«

»Oh, Sydney. Ich kenne Jon zwar nicht persönlich, doch nach allem, was du mir erzählt hast, würde ich sagen, die beiden Männer sind so verschieden wie Tag und Nacht.«

»Ach was. Männer haben alle ihre Geheimnisse.«

»Du hast es herausgefunden.« Bea blies den Atem aus, als wäre es schwierig gewesen, ihr Wissen für sich zu behalten.

»Ja. Habe ich. Als ich unangekündigt aufgetaucht bin.« Erst

da kam ihr zu Bewusstsein, was Bea gerade gesagt hatte. Also doch! »Warte mal. Du hast es gewusst? Und es war für dich in Ordnung, dass er ein Geheimnis vor mir hat?«

»Na schön, es ist vielleicht ein bisschen merkwürdig, aber doch nichts Schlechtes.«

»Wie kannst du so etwas sagen?«

»Was ist schon dabei, wenn sich der Mann jedes Jahr als Weihnachtsmann verkleidet? Er bereitet den Menschen so viel Freude. Ich persönlich finde das ganz bezaubernd.«

»Weihnachtsmann?«

»Ja, Weihnachtsmann. Mac ist der beste Weihnachtsmann im Weihnachtsdorf. Der, bei dem du mit RayAnne warst. Hast du denn gerade nicht *davon* gesprochen?«

»Er ist der Weihnachtsmann?« Sydney stapelte die Bücher mit etwas mehr Schmackes als nötig aufeinander. RayAnne hatte ihm von dem Quad erzählt. Hatte er sie deshalb zu einer Ausfahrt eingeladen? Und wie peinlich war es, wenn das eigene Kind dem Weihnachtsmann erzählte, dass die Mutter nicht glücklich war?

Was musste Mac von ihr halten? War es zu diesem Kuss nur gekommen, weil er Mitleid mit ihr hatte? Oder hielt er sich schon für den echten Weihnachtsmann, der ihrer Tochter Wünsche erfüllen wollte? Und was davon wäre schlimmer? »Spielt keine Rolle. Davon habe ich nicht geredet.« Sie hielt inne und drehte sich um. »Ich wünschte, du hättest mir schon früher von der Weihnachtsmannsache erzählt.«

»Macht das denn einen Unterschied?«

»Nein. Natürlich nicht. Aber Bea, es war etwas anderes. Eine Frau ist an die Tür gekommen. Eine junge Frau mit einem Ehering, und ich habe daraus sofort gefolgert, dass er mit ihr eine Affäre hat. Sie war so jung und hübsch. Wie Jons neue Freundin.«

»Und habt ihr beide das geklärt?«

»Ja, haben wir. Doch ich habe mich so dafür geschämt, dass ich so von ihm gedacht habe. Es war nicht fair. Bea, ich bin nach dem, was mir passiert ist, völlig kaputt. Wie soll ich jemals jemandem vertrauen? Ich bin für das alles nicht bereit.«

»Das wird schon noch. Ihr versteht euch doch gut, und du hast auch Freude daran, Neues auszuprobieren. Wie die Fahrt mit dem Quad. Du hast selbst gesagt, dass du schon lange nicht mehr so viel Spaß gehabt hast. Und RayAnne war begeistert davon.«

Sydney spannte die Kiefermuskulatur an. »Das Quad. Ich glaube nicht, dass das ein Zufall war. RayAnne hat dem Weihnachtsmann erzählt, dass sie sich eines wünscht. Mac hat genau gewusst, was er tut. Und ich kann es nicht leiden, so manipuliert zu werden.«

Bea erwiderte nichts.

»Ich kenne diesen Mann überhaupt nicht. Und wie dem auch sei: Mir wird nicht zweimal der gleiche Fehler unterlaufen.«

»Was ist mit eurer Verabredung heute Abend?«

»Falls er anruft: Ich bin beschäftigt.«

»Du kannst ihn nicht einfach ignorieren. Das hier ist eine Kleinstadt.«

»Vorerst kann ich ihn sehr wohl ignorieren.« Und wenn sich der Staub erst gelegt hatte, würde sie einfach nie wieder ihre gemeinsame Zeit oder jenen Kuss erwähnen … nie wieder.

Kapitel achtzehn

Sydney verbrachte den Tag mit Routinearbeiten, doch in ihren Gedanken liefen immer wieder die gemeinsamen Augenblicke mit Mac ab. Wie schade. Vielleicht hatte sie ihren einen Versuch für echte Liebe bereits gehabt. Mit Jon. Diese Liebe hatte kein Leben lang gehalten, sondern war in einer Katastrophe geendet. Und wenn schon. Sie hatte mehr als manch anderer. Auf keinen Fall hätte sie Mac an sich heranlassen dürfen. Sie wusste es besser. Absolut besser. Und das hatte sie auch angedeutet, bevor er sie geküsst hatte.

Aber konnte sie wirklich *ihm* einen Vorwurf machen? Die Schuld lag bei *ihr*. Sie hätte ja auch einen Schritt zurückweichen können – und hätte es tun sollen.

Mac hatte zweimal angerufen. Beide Male hatte sie ihn direkt an die Mailbox weitergeleitet.

Diane hatte RayAnne vor dem Buchgeschäft abgesetzt, aber RayAnne erwies sich als so müde von ihren Erlebnissen mit Jenny, dass sie den restlichen Tag lang nur still auf einem der Stühle gesessen und gelesen hatte.

Den ganzen Nachmittag über hatte Sydney die Eingangstür im Auge behalten. Jedes Mal, wenn sie sich öffnete, war sie wie ein verängstigtes Reh zusammengezuckt. Hoffentlich würde

Mac hier nicht auftauchen! Sie konnte ihm nicht gegenübertreten.

Um 17:59 Uhr hatte sie alles vorbereitet, um den Laden zu schließen und schleunigst das Weite zu suchen. Sydney verlor keine Minute, drehte den Schlüssel und hastete mit RayAnne im Schlepptau zum Auto.

Sie hatte es durch den Tag geschafft, ohne Mac wiedersehen zu müssen. Das wertete sie als kleinen Sieg.

Auf dem Weg nach Hause klingelte ihr Telefon.

»Soll ich rangehen?«, fragte RayAnne.

»Nein.« Sydney schlug die Hand auf das Gerät. Wahrscheinlich handelte es sich bei dem Anrufer um Mac, und sie würde dieses Telefonat bestimmt nicht vor ihrer Tochter führen. »Ich sehe nach, wer es war, wenn wir zu Hause sind. So wichtig kann es gar nicht sein.« Sie tätschelte RayAnne das Bein. »Hab dich lieb, Kleines.«

»Hab dich auch lieb, Mama.«

»Was hältst du davon, wenn wir es uns heute Abend gut gehen lassen und uns eine Pizza backen?«

»Mit Salami?«

»Logisch.«

»Wann fahren wir heute Abend rüber zu Seth, um uns die Meteore anzusehen?«

Sydney zögerte. Sie hatten neulich Abend im Beisein der Kinder darüber gesprochen. Nur hatte sie gehofft, RayAnne hätte es inzwischen vergessen. Die Marshmallows sollten eine Überraschung werden, der Besuch nicht. »Wir fahren nicht hin.«

»Warum nicht?« RayAnnes kleines Gesicht knautschte sich zusammen, und ihre Lippen schürzten sich zu dem Schmollmund der Zehnjährigen, die vor wenigen Wochen nach Hopewell hatte übersiedeln müssen. Kein willkommener Anblick. »Das wäre so cool geworden.«

Sydney hatte sich für diese Diskussion nicht gewappnet. »Es

ist etwas dazwischengekommen. Musste abgesagt werden.« Keine totale Lüge, auch wenn sie damit andeutete, dass es Macs Schuld war.

»Menno.« Lustlos ließ sich RayAnne gegen die Rückenlehne sinken. »Das ist unfair! Ich dachte, vielleicht würden wir wieder mit den Quads fahren.«

»Wir machen zu Hause etwas zusammen. Das wird lustig.«

Während des restlichen Heimwegs gab RayAnne kein Wort mehr von sich.

Sydneys Telefon klingelte erneut.

»Soll die Mailbox anspringen?«, fragte RayAnne.

Sydney nickte.

»Könnte ja Mac sein, der uns sagen will, dass es heute Abend doch noch klappt.«

»Das glaube ich nicht. Wahrscheinlich jemand, der uns etwas verkaufen will. Soll sich die Mailbox darum kümmern.« Sydney drehte das Handy um, damit man die Nummer nicht sehen konnte, und behielt die Hand darauf. Sofort bereute sie die dicke, fette Lüge. Höchstwahrscheinlich war es Mac. Aber sie konnte im Augenblick einfach nicht mit ihm reden. Sydney schob das Gebläse von sich weg. Angesichts der Hitze, die ihre Wangen ohnehin bereits zum Glühen brachte, brauchte sie keine zusätzliche Wärme, die ihr ins Gesicht wehte.

Sie war erleichtert, als sie endlich zu Hause ankamen. Im Auto hatte es sich unangenehm still angefühlt, während sie wegen ihrer Flunkerei ein schlechtes Gewissen verspürt hatte.

Sie gingen hinein. Als RayAnne nach oben lief, überprüfte Sydney ihr Telefon. Sie hatte recht gehabt. Der Anrufer war Mac gewesen.

Sydney sog scharf die Luft ein, als ihr Blick auf den lebenden Baum in ihrem Wohnzimmer fiel. Es war eine so nette Geste gewesen. Wenn auch letztlich sinnlos. Zumindest roch es im Raum angenehm. Sie ließ die Schlüssel auf den Tisch am Eingang fallen und begab sich in die Küche, um das Abendessen vorzubereiten.

»RayAnne!«, rief Sydney nach oben. »Kommst du runter und hilfst mir mit der Pizza?«

»Komme. Nur eine Minute.« Wenig später tauchte RayAnne in der Küche auf. »Seth hat gesagt, sein Papa hätte nichts von einer Absage heute Abend erwähnt.«

»Hier, du übernimmst den Käse.«

»Prima. Je mehr Käse, desto besser.«

Sydney griff zum Telefon und simste Mac.

Sydney: *Muss für heute Abend absagen.*
Mac: *Hatte mich darauf gefreut. Morgen?*

Sydney setzte bereits zu einer Antwort an, entschied jedoch dann, dass in diesem Fall weniger mehr wäre. Sie legte das Handy auf die Arbeitsfläche, dann half sie RayAnne, die Pizza in den Ofen zu schieben.

»Ich stelle die Zeitschaltuhr ein. Wie lange?« RayAnne hatte den Finger an der Zeitschaltuhr.

»Stell sie auf fünfzehn Minuten ein, danach schauen wir mal nach.«

RayAnne drehte den Knopf, dann warf sie die Hände hoch. »Erledigt.«

Sydneys Telefon klingelte.

RayAnne schaute aufs Display.

Beklommenheit beschlich Sydney, weil sie ahnte, dass es Mac sein würde.

»Das ist Papa!«

Irgendwie kam ihr Jon an diesem Abend gar nicht so schrecklich vor.

»Kann ich rangehen?«

»Klar.«

Mit einem freudigen Quieken nahm RayAnne das Handy an sich. Sie tänzelte durch die Küche, während sie jede Einzelheit in ihrem Leben herunterrasselte, die sich seit ihrem letzten Gespräch mit ihrem Vater ereignet hatte. »Du fehlst mir so, Papa. Ich kann den ersten Weihnachtstag kaum erwarten. Wegen des Weihnachtsmanns und deinetwegen. Aber hauptsächlich deinetwegen.«

RayAnnes Enthusiasmus sprudelte nur so aus ihr hervor. Sydney liebte den Klang des Lachens ihrer Tochter, auch wenn es eine Winzigkeit schmerzte mit anzuhören, wie sehr sie sich über Jons Aufmerksamkeit freute, obwohl er sie doch kürzlich erst so enttäuscht hatte.

»Wieso?«, fragte RayAnne plötzlich.

Sydney spürte, wie die Atmosphäre im Raum jäh abkühlte. Als sie sich umdrehte, sah sie die tiefe Enttäuschung im Gesicht ihrer Tochter. *Oh nein! Jon, nicht schon wieder!*, schoss es ihr durch den Kopf.

»Aber du hast gesagt, zu Weihnachten würden wir trotzdem Spaß haben. Wir haben bald Weihnachten, Papa.« Tränen traten in RayAnnes Augen. »Die Reise ist mir egal. Dann komm am ersten Weihnachtstag her und bleib bei uns.«

Am liebsten hätte Sydney ihr das Smartphone aus der Hand genommen, doch sie hielt sich zurück. Sie konnte RayAnne nicht vor Jons Handlungen beschützen, und wenn sie ihm vor dem Kind die Meinung geigte, würde sie sich nur auf sein Niveau herablassen.

»Aber du fehlst mir, Papa.«

Sydney hob sich die Hände ans Gesicht. Es fiel ihr so ungeheuer schwer, tatenlos danebenzustehen und sich das anzuhören.

»Nein. Das ist nicht fair! Du hast mich nicht lieb!« Damit ließ RayAnne das Telefon auf die Arbeitsfläche fallen und stürmte aus der Küche.

Einen Moment lang stand Sydney nur da und starrte auf das Handy.

»RayAnne?«

Sydney konnte Jons Stimme hören. Aber ihre Tochter war nicht mehr da, um zu antworten. Ihre Tennisschuhe polterten die Stufen hinauf und oben durch den Flur, dann wurde eine Tür zugeknallt.

Sydney ergriff das Telefon. »Jon? Bist du noch dran?«

»Was hat sie gemacht? Ich habe gerade mit ihr geredet.«

»Was *sie* gemacht hat? Ich habe danebengestanden. Sie hat dir zugehört. Was hast du jetzt wieder angestellt?«

»Ich habe ihr nur gesagt, dass wir es auf ein andermal verschieben müssen. Ich gehe an einem Wochenende im Januar mit ihr Ski fahren, und wir unternehmen in den Frühjahrsferien etwas.«

»Du hast für Weihnachten abgesagt?«

»Ich habe nicht abgesagt. Ich habe unser Treffen nur auf ein andermal verschoben. Du weißt schon, gemeinsame Zeit, nur eben an einem anderen Tag.«

»Es geht um Weihnachten! Du verschiebst den Besuch zu Weihnachten? Herrgott noch mal, Jon! Sie ist keine Packung Cornflakes im Sonderangebot.«

»Was ist schon groß dabei? Ich schicke ihr doch ein Geschenk.«

Das besser kein Quad sein sollte. »Es geht nicht um die Geschenke, Jon. Du fehlst ihr.«

»Sie fehlt mir ja auch, doch hier ist in letzter Zeit eine Menge los.« Er räusperte sich. »Ich überweise dir etwas auf dein Konto für ein schönes Geschenk. Kauf ihr, was immer sie haben will.«

»Du kannst dich nicht einfach freikaufen, Jon. Sie hat Schulferien und redet seit Wochen von nichts anderem als diesem Ausflug mit dir. Erst enttäuschst du sie, indem du den Skiurlaub absagst, und jetzt schaffst du es nicht mal, für einen lausigen Tag auf Besuch zu kommen. Ehrlich, ich hab's so was von satt, und das hat nicht das Geringste mit mir zu tun. Das ist nicht fair.«

»Tja, ich kann nichts machen.«

Die Zeitschaltuhr schrillte los. Sydney riss die Ofenklappe so heftig auf, dass sie um ein Haar wieder zugeschwungen wäre. »Was könnte so wichtig sein, dass du deine Tochter im Stich lässt? Zu Weihnachten?« Sie griff sich ein Geschirrtuch und schob das Pizzablech auf den Untersetzer auf der Arbeitsfläche.

»Verdiene ich es denn nicht, glücklich zu sein? Hör mal, ich habe keine Lust darauf, dass erst sie davonrennt und ich mir jetzt auch noch deine Vorwürfe anhören muss. Ich muss mich vor dir nicht rechtfertigen.«

»Du hast recht. Musst du nicht, und ich will deine fadenscheinigen Ausreden ohnehin nicht hören. Nur verschiebt man versprochene Besuche bei seiner Tochter nicht einfach nach Lust und Laune. Jedenfalls werde ich nicht für dich einkaufen, und ich werde auch nichts für dich erklären. Die Suppe darfst du ausnahmsweise mal ganz allein auslöffeln. Und glaub mir, diesmal hast du's echt vergeigt. Das ist nicht die Art von Enttäuschung, die man schnell wieder vergisst. Du solltest dich besser darauf einstellen, dass du daran noch lange zu knabbern hast.«

»Halte mir keinen Vortrag«, sagte er. »Das verdiene ich nicht.«

»Versuch erst gar nicht, mir den Schwarzen Peter zuzuschieben. *RayAnne* verdient, dass du sie ausnahmsweise mal an die erste Stelle setzt. Du kannst ruhig deine Midlife-Crisis ausleben, aber verschone sie damit.«

»Tja, ich schätze, dann kann ich es dir auch gleich sagen. Du würdest es sowieso von RayAnne hören. Ich hab's ihr gerade erzählt. Ich werde wieder Vater. Wir sind schwanger.«

Sydney ließ das Telefon sinken. Ihr wurde klar, dass sie wahrscheinlich gerade genauso aussah wie kurz zuvor RayAnne. Wie vom Blitz getroffen. Sydney beendete den Anruf und schaltete das Handy aus.

Sie ging ins Wohnzimmer und ließ sich auf die Couch fallen. Wie betäubt. So fühlte sie sich. Nicht wütend. Nicht traurig. Nicht mal besorgt. Nur müde. Ausgelaugt.

Und sie fand in sich nicht die Kraft, zu RayAnne zu gehen und sie zu trösten, denn offen gestanden könnte sie im Augenblick nichts Verständnisvolles oder Hilfreiches sagen, wenn es um Jon ging. Und das Versprechen, nicht über ihn herzuziehen, das sie sich selbst gegeben hatte, wollte sie unter keinen Umständen brechen. RayAnne sollte ihren Tränen freien Lauf lassen und später herunterkommen, wenn sie bereit dafür wäre.

Auch Sydney würde weinen, wenn sie noch eine Träne für Jon übrighätte, doch sie war sich ziemlich sicher, dass sie nach diesem Abend die letzte Träne wegen Jon Ragsdale vergossen haben würde.

Sie streckte sich auf der Couch aus, drückte sich das Kissen an die Brust und zog die Knie an. Sydney wünschte, die Welt würde auf Schnellvorlauf schalten, und sie könnte drei Monate später in Hopewell erwachen, und all das würde hinter ihr liegen. Sie schloss die Augen und versuchte, von besseren Tagen zu träumen.

Als sie erwachte, fühlte sie sich erschöpfter als zuvor. Sie war es so leid, Jon zu decken! Mühsam rappelte sie sich von der Couch auf und sah nach, wie spät es war. Zwei Stunden waren seit jenem Telefonat vergangen. RayAnne hatte genug Zeit gehabt, um das erste Gefühlschaos zu verarbeiten, in das ihr Vater sie gestürzt hatte. Sydney bereitete zwei Tassen heiße Schokolade zu und ging damit nach oben.

Mit dem Rand einer der Tassen klopfte sie zweimal an RayAnnes Tür und rief: »Hallo, Liebes. Wir müssen über deine Pläne mit deinem Papa reden.« Sie stand da und wartete darauf, das typische Fußstampfen eines enttäuschten Kindes zu hören, doch es herrschte Stille. Wahrscheinlich hatte sich ihre Tochter in den Schlaf geweint.

»Hab dich lieb, RayAnne«, flüsterte Sydney durch die Tür.

Kapitel neunzehn

An diesem Abend war Mac dankbar für das dick gepolsterte Weihnachtsmannkostüm. Endlich spielte das Wetter mit und verhielt sich so, wie es sich für den Dezember gehörte. Von seinem Platz aus konnte er den Bläschenschnee sehen, der aus dem Heuboden der Rentierscheune gesprüht wurde, und bei den richtigen Temperaturen sahen die Bläschen wirklich wie Schneeflocken aus.

Mit offenen Armen begrüßte er das nächste Kind in der Schlange. Der kleine Junge kam aus vollem Lauf angerannt und hopste ihm entgegen. Mac fing ihn wie einen Baseball auf und setzte ihn sich mit einer schwungvollen Bewegung auf die Knie. Er brachte nicht einmal ein herzhaftes *Ho-ho-ho* heraus, bevor der Junge eine Liste von Wünschen herunterratterte, und wenn er sich nicht irrte, obendrein in alphabetischer Reihenfolge.

Und er war sich ziemlich sicher, dass er diesen speziellen Jungen zum vierten Mal in einer Woche sah. An diesem Abend war die Warteschlange besonders lang. Das passierte immer, wenn es auf Heiligabend zuging. Nachträge in letzter Minute zu früheren Besuchen oder aber jene Kinder, die bisher nicht gekommen waren, weil sie gezweifelt hatten, ob es noch *cool* wäre, an den Weihnachtsmann zu glauben. Mac liebte es, wenn sie sich dem Glauben – nur für alle Fälle – am Ende doch noch ein weiteres Jahr lang hingaben.

Ein steter Strom von Kindern bewegte sich auf ihn zu.

Als der nächste Junge gerade am Absperrseil vorbeigehen und warten wollte, bis er an die Reihe kam, hielt Rebecca den Kleinen zurück und rannte die Stufen hinauf zu Mac.

Sie kam sonst nie zu ihm. Die erforderlichen Informationen simste sie ihm immer. War der Akku seines Handys etwa leer? Mac griff danach, aber das Display leuchtete noch.

Rebecca wartete nicht einmal, bis der Junge auf seinem Knie Luft holte, sondern beugte sich direkt zu Mac und legte die Hand an sein Ohr.

»Ein Notfall. Seth ist dran.« Sie drückte ihm ein Telefon in die Hand. Er bekam nicht mit, was sie zu dem kleinen Jungen sagte, dem sie von Macs Schoß half, bevor sie ihn zurück zu seiner Mutter führte.

Mac erhob sich von dem Stuhl und trat hinter den riesigen Weihnachtsmannthron.

»Seth? Was ist denn los?« Doch alles, was Mac vom anderen Ende der Leitung verstehen konnte, waren die Worte:

»PA …

UNFALL …

HILFE …«

»Beruhige dich, Sohn. Ich kann dich nicht verstehen.« Sein Herz hämmerte wie wild. »Wo bist du?«

»Zu Hause. Hinten bei der großen Kurve. Es ist schlimm. Pa. Du musst herkommen.«

Rebecca war an seine Seite zurückgekehrt. Besorgnis stand ihr ins junge Gesicht geschrieben.

»Geht's dir gut? Ist das ein Quad, das ich da höre?«

»Ja. Es geht um Ray. Du musst mir helfen. Ich bekomme sie nicht hoch.«

»Ray? RayAnne? Was macht sie denn dort?«

»Sie ist verletzt. Sie ist aufgekreuzt, als ich gerade die Quads gesäubert hab. Sie hat sich eines geschnappt und ist damit einfach losgebraust. Dann ist sie über den Rand am Ende der großen Haarnadelkurve gekippt. Pa. Sie ist schlimm verletzt. Sie ist eingeklemmt und blutet. Ich hab Angst.«

»Wo ist Haley?«

»Im Haus. Beeil dich, Pa!«

»Fass RayAnne nicht an. Versuch nicht, ihr aufzuhelfen. Redet sie mit dir?«

»Sie hat geweint und wirres Zeug geredet.«

»Bist du gerade bei ihr?«, fragte Mac.

»Ja. Sie will, dass ich bei ihr bleibe.«

»Weint sie noch?«

Seths Stimme klang erstickt. »Nein, jetzt ist sie größtenteils ruhig. Gibt nur komische Geräusche von sich.«

»Wahrscheinlich hat sie einen Schock. Zieh die Jacke aus und deck sie damit zu. Lass nicht zu, dass sie sich bewegt. Ich rufe einen Krankenwagen und bin schon unterwegs. Rede weiter mit ihr.«

»Ich weiß nicht, ob sie mich hören kann.«

»Spielt keine Rolle. Rede trotzdem weiter mit ihr. Sag ihr, dass alles gut wird und Hilfe unterwegs ist.«

Rebecca ging.

Mac konnte Seth hören, der aber keine Antwort von RayAnne bekam.

»Kannst du nach oben greifen und den Notausschalter am Quad drücken?«

»Ich denke schon.«

Das Brummen des Motors verstummte. »Gut. Bleib am Telefon, Kumpel.«

»Okay.«

Bevor Mac die Stufen hinuntergestiegen war, kehrte Rebecca mit einem anderen Handy zurück. »Hier hast du noch ein Telefon.«

»Wähl den Notruf für mich«, erwiderte er. »Schnell. Es geht um einen Notfall.«

Sie wählte und reichte ihm das Handy. »Geh. Wir kümmern uns hier um alles.« Vor seinen Stuhl hatte sie bereits ein Schild mit der Aufschrift *GLEICH WIEDER DA* gestellt.

Mac ging, so ruhig er konnte, um die in der Schlange wartenden Kinder und Eltern nicht zu verängstigen. Sobald er sich außerhalb ihres Blickfelds befand, sprintete er los zu seinem Umkleideraum, um seine Schlüssel zu holen. Unterwegs forderte er einen Krankenwagen an.

»Hier spricht Kevin MacAlee.« Er gab die Adresse durch und bemühte sich, langsam und deutlich zu sprechen, obwohl sich seine Gedanken überschlugen.

»Welcher Notfall liegt vor?«

»Ein zehnjähriges Mädchen ist mit einem Quad verunglückt. Sie ist darunter eingeklemmt. Und blutet. Mein Sohn ist bei ihr.«

»Ist die Stelle von der Straße aus zugänglich?«

»Nehmen Sie den Schotterweg rechts vom Haus ganz bis zum Ende. Fahren Sie durch das Tor. Folgen Sie dem Weg zu einer Gabelung. An der biegen Sie nach rechts. Dann kommt eine Haarnadelkurve. Dort sind sie. Ich bin schon unterwegs.« Er griff nach den Schlüsseln und wandte sich zum Gehen. Dabei wurde ihm klar, dass er noch seine volle Weihnachtsmannaufmachung trug. Allerdings blieb ihm keine Zeit, um das zu beheben.

»Ist die Straße mit einem Fahrzeug passierbar?«

»Ja. Ich bin sie schon mit meinem Pick-up entlanggefahren.« Mac rannte durch die Gasse hinter den Gebäuden zu seinem Wagen.

»Sind beides Ihre Kinder, Sir?«

»Nein. Mein Sohn ist bei dem Mädchen. Sein Name ist Seth.«

»Kennen Sie auch den Namen des Opfers?«

Die nicht enden wollenden Fragen nervten ihn. »Ja. Sie heißt RayAnne Ragsdale. Haben Sie schon jemanden losgeschickt?«

»Ja, Sir. Ein Krankenwagen ist unterwegs. Wenn Sie bitte noch in der Leitung bleiben, ich brauche so viele Informationen, wie Sie mir geben können.«

»Na schön.«

»Ist Ihr Sohn noch bei ihr?«

»Ja, ich habe ihn in der anderen Leitung.« Mac balancierte die zwei Telefone, als er in den Pick-up stieg.

»Er soll dranbleiben. Sagen Sie ihm, dass wir unterwegs sind. Und er soll Ihnen Bescheid geben, sobald er die Sirenen hört.«

Mac legte das eine Telefon beiseite und hob sich das andere ans Ohr. »Seth. Bist du noch da?«

»Pa. Ich hab Angst.«

»Hilfe ist unterwegs. Gib Bescheid, wenn du Sirenen hörst, okay?«

»Ja, Pa. Sie redet nicht mehr mit mir. Ich kann ihren Puls fühlen, aber ich hab Angst. Da ist so viel Blut an ihrem Kopf.«

Mac musste sich mit Sydney in Verbindung setzen, doch mit einem Handy auf dem Schoß und einem weiteren an der Schulter, während er gleichzeitig zu fahren versuchte, sah er dafür im Moment keine Möglichkeit. Wie um alles in der Welt war RayAnne allein zu seinem Haus gelangt?

Falls RayAnne ernsthaft verletzt wäre, würde Sydney ihm das nie verzeihen. Kopfverletzungen bluteten allerdings immer stark und boten deshalb einen beängstigenden Anblick. Mac betete, dass es nicht so schlimm war, wie es sich bei Seth anhörte.

Er drückte auf die Lautsprecherschaltfläche des Smartphones, über das er mit der Notrufzentrale telefonierte, und legte es auf den Sitz, während er das mit Seth in der Leitung weiter festhielt.

»Ich höre Sirenen!«, rief der Junge. »Lichter sehe ich noch keine.«

Es war dunkel. Und kalt. »Bleib, wo du bist. Hast du die Taschenlampe? Es ist eine in der Satteltasche am Quad, weißt du noch? Kommst du da ran?«

»Ich weiß nicht. Werd's versuchen.«

Mac starrte in die Nacht. Seine Scheinwerfer schnitten durch die Dunkelheit, während er die Straße entlangraste.

Seths Stimme klang etwas fester. »Ich hab sie.«

»Schalte die Taschenlampe ein und richte sie auf den Weg.«

»Okay.« Seths Stimme klang zwar immer noch zittrig, doch er hatte die Fassung einigermaßen wiedererlangt. Zumindest reagierte er auf Anweisungen.

Mac fuhr, so schnell er konnte. Es waren nur wenige Kilometer. Als er zu Hause eintraf, säumten bereits Einsatzfahrzeuge und eine Fülle rot, blau und weiß blinkender Lichter die Straße.

Er fuhr, so weit er konnte, bevor er aus dem Wagen sprang. Den Motor ließ er laufen. Den restlichen Weg würde er zu Fuß zurücklegen müssen.

Die meisten Leute vom Feuerwehr- und Rettungsdienst kannte Mac. Grundsätzlich vertraute er diesen Männern, doch im Augenblick wollte er nur noch selbst an den Ort des Geschehens.

»Sir?«, rief jemand. »Sie müssen sofort stehen bleiben.«

Mac drehte sich um und erblickte Johnny Ray, seinen alten Freund von der Highschool, der seine Deputy-Uniform trug.

»Halt«, sagte Johnny Ray erneut. »Sie können da nicht hin, Sir.«

Sir? Macs Gedanken rotierten. *Was soll das denn? Wir sind doch befreundet seit …*

Dann erst dämmerte Mac, dass er noch als Weihnachtsmann verkleidet war. »Ich bin's, Mann: Mac. Seth ist da hinten bei RayAnne.«

»Mac? Dann los! Deinem Jungen geht's gut.« Er winkte ihn weiter, und Mac beschleunigte in vollen Lauf. Er befand sich noch ungefähr sechzig Meter vom Tor entfernt, als der Krankenwagen auf ihn zukam. Man hatte RayAnne schnell erreicht. Gott sei Dank. Im Licht der Scheinwerfer des Rettungswagens sah er Haley bei Seth in der Nähe des Tors stehen.

Der Krankenwagen raste mit blinkendem Blaulicht vorbei.

Mac eilte zu Haley und Seth. Die Augen seines Sohnes waren gerötet und verquollen, sein Haar bildete trotz der kühlen Nacht ein verschwitztes Chaos. Er sah verwirrt aus, Haley erschüttert.

Gut möglich, dass sie sich nach allem, was sie mit Seth diese Woche durchgemacht hatte, gegen eigene Kinder entscheiden würde.

»Seth. Alles in Ordnung?« Er packte seinen Sohn an beiden Armen.

»Weihnachtsmann?«, sagte Seth.

»Ich bin's. Ja. Komm her.« Mac zog den Jungen in eine Umarmung.

»Pa?« Seth schaute zu Haley, dann trat er mit einem etwas verstörten Gesichtsausdruck ein Stück zurück.

»Ja. Hast du gut gemacht, Sohn. Ich bin stolz auf dich.«

»Warum bist du so angezogen?«

Die Katze war aus dem Sack. Daran ließ sich nicht mehr rütteln. »Ich erklär's dir später. Aber jetzt komm erst mal, wir fahren ins Krankenhaus.«

»Es tut mir so leid, Mac«, meldete sich Haley zu Wort. »Ich wusste nicht mal, dass RayAnne in der Nähe des Hauses war.«

»Mach dir keine Gedanken. Verlieren wir das, was wichtig ist, nicht aus den Augen. Schuldzuweisungen haben auf jeden Fall keine Priorität.«

Zum Krankenhaus war es eine Fahrt von gut fünfundvierzig Minuten.

Sie sprangen in Macs Pick-up. Kaum waren sie auf die Hauptstraße gebogen, versuchte Mac, bei Sydney anzurufen, doch jedes Mal sprang sofort die Mailbox an.

Die ersten zwanzig Minuten der Fahrt sprach niemand ein Wort.

Mac drückte auf Wiederwahl, versuchte es erneut bei Sydney, doch der Anruf ging immer noch nicht durch. Schließlich warf er das Handy in die Mittelkonsole. »Geht's dir gut, Seth?«

Der Junge nickte.

»Was hat dich da bloß geritten?«, fragte Mac. Er bemühte sich sehr, ruhig zu bleiben, doch er hatte gedacht, er hätte jede erdenkliche Sicherheitsmaßnahme ergriffen, damit die Quads keine Gefahr darstellten. Er brauchte Antworten. »Warum bist du ohne mich gefahren? Wir hatten eine Vereinbarung.«

»Ich bin nicht gefahren, Pa, ich schwör's.« Seth setzte sich aufrechter hin und legte die Hand aufs Herz. »Das Versprechen würde ich nicht brechen. Niemals.«

»Wie geht es ihr? Hat sie irgendwas gesagt, als die Sanitäter eingetroffen sind?« Mac sah Seth an, dann hob er den Kopf und suchte Haleys Blick im Innenspiegel.

Haley schlang die Arme fest um sich. »Ich bin mir nicht sicher, Mac. Hat nicht gut ausgesehen.« Ihre Lippen bebten, während sie sprach. »Da war eine Menge Blut, und sie haben die Kleine auf einer dieser speziellen Tragen weggebracht. Ich hoffe, es war nur eine Vorsichtsmaßnahme, aber sie hatten es ziemlich eilig. Informationen hat uns niemand gegeben. Es tut mir so leid, Mac. Ich kann nicht glauben, dass das passiert ist.«

»Das war nicht deine Schuld, Haley.« Er wandte sich an Seth. »Erzähl mir alles. Von Anfang an.«

»Ist irgendwie komisch, mit dem Weihnachtsmann zu reden.«

»Entschuldige. Ich habe auch etwas zu erklären. Aber das kann warten.« Auch wenn er den Anzug ablegte, der Bart würde sich ohne etwas Arbeit nicht entfernen lassen.

Seth wischte sich mit der Hand über die Stirn. »Sie ist mit ihrem Fahrrad aufgekreuzt. Ihr Papa kommt jetzt zu Weihnachten gar nicht. Er ist so ein Depp.«

Normalerweise würde Mac seinen Sohn deswegen zurechtweisen, einen Erwachsenen so zu bezeichnen, doch in diesem Fall konnte er nicht widersprechen. Er fragte sich, wie eine Frau wie Sydney je mit so einem Mann hatte zusammen sein können. Was stimmte bloß nicht mit dem Kerl?

»Von Anfang an, Seth«, verlangte Mac.

»Ich war draußen und hab die Quads geputzt, als RayAnne auf ihrem Fahrrad aufgetaucht ist. Es ist alles so schnell gegangen. Sie hat zwar nicht geweint, als sie angekommen ist, aber davor. Das hat man gemerkt. Sie war echt wütend auf ihren Papa. Dann wollte sie mit den Quads um die Wette fahren, und ich hab ihr gesagt, das geht nicht, weil mein Pa ... weil *du* ... nicht zu Hause warst.«

Tja, wenigstens kannte Seth die Regeln und war stark genug, um sich an sie zu halten.

»Sie hat mich einen Feigling genannt. Das war mir egal, doch dann ist sie auf mein Quad gestiegen und hat den Motor gestartet. Ich dachte, sie will bloß herumalbern. Ich hab ihr gesagt, wir könnten erst fahren, wenn du nach Hause kommst. Und auf einmal ist sie davongebrettert.«

»Hast du mein Quad genommen und bist hinter ihr her?«

»Nein. Ich kenne die Regeln. Ich hab mir ihr Fahrrad geschnappt und sie verfolgt. Ich bin so schnell gefahren, wie ich konnte.« Seths Mund verzog sich zu einer schmalen Linie. »Als ich sie dann endlich eingeholt hab, war sie mit dem Quad über die Seite gekippt ... und ist verkehrt herum zum Liegen gekommen. Der Motor ist noch gelaufen, die Räder haben sich in der Luft gedreht, und überall ist Qualm aufgestiegen. Zuerst konnte ich sie unter dem Quad gar nicht sehen. Und es war schwierig, was zu hören.« Seth wurde auf dem Sitz zappelig. »Dann hab ich sie gesehen. Ich hab versucht, ihr unter dem Quad herauszuhelfen, aber sie konnte sich nicht bewegen, und sie hat geweint. Ich wusste nicht, ob das Ding vielleicht in Brand geraten könnte.«

Mac legte seinem Sohn die Hand auf die Schulter.

»Ich wusste nicht, was ich tun sollte. Also hab ich dich angerufen.« Er schaute zu Haley. »Tut mir leid, dass ich dich nicht gerufen habe. Es ging aber wirklich alles viel zu schnell.«

»Es sollte dir auch leidtun«, sagte Mac. »Das ist schon das

zweite Mal innerhalb einer Woche, dass du Haley Ärger bereitest.«

Seths Augen wurden groß. Mac wusste, dass Seth gerade zwei und zwei zusammenzählte: Sein Vater trug nicht nur ein Weihnachtsmannkostüm, er war obendrein ausgerechnet *der* Weihnachtsmann gewesen, mit dem er in der Nacht gesprochen hatte, als er sich verbotenerweise aus dem Haus geschlichen hatte.

»Seth, ich weiß, dass du damals nur besorgt um RayAnne warst, doch du musst vernünftig sein und dich an Regeln halten. Ich bete, dass es ihr gut geht.«

»Ich auch, Pa.« Die Hände des Jungen ballten sich zu Fäusten. »Mir ist sogar egal, wie viel Ärger ich kriege. RayAnne muss nur wieder gesund werden.«

Kapitel zwanzig

Ein Hämmern an der Eingangstür weckte Sydney. Halb benommen stand sie von der Couch auf, ging zur Tür und zog sie auf, ohne zuerst durchs Fenster hinauszuspähen.

»Diane? Alles in Ordnung?«

»Warum gehst du nicht ans Telefon?« Die Freundin drängte sich ins Haus.

»Ach, das. Lange Geschichte. Tut mir leid, wenn ich dir deshalb Sorgen bereitet habe. Komm doch rein. Wie spät ist es?«

»Du musst mitkommen. Ich musste dich nur irgendwie erreichen.«

»Es war irgendwie eine schlimme Nacht. Ich habe mein Telefon ausgeschaltet.«

»Hol deine Handtasche.«

»Wieso?«

»Sydney, es hat einen Unfall gegeben. Tony war bei der Truppe der Freiwilligen, die zum Einsatzort gerufen wurde.«

»Wer ist denn verletzt?«

»Es geht um RayAnne.«

Sydney schaute zurück zur Treppe. »RayAnne ist oben und schläft.«

»Das glaube ich nicht.«

Verdutzt stand Sydney da. *Das alles kann nicht wirklich passieren*, dachte sie verzweifelt.

Diane nahm Sydney an der Hand, und sie liefen zusammen nach oben. Diane schob die Tür zum Kinderzimmer auf.

Das Zimmer war verwaist, das Bett noch gemacht.

»Nein.« Sydney presste sich die Hand auf den Mund. Wie lange war RayAnne schon weg?

»Komm mit.« Diane zog Sydney am Arm mit sich, und sie eilten zurück nach unten. »Handtasche?«

Sydney zeigte zum Tisch neben der Treppe.

Diane schnappte sich die Tasche, kramte darin herum und zog das Handy heraus. »Hier. Schalte das Ding ein.« Sydney drückte die Taste am Telefon und ließ sich von Diane nach draußen führen.

»Was ist passiert?«

»Sie hatte einen Unfall mit einem Quad.« Diane gab Gas und steuerte die Schnellstraße an.

»Wo ist sie?«

»Im Krankenhaus. Bis dort ist es ein Stück. Wir brauchen mindestens eine halbe Stunde bis dahin, ganz gleich, wie schnell ich fahre. Mal sehen, was Tony für uns herausfinden kann.«

»Wie ist das passiert?«

»Soweit ich es mitbekommen habe, war sie bei Macs Jungen.«

»Ich wusste ja, das war ein Fehler.« Sydneys Gedanken überschlugen sich. Die ganze Zeit über hatte sie das Gefühl, gleich die Augen zu öffnen und festzustellen, dass es sich um einen Albtraum handelte. All das konnte einfach nicht wirklich geschehen!

Dianes Telefon klingelte, und sie drückte auf die Lautsprechertaste. »Hallo, Schatz. Was gibt es Neues? Sydney sitzt hier neben mir im Auto.«

»Hallo, Sydney. RayAnne ist gerade in der Notaufnahme. Sie wird noch untersucht.«

»Wie schlimm ist es? Muss ich ihren Vater verständigen? Sie wird doch wieder gesund, oder?«

»Du solltest ihn vielleicht anrufen und ihm Bescheid geben, aber beruhige dich, ihre Vitalfunktionen sind in Ordnung. Ich glaube nicht, dass sie in unmittelbarer Gefahr schwebt.«

»Danke, lieber Gott«, flüsterte Sydney.

»Aber sie hat eine ziemlich üble Kopfverletzung«, fuhr Tony fort. »Da werden ein paar Stiche nötig sein. Und sie hat viel Blut verloren. Bin mir sicher, dass sie die Nacht auf jeden Fall im Krankenhaus verbringen muss.«

»Wie konnte das nur passieren? Ich war doch im Haus. Ich muss auf der Couch geschlafen haben, als sie aus dem Haus geschlüpft ist. Vielleicht sollte sie ja wirklich lieber bei Jon leben.«

»Jetzt red keinen Unsinn«, sagte Diane. »Kinder sind so: Sie stellen Dummheiten an. RayAnne wird wieder gesund. Die Sanitäter waren schnell vor Ort, und sie ist in guten Händen. Richtig, Schatz?«

»Ja. Absolut.« Tonys Stimme klang fest und ruhig. »Noch wissen wir nicht viel, aber ich bleibe auf jeden Fall hier. Bis ihr da seid, werde ich so viel an Informationen wie möglich haben.«

»Danke. Sag ihr, dass ich unterwegs bin. Und dass ich sie lieb habe.«

Diane konzentrierte sich auf die Straße, nahm die Kurven mit hoher Geschwindigkeit. Sydney wünschte, sie könnten noch schneller fahren.

»Jon hat ihr für Weihnachten abgesagt«, erzählte Sydney. »RayAnne war darüber so aufgebracht. Ich dachte, sie wäre in ihrem Zimmer über ihrem Kummer eingeschlafen. Ich hatte keine Ahnung, dass sie sich davongeschlichen hat.«

»Das ist nicht deine Schuld, Sydney.«

»Ich bin raufgegangen, um nach ihr zu sehen. Als sie nicht auf mein Klopfen reagiert hat, dachte ich, sie würde fest schlafen. Ich hab nicht mal ins Zimmer geschaut. Es *ist* meine Schuld. Ich hätte nachsehen müssen.«

Sydney wählte Jons Nummer. Es überraschte sie nicht, dass sie direkt auf der Mailbox landete. Sie hatte ohnehin nicht wirklich mit ihm reden wollen. »Wie heißt das Krankenhaus, Diane?«

»West Carolina Regional.«

»Jon. Hier Sydney. Es hat einen Unfall gegeben. Ich bin unterwegs zum West Carolina Regional. Es geht um RayAnne. Sobald ich Näheres weiß, rufe ich noch mal an.« Damit beendete sie den Anruf und ließ das Handy auf ihren Schoß fallen. »Wie lange noch?«

»Wir sind bald da.«

Sydney lehnte die Stirn an die kühle Fensterscheibe. Ihr war speiübel, und sie zitterte am ganzen Leib. »RayAnne, bitte werde wieder gesund!«, flüsterte sie.

Sie erreichten eine Kreuzung, und die hellen Lichter des Krankenhauses schimmerten aus dem Nebel, der über dem Parkplatz hing. Die gespenstischen Schatten sahen bedrohlich aus.

Diane fuhr direkt zur Eingangstür der Notaufnahme und ließ Sydney aussteigen. »Geh schon voraus. Ich parke schnell und komme gleich nach.«

Sydney sprang aus dem Wagen, bevor er vollständig zum Stehen kam, und stürmte hinein.

Sie lief zu der Frau am Empfang. »Ich bin Sydney Ragsdale. Meine Tochter RayAnne ist im Krankenwagen hergebracht worden.«

Ein Mann trat auf sie zu. »Hallo, Sydney. Ich bin Tony. Dianes Ehemann.«

Die junge Frau hinter dem Schalter schien es nicht besonders eilig zu haben. »Sie müssten mir bitte diese Formulare ausfüllen.« Die Frau schob ihr ein Klemmbrett zu.

»Ich fülle gar nichts aus, bis ich weiß, wie es meiner Tochter geht, und bis ich zu ihr darf.«

»Es kommt gleich jemand zu Ihnen heraus. In der Zwischenzeit füllen Sie das bitte für mich aus.«

Sydney nahm das Klemmbrett entgegen und drückte es sich an die Brust.

Tony führte sie zu einem Sitz in der Nähe der Türen zur Notaufnahme. »Man hat RayAnne zum Röntgen gebracht, um sie auf Knochenbrüche zu untersuchen. Sie ist ziemlich benommen. Sie hat keinen Helm getragen und war unter dem Quad eingeklemmt, als wir vor Ort eintrafen.«

Die Doppeltür öffnete sich, und ein Mann in einem Weihnachtsmannkostüm kam herein, eine Frau und einen Jungen im Schlepptau. Seth. Das war Seth. Und Mac. Und Haley, die Nachbarin.

Zorn stieg in Sydney auf. »Du hast gesagt, es wäre nichts dabei – es wäre sicher. Das ist deine Schuld, Mac. Ich weiß noch nicht mal, ob meine Tochter wieder gesund wird. Wie konntest du nur?«

»Was weißt du bisher?«, fragte Mac.

»Ich weiß, das wäre nie passiert, wenn wir ihr nie erlaubt hätten, mit deinem Quad zu fahren.«

Dann trat Seth hinter seinem Vater hervor, und Sydney bedauerte, ihn vor dem Jungen angebrüllt zu haben.

»Oh mein Gott. Was hab ich getan?«, murmelte Sydney.

»Du hast gar nichts getan, Syd«, sagte Mac.

»Mein kleines Mädchen liegt da drin. Ich bin ihre Mutter und sollte doch für ihre Sicherheit sorgen.«

Tony entschuldigte sich, um sich nach neuen Informationen zu erkundigen.

»Hast du sie schon gesehen?«

»Nein. Ich weiß nur das, was Tony mir gesagt hat.«

»Was können wir tun?« Mac streckte einen Arm nach ihr aus, aber sie wich zurück.

»Du hast wirklich schon genug getan, findest du nicht?«

»Sydney, ich …«

»Was ist passiert? Erzähl mir, was passiert ist. Ich wusste nicht einmal, dass sie das Haus verlassen hatte«, sagte Sydney.

»Seth meinte, RayAnne sei mit dem Fahrrad zu uns gekommen.«

»Das ist eine lange Fahrt.« Sydney beugte sich vor, stützte die Ellbogen auf die Knie und vergrub das Gesicht in den Händen. »Ich war die ganze Nacht zu Hause. Ich dachte, sie wäre aufgebracht wegen ihres Vaters. Sie hat nicht reagiert, als ich an ihre Zimmertür geklopft habe. Vermutlich war sie da schon weg.«

»Das ist nicht deine Schuld«, sagte Mac leise.

Sie starrte alle drei an. »Ich denke, ihr solltet gehen.«

»Wir wollen für dich da sein.«

»Ich brauche euch nicht. Diane und Tony sind hier bei mir.«

Mac trat einen Schritt zurück. »Ich möchte wirklich für dich da sein, Sydney.«

Ihr Herz fühlte sich so schwer an und wurde dermaßen von Angst umklammert, dass sie kaum atmen konnte. »Ich will dich hier nicht haben. Hätte ich dich nur nie kennengelernt, dann wäre das vielleicht niemals passiert. Du hast gewusst, wie sehr ich dagegen war, dass sie allein fährt. Wie konntest du das tun?« Den Rest der Worte, die Sydney durch den Kopf gingen, brachte sie nicht in einem Atemzug heraus.

Seth ergriff das Wort. »Aber Pa hat doch gar nicht …«

Mac unterbrach Seth. »Ich verstehe«, sagte er. »Würdest du dafür sorgen, dass uns jemand mitteilt, wie es ihr geht?«

»Ich habe nicht vor, dich zu verklagen, falls dir das Kummer bereitet.« Sydneys Hand zitterte. Blanke Wut tobte in ihr wie ein Tornado.

»Sydney, das ist das Letzte auf der Welt, was mir im Augenblick Sorgen macht. Ich sorge mich *um deine Tochter. Um dich.* Falls du es dir anders überlegst, lass mich bitte herkommen und dir helfen, das durchzustehen.«

»Warum verschwindest du nicht mit deinem Weihnachtsmannkostüm? Du bist nicht der Weihnachtsmann. Du bist kein Wunscherfüller. Ich bin nicht sicher, was es mit deiner Weihnachtsmannbesessenheit auf sich hat, aber gesund ist sie nicht. Kann sie gar nicht sein. Sieh nur, was du angerichtet hast.«

»Ich wollte bloß helfen.«

»Dann geh. Du kannst nichts Gutes für mich tun. Geh einfach.«

Mac, Haley und Seth verließen das Krankenhaus und kehrten zum Pick-up zurück.

»Das war eine lange Fahrt, und jetzt wissen wir nicht einmal, ob RayAnne wieder gesund wird«, meinte Seth.

»Wir müssen ihnen Freiraum lassen.«

»Warum hast du Sydney nicht gesagt, dass es nicht deine Schuld war? Dass RayAnne bei uns aufgekreuzt ist und auf eigene Faust mit dem Quad davongefahren ist?«

»Weil das jetzt gerade wirklich keine Rolle spielt«, erklärte Mac.

»Sydney denkt, du hast zugelassen, dass RayAnne verletzt worden ist. Das finde ich ziemlich schlimm.«

»Ist schon gut, Seth. Sie wird früh genug erfahren, wie es sich zugetragen hat. Im Augenblick ist sie außer sich vor Sorge, und das verstehe ich. Sie liebt RayAnne mehr als alles andere auf der Welt. Ich würde genauso empfinden, wenn du da drin lägst.«

Während der Rückfahrt dudelten im Radio leise Weihnachtslieder. Seth war eingeschlafen, als sie zu Hause ankamen.

Mac bog in die Einfahrt, und Haley stieg aus dem Wagen.

Mac stupste Seth sanft an, damit der Junge auch ausstieg.

»Mir tut das alles so leid, Mac.« Haley wirkte zerknirscht.

»Mach dich deswegen nicht fertig.«

»Ich war so vorsichtig, und trotzdem ist etwas passiert. Ich bin einfach nicht für die Mutterrolle geschaffen.«

»Du wirst mal eine hervorragende Mutter. Unglücke passieren einfach. Wir können unsere Kinder nicht vor allem beschützen. Sie treffen spontane Entscheidungen. Bitte mach dir deswegen keine Vorwürfe. Ich gebe dir keinerlei Schuld.« Er lehnte sich zurück in den Wagen. »Seth. Wach auf. Komm rein und geh ins Bett.«

Der Junge erwachte, rutschte vom Sitz nach draußen und verschwand ohne ein Wort im Haus.

»Ich zieh jetzt dieses Kostüm aus und lege mich auch ein wenig schlafen. Ich schätze, solange Sydney unsere Hilfe nicht will, gibt es nicht viel, was wir tun können.«

»Ich weiß. Es fühlt sich schrecklich an.« Haley wandte sich zum Gehen. »Ruf mich an, sobald du etwas hörst. Ganz egal, wie spät es ist.«

»Mach ich.« Mac blieb noch eine lange Weile draußen in der Kälte stehen. Ein Dutzend Mal blickte er auf sein Handy, doch es kam kein Anruf. Keine Nachricht.

Bei Diane und Tony zu Hause anzurufen hätte keinen Sinn. Sie waren sicher beide noch im Krankenhaus. Mac ging hinein und suchte die Nummer von Tonys Werkstatt heraus. Er schickte eine SMS an den Vierundzwanzig-Stunden-Service, da er wusste, die Nachricht würde Tony erreichen.

Mac: *Hier Mac. Irgendetwas Neues über RayAnne?*
Tony: *Gebrochener Knöchel. Gehirnerschütterung. Wird über Nacht hierbehalten.*
Mac: *Danke. Bitte halte mich auf dem Laufenden, falls sich etwas ändert.*
Tony: *Wird gemacht.*

Mac ging hinein und legte sich auf die Couch. Er wollte Sydney anrufen. Ihr eine SMS schreiben. Irgendetwas tun. Aber er wollte ihr auch nicht noch mehr Stress bereiten. Mit dem Telefon in der Hand schloss er die Augen und schlief irgendwann ein.

»Hallo, Kleines.« Sydney strich RayAnne die Haare aus dem geschundenen Gesicht. Man hatte das Mädchen letztlich in ein Einzelzimmer verlegt. »Wie fühlst du dich?«

»Schrecklich. Ich hatte solche Angst. Ich dachte, ich würde sterben.« Eine Träne kullerte über RayAnnes von blauen Flecken übersäte Wange.

Der Anblick schnürte Sydney die Kehle zu. »Du wirst wieder gesund. Ich hatte auch große Angst.« Es fiel ihr schwer zu sprechen, denn sie drohte jeden Moment in Tränen der Erleichterung auszubrechen. RayAnne sah schlimm aus. Sie hatte sich eine Gehirnerschütterung zugezogen, war genäht worden, hatte blaue Flecken, die noch lange Zeit schmerzen würden, und einen Gips. Aber es hätte so viel ärger kommen können. Diane hatte eigentlich bleiben wollen, doch als Sydney erfahren hatte, dass es ihrer Tochter einigermaßen gut ging, hatte sie darauf bestanden, dass die Freundin nach Hause fuhr und sich um ihre eigene Familie kümmerte. Es mochte selbstsüchtig sein, aber im Augenblick wollte sie ihre Aufmerksamkeit nicht teilen, sondern ganz auf RayAnne konzentrieren.

»Es tut mir leid, Mama.« RayAnnes Stimme klang belegt.

»Bitte jag mir nie wieder solche Angst ein.«

»Das wollte ich nicht. Bitte entschuldige, Mama.« RayAnne schniefte unter Tränen. »Ich war so wütend auf Papa.«

»Ich weiß, Kleines. Doch ich weiß nicht, warum er die Versprechen, die er dir gibt, immer wieder bricht.«

»Weil er ... er mich nicht mehr lieb hat«, presste RayAnne zwischen Schniefen und Schluchzen hervor.

»Aber natürlich hat er dich lieb.« RayAnne sog scharf die Luft ein. Sydney fand sich in eine vertraute Ecke gedrängt: Sie musste sich schon wieder für Jon einsetzen. »Er liebt dich von ganzem Herzen. Er ist bloß durcheinander und egoistisch.«

»Mama, ich muss Seth anrufen. Kann ich dein Handy haben?«

Sydney zögerte. »Ich halte das für keine gute Idee.«

»Wieso?«

»Weil es mitten in der Nacht ist, und sieh dir nur an, was passiert ist, als ihr zwei zusammen wart. Er hätte dich nicht mit dem Quad fahren lassen dürfen.« In ihren Worten schwang Schärfe mit, obwohl sie sich bemühte, sich ihre Wut nicht anmerken zu lassen. Die vergangene Nacht hätte in einer Katastrophe enden können, und Sydney wusste, dass sie sich von einem solchen Schlag niemals erholt hätte. »Außerdem brauchst du Ruhe.«

»Ich liege hier schon seit Stunden. Ich kann auch anrufen, während ich mich ausruhe. Ich habe sein Quad kaputtgemacht, Mama. Diese Dinger sind teuer.«

»Das ist nicht dein Problem. Wie gesagt, er hätte dich nie damit fahren lassen sollen. Schon gar nicht ohne Schutzausrüstung. Was hat er sich nur dabei gedacht?«

»Ma! Er hat nicht ...«

»RayAnne, du musst ihn nicht verteidigen. Ich bin bloß dankbar, dass nicht mehr passiert ist. Entspann dich und konzentriere dich darauf, gesund zu werden.«

»Aber es war nicht Seths Schuld. Ma, er hat mir gesagt, wir dürften nicht fahren, weil sein Papa nicht zu Hause war. Ich bin trotzdem einfach mit dem Quad weggefahren. Ohne Erlaubnis. Wäre er nicht mit meinem Fahrrad hinter mir hergekommen, würde ich wahrscheinlich immer noch da draußen liegen.«

»RayAnne?« Sydney schüttelte verwirrt den Kopf. »Warum hättest du so etwas tun sollen – gegen seinen Willen mit dem Quad wegfahren?«

Zuerst zuckte ihre Tochter mit den Schultern und versuchte, sich unbekümmert zu geben ... dann jedoch brach sie in Tränen aus. »Papa hat mich nicht mehr lieb.«

»Das stimmt nicht, RayAnne.«

»Papa kriegt ein Baby mit Ashley. Er hat es mir gestern gesagt, und er kommt mich Weihnachten nicht besuchen. Er wird das neue Baby lieber haben als mich.« RayAnne fing untröstlich zu weinen an. »Ich wollte weglaufen.«

Sydney kroch zu ihr ins Bett. »Aber Schatz, das stimmt nicht. Ja, schon, sie kriegen ein Baby, doch dein Vater liebt dich so sehr. Das kann ich dir versprechen. Ich werde auch hin und wieder wütend auf ihn. Manchmal benimmt er sich wie ein Trottel, aber das liegt nicht daran, dass du ihm nichts bedeutest. Er liebt dich – und wird dich immer lieben. Du wirst für alle Zeit sein erstes geliebtes Mädchen sein. Das verspreche ich dir.«

»Ich hab wirklich Mist gebaut. Seth wird mich jetzt hassen.«

»Nein, wird er nicht. Mac und er waren besorgt um dich. Sie sind sogar ins Krankenhaus gekommen.«

»Ich bin müde.«

»Es ist spät. Mach die Augen zu und schlaf. Ich bleibe bei dir.«

»Ich hab dich lieb, Mama.« RayAnne sah mit dem verbundenen Kopf auf den steifen Kissen des Krankenhausbettes und mit dem hochgelagerten Fuß so winzig aus. Die blauen Flecken ließen sie geschunden und schutzlos wirken.

»Ich hab dich auch lieb.« Sie drückte RayAnne einen Kuss auf die Handfläche, weil sie sich davor scheute, das geschwollene Gesichtchen zu berühren.

RayAnne schloss die Augen. Kaum war sie eingeschlafen, kam eine Krankenpflegerin herein, um nach dem Kind zu sehen.

Sydney nutzte die Gelegenheit, um das Zimmer zu verlassen und erneut zu versuchen, Jon zu erreichen. Er nahm ihre Anrufe immer noch nicht entgegen, also simste sie ihm die Einzelheiten in einer langen, umfassenden Nachricht.

Seine Antwort fiel kurz und bündig aus.

Jon: *Bin unterwegs. Sag Ray, ich habe sie lieb.*

Sydney stand in der Nähe der Tür und hielt sich im Hintergrund, während die Krankenpflegerin sämtliche Geräte überprüfte und dem Tropf eine weitere Dosis Schmerzmittel hinzufügte.

»Wahrscheinlich wird Ihre Tochter eine Weile schlafen. Sie sollten sich auch ausruhen«, schlug die Pflegerin im Hinausgehen vor. »Ich werde nach ihr sehen.«

»Ich bleibe hier. Ich will nicht, dass sie allein ist, wenn sie aufwacht.«

»Ich kann Ihnen ein Kissen und eine Decke bringen. Der Sessel dort lässt sich zu einem Bett umklappen. Ist wirklich gemütlich.«

Sydney wusste die Anteilnahme zu schätzen, doch sie fürchtete sich regelrecht davor, auch nur einen Moment die Augen zu schließen. »Danke. Ich glaube nicht, dass ich schlafen kann.«

»Kann ich verstehen, aber ich bringe Ihnen das Kissen trotzdem. Morgen wird ein weiterer langer Tag. Sie müssen sich ausruhen, damit Sie für Ihre Kleine stark sein können.« Die Pflegerin ging, ohne eine Antwort abzuwarten.

Sydney fühlte sich zu erledigt, um mit Mac zu reden, doch sie wusste, dass sie ihm eine Entschuldigung schuldete. Er musste sie allmählich für neurotisch halten, weil sie so voreilige Schlüsse gezogen hatte ... schon wieder.

Dabei sah ihr das gar nicht ähnlich. Oder vielleicht doch. Sie hatte sich in den letzten zehn Jahren so sehr Jons Wünschen und Vorstellungen angepasst, dass sie nicht mehr völlig sicher sein konnte, wer sie eigentlich war.

Sie nahm ihr Handy zur Hand und rief Macs Nummer auf. Dann fing sie zu tippen an, löschte den Text wieder und begann zweimal von vorn.

Sydney: *Tut mir leid, dass ich dich zu Unrecht beschuldigt habe. Ich wollte nicht so unfreundlich sein. Ray-Anne wird wieder gesund. Bin im Moment zu müde*

zum Reden, aber das sollten wir nachholen. Bald. Es tut mir so leid.
Mac: *Keine Entschuldigung nötig. Es wird alles wieder gut.*

Sydney war nicht sicher, was genau das bedeuten sollte, doch sie fühlte sich besser, nachdem sie ihm die Nachricht geschickt hatte. Die Pflegerin kam mit einem Kissen und einer Decke zurück. »Kuscheln Sie sich ein und schlafen Sie ein bisschen.«

»Danke.« Die Decke erwies sich als dünn, aber sie musste direkt aus einem Textilwärmer kommen, denn sie fühlte sich an wie eine Umarmung. Sydney entspannte sich in der wohligen Wärme und schloss die Augen. Die Erschöpfung verdrängte das Adrenalin und die Sorgen, die sie während der letzten Stunden auf den Beinen gehalten hatten. »Das fühlt sich wirklich gut an.« Sie zog die Knie an die Brust.

»Geben Sie mir einfach Bescheid, falls Sie etwas brauchen«, sagte die Krankenpflegerin. »Ich bin auch für Sie da. Die Kinder erholen sich von solchen Dingen in der Regel entschieden schneller als die Eltern.«

»Das glaube ich. Danke.« Sydney drehte den Kopf und beobachtete RayAnne beim Schlafen. Sie sah so friedlich aus. Was für ein Segen, dass es nicht schlimmer gekommen war! Sydney sandte ein stummes Dankgebet zu Gott. *Danke, dass du RayAnne beschützt hast, und danke für die Kraft und das Bewusstsein, dass sie den richtigen Weg selbst erkennt.* Eine Woge wohliger Behaglichkeit schwappte über ihr zusammen, und sie konzentrierte sich auf die Geräusche ihrer Atmung. Ein. Aus. Ein. Aus. Bis sie von warmen, sonnigen Tagen voller Blumenduft und Gelächter träumte.

Eine beruhigende Stimme hallte durch ihren Traum. Eine tiefe, melodische Stimme: »Du wirst wieder ganz gesund.«

Sydney schlug die Augen auf und erkannte, dass die Stimme nicht aus ihrem Traum stammte. Der Morgen war angebrochen. Ein Arzt war hereingekommen und redete gerade mit RayAnne.

Sydney schob die Decke von sich und erhob sich aus dem Sessel. »Entschuldigung. Ich habe gar nicht gehört, dass Sie hereingekommen sind.«

»Ist schon gut. Ich bin sicher, das war für Sie beide eine anstrengende Nacht. Ich bin Doktor Kelly.« Er schüttelte Sydney die Hand. »Ihr Mädchen fühlt sich heute Morgen ziemlich wund«, sagte er. »Die Schwellung am Kopf scheint zwar unter Kontrolle zu sein, doch ich möchte Ihre Tochter gern noch einen Tag zur Beobachtung hierbehalten.«

RayAnne stöhnte missbilligend.

»Damit hätten wir auch Zeit, eine Physiotherapeutin herzuholen, die ihr zeigen kann, wie man mit den Krücken umgeht.« Dr. Kelly wandte sich an RayAnne. »Wenn am Vormittag alles glattläuft, können wir dich für Heiligabend nach Hause entlassen.«

»Krücken sind cool«, fand RayAnne. »Und ich wette, in der Schule werden nach den Ferien alle auf meinem Gips unterschreiben wollen.«

Sydney klopfte auf den sperrigen Gips am Bein ihrer Tochter. »Ich habe noch keine Ahnung, was du mit dem Ding anziehen kannst.«

»Ach ja, richtig. Meine Jeans werden da nicht drüberpassen.«

Dr. Kelly lachte. »Dann lasse ich die Damen das mal unter sich ausmachen. Ich komme morgen früh wieder, um nach dir zu sehen, RayAnne.«

»Danke«, sagte die Kleine.

Er aktualisierte die elektronische Krankenakte, dann mahnte er: »Und kein Fahren mehr ohne Helm. Verstanden, RayAnne?«

»Ja, Sir«, gab sie zurück und nickte. »Fest versprochen.«

»Gut.« Er wandte sich an Sydney. »Der orthopädische Chirurg wird sich noch mal ihr Bein ansehen. Er wird ein paar Anweisungen für Sie haben. Was die genähte Kopfwunde angeht, können auch die Ärzte in Hopewell die Fäden ziehen. Wir arbeiten oft mit ihnen zusammen.«

»Okay. Danke.«

»Sollte alles gut verheilen. RayAnne hatte Glück, dass es nicht schlimmer ausgegangen ist.«

In diesem Moment klopfte es an der Tür. Jon und Ashley betraten das Zimmer. »Habe ich Sie gerade sagen gehört, dass alles gut verheilen wird, Herr Doktor?«, wollte Jon wissen.

»Ja.« Der Arzt sah Sydney an.

»Ich hab dir ja gesagt, dass es RayAnne gut geht, Jon«, meinte Ashley und schob sich die Haare über die Schulter zurück.

Jon hob die Hand, und die Geste wirkte so routiniert, als hätte er seine Freundin damit schon oft zum Schweigen gebracht.

»Ich bin RayAnnes Vater.« Jon streckte Dr. Kelly die Hand hin. »Wir waren unterwegs nach Paris, als wir den Anruf erhalten haben. Also wird meine Tochter ganz gesund?«

»Mit genug Zeit zu hundert Prozent.«

»Danke.«

Der Arzt verließ das Zimmer, und Jon wandte sich mit bitterbösem Blick Sydney zu. »Wo warst du, als das alles passiert ist?«

Sydneys Magen krampfte sich zusammen. »Konzentrieren wir uns mal darauf, dass sie wieder gesund wird, Jon.«

»Darauf müsste ich mich nicht konzentrieren, wenn du deiner Sorgepflicht nachkommen und auf sie aufpassen würdest. Unter meiner Aufsicht wäre das nicht passiert, da bin ich mir verdammt sicher.«

»Papa. Es war nicht ihre Schuld.«

»Jon, tu das nicht. Es ist nicht nötig, dass wir sie aufregen. Es ist bald Weihnachten, und sie hat genug durchgemacht, findest du nicht?«

Jon beugte sich vor und drückte RayAnne einen Kuss auf die Wange. »Geht's dir gut?«

Sie nickte.

»Wieso hast du nur so was gemacht?«

RayAnne schaute mit großen Augen zu Sydney. »Es war nicht Mamas Schuld.«

»Ich glaube, wir müssen reden«, meinte Jon zu seiner Ex-Frau.

Sydney hatte nicht vor, sich jetzt mit ihm auf eine Diskussion einzulassen. Und schon gar nicht im Beisein seiner kleinen Freundin. »Ich habe dir im Augenblick nicht wirklich viel zu sagen.«

»Tja, ich dir schon«, entgegnete Jon. »So passt man nicht auf unsere Tochter auf. In Atlanta ist so etwas nie passiert.«

»Jetzt hört auf zu streiten«, ergriff RayAnne das Wort. »Papa, warum vermasselst du immer alles? Wir hatten früher so ein schönes Leben, und jetzt hast du uns nicht mehr lieb.« Stockend atmete RayAnne ein. »Du wolltest mich nicht mal sehen.«

»So war das doch gar nicht, RayAnne. Du machst da aus einer Mücke einen Elefanten.«

Sydney wurde das Herz schwer. Das Letzte, was sie wollte, war, ihre Tochter zusätzlich aufzuregen. Sie bedeutete Jon und Ashley, ihr nach draußen zu folgen. Und er konnte von Glück reden, dass er entschied, sich widerspruchslos zu fügen, denn sie stand kurz davor, ihn an den Haaren aus dem Zimmer zu schleifen. »Was ist dein Problem?«

»Mein Problem?« Schnaubend schob er die Hände tief in die Taschen. »Lass mich gar nicht erst anfangen. Wieso um alles in der Welt lässt du unsere Tochter unbeaufsichtigt und ohne Helm ein Quad fahren? Bist du völlig verrückt geworden oder nur vollkommen inkompetent?«

»Wag es ja nicht, mir so zu kommen.« Sydneys Kiefermuskulatur spannte sich an.

»Jetzt tut's mir leid, dass ich die Papiere unterschrieben habe.

Ich denke gerade ernsthaft noch mal über die Sorgerechtsvereinbarung nach«, sagte Jon.

»Wie bitte?«

Ashley verschränkte die Arme vor der Brust.

Allein der Anblick der Frau weckte in Sydney den Wunsch, sie zu schlagen. War das alles ihr Werk? Die ständigen Enttäuschungen? Das Sorgerecht? Doch Sydney wusste, dass es an Jon lag, die endgültigen Entscheidungen zu treffen. Sie konnte nicht die gesamte Schuld der anderen Frau aufbürden … auch wenn sie sich dadurch ein wenig besser gefühlt hätte.

»Vielleicht sollte RayAnne doch lieber bei uns wohnen«, meinte Jon. »Das wollte sie ohnehin von Anfang an.«

Ashley nickte zustimmend.

»Noch vor ein paar Monaten warst du strikt dagegen.«

»Die Dinge haben sich geändert.«

»Hab ich gehört. Und falls du zu begriffsstutzig bist, um zwei und zwei zusammenzuzählen: Dein Verschieben des Weihnachtsbesuchs und die Neuigkeit von deinem neuen Baby haben RayAnne zu diesem gefährlichen kleinen Ausflug getrieben. Also erzähl du mir nichts davon, wie man ein Kind großzieht. Du warst unsensibel und ein Feigling. Bring deine Prioritäten in Ordnung.«

»Ich bin *sicher* …«, begann Ashley und wollte vortreten, doch Jon hielt sie mit dem Arm zurück.

Er wirkte sichtlich erschüttert. »Tut mir leid. Das wusste ich nicht.«

»Tja, aber genau das ist passiert. Nachdem du die Bombe hast platzen lassen, dass du zu Weihnachten überhaupt nicht kommst und ihr beide ein Baby bekommt, hat sie sich in ihrem Zimmer eingesperrt. Sie war am Boden zerstört. Dann hat sie sich rausgeschlichen und ist mit dem Rad zum Haus eines Freundes gefahren. Dort ist dann alles passiert. Du kannst nicht ständig so auf RayAnnes Gefühlen herumtrampeln.«

»Ich habe in letzter Zeit viele Versprechen gebrochen.« Er schaute kurz zu Ashley hinüber. »Es wird nicht wieder vorkommen.«

»Das hoffe ich.« Sydney lehnte sich zurück, um ins Zimmer zu spähen. RayAnne umarmte ihr Kissen. »Es ist nicht nur zu viel für sie; ich bin es auch allmählich leid, ständig die Probleme lösen zu müssen, die du verursachst. Ich habe mir fest vorgenommen, nicht schlecht über dich zu reden, aber du machst es mir wirklich nicht leicht.«

»Wir müssen los«, warf Ashley ein und stupste Jon an. »Wir können es noch rechtzeitig schaffen, wenn wir jetzt aufbrechen.«

Jon rieb mit der Hand über die borstigen Stoppeln an seinem Kinn. »Wir lassen den Flug sausen.«

Ashley ließ ein missbilligendes Schnauben vernehmen, dann setzte sie sich auf einen Stuhl auf der gegenüberliegenden Seite des Ganges und begann, auf ihrem Smartphone zu tippen.

Sydney verkniff sich eine spöttische Bemerkung. Jon hatte seinen Weg gewählt. Sydney war nicht länger Teil davon, und allmählich fing sie an, froh darüber zu sein. Sie hatte Besseres zu tun.

»Wir werden das Quad ersetzen müssen«, sagte Sydney. »Sie hat es sich ohne Erlaubnis des Besitzers genommen.«

»Warum hat sie so etwas getan? Das ist doch gar nicht ihre Art.«

»Sie war aufgebracht und verletzt. Sie war bereits traurig, weil du die ursprünglichen Pläne abgesagt hattest. Und nach der Neuigkeit, dass du wieder Vater wirst, hat sie gedacht, du hättest sie nicht mehr lieb und sie würde ersetzt.« Sydney schaute zu Ashley. »So ähnlich wie ich. Ohne Vorwarnung. Zu den Feiertagen.«

Einer seiner Kiefermuskeln zuckte. Aber er widersprach nicht.

»Entschuldigung.«

Sydney drehte sich um und sah, dass Mac sich ihr von hinten genähert hatte. »Hi, Mac.«

»Guten Morgen. Ich will nicht weiter stören, ich musste mich nur vergewissern, dass es euch gut geht. Ich hoffe, das macht dir nichts aus.«

»Überhaupt nicht«, erwiderte Sydney. »Danke fürs Kommen.«

»Wie geht's RayAnne heute Morgen?«

»Der Arzt war gerade da. Es wird alles wieder gut. Man behält sie noch eine Nacht zur Beobachtung hier, um auf der sicheren Seite zu sein.« Sie konnte Jons stechenden Blick fühlen. »Das ist mein Ex-Mann«, stellte sie vor. Und Himmel, fühlte sich das gut und endgültig an! »Jon, das ist Mac.«

»Jon Ragsdale.«

Die Überraschung in Macs Zügen war nicht zu übersehen.

»Oh, Sie sind RayAnnes Vater. Ein süßes kleines Mädchen. Sie und mein Sohn sind schon gute Freunde geworden. Freut mich, Sie kennenzulernen.«

»Es war Ihr Quad, vermute ich, richtig?« In den Worten schwang ein anklagender Unterton mit.

»Das meines Sohnes.«

»Wie ich gehört habe, hat sie es ohne Erlaubnis genommen. Ich werde es ersetzen.«

Mac nickte nur.

Jon schien Mac zu taxieren. Dann sah er Sydney an und meinte: »Ich gehe wieder rein.« Ashley schob sich an ihnen vorbei und eilte an Jons Seite, schlang die Arme um seinen Bizeps.

Jon machte einen verärgerten Eindruck, doch er sagte nichts, als er in RayAnnes Zimmer zurückkehrte und die Tür hinter sich und Ashley schloss.

Sydney lächelte Mac an. »Es tut mir so leid, dass ich dich derart angeschnauzt habe.«

»Geht's dir gut?«, fragte er.

»Ja. Besser als seit Langem.« Sie schaute über die Schulter. »Was allmählich zur Gewohnheit wird.«

Er lächelte. »Ich schulde dir noch ein Picknick unter dem

Sternenhimmel. Meinst du, die lassen RayAnne morgen nach Hause?«

»Der Arzt hat gemeint, er geht davon aus, dass sie Heiligabend zu Hause sein kann. Er will sie die zusätzliche Nacht hierbehalten, um die Kopfverletzung zu beobachten und ihr von einer Physiotherapeutin zeigen zu lassen, wie man mit den Krücken umgeht. Ist wahrscheinlich gut so. Ich muss mir noch überlegen, wie wir das zu Hause bewältigen werden. Die Treppe ist ja nicht wirklich krückenfreundlich.«

Mac nickte und kaute auf der Unterlippe. »Ihr zwei solltet eine Weile zu uns ziehen. Ihr könnt die Schlafzimmer im Erdgeschoss haben. Ihr würdet genug Privatsphäre haben, und RayAnne müsste keine Treppen steigen, während sie mit den Krücken umzugehen lernt. Obwohl dich wahrscheinlich verblüffen wird, wie schnell sie den Bogen rausbekommen wird.«

»Das können wir euch nicht zumuten.«

»Warum nicht? Bitte. Sie und Seth werden Spaß haben.«

»Das ist wirklich nicht nötig. Ich mache dir keine Vorwürfe, Mac. RayAnnes Unfall war allein ihre eigene Schuld. Na ja, Jon war der eigentliche Auslöser, doch bitte fühl dich deswegen nicht schuldig. Sie hat mir alles erzählt.«

»Ich unterbreite dir das Angebot nicht, weil ich mich schuldig fühle. Ich will helfen. Und selbstsüchtig wie ich bin, würde ich mich außerdem sehr freuen, euch über die Feiertage bei uns zu haben. Komm schon, was sagst du? Mit unserer Hilfe wird es viel einfacher.«

Sydney spürte, wie etwas in Bewegung geriet und sich veränderte. Es war ein wenig schwindelerregend, aber auf eine gute Art und Weise. Ihre Einstellung. Die Mauern, die sie um sich herum errichtet hatte. Die Angst davor, erneut verletzt zu werden. Alles fiel von ihr ab.

Es war beinahe, als hätte sie auf einem Hügel geparkt und jemand hätte gerade die Handbremse gelöst. Der Unfall hatte sie auf unerwartete Weise erschüttert. Es war bald Weihnachten, und sie würde nicht allein sein. Sie hatte ihre Tochter, neue Freunde und neue Gelegenheiten, die sich ihr erschlossen. Eine neue Welt mit strahlenden Aussichten.

»Tun wir's doch einfach«, meinte Mac.

Und Sydney fürchtete sich – ausnahmsweise – nicht. »Ich denke, das ist eine gute Idee.«

Ashley kam aus dem Zimmer und stapfte geradewegs an ihnen vorbei den Flur hinunter.

»Das war jetzt interessant«, meinte Mac.

»Hat sie für dich wütend ausgesehen?«

»Jedenfalls nicht glücklich.« Er beobachtete, wie Ashley in den Fahrstuhl stieg. »Manche Menschen wissen einfach nicht, wie man glücklich ist. Aber das gilt nicht für uns.«

Jon trat aus dem Zimmer und stellte sich zwischen sie. »Ray-Anne ist ziemlich mitgenommen. Sydney, ich habe vieles falsch gemacht.«

Die Überraschungen hörten an diesem Tag nicht auf. Ein Eingeständnis von Jon? Sie hätte Geld darauf verwettet, dass so etwas nie passieren würde. »Ja. Ein solches Unglück rückt die Perspektive zurecht, nicht wahr?«

»Da hast du recht. Ich bringe das alles wieder in Ordnung. Es tut mir aufrichtig leid, dass ich so ein Trottel gewesen bin.«

Jon drückte Sydneys Schulter und schüttelte Mac die Hand. »Ich schicke Ihnen für das Quad einen Scheck. Sydney soll mir einfach Ihre Daten durchgeben.«

»Danke.«

»Ich rufe später an«, sagte Jon. »Ashley wollte ein paar Anrufe tätigen. Ich vermute, sie ist nach unten gefahren.«

Mac zuckte mit den Schultern, als Jon davonging. »Ihr seht zusammen gar nicht wie ein Paar aus.«

»Waren wir aber. Früher mal waren wir sogar ein richtig gutes Paar.« Zum ersten Mal seit der Trennung gelang es Sydney, das auszusprechen, ohne dabei Zorn oder Enttäuschung zu verspüren.

»Sydney!«, rief Diane vom gegenüberliegenden Ende des Flures aus. Mit beinahe panisch wirkenden Schritten eilte sie heran und schwenkte einen Arm über dem Kopf.

»Ich hätte sie anrufen sollen. Hab ich völlig vergessen.« Sydney ließ Mac stehen und lief Diane entgegen. »Es tut mir so leid. Ich hätte dich auf dem Laufenden halten sollen. RayAnne wird wieder gesund. Du hättest nicht den weiten Weg hierherfahren müssen.«

»Oh, ich bin ja so froh, die guten Neuigkeiten zu hören! Aber ich bin nicht deshalb hier.« Diane schaute an Sydney vorbei. »Hi, Mac.« Sie senkte den Blick und flüsterte Sydney zu: »Ist er die ganze Nacht hier bei dir geblieben?«

Sydney drehte Mac den Rücken zu und stupste Diane an. »Nein. Er ist auch gerade erst angekommen. Vergiss das mal.« Sie spähte über die Schulter, dann sprach sie so laut weiter, dass er es hören konnte. »Warum bist du dann hier?«

»Es geht um Bea. Sie ist im Buchladen zusammengebrochen. Jemand hat sie gefunden. Tony hat es über Funk gehört und mich angerufen. Ich bin sofort hergefahren. Man hat sie gerade auf die Intensivstation gebracht«, sagte Diane.

»Oh nein! Das darf nicht passieren! Wird sie wieder gesund? Was sind das bloß für Weihnachten? Alles geht drunter und drüber.«

»Ich weiß«, erwiderte Diane. »Es hat nicht gut ausgesehen. Ich dachte mir, du würdest es wissen wollen. Aber mach dir keine Sorgen. Gib die Hoffnung nicht auf. Wenn es eine Zeit gibt, in der sich die Dinge zum Guten wenden können, dann Weihnachten.«

»Zu Weihnachten gibt es immer Hoffnung.«

»Ich gehe jetzt wieder runter und bleibe bei Bea. Weißt du, sie hat keine Angehörigen mehr. Ich habe gelogen und behauptet, ich wäre ihre Enkelin. Ich hatte zwar nicht den Eindruck, dass man mir geglaubt hat, doch man hat mich trotzdem zu ihr gelassen.«

»Sie braucht jemanden an ihrer Seite.«

»Als ich gegangen bin, wurde sie gerade an ein Beatmungsgerät angeschlossen.«

Sydney hob die Hand ans Herz. »Oh nein. Ich bin so hin- und hergerissen. Ich würde gern bei beiden sein, bei Bea und bei RayAnne. Halte mich auf dem Laufenden, Diane. Ich habe mein Telefon dabei. Und gib mir Bescheid, wenn ich zu ihr darf.«

»Mach ich.« Damit wandte sich Diane ab und kehrte zu den Fahrstühlen zurück.

Sydney schaute in RayAnnes Zimmer. Ihre Tochter schien friedlich zu schlummern. Sydney trat in Macs Arme und ließ den Tränen freien Lauf. »Erst RayAnne, und jetzt ist Bea auf der Intensivstation. Was kann denn noch alles schiefgehen?« Kaum hatten die Worte ihren Mund verlassen, bereute sie sie.

Mac schlang die Arme fester um sie. »Das wird schon alles wieder«, sagte er beruhigend und stützte das Kinn auf ihren Kopf. »Ich bin hier. Zusammen stehen wir das durch.«

Sie legte die Hand auf seine Brust. Sein Herzschlag erwies sich als gleichmäßig und stark, und sie fühlte sich bei Mac geborgen.

»Ich kann hier bei RayAnne warten, falls du runterfahren und nach Bea sehen willst«, schlug er vor.

»Und das macht dir nichts aus?«

»Überhaupt nicht. Haley ist bei Seth. Ich kann bleiben, solange du mich brauchst.«

»Danke. Ja. Ich muss zu Bea.« Sydney lehnte sich zurück. »Danke, dass du hier bist.«

Er küsste sie auf die Stirn.

Die Berührung seiner Lippen jagte ein unglaubliches Gefühl durch sie. Sydney war nicht sicher, was sie davon halten sollte, doch vorerst musste sie zu Bea. Ihre Emotionen konnte sie später analysieren.

Sie lief den Flur hinunter und drückte den Rufknopf für den Fahrstuhl. Anschließend folgte sie den Hinweistafeln zur Intensivstation. Diane befand sich nicht im Warteraum.

Sydney ging zum Schalter hinüber. »Meine Tante wurde vor Kurzem eingeliefert. Bea Marion. Kann ich zu ihr?«

Die Frau musterte sie eingehend, dann tippte sie etwas in den Computer und ersuchte sie, in der Nähe der Tür Platz zu nehmen. Sydney setzte sich hin und wartete.

Wenig später kam eine Krankenpflegerin heraus. »Sie wollen zu Bea Marion?«

Sydney stand auf. »Ja. Bitte.«

Die Pflegerin führte sie durch den Durchgang auf einen Flur und blieb dann stehen. »Es tut mir sehr leid. Sie hat es nicht geschafft. Ihre Enkelin ist bei ihr. Möchten Sie zu ihr?«

»Diane?«

»Ja«, bestätigte die Pflegerin.

Sydney blinzelte die Tränen weg, die ihr in die Augen gestiegen waren.

Die Pflegerin drückte ihr ein Päckchen Taschentücher in die Hand und führte sie zu einem Raum am Ende des kurzen Gangs. Sobald Sydney eingetreten war, weinten Diane und sie gemeinsam und hielten Beas Hand.

»Das darf einfach nicht passiert sein«, brachte Sydney schluchzend hervor. »Bea, du hast mir geholfen, meinen Weg wiederzufinden. Ich brauche dich doch.«

»Du schaffst das. Ich verspreche es dir«, sagte Diane zu Sydney. »Hopewell wird immer für dich da sein.«

Sydneys Körper fühlte sich zu schwer an, um sich zu bewegen. Und all die Kraft, die sie zusammengenommen hatte, um die Nacht bei RayAnne zu überstehen, fiel einfach in sich zusammen. »Sie war ein so großer Teil von jedermanns Leben in dieser Gemeinde.«

»Sie hatte in letzter Zeit zwar ein bisschen abgebaut, aber

ich glaube nicht, dass irgendjemand damit gerechnet hatte, sie würde …«

»Ich weiß. Konntest du noch mit ihr reden?«

Diane schüttelte den Kopf. »Nein. Ich meine, ich habe ihr gesagt, dass wir sie lieben und brauchen, doch sie war nicht mehr bei Bewusstsein. Die ganze Zeit nicht, auch nicht, bevor ich nach oben gefahren bin, um dir Bescheid zu geben. Sie hat nicht reagiert. Ich weiß nicht, ob sie noch etwas mitbekommen hat.« Diane umarmte Sydney, dann hielten sich die zwei Frauen an den Händen. »Als ich eben wieder heruntergekommen bin, war sie schon von uns gegangen. Sie sieht so friedlich aus.«

Sydney fiel der Ansatz eines Lächelns in Beas Zügen auf. »Bea war davon überzeugt, dass sie eines Tages wieder mit ihrem Henry zusammen sein würde. Ich bete, dass er gekommen ist und ihr auf dem Weg in den Himmel die Hand gehalten hat.«

»Wir müssen herausfinden, wer wissen könnte, wie ihr Letzter Wille gelautet hat.«

»Sie war diese Woche an einem Vormittag bei ihrem Anwalt, bevor sie in den Buchladen gekommen ist, also muss es ein Anwalt vor Ort sein.«

»Dann ist es einfach. In Hopewell gibt es nur zwei. Einer ist Bürgermeister Blevins.«

»Die beiden schienen sich nahezustehen. Ich würde mit Mr Blevins anfangen«, sagte Sydney. »Ich habe einen Schlüssel für das *Book-Bea*. Ich kann morgen, wenn wir zurück sind, im Büro nachsehen, ob sie dort irgendwelche Dokumente verwahrt hatte.«

Sydney war nicht sicher, wie viel Zeit vergangen war, als eine ältere Frau in einer fröhlichen Weihnachtsstrickweste mit einem Klemmbrett in der Hand hereinkam. »Es tut mir so leid.«

»Danke«, sagte Diane.

Sydney hob sich das mittlerweile feuchte Knäuel aus Taschentüchern erneut an die Augen. Frische Tränen strömten ihr übers Gesicht.

»Wissen Sie schon, von wem Ihre Familie die Bestattung arrangieren lassen möchte?«

Diane und Sydney sahen einander an, dann antwortete Diane: »Vom Bestattungsinstitut Cooper in Hopewell.«

Die Frau notierte es sich auf dem Klemmbrett. »Ich rufe dort an und vereinbare einen Termin für Sie, meine Liebe.«

»Danke«, sagte Diane.

Sydney wartete, bis die Frau wieder gegangen war. »Woher hast du das gewusst?«

»Gar nicht«, erwiderte Diane.

»Du kannst doch nicht einfach eine solche Entscheidung treffen.«

»Es ist das einzige Bestattungsinstitut in Hopewell. Den Rest überlegen wir uns später.«

»Oh.« Die Vorteile des Lebens in einer Kleinstadt summierten sich täglich ein wenig mehr.

Diane legte die Hände auf Sydneys Schultern. »Hör mal, du hast die letzten Wochen so viel durchgemacht, und die letzten vierundzwanzig Stunden waren ein echter Albtraum. Ich kümmere mich hier unten um alles. Geh und verbring Zeit mit RayAnne. Ruf mich an, falls ich irgendetwas tun soll, bevor ihr nach Hause dürft.«

»Sag mir Bescheid, bevor du gehst«, gab Sydney zurück.

»Mach ich. Ehrlich, ich bin so froh, dass du nach Hopewell zurückgekommen bist, Sydney.«

»Ich auch.« Sydney trat noch einmal zu Bea und drückte ihr einen letzten Kuss auf die kühle, faltige Wange. Dann verließ sie das Zimmer, ging den Flur hinunter und legte einen Zwischenstopp in der Kapelle ein. Sie kniete sich hin und neigte das Haupt. »Bitte lass mein kleines Mädchen gesund werden. Ich tue alles. Wirklich alles. Nur lass sie wieder gesund und glücklich werden. Bitte behüte die Menschen, die ich liebe.« Danach betete sie stumm für Bea, für RayAnnes schnelle Genesung und für Klarheit über den Weg, dem sie selbst folgen sollte. Sie stand auf, dann kniete sie sich noch einmal hin und betete auch für Jon.

Danach fühlte sie sich etwas ruhiger. Im Waschraum einer der Besuchertoiletten drückte sie sich ein kaltes nasses Tuch auf die Augen, bevor sie zu RayAnne zurückkehrte.

Mac saß bei ihr in einem Sessel und sah fern.

»Danke«, sagte Sydney leise.

Er stand auf und nickte in Richtung Tür. Als Sydney ihm nach draußen auf den Flur gefolgt war, sagte Mac: »Sie hat nicht mal mitbekommen, dass du weg warst. Hat die ganze Zeit tief und fest geschlafen. Du scheinst aufgewühlt zu sein. Ist alles in Ordnung?«

Sydney schüttelte den Kopf und vergrub das Gesicht an seiner Brust. Seine Hand legte sich auf ihren Nacken, während er sie festhielt und weinen ließ. Ohne Worte. Mac hielt einfach nur die Arme um sie geschlungen.

»Du hast ein paar heftige Tage hinter dir«, meinte er.

»Bea.« Sydney holte tief Luft. »Mac, sie hat es nicht geschafft.«

Eine Falte bildete sich zwischen seinen Augen. »Herrje. Damit habe ich nicht gerechnet.«

»Sie ist wundervoll gewesen. Hat mir das Gefühl gegeben, in Hopewell so willkommen zu sein. Hat mir ein Ziel gegeben, mein Selbstvertrauen aufgebaut. Ich kann nicht glauben, dass sie uns verlassen hat.«

»Sie wird nicht vergessen werden. Das kann ich dir versprechen.«

Sydney schüttelte die Haare hinter die Schultern zurück. »Ich weiß. Ich würde mich glücklich schätzen, ein solcher Mensch zu werden, wie Bea einer war.«

»Das bist du schon, Sydney. Was kann ich für dich tun?«

»Nichts. Du hast mir bereits alles gegeben, was ich brauche«, erwiderte Sydney. »Allein dadurch, dass du hier bist und mich auffängst, fühle ich mich stärker.«

»Ich bin für dich da.« Mac zog seine Schlüssel aus der Tasche. »Ich will dich nicht allein lassen.«

»Ich komme zurecht.«

»Ich bereite bei mir zu Hause alles für euren Aufenthalt vor. Soll ich für den ersten Weihnachtstag irgendetwas aus deinem Haus holen?«

»Ach herrje, das könnte ich wahrscheinlich selbst erledigen, wenn ich morgen nach Hause komme.«

»Lass mich dir doch einfach helfen. Du wirst genug damit zu tun haben, RayAnne aus dem Krankenhaus auszuchecken und die Heimreise anzutreten.«

»Wenn du im *Wheelies* vorbeischauen und ihr Fahrrad holen könntest, wäre das super. Es ist das rote Fahrrad im Schaufenster. Wes weiß aber nicht, dass es jemand anderes abholen kommt.«

»Ich kenne ihn gut. Wir sind schon lange befreundet. Kann ich ohne Weiteres machen.«

»Und bei mir im Schrank in der Diele ist eine Tüte mit Geschenken, mit denen ich die Strümpfe füllen möchte. Wenn du die Sachen und die Strümpfe holen könntest, wäre das spitze. Das ist so ziemlich alles, was ich vorbereitet habe.«

»Perfekt. Bei Weihnachten geht es nicht um Geschenke und Spielzeug. Es geht um das Beisammensein. Das werden wundervolle Weihnachten.«

»Du hast recht. Ich will nur mein Mädchen mit nach Hause nehmen.«

Mac beugte sich vor und küsste sie auf den Mund, Lippen an Lippen. »Das ist gut.«

Kapitel einundzwanzig

Die Physiotherapeutin hatte RayAnne in weniger als fünfzehn Minuten so weit, dass sie aufstehen und mit den Krücken umgehen konnte. Die Frau ließ RayAnne sitzen, aufstehen, herumgehen, wenden, sich hinlegen und wieder aufstehen. Sydney unterdrückte den Drang einzugreifen. Immerhin hatte ihre Tochter eben erst eine Knöcheloperation hinter sich. Ihre Zehen waren so dunkelblau, dass allein der Anblick schmerzte. Wie musste es sich dann erst beim Gehen anfühlen! Was dachte sich diese Frau bloß? Schließlich verließ Sydney das Zimmer, um die Physiotherapeutin nicht aufzufordern, RayAnne eine Pause zu gönnen.

Nachdem die Frau gegangen war, schlief RayAnne wieder ein und wachte nur auf, als das Abendessen serviert wurde, und später während der Nacht, wenn die Pflegerinnen nach ihr sahen. Sydney übernachtete auf dem Schlafsessel, lauschte den ruhigen Atemzügen ihres Kindes und dachte an Bea, die sie so gerngehabt hatte und die so gut zu ihr gewesen war.

Am nächsten Morgen tauchte Dr. Kelly vor acht Uhr auf, untersuchte RayAnne und unterschrieb ihre Entlassungspapiere. »Ich hoffe, du hast ein wundervolles Weihnachtsfest«, sagte der Arzt.

»Danke, Herr Doktor«, gab RayAnne zurück. »Ich kann's kaum erwarten, nach Hause zu kommen.«

Mac kam herein, als RayAnne gerade mit den Krücken so vom Bett zum Stuhl zu gelangen versuchte, wie es ihr die Physiotherapeutin gezeigt hatte. »Das sieht ja schon ziemlich gut aus.«

»Danke, Mac«, sagte RayAnne.

Mac reichte Sydney eine Papiertüte. »Ich dachte mir, RayAnne bräuchte vielleicht Sachen zum Umziehen, also habe ich einen Jogginganzug von Seth mitgebracht. Da könnte man auch ein Bein aufschneiden, falls es nötig ist, um es über den Gips zu bekommen. Seth ist ohnehin schon aus dem Teil herausgewachsen.«

»Danke. Das ist sehr aufmerksam.«

»RayAnne, willst du den Jogginganzug anziehen?«

»Ja. Alles ist besser als dieser Krankenhauskittel. Meine Sachen waren hinüber«, sagte sie.

»Ich hoffe, du hast letzte Nacht gut geschlafen, RayAnne. Wir werden heute bei uns einen schönen Heiligabend haben.«

»Können wir zu Seth und Mac gehen, Ma?«

Sydney sah Mac an.

Er legte den Kopf schief. »Du hast ihr nichts davon erzählt?«

Sydney schüttelte den Kopf.

»Worum geht's?«, wollte RayAnne wissen.

»Mac hat uns eingeladen, ein paar Tage bei ihm zu wohnen. Wir können seine Schlafzimmer im Erdgeschoss haben. Dadurch hätten wir ein paar Tage, in denen du dich ans Gehen mit den Krücken gewöhnen kannst, bevor du die Treppe im Farmhaus in Angriff nehmen musst. Ich war mir bloß nicht sicher, was du davon halten würdest.«

»Cool.« Sie hob die Hand zum Pfadfindergruß. »Und ich verspreche, keine Dummheiten anzustellen. Und danke, Mac, dass du mir verzeihst. Bist du sicher, dass Seth nicht wütend auf mich ist?«

»Ganz sicher. Wir haben heute Morgen darüber geredet. Er hält es auch für eine gute Idee, wenn ihr zu uns kommt.«

»Spitze«, meinte RayAnne begeistert.

Sydney lachte. »Dann war ich wohl umsonst besorgt.«

»Anscheinend.« Er drehte RayAnne den Rücken zu. »Du hast doch keine Zweifel mehr meinetwegen, oder?«

»Nein. Habe ich definitiv nicht.«

Eine Pflegerin kam mit einem Rollstuhl herein und besprach mit Sydney letzte Einzelheiten zur häuslichen Pflege. Dann ging Mac voraus, um das Auto zu holen, während RayAnne nach unten gebracht wurde. Sydney verließ das Krankenhaus an der Seite ihrer Tochter mit einer Stärke, von der sie nicht geahnt hatte, dass sie in ihr stecken könnte. Erfüllt von einer neuen Zielstrebigkeit wartete sie, während Mac ihrer Tochter in den Pick-up half. Sydney nahm auf dem Beifahrersitz Platz und schnallte sich an.

Sie brachten RayAnne nach Hause und machten es ihr für den Tag in Macs Wohnzimmer gemütlich. Haley und Seth wollten Popcorn für die Weihnachtsbaum-Girlanden zubereiten.

»Kommst du hier zurecht?« Für Sydney fühlte es sich unangenehm an, RayAnne zurückzulassen. »Ich muss zum *Book-Bea* und mich um ein paar Dinge kümmern.« Sie hatte RayAnne noch nicht erzählt, dass Bea gestorben war. Das schienen ihr einfach keine Neuigkeiten zu sein, die man einem kleinen Mädchen unmittelbar nach einem so traumatischen Erlebnis mitteilte.

»Passt alles.«

»Wir bleiben nicht lange weg, und Haley wird solange hier bei euch sein.«

»Hab dich lieb, Mama.«

»Hab dich auch lieb, Kleines.«

Mac fuhr Sydney zum *Book-Bea.* Die Tür war abgeschlossen, aber im Geschäft brannten sämtliche Lichter.

Sydney schloss auf, und sie gingen hinein. Auf dem Boden neben dem Präsentationstisch in der Nähe der Registrierkasse lagen Bücher verstreut.

Mac bückte sich, hob die Bücher auf und legte sie als Stapel auf den Tisch. »Hier muss sie zusammengebrochen sein und versucht haben, sich abzustützen.«

»Erst neulich haben wir an dieser Stelle beisammengestanden und über diesen Präsentiertisch gesprochen.« Abwesend ordnete Sydney die Bücher auf dem Tisch neu an. »Keine Ahnung, warum ich das gerade gemacht habe. Ach, Bea. Ohne dich und diesen Laden wird diese Gemeinde nicht mehr dieselbe sein.« Sie überprüfte die Registrierkasse und holte die Tagesquittungen heraus. »Ich weiß nicht, was ich mit dem Geld hier machen soll. Schätze, ihr Anwalt wird es wissen.«

»Lege es einfach in den Geldbeutel. Wir können es nach Weihnachten zum Anwalt bringen. Ich bin sicher, der Bestatter kann den Gottesdienst noch ein paar Tage hinauszögern, damit alle aus dem Ort kommen können. Niemand wird die Gelegenheit verpassen wollen, Bea die letzte Ehre zu erweisen.«

»Sie hat gesagt, diese gesamte Gemeinde sei ihre Familie gewesen.« Sydney fragte sich, warum sich alle so verbunden mit Beas Leben fühlten, während abgesehen von RayAnne niemand wirklich einen Teil ihres eigenen Lebens verkörperte. »Ich kann immer noch nicht fassen, dass Bea nicht mehr unter uns weilt.«

Mac schaltete die Weihnachtsbeleuchtung aus. »Ich ziehe mal alle Stecker, da ja erst einmal niemand hier sein wird. Wir wollen schließlich nicht, dass ein Feuer ausbricht.«

»Gute Idee. Ich sehe inzwischen im Büro nach Versicherungsdokumenten, Anwaltsnamen oder vielleicht einer Kopie ihres Testaments. Wenn Diane das bereits erledigt hätte, hätte sie mich angerufen, und das hat sie nicht.«

»Okay.« Mac zog den Stecker der Kaffeemaschine und arbeitete sich weiter durch den Raum vor, während Sydney nach hinten ging. Das Büro war winzig, aber gut organisiert. Sie nahm auf dem gepolsterten schwarzen Bürosessel Platz. Die Armlehnen waren vom jahrelangen Gebrauch abgewetzt. Sydney öffnete die Aktenlade des Schreibtischs und sah die Ordner durch. Drei davon holte sie heraus. Auf einem stand *VERSICHERUNGEN*, auf einem anderen *VERTRAULICH*, auf dem dritten *PRIVAT*.

»Fündig geworden?«, fragte Mac.

»Vielleicht. Ich schaue gerade ein paar Ordner durch.«

Mac stand an den Türrahmen gelehnt. Er sah so attraktiv aus. »Das hab ich gefunden, als ich den Stecker der Weihnachtsbaumbeleuchtung gezogen habe. Dein Name steht drauf.«

»Was ist das denn?« Behutsam nahm Sydney den Umschlag entgegen. »Ich frage mich, wer den dort hingelegt hat.«

»Mach ihn auf und sieh nach.«

Auf der Rückseite war der Umschlag mit Klebeband verschlossen. Sydney schob den Finger darunter und zog eine Karte heraus. Sie erkannte sie sofort als eine der Grußkarten, die Bea auf dem Drehgestell drüben neben der Kaffeenische verkaufte. Auf der Vorderseite las eine Frau einer Gruppe von Kindern aus einem Buch vor. Auf der Kartenrückseite stand in zittriger Handschrift:

Liebe Sydney!
Danke, dass du mein Vermächtnis fortführst.
Du warst der Engel, auf den ich gewartet hatte.
Bea

»Das ist süß.« Sydney drückte sich die Karte an die Brust. Tränen brannten in ihren Augen. »Sie wird mir so sehr fehlen! Bea war nicht nur eine Freundin, sondern auch eine Mentorin. Im Augenblick könnte ich sie wirklich gut gebrauchen.«

Mac blätterte durch einen der Ordner. »Sie war ein herzensguter Mensch.« Er hob einen Stapel Papiere heraus. »Sieht so aus, als wäre Bürgermeister Blevins ihr Anwalt gewesen. Sein Name steht auf mehreren dieser Dokumente. Ich sehe zwar keine

Kopie eines Testaments bei ihren persönlichen Unterlagen, aber vielleicht kennt er Beas Letzten Willen.«

»Wir sollten bei ihm vorbeischauen und mit ihm reden.« Erschöpft wünschte Sydney, sie könnte die Uhr zurückdrehen und mehr Zeit mit Bea haben. RayAnne und sie hatten gerade erst begonnen gehabt, Frieden und Glück in Hopewell zu finden. Bea hatte davon einen großen Teil ausgemacht. Wer weiß, wie sich das Leben hier nach einem weiteren Monat mit Bea angefühlt hätte?

»Ich bezweifle, dass er an Heiligabend im Büro sein wird. Musst du hier sonst noch etwas erledigen?«

»Mein Gefühl sagt mir, ich sollte mich zusammenreißen und diesen Laden weiterbetreiben. Aber ich weiß, dass mir das nicht zusteht. Ohne Bea komme ich mir hier ein bisschen wie ein Eindringling vor. Obwohl ich einen Schlüssel habe. Ergibt das einen Sinn?«

»Ich verstehe das sehr gut.« Mac schlang die Arme um sie. »Ich denke, du bist genau dort, wo du sein solltest«, meinte er leise. »Ihr zwei hattet eine ganz besondere Verbindung. Das ist mir schon an dem Tag aufgefallen, an dem ich dich hier kennengelernt habe.«

»Ja. Es war, als hätten wir uns schon ewig gekannt. Sie hatte so großen Anteil daran, dass ich mich als Kind in Bücher verliebt habe. Das hat sich auf mein gesamtes späteres Leben ausgewirkt. Und ich habe das Gefühl, im Verlauf der Jahre hat Bea viele Leben berührt.«

»Ich frage mich, was aus dem Laden wird.«

»Keine Ahnung.« Sydney lehnte sich an seinen Arm, schloss die Hände um seinen Bizeps. »Ich will gar nicht daran denken.«

»Vielleicht können wir ja irgendwas tun.«

»Was zum Beispiel?«

Mac holte tief Luft, dann hob er sie hoch und wirbelte sie im Kreis herum.

Überrascht quiekte sie, bevor sie zu lachen begann. »Was machst du denn? Lass mich runter.«

Mac drehte sie noch einmal, dann stellte er sie auf den Boden. Seine Hände fuhren außen an ihren Armen entlang nach oben und jagten ein Kribbeln über ihre Haut. Dann kamen seine Hände an ihren Wangen zum Ruhen, die Daumen an ihren Mundwinkeln. Langsam schob er ihr Haar zurück, bevor er die Lippen auf die ihren senkte.

Der Kuss erwies sich als zärtlich, aber innig. Sein Herz raste an ihrem. Mit jedem Atemzug zog er sie fester in seine Umarmung, an seine Brust. Noch nie hatte Sydney einen Kuss mit solch intimer Macht erlebt.

»Sydney, du sollst wissen, dass ich nach Genna dachte, ich könnte nie wieder etwas auf diese Weise für eine Frau empfinden, und das ist lange her. Jahre. Ich habe nach niemandem gesucht. Ich hatte auch kein Verlangen danach. Aber an dem Tag, an dem ich dich hinter der Ladentheke gesehen habe, da hast du etwas mit mir gemacht. Du hast etwas tief in mir berührt, von dem ich dachte, keine Frau könnte es je wieder berühren.«

»Mac?«

»Nicht. Bitte. Lass mich ausreden.«

Sie sah ihm in die Augen. Eigentlich hätte sie ihm gern gesagt, dass auch sie viel für ihn empfand, doch stattdessen hörte sie ihm geduldig zu.

»Mir ist klar, dass du noch dabei bist, deine Scheidung zu bewältigen. Ich kann mir nicht ansatzweise vorstellen, wie schwer es für dich sein muss. Du sollst nicht denken, dass ich das auf die leichte Schulter nehme, doch ich möchte, dass du mir eine Chance gibst. Dass du *uns* eine Chance gibst. Seth und mir. Uns gibt es nur im Paket.«

»Genau wie RayAnne und mich. Aber Mac, ich kann nichts versprechen.«

»Ich weiß. Ich werde deinen Freiraum respektieren, während ihr bei uns wohnt. Das verspreche ich dir. Ich werde der perfekte Gentleman sein. Doch fühlst du es? Ein bisschen?«

Und ob sie es spürte! Aber lag es nur daran, dass sie verletzt worden war und wieder geliebt werden wollte? War es echt? Sie durfte sich keinen Fehler erlauben. »Ich müsste lügen, wollte ich behaupten, dass ich nichts empfinde. Nur, Mac, ich bin mir nicht sicher, was es ist.«

»Ich auch nicht. Ich weiß bloß, ich möchte es erkunden, und ich wollte nicht das Risiko eingehen, dir nicht zu sagen, was ich fühle.« Mac ergriff ihre Hand. »Gehen wir es einen Tag nach dem anderen an. Ich habe das Gefühl, wir werden Monate und Jahre miteinander verbracht haben, bevor wir uns die Zeit nehmen, um innezuhalten und nachzuzählen.«

Sydneys Herz fühlte sich leicht und von Freude erfüllt an. Lag das an Weihnachten und der Hoffnung, die mit diesem Fest verbunden war? Sie rieb mit dem Daumen über seinen Handrücken. »Einen Tag nach dem anderen.«

»Komm. Fahren wir nach Hause und feiern wir unser erstes gemeinsames Weihnachten.«

»Ich bin mir nicht sicher, ob das als unser erstes gemeinsames Weihnachten gelten kann.«

»Warum nicht? Wir haben doch Weihnachten. Und wir sind zusammen.«

»Normalerweise bedeutet das, man hat ein Jahr zusammen verbracht.«

»Sagt wer?«

Darauf wusste Sydney keine Antwort. »Na schön. Unser erstes Weihnachten.«

Mit Tränen in den Augen schloss sie das *Book-Bea* ab. Ihr Telefon klingelte, und sie ließ die Schlüssel fallen, als sie in ihrer Handtasche nach dem Handy kramte.

Mac hob die Schlüssel auf.

Ohne auf das Display zu schauen, nahm sie das Gespräch an. »Hallo? Alles in Ordnung?«

»Sydney, hier Diane.«

»Entschuldige. Hi. Ich dachte, es wäre vielleicht RayAnne. Ich habe sie bei Mac zu Hause gelassen.«

»Soso, bei Mac zu Hause also.« Das melodische An- und Abschwellen von Dianes Stimme erinnerte Sydney daran, dass in einer Kleinstadt nichts lange geheim blieb.

»Wir wohnen dort nur über die Feiertage, bis RayAnne mit den Krücken zurechtkommt. Wir dachten, die Treppe im Farmhaus könnte gleich am ersten Tag ein bisschen viel für sie sein.«

»Klar doch.«

»Es war wirklich nett von ihm, das anzubieten.«

»Hab nichts anderes behauptet.«

Sydney schaute zu Mac auf, der auf sie herablächelte. Ihre Verlegenheit schien ihm ein diebisches Vergnügen zu bereiten, und er drückte ihr einen Kuss auf den Nacken, während sie mit Diane telefonierte. Sie entwand sich ihm und stieg die Stufen hinunter.

Bevor sie unten ankam, befand er sich wieder neben ihr.

»Ich wollte heute Abend eine Kleinigkeit für euch vorbeibringen. Kann ich bei Mac zu Hause vorbeischauen?«

Sydney legte die Hand über das Handy. »Diane will vorbeikommen. Macht's dir was aus, wenn sie bei dir zu Hause vorbeischaut?«

»Mein Haus ist dein Haus.« Mac ergriff das Telefon. »Hi, Diane. Komm, wann immer du möchtest. Wir haben alles Mögliche an Essen und Süßem. Meine Nachbarn und ein paar Freunde kommen auch. Bring die Kinder und Tony mit, wenn du magst.« Er gab Sydney das Handy zurück.

»Na, ist das nicht einfach bezaubernd?«, sagte Diane.

»Lass das«, flüsterte Sydney.

»Ach, jetzt hör auf, dir den Kopf zu zerbrechen. Coach Mac ist einer der nettesten Männer im Ort.«

Und Beas Beschreibung war verflixt ähnlich ausgefallen. Sie hatte sie förmlich verkuppelt.

»Wie dem auch sei«, fuhr Diane fort. »Ich hab mit dem Bürgermeister telefoniert. Er ist gerade bei seinem Sohn in Virginia, ist aber spätestens morgen Abend wieder zurück. Er hat gesagt, dass er Beas Testament hat. Sie hat es erst vergangene Woche geändert. Ich habe ihm deine Nummer gegeben. Er hat gemeint, er würde sich bei dir melden, um die Einzelheiten zu besprechen. Hat wahrscheinlich mit dem Schließen des Ladens zu tun, da du ja die einzige Angestellte warst.«

»Verstehe. In Ordnung. Danke.«

»Er wird sich auch mit dem Bestattungsinstitut in Verbindung setzen und die Angaben liefern, die man dort braucht«, sagte Diane.

»Es geht also alles seinen Gang. Das ist gut.« Sydney folgte Mac und ließ sich von ihm die Tür öffnen. Er half ihr in den Pick-up, dann ging er auf die Fahrerseite und stieg selbst ein. »Ich wünschte, ich könnte irgendetwas tun.«

»Ich bin sicher, es wird für uns alle etwas zu tun geben«, erwiderte Diane. »Mr Blevins hat gesagt, das kann alles bis nach Weihnachten warten. Es wird auch eine Traueranzeige in der Zeitung geben.«

»Ja, sehr gut.«

»Wir sehen uns dann bald«, kündigte Diane an. »Ich bringe Jenny mit. Sie treibt mich schon in den Wahnsinn, weil sie unbedingt RayAnne treffen will. Wir bleiben nicht lange.«

»Ist schon gut. Danke für alles, Diane.« Sydney legte sich das Handy auf den Schoß. »Ich glaube, ich habe hier in diesen wenigen Wochen bessere Freundschaften geschlossen als während meiner gesamten Zeit in Atlanta.«

»Hopewell besitzt schon eine gewisse Magie, nicht wahr?«

Etwas Besonderes besaß der Ort auf jeden Fall, und was immer es sein mochte, Sydney konnte sich nicht mehr vorstellen, je wieder darauf verzichten zu wollen.

Als Mac in die Einfahrt seines Hauses bog, leuchtete der

Schein der Lichter am Baum bereits durchs Fenster, und Sydney hörte Weihnachtsmusik. »Wird da gesungen?«

»Klingt ganz danach.«

Mac öffnete die Tür und ließ Sydney den Vortritt. RayAnne saß auf einem Lehnsessel, das Bein unter Kissen auf einem Polsterhocker hochgelagert. Sie schnürte Popcorn auf, und Seth schlang Girlanden davon auf den Baum. Haley betrat das Zimmer gerade mit einer weiteren Schüssel Popcorn. »Hallo. Na, ihr wart ja nicht lange weg. Wir dachten, wir könnten damit fertig werden, bis ihr zurück seid.«

Seth wickelte den Rest der Popcorngirlande um den Baum, bevor er zu RayAnne ging und sie abklatschte. »Sie wäre sicher noch länger geworden, wenn wir nicht mehr Popcorn gegessen als aufgefädelt hätten.«

»Du bist's doch, der alles isst.« RayAnne warf ein Stück Popcorn in die Luft. Seth duckte sich darunter und fing es mit dem Mund auf. »Er ist ziemlich gut darin.«

Seth deutete auf ungefähr zwanzig Stück hinter RayAnnes Sessel. »Besser als sie auf jeden Fall.«

»Unfair. Ich kann mich ja nicht richtig bewegen. Hätte ich keinen Gips, würde ich's dir so was von zeigen.«

»Sagt wer?«

»Sage ich«, gab sie zurück. »Revanche, sobald ich wieder auf den Beinen bin.«

»Kannst du haben.«

»Riecht gut hier drin«, merkte Sydney an.

»Das ist das Chili, das ich vorbereitet habe. Es wird umso besser, je länger es köchelt«, erklärte Mac. »Und ich habe auch ein gemein gutes Maisbrot drauf.«

»Und ich dachte, Schweinebraten und Truthahn wären traditionelle Weihnachtsgerichte«, zog ihn Sydney auf.

»Braten gibt's bei uns am ersten Weihnachtstag. An Heiligabend soll hier alles einfach und ungezwungen sein«, sagte Mac.

Sydney legte die Handtasche auf den Tisch und setzte sich auf die Couch. »Klingt perfekt.«

Kurz nach sieben trafen Diane und Jenny ein.

Haleys Eltern waren bereits herübergekommen, und alle tauschten in der Küche Geschichten von Weihnachten aus, während sich die Kinder im Wohnzimmer mit einem Spiel vergnügten.

Das ungezwungene Geplauder hatte eine beruhigende Wirkung, und Sydney fühlte sich gesegnet, dass sie hier sein durfte – auch wenn die Umstände, die sie zu Mac nach Hause geführt hatten, alles andere als erfreulich gewesen waren.

Gegen neun Uhr hatten sich alle den Bauch mit Chili, verschiedenen Keksen und süßen Köstlichkeiten vollgeschlagen, die Haleys Mutter traditionell zu Weihnachten zubereitete.

Diane und Jenny verabschiedeten sich, denn Tony wartete auf sie, und Mac begleitete seine Nachbarn zurück zu ihrem Haus.

Während er fort war, räumte Sydney das Geschirr ab, dann kehrte sie ins Wohnzimmer zurück, über der Schulter ein knallrotes Geschirrtuch mit dem aufgestickten Wort *FREUDE.* »RayAnne, ich denke, es ist an der Zeit, dass wir dich für die Nacht fertig machen.«

Mac betrat den Raum. »Oh nein, noch nicht. Eins bleibt heute Abend noch zu tun.«

»Genau«, pflichtete Seth ihm bei.

»Und das wäre?«, fragten Sydney und RayAnne.

Es war bereits ein ziemlich langer Tag gewesen, und Sydney wusste, wenn sie selbst schon müde war, musste RayAnne völlig erschöpft sein, auch wenn Heiligabend war.

Mac hatte ihre Strümpfe am Kaminsims neben seinem und dem von Seth aufgehängt, und der Baum war der größte, den Sydney je in einem Wohnhaus gesehen hatte, wenngleich keine Geschenke darunterlagen. Eine große Veränderung gegenüber Weihnachten in Atlanta, wo sich unter dem Weihnachtsbaum immer so viele Geschenke gestapelt hatten, dass sie die untersten Äste angehoben hatten.

»Rührt euch nicht von der Stelle.« Mac huschte um die Ecke und eilte die Treppe hinauf. Wenig später kam er mit vier bunten Päckchen zurück.

»Was ist das alles?« Sydney fühlte sich beschämt. Sie hatte nichts für ihn besorgt.

»Eine Tradition«, antwortete Mac.

Seth ergriff das Wort. »Meine Großeltern haben das früher jedes Jahr mit uns gemacht. Pa führt die Tradition fort. Ich weiß schon, was in den Päckchen ist.«

Mac bedachte ihn mit einem strengen Blick. »Verdirb nicht die Überraschung.«

Seth zog einen symbolischen Reißverschluss über seinen Lippen zu, dann nahm er ein großes Päckchen entgegen, das in rotes, mit Rentieren bedrucktes Hochglanzpapier gewickelt war. RayAnne bekam von Mac ein glänzendes violettes Päckchen mit lindgrünen, knallrosa und türkisfarbenen Glöckchen auf dem Papier und einer riesigen silbrigen Schleife. Mac stellte ein rotes Päckchen auf seinen Lehnsessel, dann reichte er Sydney ein saphirblaues mit einer glänzenden Goldschleife. »Ich dachte mir, das Papier passt zu deinen Augen und die Schleife zu den kleinen Goldeinsprengseln darin.«

Hatte Jon jemals in all den Jahren ihrer Ehe die Farbe ihrer Augen erwähnt? »Danke.«

Mac setzte sich, und alle fingen an, ihre Geschenke auszupacken. RayAnne drang als Erste zum Inhalt vor. »Ein Pyjama. Sieh nur, Mama. Der coolste Tarnmuster-Pyjama aller Zeiten. Und die Hose ist kurz, damit ich sie über den Gips anziehen kann.«

»Das war sehr aufmerksam, Mac. Danke«, sagte Sydney.

Mac nickte in Richtung ihres Päckchens. »Mach deines auf.«

Sie zog einen Baumwollpyjama heraus, so weich, dass er wie Seide durch ihre Finger glitt. Der Schlafanzug erwies sich als feminin, gleichzeitig jedoch war er vollkommen gesellschaftsfähig. Nicht peinlich oder durchscheinend.

Seth bekam einen Pyjama mit Tarnmuster, und schließlich öffnete auch Mac sein Päckchen. Sein Schlafanzug sah mehr wie eine Jogginghose mit einem T-Shirt aus. Das Gute an dieser Familientradition war, dass sie in den neuen Pyjamas alle am nächsten Morgen Weihnachten feiern und sich wohlfühlen konnten.

»Danke, Mac«, sagte RayAnne. »Ich finde meinen Schlafanzug toll.«

»Gern geschehen.«

Seth stand auf, durchquerte den Raum und umarmte seinen Vater. »Hab dich lieb, Pa. Ich gehe jetzt ins Bett.«

»Gute Nacht, Sohn.«

Im Vorbeigehen klatschte der Junge RayAnne ab. »Nacht, Sydney.«

»Gute Nacht, Seth.« Sie stand auf und stemmte die Hände in die Hüften. »Na, bringen wir dich jetzt auch ins Bett, RayAnne?«

»Ja, Mama. Aber ich glaube, ich schaffe es selbst.«

Sydney reichte ihr die Krücken.

Ihre Tochter rutschte zum Rand der Sitzfläche vor. Nach mehreren Versuchen, sich hochzustemmen, fasste Mac nach unten und griff ihr unter die Arme. »So, bitte. Wenn du zu lange brauchst, sieht der Weihnachtsmann womöglich, dass du noch wach bist, und lässt unser Haus aus.«

RayAnne gelang es ohne große Probleme, sich die Krücken unter die Achseln zu klemmen und den Weg zum Gästebad und zu ihrem Zimmer anzutreten. »Aufstehen ist noch ein bisschen schwierig. Aber das bekomme ich schon noch hin.«

Sydney half RayAnne, sich die Zähne zu putzen und den neuen Pyjama anzuziehen. Wenig später deckte sie ihre Tochter im Bett zu. »Ich hab dich lieb.«

»Ich dich auch, Mama. Danke, dass du nicht wütend auf mich bist. Es tut mir so leid, dass ich so viel Wirbel verursacht habe.«

»Das stehen wir ganz locker zusammen durch.«

»Mit mehr Leuten zusammen fühlt es sich an Heiligabend gleich weihnachtlicher an. Das ist ein glücklicher Ort.«

Sydney kroch neben RayAnne ins Bett. »Das ist wirklich ein glücklicher Ort. Dieses Haus. Diese Gemeinde. Die Menschen. Ich denke, hier könnte ich gut leben.«

»Ich auch. Mir gefällt's hier. Ist anders als früher zu Hause.«

»Glaubst du, dass es sich nur wegen Weihnachten so gut anfühlt?«

»Nein.« RayAnne tippte mit den Fingern den Takt von *Rudolph the Red-Nosed Reindeer* auf ihren Gips. »Ich glaube, es liegt daran, dass alle wie eine Familie sind. Und den Weihnachtsmann hier mag ich auch. Er wird bestimmt erfüllen, worum ich ihn gebeten habe.«

Sydney spürte, wie sich ihr Herz zusammenzog.

»Also, nicht das Quad. Ich glaube, vorerst komme ich gut ohne eines aus. Vielleicht auch für immer. Außerdem bin ich mir ziemlich sicher, dass ich dieses Jahr auf der Liste der Unartigen gelandet bin.«

»Noch so einen Unfall könnte ich nicht ertragen. Ich hatte solche Angst.«

»Ma?«

»Ja, RayAnne?«

»Papa hat mich gefragt, ob ich lieber bei ihm wohnen will.«

Sydneys gesamter Körper versteifte sich. Sie wappnete sich und rang sich ein Lächeln ab, um die verheerende Verzweiflung zu verbergen, die aus ihrem Inneren aufzusteigen drohte. Als sie RayAnnes Hand ergriff, dachte sie an das Versprechen zurück, das sie in der Kapelle abgegeben hatte.

»Das hast du doch gewollt.« Sydney brachte die Worte kaum über die Lippen.

»Er hat echt traurig ausgesehen, als ich ihm gesagt habe, dass ich nicht bei ihm und Ashley leben will.«

»Du hast *was?*« RayAnne hatte abgelehnt. »Das hast du ihm gesagt?«

»Ich wollte vorher bei ihm leben, weil ich dachte, du würdest auch mitkommen. Ich habe gehofft, Papa würde einsehen, dass er uns alle wieder zusammen haben will. Aber das hat er nicht, und ich will ohne dich keine Familie sein, Mama.«

»Ich ohne dich auch nicht, mein Liebling.«

»Und ich bin gern hier. Wir sind ein gutes Team. Tut mir leid, dass ich uns Weihnachten fast vermasselt hätte.«

Sydney musste RayAnne die Sache mit Bea erzählen, doch Heiligabend war einfach nicht der richtige Zeitpunkt. »Du bist das Beste an dieser Familie, RayAnne. Ich hab dich so doll lieb. Dass du wieder ganz gesund wirst, ist das allerschönste Weihnachtsgeschenk, das du mir je machen könntest.«

»Ich weiß, dass es noch ein Gästezimmer für dich gibt«, sagte RayAnne. »Aber könntest du heute Nacht vielleicht trotzdem hier schlafen?«

»Nichts wäre mir lieber als eine Knuddelparty mit dir, Kleines.«

Kapitel zweiundzwanzig

Am nächsten Morgen erwachte Sydney durch aufgeregtes, nicht enden wollendes Geplapper aus dem Wohnzimmer. Sie rollte sich herum und sah auf die Uhr. So gut hatte sie seit ihrem Umzug nach Hopewell noch nicht geschlafen. Was größtenteils wahrscheinlich an der wohligen Wärme lag, die sie umgab. In diesem großen Holzhaus gab es keinen einzigen Luftzug, keine Kälte. Und dabei hatte sie nirgendwo im gesamten Gebäude ein Standheizgerät gesehen.

Es war erst kurz nach sechs in der Früh. Was war es nur am Weihnachtsmorgen, das selbst die größten Schlafmützen vor Sonnenaufgang aus dem Bett lockte?

Sydney hatte nicht einmal gehört, wie RayAnne aufgestanden war.

Kaffeeduft stieg ihr in die Nase. Sydney tappte hinaus ins Wohnzimmer. RayAnne saß, von Kissen gestützt, in dem Sessel. Ihre Krücken lehnten in Reichweite an der Seite. Seth und sie sahen ihre Strümpfe durch und verglichen die kleinen Geschenke und Süßigkeiten, die sie bekommen hatten.

»Ich liebe mein Fahrrad! Hast du's schon gesehen, Ma? Ich kann nicht fassen, dass dem Weihnachtsmann so was Supercooles eingefallen ist. Das ist das schönste Fahrrad aller Zeiten. Und wenn's meinem Fuß besser geht, bringt mir Seth bei, wie man damit ein Wheelie macht.«

Das Letzte, was Sydney wollte, war, dass RayAnne mit dem Rad Wheelies vollführte oder über Rampen sprang – aber so war ihr Kind nun mal: vom ersten Tag an eine Draufgängerin. Zu gern hätte sie Jon die Schuld an ihrem kleinen Wildfang gegeben, doch die Wahrheit sah so aus, dass RayAnne solche Dinge wirklich liebte. Das Mädchen suchte stets den Nervenkitzel, und damit würde Sydney einfach leben müssen.

»Und Seth hat so ein elektrisches Skateboard gekriegt.« RayAnne streckte ihm die Zunge heraus. »Nervt total, dass du so lange ohne mich üben kannst. Du wirst schon super sein, bevor ich's auch nur ausprobieren kann.«

»Ich dachte mir doch, dass ich im Wohnzimmer eine neue Stimme gehört hab.« Mac brachte zwei Becher Kaffee mit. »Einer ist für dich.«

»Frohe Weihnachten und danke!« Sydney nahm den Becher von ihm an. »Vorsicht, an diese Sonderbehandlung könnte ich mich gewöhnen.«

Schmunzelnd ging er zum Kamin, ergriff Sydneys Strumpf und warf ihn ihr zu.

»Was hast du jetzt wieder gemacht?«

Mac hob die Hände und zuckte übertrieben mit den Schultern. »Sieh nicht mich so an. Die Strümpfe hat der Weihnachtsmann gefüllt.«

Seth und er wechselten einen wissenden Blick.

Sydney kramte in dem Strumpf, während sich Mac vor den Weihnachtsbaum setzte und seinen auf den Boden leerte.

Seth hechtete neben ihn. »Spitze! Wir anderen haben auch solche Flugzeuge bekommen! Damit müssen wir unbedingt ein Rennen veranstalten!«

»Ich hab meines schon zusammengesteckt«, merkte RayAnne an.

»Ich glaube, sie will uns herausfordern, Sohn.« Mac warf einen gespielt finsteren Blick zu Sydney. »Ich denke, dann heißt es wohl ›Jungs gegen Mädels‹.«

»Oh, das könnt ihr aber so was von haben!«, sagte Sydney, als sie den Segelflieger aus Balsaholz, der sich in ihrem Strumpf befunden hatte, zusammengebaut hatte.

»Wir werden diese Meisterschaft draußen in der Einfahrt austragen«, kündigte Mac an. »Gleich nach dem Frühstück. Das übrigens schon bereit ist. Essen wir zuerst.«

»Du hast auch noch Frühstück gemacht?«

Seth sprang auf. »Pa bereitet die beste Frühstückskasserolle zu, die man sich vorstellen kann. Das ist Tradition. Macht er jedes Jahr am Weihnachtsmorgen.«

»Du steckst voller Überraschungen. Und Traditionen«, flüsterte Sydney Mac zu, als sie aufstand, um RayAnne zu helfen.

»Tja, da sagst du was. Bleib lieber dran.« Und als er ihr die Hand auf den Rücken legte, fühlte sich Sydney, als wäre sie irgendwie durch ein magisches Portal getreten und mitten in einer Weihnachtsszene in einer Schneekugel gelandet.

Ich glaube, das werde ich, antwortete sie stumm.

Sie streckte die Hand aus und ergriff RayAnnes Krücken, dann half sie ihrer Tochter mit der anderen Hand auf die Beine. RayAnne hopste auf der Stelle und hielt auf einem Fuß das Gleichgewicht, bis sie sich die Krücken unter die Achseln geklemmt hatte.

»Geht's?«

RayAnne nickte. »Passt.«

Sydney beobachtete, wie sich ihre Tochter durchs Wohnzimmer bewegte. Als sie den Tisch erreichte, lehnte sie die Krücken an die Wand und ließ sich auf einen Sitz plumpsen.

Sie aßen das Frühstück von Papptellern, auf denen das Gesicht des Weihnachtsmanns prangte.

»Das war wirklich lecker, Mac«, lobte Sydney. »Du musst mir unbedingt das Rezept der Kasserolle verraten.«

»Warum bist du immer so überrascht, wenn ich etwas koche?«, fragte er. »Allmählich bekomme ich Komplexe.«

Sydney lachte unbeschwert. »Irgendwie bezweifle ich das.«

Seth stand auf, sammelte die Teller ein und reichte RayAnne dann die Krücken. »Wir ziehen uns schnell an und treffen uns dann alle in der Einfahrt.«

»Es ist eiskalt draußen«, gab Sydney zu bedenken.

»Wir haben doch Jacken, Ma.«

»Ja, Ma. Sei nicht so ein Mädchen!«, zog Mac sie auf.

Seth und RayAnne lieferten sich ein Wettrennen zur Tür, so gut es RayAnne möglich war.

»Vorher zu üben ist unfair!«, rief Mac ihnen nach.

»Da ist wohl jemand ehrgeizig, was?«, neckte ihn Sydney.

»Oh, warte nur ab, wie wir's euch Mädels zeigen werden.«

»So weit sind wir noch nicht, Mister. Du solltest lieber vorsichtig mit den Worten sein, sonst musst du nachher zu viel zurücknehmen.«

»Eine Herausforderung? Gefällt mir.« Mac ergriff ihre Hand und drückte sie. »Ich bin aufrichtig froh, dass ihr hier seid.«

»Ich auch.« Im Nebenraum klingelte Sydneys Telefon. Sie eilte hin und blickte auf die Nummer, bevor sie das Gespräch annahm. »Es ist Jon«, ließ sie Mac durch die geöffnete Tür wissen. »Bestimmt will er RayAnne fröhliche Weihnachten wünschen.« Sie meldete sich mit einem herzlichen »Frohe Weihnachten!«.

»Du scheinst ja heute Morgen ziemlich gute Laune zu haben.« Er hörte sich alles andere als enthusiastisch an.

»Wir haben Weihnachten, Jon. Sei nicht so ein Miesepeter.«

»Wo steckst du?« Seine Worte klangen schnippisch, woran sie sich im vergangenen Jahr gewöhnt hatte. Für jemanden, der fast immer seinen Willen bekam, schien er oft auffallend schlecht gelaunt zu sein.

»Was meinst du damit, wo ich bin?«

»Ist doch eine ziemlich einfache Frage. Ich meine damit, dass ich hier beim Farmhaus bin und ihr, Ray und du, nicht hier seid. Heute, am Weihnachtsmorgen. Wo zum Teufel seid ihr?«

»Ich dachte, du wolltest RayAnne nicht besuchen kommen. Hattest du nicht eine Verabredung in Paris oder so?«

»Planänderung. Ich wollte sie überraschen.«

»Das wirst du. Sie rechnet nicht damit, dich heute zu sehen. Du hättest mich einweihen sollen.«

»Vielleicht wollte ich dich ja auch überraschen.«

Seine Einstellung ging ihr gegen den Strich, doch sie wusste, dass RayAnne ihren Vater würde sehen wollen, also behielt sie ihre Meinung für sich und bemühte sich, höflich zu bleiben. Immerhin war Weihnachten. »Die Treppe im Farmhaus wäre schwierig für RayAnne gewesen, bis sie sich an die Krücken gewöhnt hat. Deshalb wohnen wir ein paar Tage bei Freunden.«

»Wie lautet die Adresse?«

Ein Anflug von Panik überkam Sydney. Aber ihre Scheidung war rechtskräftig, warum also fühlte sie sich so schuldig? »Sicher. Du kannst vorbeikommen.«

Entschuldigend zuckte sie in Macs Richtung mit den Schultern.

Er lächelte nur und schüttelte den Kopf.

Es machte ihm nichts aus, wodurch sich Sydney gleich ein bisschen besser fühlte. Sie nannte Jon die Adresse. »Das ist ungefähr anderthalb Kilometer Luftlinie vom Farmhaus entfernt«, erklärte sie mit einem Lächeln zu Mac.

»Das hilft mir nicht. Ich gebe die Anschrift ins Navi ein.« Jon beendete den Anruf ohne Verabschiedung. Was zu den Kleinigkeiten gehörte, die sie regelrecht hasste, seit sie sich getrennt hatten. Schon merkwürdig, dass sie darüber mühelos hatte hinwegsehen können, solange alles gut zwischen ihnen gelaufen war.

Sydney verstaute das Handy wieder in der Handtasche. »Jon hat entschieden, RayAnne zu überraschen.«

»Das ist ein guter Schritt in die richtige Richtung.«

War es wirklich, und sie sollte dankbar sein, dass er sich dazu durchgerungen hatte. Warum also beunruhigte sein Anruf sie heute so?

Mac ging zum Schrank in der Diele und holte zwei dicke Jacken heraus. »Hier, du kannst die anziehen.« Er hielt sie für Sydney, und sie schlüpfte hinein.

Sie wurde von der Jacke beinahe verschluckt. »Wenn ich's nicht besser wüsste, würde ich denken, du willst meine Bewegungsfreiheit einschränken, um euch einen Vorteil zu verschaffen.« Sie hob die Arme, doch ihre Hände lugten vorn durch die Ärmelöffnungen nicht mal heraus.

»Ach, du bildest dir wirklich ein, ihr hättet den Hauch einer Chance?«

»Aber sicher!«

Er zog seine Jacke an. »Tja, dann muss RayAnne wohl wirklich gut sein.«

»Willst du damit andeuten, ich sei das schwache Glied im Team?«

»Ach, weißt du …«

»Ich möchte festhalten, dass ich in vielen Dingen ziemlich talentiert bin. Und ich bin ehrgeizig. Also zieh dich besser warm an.«

Mac stützte eine Hand an der Wand ab, versperrte ihr den Weg zur Tür und zog sie mit dem anderen Arm an sich. »Ich kenne ein paar Dinge, in denen du gut bist.«

Langsam und mit Bedacht küsste er sie. »Du passt gut hierher. Das sind tolle Weihnachten.«

Sydney küsste ihn ihrerseits, dann knabberte sie verspielt an seiner Lippe. »Lenk mich nicht ab.«

Damit schob sie sich an ihm vorbei und trat hinaus. Die kalte

Luft brannte sofort in ihren Augen. »Ihr seid ja alle verrückt, wenn ihr euch bei solchen Temperaturen draußen aufhalten wollt.«

Bevor sie den Gehweg erreichte, bog eine schwarze Limousine in die Einfahrt. Jon musste von Atlanta hergeflogen sein und sich am Flughafen einen Leihwagen genommen haben, denn unter normalen Umständen würde er sich niemals in einem solchen Wagen zeigen.

RayAnne schien seine Ankunft nicht mitzubekommen, bis Jon aus dem Wagen stieg. »Papa!« Aufgeregt hopste sie auf einem Bein auf der Stelle, dann humpelte sie mit den Krücken auf ihn zu.

»Hallo, meine Kleine!« Er blieb stehen, öffnete die hintere Tür und holte ein großes Päckchen heraus. »Hab dir ein Geschenk mitgebracht.«

Wenigstens kein Quad.

»Danke, Papa!«

Sydney hielt sich zurück. Sie sah keine Notwendigkeit, hinüberzugehen und mit Jon zu plaudern. Er war wegen seiner Tochter hier, und irgendwie fand Sydney ausnahmsweise, sie müsste sich die Mühe nicht machen. Also blieb sie, wo sie war, und beobachtete, wie sich Jon und RayAnne unterhielten und wie RayAnne ihm stolz Seth als ihren neuen besten Freund vorstellte.

Jon trug das Päckchen mit einem gezwungenen Lächeln die Einfahrt entlang – jenem falschen Lächeln, das er sonst bei gesellschaftlichen Veranstaltungen aufsetzte, die er dienstlich besuchte. Sydney würde diesen Gesichtsausdruck überall erkennen.

»Hallo, Mac«, grüßte Jon. »Hätte nicht damit gerechnet, Sie so bald wiederzusehen. Was dagegen, wenn RayAnne und ich ins Haus gehen?«

»Ganz und gar nicht.«

»Danke.« Er richtete den Blick auf Sydney. »Komm mit.«

Sie schaute zu Mac auf.

»Geh ruhig«, sagte er. »Seth und ich richten inzwischen die Messlinien für das große Flugzeugrennen ein.«

»Bist du sicher?«

»Aber ja.« Seth und er steuerten auf die Einfahrt zu, während Sydney hinter Jon das Haus betrat. In der Nähe der Eingangstür zog sie die Jacke aus, dann ließen sie sich im Wohnzimmer nieder.

RayAnne reichte Sydney die Krücken und setzte sich. Sie riss das Geschenkpapier ihres Päckchens auf. »Unglaublich! Das ist die neueste Spielkonsole, die's auf dem Markt gibt! Die ist im Augenblick doch kaum zu bekommen.«

»Ich habe Verbindungen.«

Natürlich hatte er die. Und er wies gern und oft darauf hin. Wie ein Pfau, der, wo er ging und stand, sein Rad schlug und mit seinem Gefieder angab. Es hatte eine Zeit gegeben, da war Sydney selbst unheimlich stolz auf Jon gewesen. Inzwischen war sie sein Gehabe nur noch leid.

»Du bist der Beste. Seth und ich werden so viel Spaß damit haben. Und das kann ich auch mit einem gebrochenen Bein machen.«

Innerlich zuckte Sydney zusammen. In Anbetracht der Umstände mutete das Fahrrad wie ein gemeiner Scherz an, doch sie hatte es ja lange vor dem Unfall gekauft. *Das ist kein Wettbewerb*, hielt sie sich vor Augen.

Jon sah sich im Zimmer um. »Hier wohnt ihr zwei also?«

»Nur, bis RayAnne den Bogen mit den Krücken raushat. War sehr nett von Mac und seinem Jungen, uns das anzubieten.«

»Außerdem wird mir hier mit Seth nicht langweilig«, fügte RayAnne hinzu.

»Ihr könnt auch immer nach Hause zurückkommen, wenn das einfacher ist. Ich konnte den Verkauf des Hauses rückgängig machen.« Jon richtete den Blick auf Sydney. Ihr Herz setzte einen Schlag aus. Was sagte er da?

Ihr Mund klappte leicht auf und wurde schlagartig trocken.

Monatelang hatte sie darauf gehofft. Hatte es gewollt, darum gebetet, es sich innig gewünscht.

RayAnne sah erst sie an, dann wieder ihren Vater.

Sydney hätte eine Million dafür gezahlt zu erfahren, was ihrer Tochter in diesem Augenblick durch den Kopf ging. Aber vielleicht war es besser, es nicht zu wissen.

Sydney stand auf. »Weißt du, was? Ich hole Seth und frage ihn, ob er die neue Spielkonsole in Betrieb nehmen kann.«

»Danke, Ma. Ich wette, er weiß, wie man sie anschließt. Das wird ein Mordsspaß.«

Jon fasste in seine Tasche. »Hätte ich fast vergessen. Hier ist ein Gutschein, mit dem du online Spiele bestellen kannst. Ich war mir nicht sicher, was du gern spielen würdest. Aber ein paar Spiele sind schon dabei.«

»Danke!«

»Und, Sydney«, sagte Jon, »ich meine es ernst. Wir können jetzt nach Hause fahren. Finde heraus, was ich Mac schulde. Ich bezahle das Quad, solange wir noch hier sind.«

Sydney hatte sich bereits abgewandt und steuerte auf die Tür zu. Die letzten Worte »... solange wir noch hier sind ...« hingen wie ein schlechter Geruch in der Luft. Dachte Jon wirklich, er könnte einfach hier hereinschneien, vorschlagen, sie sollten nach Hause kommen, und sie würde ihm schmachtend um den Hals fallen?

Nein, die Dinge hatten sich geändert.

Sie hatte sich geändert.

Es würde keine Rückkehr zu Jon geben.

Sie hoffte, RayAnne würde nicht außer sich sein, aber Sydney musste – endlich einmal – tun, was richtig für sie selbst war. Vielleicht würde der Buchladen nicht Teil ihrer Zukunft sein, doch Beas Stärke und Unabhängigkeit waren unschätzbare Eigenschaften. Sydney hatte fest vor, sie sich zu Beas Ehren anzueignen und bei allem zu nutzen, was ihr künftig bevorstand. Und ganz oben auf der Liste ihrer Vorhaben stand, glücklich zu werden.

Beas Rat hallte ihr durch den Kopf. *Je glücklicher du selbst bist, desto glücklicher wird auch deine Tochter sein. Sei für sie das Beispiel einer starken, unabhängigen Frau, ohne je ein Wort darüber zu verlieren.*

Als Sydney nach draußen ging, fühlte sie sich stark und gefasst. Sie legte die Hände an den Mund und rief: »He, Seth. RayAnne würde dir gern ihr Geschenk zeigen. Kannst du reinkommen?«

Seth gab sein Flugzeug Mac und rannte an ihr vorbei. »Was hat sie denn gekriegt?«

»Das wirst du dir schon selbst ansehen müssen.«

Er raste durch die Tür ins Haus. Sein Jubel war bis nach draußen zu hören.

»Das klingt nach einem guten Geschenk.« Mac kam auf sie zu. »Ist dir nicht eiskalt?«

»Ein bisschen. Komm mit rein. Immerhin ist das dein Haus.«

»Ich wollte euch ein wenig Zeit als Familie lassen.«

»Jetzt sei nicht albern.« Sie zog an seiner Hand. »Komm. Jon gehört nicht mehr zu meiner Familie.«

Sie gingen in die Küche. »Kaffee?«, fragte sie.

»Ja, das wäre fein.«

RayAnne und Seth holten bereits die Teile aus dem Karton und sprachen über die neue Spielkonsole, von der sie in der Schule gehört hatten. »Das ist das coolste Geschenk aller Zeiten.«

Als Mac und Sydney das Wohnzimmer betraten, hielt Seth gerade einen der Controller in der Hand und gab Explosionslaute von sich, als wären sie mitten in einem Ballerspiel.

»Willst du die Konsole gleich anschließen?«, fragte Seth.

»Unbedingt«, gab RayAnne zurück.

Jon horchte auf. »Oder du wartest und schließt sie an, wenn wir zurück in Atlanta sind.«

RayAnne schaute verwirrt drein.

Seth meldete sich zu Wort. »Ihr geht weg?«

Macs Augenbrauen schossen in die Höhe, doch er blickte nicht in ihre Richtung.

Sydney räusperte sich. »Nein, Seth. Wir gehen nicht weg.«

»Tja, ihr müsst ja nicht heute zurückkommen«, meinte Jon. »RayAnne kann dich natürlich besuchen, nur halte ich das für keine besonders gute Idee, bis wir die nächsten Arztbesuche hinter uns haben.«

»Wir haben in Atlanta die besten Ärzte des Landes, Syd. Das weißt du. Und, Ray, du weißt, dass uns zu Hause etwas einfällt, was wir unternehmen können. Dein altes Zimmer steht bereit und wartet auf dich.«

»Jon, kann ich kurz mit dir reden?« Sydney war nicht mal sicher, was genau sie sagen wollte, doch wie auch immer das Gespräch verlaufen würde, es musste auf keinen Fall vor ihrer Tochter stattfinden. »Draußen?«

Mac verschränkte die Arme vor der Brust, dann zog er sich in die Küche zurück.

»Klar.«

Da war es wieder, dieses gekünstelte Lächeln. Sydney marschierte hinaus und schlüpfte unterwegs in Macs Jacke.

»Tut mir leid, Schatz«, entschuldigte sich Jon. »Bestimmt habe ich dich damit überrumpelt. Fröhliche Weihnachten!« Er fasste in die Jackentasche und holte ein kleines Päckchen heraus. »Hier. Ich habe ein paar Fehler gemacht.«

Sydney nahm das Päckchen nicht an. Jon hatte schon immer gedacht, er könnte Probleme mit Geschenken aus der Welt schaffen. *»Ein paar Fehler?« Schatz?*

»RayAnne hat mir die Augen dafür geöffnet. Als ich im Krankenhaus mit ihr geredet habe, ist es mir völlig klar geworden.«

»Was ist dir klar geworden? Dass man nicht auf zwei Hochzeiten gleichzeitig tanzen kann? Oder dass ich es nicht merken würde, dass du auf zwei Hochzeiten gleichzeitig tanzt, wenn ich zu dir zurückkäme?«

»Sydney. Das würde ich nicht tun. Komm schon, wir können wieder eine Familie sein. Es tut mir leid.«

»Wirklich? Anscheinend wirst du allmählich Profi darin, Familien im Stich zu lassen.« Sie legte den Kopf schief und musste an sich halten, denn am liebsten hätte sie ihn an Ort und Stelle k. o. geschlagen. »Vergiss es. Ich bin nicht interessiert. Die Scheidung ist rechtskräftig. Und ich bin endlich über dich hinweg. Geh zurück zu Ashley und begeh bei deinem neuen Kind nicht die gleichen Fehler.«

»Schleudere mir das nicht ins Gesicht.« Jon verzog den Mund. »Moment mal. Was? Schläfst du etwa mit dem Kerl da drin?« Er wies mit dem Kopf auf das Haus.

»Wenn's so wäre, würde es dich nicht das Geringste angehen, aber nein. Wir schlafen nicht miteinander.«

»Wahrscheinlich ist er bloß nett zu dir, damit wir ihn nicht wegen des Quad-Unfalls verklagen«, meinte Jon.

»Ich kann nicht glauben, dass du das wirklich gerade gesagt hast. Indem du mich runtermachst, sammelst du keine Pluspunkte. Hältst du wirklich so wenig von mir, dass du denkst, es könnte niemand aufrichtig an mir interessiert sein?«

»Das habe ich nicht gesagt. Verdreh mir nicht die Worte im Mund! Es war mal gut zwischen uns.«

»Du hast recht. Es war mal gut. Betonung auf *war*. Du hast mein Vertrauen zerstört. Das lässt sich nicht beheben. Ganz gleich, wie viel du dafür ausgibst oder mit wie viel Schmuck du mich bewirfst.«

»Mach das Päckchen auf«, verlangte er. »Es wird dir gefallen.«

Sie hob die Hand. »Hör auf. Es war mal super zwischen uns, doch du hast alles kaputtgemacht. Es gibt kein Zurück. Ich bleibe hier in Hopewell. Für immer. Wenn du willst, dass RayAnne Zeit mit dir verbringt, sobald sie wieder gesund ist, gut. Aber ich nehme sie dafür nicht aus der Schule. Wir haben eine Sorgerechtsvereinbarung, und wir sind geschieden.«

»Das ist bloß bedrucktes Papier. Du weißt, dass du mich immer noch liebst.«

»Nein. Was ich weiß, ist, dass ich durchaus in der Lage bin, mich selbst zu versorgen. Und genau das habe ich vor. Ich liebe dich nicht mehr. Das hast du selbst verursacht. Jetzt leb damit. Und bezieh mich bloß nicht in deine Zukunftspläne ein. Denn sie würden nicht aufgehen.«

Er senkte den Blick auf seine Schuhe. Dann sah er wieder Sydney an. Keine Spur mehr von seinem falschen Lächeln. »Du willst dauerhaft in dem alten Farmhaus wohnen? Du könntest zu dem zurückkehren, was wir hatten.«

»Ich fühle mich wohl in dem alten Farmhaus.«

»Oder willst du künftig hier mit diesem Kerl ohne Trauschein zusammenleben?«

»Das geht dich nichts an.«

»Es geht mich etwas an, wenn meine Tochter hier lebt.«

»Tja, damit setzen wir uns auseinander, wenn und falls es dazu kommt. Vorerst ist Mac nur ein Freund, und er ist für mich da, wenn ich ihn brauche. Willst du dich noch von RayAnne verabschieden, bevor du gehst?«

Jon schwieg. Schließlich drehte er sich um und ging wortlos zum Auto.

Sie hätte sich denken können, dass er den einfachen Weg wählen würde. Und, ja, wieder würde *sie* sein erbärmliches Verhalten ihrer Tochter erklären müssen.

Sydney stand in der Kälte. Dampfwölkchen stiegen vor ihr auf, während die frostige Luft ihre Wangen zum Kribbeln brachte. Sie beobachtete, wie Jon davonfuhr.

Mac öffnete die Haustür. »Was ist da gerade passiert?«

Sie ging zu ihm. »Jon ist so berechenbar. Wenn er seinen Willen nicht kriegt, läuft er davon. Ich weiß jetzt schon, dass RayAnne durcheinander sein wird. Ich kann nicht fassen, dass er das alles vor ihr gesagt hat.«

»Er hat damit versucht, dich in die Ecke zu drängen.«

»Ja, das ist ganz sein Stil.«

»RayAnne geht's gut«, beruhigte Mac sie. »Das hat sie gerade zu Seth gesagt, bevor ich zu dir nach draußen gekommen bin.«

»Ehrlich?«

»Ja, hat sie.« Mac nickte. »Also hast du wirklich keine Gefühle mehr für ihn?«

»Nein, habe ich definitiv nicht mehr.« Sydney schob die Hände unter seine Jacke. Die Wärme seines Körpers fühlte sich tröstlich an. »Ich glaube, ich verliebe mich gerade in einen ehrgeizigen, sportlichen Mann mit einem Faible für Überraschungen.«

»In mich?«

»Auf jeden Fall meine ich dich.«

»Heißt das, unser Flugzeugrennen findet nach wie vor statt?«

»Worauf du dich verlassen kannst.«

Kapitel dreiundzwanzig

Trotz der Temperaturen unter dem Gefrierpunkt waren Sydney und RayAnne fest entschlossen, beim Balsaholz-Flugzeugrennen am Weihnachtsmorgen länger durchzuhalten als Mac und Seth. Bei den ersten zwei Flügen lachten alle vier so ausgelassen, mehr Spaß hätte RayAnne auch nicht haben können, wenn sie körperlich in Bestform gewesen wäre.

Dann stellten sich die vier an die Startlinie, die Mac aus einem quer über die Einfahrt gelegten Ast gebildet hatte.

»Eins. Zwei. Drei«, zählte RayAnne herunter, dann ließen alle vier die Flugzeuge segeln.

Seths Flieger erwies sich als klarer Sieger und landete fast auf der Straße.

Drei weitere Durchläufe endeten mit demselben Ergebnis.

»Der Champion des ersten Weihnachtstages: Seth MacAlee!« Seth rannte los, um sein Flugzeug zu holen, dann hielt er es hoch über den Kopf und lief damit im Kreis. »Ich bin unschlagbar.«

»Und genauso bescheiden wie der Vater, wie ich sehe«, scherzte Sydney. »Komm, RayAnne. Wir haben verloren. Bleibt an uns hängen, den Kakao zu kochen.«

»Mit Marshmallows«, erinnerte Mac sie.

»Wir machen das schon. Keine Erinnerung nötig.« RayAnne und sie gingen ins Haus.

Sydneys Wangen brannten, als sie zurück ins Warme kamen. Sie fand eine Packung mit heißer Schokolade in Pulverform, doch unmittelbar dahinter befand sich eine Dose mit echtem Kakaopulver. Sydney holte sie aus dem Schrank. »Sieh nur, was ich entdeckt habe!«

RayAnnes Züge hellten sich auf. »Oh, lecker! Ich wette, die zwei hatten noch nie einen richtig guten heißen Kakao. Sie werden glatt sterben, wenn sie deinen kosten.«

»Lassen wir sie lieber am Leben. Macht irgendwie Spaß mit ihnen.«

»Und ob.« RayAnne schleppte sich mit den Krücken zum Kühlschrank und holte Milch.

Sydney griff sich die Behälter mit Zucker und Vanille, dann stellte sie einen Topf auf den Herd und begann, die Zutaten zu mischen. »RayAnne, willst du über das reden, was dein Papa vorhin gesagt hat?«

»Nein. Nicht wirklich.«

»Du weißt, ich würde nie zu verhindern versuchen, dass du Zeit mit ihm verbringst.«

»Ich weiß, Mama.«

Allein beim Gedanken daran krampfte sich ihr Herz zusammen. »Wenn du lieber bei ihm in Atlanta leben willst, überlasse ich die Entscheidung dir.«

»Ich möchte hier bei dir bleiben. Ich glaube, das hat Papa nur gesagt, weil ich im Krankenhaus zu ihm gemeint hab, dass er alles vermasselt hat. Er hat richtig traurig ausgesehen, als er das gehört hat.«

»Ich bin sicher, er war auch traurig. Er liebt dich.«

»Mir gefällt unser Leben hier. Es ist anders. Und cool. Wir sind in Hopewell doch glücklich, oder?«

»Das sind wir, mein Schatz. Mal abgesehen von deinem Unfall und dem Aufenthalt im Krankenhaus.« Sydney herzte RayAnne, dann rührte sie den Kakao um. »Ich hab dich lieb.«

»He, Mama«, sagte RayAnne bedrückt. »Seth hat mir erzählt, dass Miss Bea gestorben ist.«

Sydney hörte auf zu rühren. »Es tut mir leid. Ich wollte auf den richtigen Zeitpunkt warten, um es dir zu sagen. Es ist passiert, als du im Krankenhaus warst.«

»Das ist wirklich traurig! Sie war so nett. Sie wird mir schrecklich fehlen.«

»Ich weiß. Bricht mir selbst das Herz.« Sydney fuhr sich mit der Hand über die Augen, in denen Tränen brannten.

»Wirst du das *Book-Bea* für sie weiterführen?«

»Ach, RayAnne, so einfach geht das nicht. Ich bin sicher, sie hat Vorkehrungen für ihren Besitz getroffen. Sie hat davon geredet, den Laden verkaufen zu wollen.«

»Wir hätten das *Book-Bea* kaufen sollen. Dann könnte ich dort arbeiten, wenn ich erwachsen bin.«

Das hatte sich Sydney selbst gewünscht. »Das wäre auch mein Traumjob gewesen, als ich in deinem Alter war. Aber jetzt ist erst mal Weihnachten, und wir sind hier. Und das ist schon mal ziemlich gut. Konzentrieren wir uns auf das Heute.«

RayAnne nickte. »Ich bin froh, dass wir Weihnachten bei Seth und Mac verbringen.«

»Ich auch.« Sydney hatte schon lange nicht mehr so viel Spaß gehabt. Ihr Umgang miteinander war so entspannt, als wären sie schon ihr Leben lang miteinander befreundet.

Es klingelte an der Tür.

»Ich glaube, wir müssen vielleicht noch einen Schwung Kakao machen, Ma.«

»Da könntest du recht haben. Geh mal nachsehen, wer es ist.«

RayAnne humpelte mit den Krücken zur Eingangstür.

Sydney wurde mit dem ersten Topf fertig und begann, die Tassen zu füllen, jede garniert mit sechs kleinen Marshmallows.

»Hallo, Sydney«, sagte der Bürgermeister, der mit RayAnne an der Küchentür erschienen war.

»Hallo. Möchten Sie auch einen heißen Kakao?«

»Hätte nichts dagegen. Ist heute bitterkalt draußen. Bin eben erst aus Virginia zurückgekommen.«

»Nehmen Sie doch bitte Platz.« Sie reichte ihm eine der Tassen, dann schenkte sie sich mit dem Rest aus dem Topf eine für sich selbst ein. Es war gerade genug Kakao für alle.

»Das ist ohne jeden Zweifel die beste heiße Schokolade, die ich je getrunken habe«, lobte Mac, der inzwischen mit Seth hereingekommen war und sich zu Mr Blevins und RayAnne an den Küchentisch gesetzt hatte.

»Liegt daran, dass es keine heiße Schokolade aus Instant-Pulver ist. Es ist hausgemachter echter heißer Kakao«, klärte ihn RayAnne auf. »Meine Mama ist dafür berühmt.«

Sydney freute sich über das überschwängliche Lob.

»Ich hatte alles in der Küche, um diese Köstlichkeit zuzubereiten?« Mac trank einen weiteren Schluck.

»Und ob.«

»Verflixt, Pa. Wir haben uns das bisher ohne guten Grund entgehen lassen?«

»Es gibt schon einen guten Grund: Ich weiß nicht, wie man so einen Kakao zubereitet.«

»Das Rezept rücke ich nicht heraus«, scherzte Sydney.

»Auch gut. Dann gewinnen wir einfach bei jedem uns bekannten Spiel gegen euch«, konterte Mac mit einem übertriebenen Zwinkern zu Seth.

»Kinderspiel.« Seth schlürfte die Marshmallows aus seiner Tasse.

»Wartet nur, bis ich den Gips los bin«, warnte RayAnne. »Dann zählt es erst richtig.«

Dem tiefen Lachen des Bürgermeisters nach zu urteilen, schien er den verspielten Schlagabtausch zu genießen.

»Und was führt Sie am ersten Weihnachtstag hierher, Herr Bürgermeister?« Sydney hätte nicht gedacht, dass sich Mr Blevins und Mac irgendwie nahestanden, aber es wäre natürlich möglich.

»Diane sagte mir, dass ich Sie hier finden würde. Ich wollte mit Ihnen über Bea reden.«

»Mit mir?« Sydney ging zum Tisch und stellte den Kakao ab. Sie hoffte, der Bürgermeister würde sie nicht ersuchen, beim Begräbnis ein paar Worte zu sagen. Das würde sie nämlich niemals überstehen, ohne dabei in Tränen auszubrechen. Sie hatte sich Bea so nah wie ihrer eigenen Großmutter gefühlt. Vielleicht hatte es mit den Problemen zu tun, mit denen sie zu kämpfen gehabt hatte, als sie ursprünglich in der Gemeinde eingetroffen war. Bea hatte sie getröstet und beraten – und sie hatte ihr einen Teilzeitjob gegeben, um sie zu beschäftigen und abzulenken, als Sydney noch gedacht hatte, RayAnne würde die Feiertage mit ihrem Vater verbringen. Das hatte Sydney ein Ziel vor Augen verschafft und ihr geholfen, ihren Weg zu finden.

Sydney wappnete sich für das Unvermeidliche.

Der Bürgermeister holte einen Umschlag aus der Jackentasche. »Zunächst einmal: Ich habe mit Cooper vom Bestattungsinstitut gesprochen. Er kümmert sich um die Einäscherung und alle Wünsche, die Bea mir gegenüber geäußert hat. Die Beerdigung findet am Sonntag statt. In der Mittagszeit.«

Sydney nickte und legte eine Hand auf RayAnnes Schulter.

Ihre Tochter schmiegte sich an sie. »Geht's dir gut, Mama?«

»Ja«, antwortete Sydney leise.

»Ich habe ein paar Fragen an Sie, Sydney«, fuhr Mr Blevins fort.

»Okay.«

»Haben Sie vor, in Hopewell zu bleiben?«

Sie spürte, wie ein Lächeln ihre Mundwinkel nach oben bog. Zuerst schaute sie zu Mac. Er nickte nur. Sydney war nicht mal sicher, ob er es bewusst oder reflexartig tat, doch sie fasste es als Zeichen auf. Dann sah sie RayAnne an, die sich zu Wort meldete.

»Ja. Wir bleiben in Hopewell. Richtig, Mama?«

Sydney nickte lächelnd, und Mac grinste breit.

»Hervorragend. Dadurch wird das alles wesentlich einfacher.«

»Was ›alles‹?«

»Beas Nachlass.«

»Was hat der mit mir zu tun?«

Der Bürgermeister reichte Sydney den Umschlag. »Wir gehen das noch alles im Detail durch, wenn Sie bereit dafür sind, aber vorerst mal die Kurzfassung. Bea hatte keine Familie. Sie war fest davon überzeugt, dass ihr jemand geschickt werden würde, der das *Book-Bea* genauso sehr liebt, wie sie es getan hat, und der ihr Werk fortsetzen würde. Sydney, sie denkt ... dachte ... dass Sie dieser Mensch sind.«

»Ich?«

»Ja. Und ich persönlich finde, sie hat eine kluge Entscheidung getroffen«, fügte Bürgermeister Blevins hinzu.

»Ma?« RayAnne stupste sie an. »Bedeutet das ...«

»Bea hat Ihnen ihren gesamten Besitz vermacht. Mit Ausnahme ihres Wohnhauses, das zu vorübergehenden Quartieren für Familien in Not umgebaut und von der Gemeinde betrieben werden soll.«

Mac beugte sich nach vorn. »Das *Book-Bea* gehört jetzt Sydney?«

»Ja«, bestätigte Mr Blevins. »Genau das will ich damit sagen.«

»Was wird mich das kosten?«, fragte Sydney.

»Nichts. Sie übernehmen den Laden so, wie er ist. Das Gebäude ist schuldenfrei. Die Steuern sind auf dem letzten Stand. Es ist sogar bis nächsten Dezember versichert. Sie übernehmen das Geschäft einfach.«

Sydney fühlte sich wie in einem Traum. »Das kann nicht wirklich passieren.«

»Sie wollte, dass Sie innerhalb von zehn Tagen nach ihrer Beerdigung wieder eröffnen. Das war ihre einzige Bedingung.«

»Eigentlich sollte ich zu Jahresbeginn einen Job bei Peabody's antreten«, sagte Sydney. »Bea und ich haben darüber geredet, dass ich den Buchladen vielleicht kaufe, doch es sollte ein sanfter Übergang werden. Eine Zeit lang sollte ich da und dort arbeiten, um es finanziell bewältigen zu können.«

Mac ergriff das Wort. »Den Leuten bei Peabody's bleibt ja noch ein bisschen Zeit, um sich zu überlegen, was sie wegen der Stelle unternehmen wollen, die du nicht antreten kannst. Mach dir darum keine Sorgen.«

Sydney musste sich setzen. Das war eine Menge auf einmal, um es zu verarbeiten. »Das passiert wirklich? Herr Bürgermeister, ich werde Bea stolz machen. Und diese Gemeinde. Das verspreche ich.«

»Mama, das ist, als würde ein Traum wahr. Wenn du mal so alt bist wie Bea, kann ich das Geschäft übernehmen.«

Mr Blevins schüttelte ihr die Hand. »Wir hoffen, Sie werden auch Beas Sitz im Wirtschaftsausschuss der Gemeinde übernehmen. Bea war immer die Stimme der Vernunft und hat innovative Ideen auf den Tisch gebracht.«

»Ja, sehr gern, Herr Bürgermeister.« Ein Anflug von Stolz erfasste Sydney. Es fühlte sich überwältigend an, dass Bea darauf vertraut hatte, sie würde ihr Vermächtnis fortführen. »Das ist das beste Weihnachten aller Zeiten. Das Einzige, was uns heute fehlt, ist Schnee.«

»Und der ist in Hopewell immer möglich«, meinte Mr Blevins und stand auf. »Wenn Sie übermorgen gegen elf vorbeikommen, können wir die Einzelheiten des Begräbnisses und Ihrer Erbschaft besprechen.«

»Ich werde da sein.«

Sydney und Mac erhoben sich ebenfalls. Mac ergriff ihre Hand, und sie begleiteten den Besucher gemeinsam zur Tür.

Arm in Arm standen sie auf der Veranda, und als Sydney die Hand hob, um dem Bürgermeister nachzuwinken, rieselten die ersten Schneeflocken auf Hopewell herab.

Kapitel vierundzwanzig

Zu Mittag am Sonntag nach Weihnachten versammelte sich nahezu ganz Hopewell, um Bea Marion, der langjährigen Besitzerin des *Book-Bea*, die letzte Ehre zu erweisen. Es gab niemanden in der Gemeinde Hopewell, der nicht auf die eine oder andere Weise mit ihrer Freundlichkeit in Berührung gekommen war.

Der Garten vor dem Buchladen quoll vor Menschen über. Nachbarn und Freunde säumten die Straße und die Bürgersteige, so weit Sydneys Auge reichte.

Am ersten Weihnachtstag hatte es zu schneien angefangen. RayAnne und sie hatten ihr erstes weißes Weihnachten mit Mac und Seth verbracht. An diesem Tag jedoch herrschten ungewöhnlich hohe Temperaturen. Der Himmel war klar, die Luft frisch.

Der Kirchenorganist hatte seine Orgel auf der Veranda des *Book-Bea* aufgestellt und spielte eine fortlaufende Abfolge von Kirchenliedern.

Der Prediger stand neben Bürgermeister Blevins vor dem *Book-Bea*-Schild. Hier sollte Beas Asche zur ewigen Ruhe gebettet werden. Und Bea hatte sogar Vorkehrungen getroffen, damit der Gärtner, der sich seit einiger Zeit um die Anlagen vor dem

Laden kümmerte, den Bereich um das Schild – ihre letzte Ruhestätte – die nächsten zehn Jahre lang pflegte.

Gemeinsam beteten die Versammelten:

»LASST MICH ZIEHEN,
HALTET MICH NICHT;
GOTT HAT MEINE REISE
BISHER GNÄDIG GESEGNET,
ICH KANN NUN GETROST
ZU IHM ZURÜCKKEHREN.«

»Amen«, sagte der Prediger. Das Wort schien den gesamten Block entlangzuwandern, als andere mit einstimmten.

Der Organist spielte, und der Bürgermeister hatte die Ehre, die Urne an der Stelle unter dem Schild zu platzieren, wie es sich Bea gewünscht hatte. Kein aufwendiges Grab.

Mr Blevins drückte einen Kuss auf seine Fingerspitzen, dann auf die Urne.

Die Stimme des Predigers schwoll an, um auch die hintersten Ränge der Scharen von Freunden und Nachbarn zu erreichen. »Unsere Liebe für Bea Marion soll von Freund zu Nachbar fließen, heute und immerdar. Sie alle sind herzlich zu Erfrischungen in Beas Haus eingeladen und auf ihren Wunsch auch dazu, Geschichten und liebe Erinnerungen untereinander auszutauschen.«

Die Menschenmenge löste sich auf.

Sydney stieg die Stufen zu *ihrem* Laden hinauf. Zum *Book-Bea*. Diane, RayAnne und Mac folgten ihr ins Innere des Geschäfts.

Viele Bewohner der Gemeinde wollten Bea auch noch mit einem Kauf in ihrem Laden gedenken, obwohl sich inzwischen herumgesprochen hatte, dass Sydney die neue Besitzerin war und das Geschäft weiterführen würde.

Sydney half Kunden, während Diane die stete Warteschlange von Freunden und Nachbarn an der Registrierkasse abfertigte.

Mac und Seth kamen zu Sydney, als sie gerade jemanden beriet.

Sie hob einen Finger und hoffte, sie würden kurz warten und nicht gehen. »Ich denke, dieses Buch könnte Ihrer Nichte gut gefallen. Es enthält eine Menge praktischer Ratschläge, aber auch etliche Fotos, sehen Sie nur. Ist so was wie ein Bilderbuch und Sachbuch in einem.«

Die Frau strahlte. »Das ist perfekt. Wissen Sie, Bea hatte recht: Sie haben ihre Gesinnung.«

Sydney stockte der Atem. »Das ist das vielleicht netteste Kompliment, das mir jemals gemacht wurde. Danke.«

»Ich bin Helen. Ich leite die jährliche ›Weihnachten im Juli‹-Parade. Vielleicht möchten Sie ja mithelfen.«

»Gern.« Sydney wollte sich unbedingt in die Gemeinde einbringen, so gut sie konnte.

»Großartig. Ich arbeite beim hiesigen Zahnarzt. Lassen Sie uns plaudern, wenn Sie zu Ihrer Kontrolluntersuchung vorbeikommen.«

Was Sydney daran erinnerte, dass RayAnne und sie ohnehin demnächst einen Termin beim Zahnarzt vereinbaren sollten. »Dann sehen wir uns gleich im neuen Jahr«, sagte Sydney.

Sie wirbelte zu Mac und Seth herum. »Tut mir leid.«

»Muss es nicht. Der Laden *brummt*«, betonte Mac.

Seth stupste Mac an. »Brummen. Wie ein Bär. Der war gut, Pa.«

»Wir haben draußen mit dem Bürgermeister an etwas gearbeitet. Kannst du kurz mitkommen?«

Was hatte Mac jetzt wieder vor? »Wird es mir gefallen?«

Seth grinste. »Du wirst es lieben.«

»Ich halte hier die Stellung«, bot Diane an.

»Worauf warten wir dann noch?«

Seth und Mac ergriffen je eine ihrer Hände, und die beiden führten sie hinaus auf den Rasen. Als sie das Schild vor dem *Book-Bea* erreichten, wartete dort RayAnne. Sie winkte und hielt eine Kamera in die Höhe.

»Was ist hier los?«, fragte Sydney. »Ihr führt doch was im Schilde.«

»Nicht wir«, stellte RayAnne richtig. »Das hat zu Beas genauen Anweisungen gehört. Wir setzen sie nur um. Bürgermeister Blevins hat Mac gesagt, was zu tun ist.«

Mac führte Sydney vor das Schild. Unmittelbar unter den geschnitzten Buchstaben, die *Book-Bea* ergaben, befand sich eine neue Ergänzung. Ein Holzschild, in das in Schönschrift das Wort *Familie* eingeritzt war.

Freudentränen trübten Sydneys Sicht. Sie war glücklicher, als sie je zu hoffen gewagt hatte, aber irgendwie schien das zur Magie von Hopewell zu gehören. »Es ist wunderschön«, sagte sie leise.

RayAnne schoss ein Foto, dann reichte sie die Kamera einem Fremden, der in der Nähe stand.

Alle vier stellten sich neben das Schild und lächelten breit.

»Das Bild rahme ich und stelle es neben die Registrierkasse«, verkündete Sydney.

Mac beugte sich zu ihr und küsste sie auf die Wange. RayAnne und Seth stupsten sich gegenseitig mit den Schultern an und klatschten einander leise ab.

Die Stimmung war erhebend. Während Sydney im Verlauf des Tages Kunden beriet, gab es Augenblicke, da hätte sie schwören können, Beas Parfum zu riechen – na ja, eigentlich eher den Duft von Pfefferminzbonbons und süßen Plätzchen.

Bea würde für immer ein Teil dieses Ortes sein.

Seth und RayAnne kamen zur Theke, als Sydney gerade die Tagesabrechnung erledigte, wie es Bea früher immer getan hatte.

»Mama?«

»Ja, Kleines?«

Seth trat vor. »Du weißt ja, dass mein Papa Traditionen liebt, oder?«

Sydney hielt mitten im Geldzählen inne. »Ja. Ich mag Traditionen auch.«

»Wir haben uns gefragt …«, begann RayAnne.

Seth sprang ein und führte den Gedanken zu Ende. »… ob wir vielleicht damit rechnen können, das Weihnachtsbaumschmücken hier im *Book-Bea* jedes Jahr zu veranstalten. Ich hoffe, du erlaubst es uns.«

»Klar können wir das machen. Und ich kann's kaum erwarten, weitere Traditionen mit euch einzuführen«, antwortete Sydney.

Mac trat hinter die Kinder und schloss die Arme um sie. »Gefällt mir, wie das klingt. Zu Weihnachten gibt es immer Hoffnung.«

Danksagung

Ich danke meiner Lektorin Eileen Rothschild für die Chance, herzerwärmende Geschichten mit Leserinnen und Lesern zu teilen, und dem gesamten Team von St. Martin's Press, das mein Manuskript so strahlend zum Leuchten gebracht hat wie einen Weihnachtsstern.

Meinem wundervollen Agenten Kevan Lyon danke ich dafür, dass er mir diese Gelegenheit verschafft hat. Außerdem sorgt er immer dafür, dass ich mich aufs Schreiben konzentriere. Ein wahrer Segen. Ich habe mich nie besser gefühlt.

Meiner Mutter danke ich für die endlosen Stunden der Unterstützung und Motivation, Version für Version. Ma, du hast mir beigebracht, immer groß zu träumen. Wir haben das zusammen geschafft.

An Gwen Lucas: Deine unerschütterliche Unterstützung bei alldem ist ein Geschenk, das ich sehr schätze, und unser gemeinsames Lachen sorgt dafür, dass ich nicht überschnappe. Ich weiß, ich treibe dich in den Wahnsinn, aber dadurch fühlt es sich mehr nach Familie an, stimmt's?

Und an Andrew, der seine Pläne umgestellt und Zeit im Sattel aufgegeben hat, während ich an diesem Buch gearbeitet habe: Ich weiß, es ist nicht immer einfach, sein Leben an den Terminen anderer auszurichten, aber du hast es getan. Danke. Jetzt geh und sattle die Pferde, Box und Tooter – es ist an der Zeit für einen weiteren großen Ausritt.

Lesejury